우아한 크리스마스의 죽이는 미스터리

The Big Book of Christmas Mysteries

옮긴이 이리나

어릴 때부터 책 읽고 글쓰기를 좋아했다. 특히 탐정소설에 빠져 뤼팽과 홈스를 탐독한 덕분에 추리력을 발휘해 미스터리한 사건을 해결하는 꿈을 자주 꾸었다. 작가가 되고 싶은 소망을 고이 간직한 채 오랫동안 영어를 가르쳤고, 어린 시절 꿈을 좇아 번역하고 잡글을 쓰는 작가로 거듭나 행복한 나날을 보내고 있다. 내일 어떻게 될지 모르면서 겁도 없이 시리즈를 몇 개나 꾸려가고 있다.

옮긴 책으로는『미스터리 서점의 크리스마스 이야기』,『화이트 크리스마스 미스터리』,『일중독자의 여행』, 얼리퍼플오키드 시리즈(『한 시간 사이에 일어난 일』,『징구』)》, 명탐정 셜록 샘 시리즈, 조세핀 테이 전집 등이 있다.

* 이 도서의 국립중앙도서관 출판예정도서목록(CIP)은 서지정보유통지원시스템 홈페이지(http://seoji.nl.go.kr)와 국가자료공동목록시스템(http://www.nl.go.kr/kolisnet)에서 이용하실 수 있습니다.

우아한 크리스마스의 죽이는 미스터리

The Big Book of Christmas Mysteries

북스피어

차례

무서운 크리스마스 미스터리

놀라운 크리스마스 미스터리

* 일러두기 : 본문의 모든 주는 옮긴이 주입니다.

헷갈리는 크리스마스 미스터리

그게 그 표라니깐요

THAT'S THE TICKET

메리 히긴스 클라크 Mary Higgins Clark

남편이 갑자기 죽은 후, 다섯 아이를 가진 비교적 젊은 엄마였던 메리 히긴스 클라크는 매일 아침 다섯 시에 일어나 주방 식탁에 타자기를 올리고 아이들을 학교로 보내기 전에 책을 쓰기 시작했다. 첫 서스펜스 소설 『아이들은 어디 있나요?(Where Are the Children?)』는 고딕 소설과 그것의 현대적인 대응물인 로맨틱 서스펜스 소설의 독창적인 조합이었다. 이 소설에서는 로맨스보다는 서스펜스를 강조했고 여주인공이 연이은 비참한 상황으로 모진 고초를 겪는다. 클라크는 후속작들에서도 그 공식을 따랐고, 세계에서 가장 많이 팔리는 서스펜스 소설로 만들어냈다. 「그게 그 표라니깐요」는 샬럿 맥리오드가 편집한 『미슬토 미스터리』에 처음 발표되었다. (뉴욕, 미스테리어스 프레스, 1989)

윌마가 언니인 도로시를 만나러 필라델피아에 가지 않았다면 이 모든 일은 일어나지 않았을 것이다. 윌마가 언니에게 가는 대신 텔레비전으로 추첨 방송을 봤다면, 어니는 뉴저지 파라무스의 '여기서 사세요' 몰에서 자정에 경비 일을 마치자마자 집으로 달려가 윌마와 함께 축하 파티를 했을 것이다. 200만 달러라니! 특별한 크리스마스를 위한 복권 당첨금이었다.

대신 윌마가 크리스마스를 맞이하여 일찌감치 도로시를 만나러 필라델피아에 가 있었으므로 어니는 프렌들리 샴록 워터링 홀에 들러 한두 잔 가볍게 마신 다음 집에서 여섯 블록 떨어진 엘름우드 파크의 하모니 바에서 저녁의 대미를 장식했다. 어니는 주인이자 바텐더인 루에게 반갑게 인사한 후에 세 번째 세븐 앤드 세븐시그램의 세븐 크라운과 세븐업을 섞어 만든 칵테일의 일종을 주문하고는 60년 세월이 쌓인 두꺼운 다리를 바 스툴에 휘감은 채 새로 생긴 돈으로 월마와 어떤 삶을 누릴 것인지 상상의 나래를 펼쳤다.

어니의 푸른 눈에 로레타 시슬보텀이 들어온 것은 그때였다. 그녀는 한 손에 맥주 한 잔을, 다른 손에는 말보로 담배를 들고 벽 앞에 있는 코너 스툴에 걸터앉아 있었다. 어니는 로레타가 아주 매력적이라고 생각했다. 오늘밤 그녀의 영롱한 금발은 어깨 길이로 구불거렸고, 옅은 핑크빛 립스틱은 자줏빛 아이섀도로 강조된 커다란 초록 눈을 한층 돋보이게 했으며, 풍만하고 관능적인 가슴은 규칙적으로 오르내렸다.

어니는 거의 신을 숭배하듯 로레타를 바라보았다. 로레타의 남편 짐보 포터스는 우람한 트럭 운전사였는데 로레타가 왕년에 댄서였다는 사실을 자랑스러워하는 동시에 의처증이 심했다. 로레타가 다른 남자들과 너무 친해 보일 때마다 짐보가 거칠어지는 걸 보면 누구나 알 수 있었다.

그러나 짐보가 장거리 주행을 가고 없는 밤에 로레타가 바에 와 앉아 있는 것에는 크게 신경 쓰지 않았다. 바텐더인 루가 짐보의 사촌이기 때문이다. 어차피 이웃집에 가볍게 놀러가는 것과 다름없고,

다른 여자들도 남편과 함께 바에 들어왔으니까. 로레타는 자주 이렇게 말했다. “짐보가 마늘 싹이나 바나나를 운반하고 있다고 해서 나도 혼자 TV만 보거나 방문 판매 모임에 가기를 기대하면 안 되지. 난 유망한 쇼 비즈니스 가족의 일원으로 태어난 몸이라 사람들 틈에 있어야 기운이 나.”

로레타는 입만 뗐다 하면 쇼 비즈니스에 종사하던 시절 이야기를 했고, 해가 갈수록 그에 관한 애착이 점점 커졌다. 로레타가 법적으로는 로레타 포터스 부인이지만 아직 스스로를 로레타 시슬보텀이라는 예명으로 칭하는 이유이기도 했다.

어두컴컴한 바, 티파니 타입의 전등갓에서 비치는 흐릿한 조명을 받으며 어니는 로레타를 은근슬쩍 훔쳐보았다. 50대 중반은 됐을 텐데 몸매 관리를 어쩌면 저렇게 잘했는지 감탄했다. 그러나 어니가 지금 진실로 걱정하는 것은 로레타가 아니었다. 바로 속옷에 핀으로 꽂아 둔 당첨된 복권이 심장 주변을 뜨겁게 만들었다. 마치 그곳에 불이 활활 타오르는 것 같았다. 200만 달러라니! 20년 동안 매년 세금 떼고 10만 달러였다. 21세기까지 돈이 꼬박꼬박 모일 것이다. 그때쯤 되면 달까지 패키지여행을 갈 수 있을지도 모른다.

어니는 윌마가 이 기쁜 소식을 들으면 어떤 표정을 지을지 상상해 보았다. 윌마의 언니인 도로시는 집에 텔레비전이 없고 라디오도 거의 듣지 않으니 필라델피아에 가 있는 동안 자기가 돈방석에 앉게 됐다는 사실을 모를 터였다. 휴대용 라디오로 당첨 소식을 듣는 순간 어니는 전화기로 달려가 윌마에게 전화하고 싶었지만, 문득 그러면 재미가 없을 것 같단 생각이 들었다. 어니는 내일 월마가 집에 돌아올 때를 상상하며 둥근 얼굴 가득 주름이 생기도록 행복한 미소를 지었다. 어니는 내일 뉴어크에 있는 기차역으로 월마를 데리러 갈 것이다. 역에서 만난 아내는 복권 번호가 어디까지 맞았느냐고 묻겠지. "두 개는 맞았어? 세 개?" 어니는 숫자가 하나도 맞지 않았다고 말할 생각이다. 그러고 나서 월마는 집에 도착해 신혼 시절처럼 장식장에 걸린 스타킹을 발견할 것이다. 당시 월마는 스타킹과 가터벨트를 착용했다. 이제는 퀸 사이즈의 팬티스타킹을 신기 때문에 복권을 발견하려면 스타킹 끝까지 발가락을 집어넣어야 한다. 그가 말하리라. "끝까지 들여다 봐. 혹시 모르잖아, 뭔가 깜짝 놀랄 만한 게 나올지." 어니는 월마가 꽥 소리를 지르며 그를 안고 폴짝폴짝 뛰는 장면을 상상했다.

40년 전 그들이 결혼했을 때 월마는 정말 깜찍한 아가씨였다. 지금도 얼굴이 예쁘고 머리는 자연스러운 웨이브의 부드러운 옅은 금발이다. 로레타 같은 쇼걸 스타일은 아니지만, 어니에게는 아주 잘 어울리는 여자였다. 어니가 가끔 친구들과 어울려 한잔할 때는 짜증을 내긴 했지만, 대체로 월마는 괜찮은 여자였다. 그리고 맙소사, 올해 그들은 정말 멋진 크리스마스를 보낼 것이다. 월마를 '프레드 더 퍼리어'에 데려가서 새끼양가죽 코트 같은 걸 사 줄 수도 있다.

그렇게 하면 자신의 관대함을 제대로 보여 줄 수 있겠다고 즐거운 상상을 하며 어니는 네 번째 세븐 앤드 세븐을 주문했다. 그러다 로레타 시슬보텀이 하고 있는 이상한 몸짓에 눈길이 갔다. 로레타는 1,

2분마다 오른손에 든 담배를 재떨이에 놓고 왼손에 든 맥주잔은 바위에 내려놓은 다음, 오른손의 손바닥이며 손가락, 손등을 길고 뾰족한 왼손 손톱으로 박박 긁어댔다. 그 바람에 오른손은 벌겋게 달아올랐고 작고 징그러운 물집이 잡혀 있었다.

늦은 시각이라 사람들이 떠나기 시작했다. 어니 바로 옆자리이자 로레타의 대각선에 앉아 있던 커플이 자리를 떴다. 어니가 보고 있다는 것을 눈치 챈 로레타가 민망한지 어깨를 으쓱하며 설명했다. "옻이에요. 12월에 옻이라니 믿겨요? 짐보의 멍청한 누나가 식물을 키워 보겠다고 얼간이 같은 우리 남편한테 주방 옆에 온실을 만들어 달라고 했다죠. 그래서 키운 게 뭔지 아세요? 대마초랑 옻나무예요. 참 재주도 좋지." 로레타가 다시 어깨를 으쓱하더니 맥주와 담배를 손에 쥐었다. "그래, 어니 당신은 어때요? 뭐 쌈박한 일이라도 있어요?"

어니는 최대한 말을 조심했다. "뭐, 별다른 건 없죠."

로레타가 한숨을 쉬었다. "나도 그래요. 늘 똑같아. 우린 짐보가 내년에 퇴직하면 여길 뜨려고 돈을 모으고 있어요. 사람들이 그러는데 포터 로더데일이 진짜 핫하다네요. 짐보는 몇 년이나 대형 트럭을 몰아 돈을 벌고 있어요. 내가 웨이트리스로 일하면 더 많은 돈을 벌 수 있는데도 짐보는 누가 수작 거는 꼴을 못 보겠대요." 로레타가 손을 바에 대고 긁으며 고개를 저었다. "25년이나 됐는데 짐보는 아직도 세상 모든 남자가 나를 원할 거라고 생각해요. 상상이나 돼요? 그게 싫은 건 아니지만, 그래도 아주 성가셔 미치겠어요." 로레타가 세상살이에 지친 사람처럼 땅이 꺼져라 한숨을 쉬었다. "짐보는 내가 만난 가장 열정적인 남자예요. 하지만 우리 엄마 말처럼, 침대 밑에 숨겨 놓은 빵빵한 지갑이 좋대도 포대 자루에 찬 돈뭉치 다발이 훨씬 더 좋은 거 아니겠어요?"

"어머님이 그렇게 말하셨어요?" 어니는 실용적인 속담에 깊은 감명을 받아 네 잔째 세븐 앤드 세븐을 홀짝이기 시작했다.

로레타가 고개를 끄덕였다. "엄만 진짜 웃긴 사람이었지만 뼈를 때리는 말도 곧잘 했죠. 어떻게 알겠어요. 나도 언젠가 복권이 당첨될지도 모르죠."

어니는 입이 근질거려 죽을 지경이었다. 그래서 거대한 덩치를 끌고 최대한 빨리 스툴 두 개를 건너가 앉았다. "나 같은 행운이 없어서 참 안됐네요." 어니가 속삭였다.

바텐더 루가 "마지막 주문 받습니다, 고객님들"이라고 소리 지르자 어니가 심장 근처 두툼한 가슴팍을 두드렸다.

"옛말에 '눈앞에 보물을 두고도 못 알아본다'는 말이 있잖아요. 이번 크리스마스 특별 뽑기 당첨자 열여섯 중에 당첨 복권 하나가 바로 여기 속옷에 집혀 있다는 거 아닙니까." 어니는 혀가 무거워지기 시작했다. 그러고는 은밀한 목소리로 속삭였다. "200만 달러. 어때요?" 어니가 손가락을 입술에 대고 윙크했다.

로레타가 담배를 떨어뜨렸고, 꽁초는 바의 오래된 바닥에서 타들어 갔다. "농담이죠?"

"농담 아닙니다." 어니는 이제 상대를 설득하기 위해 최선의 노력을 기울이기 시작했다. "윌마와 난 항상 같은 숫자 '1-9-4-7-5-2'에 걸어요. 1947은 내가 고등학교를 졸업한 해이고, 52는 우리 딸 위 윌리가 태어난 해거든요." 어니의 의기양양한 미소에는 의심의 여지가 조금도 없었다. "진짜 대박인 건, 윌마는 아직 몰라요. 언니 집에 가 있어서 내일이나 돼야 돌아오거든요."

어니가 지갑을 더듬으며 영수증을 달라고 손짓했다. 어니가 몸을 제대로 가누지 못하고 비틀거리자 루가 다가와 어니를 살폈다. "어니, 기다려요." 루가 명령했다. "취했네. 내가 문 닫고 집에 데려다줄게요. 차는 여기 두고 가요."

어니는 모욕감을 느끼며 문으로 걸어가기 시작했다. 루는 어니가 취해서 완전히 맛이 갔다고 여기는 것 같았다. 간이 부었군! 어니는 여자 화장실에 들어갔다가 변기 칸에 들어서서야 자기가 실수했다는 것을 깨달았다.

로레타가 바 스툴에서 나오더니 서둘러 말했다. "루, 내가 어니를 데려다줄게요. 우리 집에서 두 블록만 가면 되거든요."

루가 이마를 찌푸렸다. "짐보가 좋아하지 않을 텐데."

"그러니까 짐보한테는 말하지 말구요." 둘은 어니가 여자 화장실에서 휘청거리며 나오는 것을 보았다. "저 상태로 나한테 무슨 수작이나 걸 수 있겠어요?" 로레타가 꾸짖듯 루에게 물었다.

루가 마음을 정했다. "그럼 나 돕는 셈 치고 그래 줄래요? 그래도 짐보한테는 절대 말하지 마세요."

로레타가 과장되게 하하하 웃었다. "당연하죠. 그런 말을 뭣하러 해요."

어니의 뒤에서 누군가 떠들고 웃는 소리가 희미하게 들렸다. 갑자기 속이 뒤틀렸다. 타일 바닥의 무늬가 일렁거리기 시작하더니 점점 소용돌이가 눈앞을 휘감아 돌았다. 누군가 팔을 잡는 게 느껴졌다. "어니, 내가 집에 데려다줄게요." 귀가 윙윙거렸고 정신이 혼미했지만 로레타임은 알 수 있었다.

"로레타, 고마워요. 내가 자추-욱을 너무 심하게 한 것 같아요." 뒤에서 루가 어니에게 나중에 차를 가지러 돌아오면 함께 크리스마스 축하주를 마시자니 뭐라니 하는 소리가 희미하게 들렸다.

어니는 로레타의 낡은 보네빌 폰티악에 앉아 좌석에 머리를 기대고 눈을 감았다. 자기 집 진입로에 도착한 줄도 모르고 있는 어니를 로레타가 흔들어 깨웠다. "어니, 열쇠 줘요. 들어가는 거 도와줄게요."

로레타는 어니의 팔을 어깨에 두르고 부축해서 걸었다. 자물쇠에 열쇠를 넣어 돌리는 소리가 들렸고 거실을 통과해 짧은 복도를 걸어가는 게 느껴졌다.

"어느 쪽이에요?"

"어느 쪼옥?" 혀가 꼬여 말이 제대로 나오지 않았다.

"어느 방이냐고요?" 로레타가 짜증을 냈다. "이봐요, 어니. 당신 끌고 오기가 얼마나 힘든 줄 알아요? 아, 말을 말자. 다른 방이겠네. 이 방에는 딸내미가 만든 새 조각상만 가득하잖아. 에이, 참. 저런 건 정신 병원에 공짜로 기증한대도 안 받겠다. 뭐 저렇게 정신 빠진 사람이 다 있어."

어니는 자기 딸 윌마 주니어 위 윌리를 로레타가 깔아뭉개는 걸 듣고 갑작스레 분노를 느꼈다. 위 윌리는 재능이 뛰어났다. 언젠가 딸애는 유명한 조각가가 될 것이다. 윌리는 68년에 학교를 그만둔 후로 뉴멕시코에 살면서 맥도널드에서 야간 웨이트리스로 일하며 혼자 벌어먹고 살았다. 낮에는 도자기를 만들고 새 모형을 조각했다.

몸이 돌아가고 눕혀지는 느낌이 든다. 무릎이 꺾이고 침대 스프링이 끽끽대는 익숙한 소리가 들렸다. 안도하는 한숨 소리가 들리고, 동시에 어니는 뻗어서 기절해 버렸다.

윌마 빈과 언니 도로시는 행복한 시간을 보냈다. 얼마 안 되는 시간이지만 윌마는 도로시와 함께 있는 것을 즐겼다. 도로시는 예순셋, 윌마는 쉰여덟이었다. 도로시는 자기 의견이 강하고 어니와 위 윌리에게 상당히 비판적이었는데, 윌마 역시 꽤 공감하는 부분이 많았다. 그러나 윌마는 도로시를 불쌍히 여겼다. 도로시의 남편은 10년 전에 집을 나가서 지금은 두 번째 아내인 가라테 강사와 사치스러운 생활을 하고 있다. 도로시와 며느리는 사이가 좋지 않았다. 도로시는 아직도 보험회사의 손해사정인으로 파트타임 일을 했고 누가 보험 사기를 치려 들면 도로시의 손에 여지없이 걸릴 정도로 능력도 있었다.

둘이 자매인 걸 믿는 사람은 거의 없었다. 어니의 표현에 따르면

도로시는 나무젓가락처럼 몸매가 일자에다 숱 없는 흰머리를 뒤로 단단히 쪽을 지고 있다. 어니는 항상 도로시가 캐리 네이션미국의 여성운동가이자 시민운동가. 도끼를 들고 술집과 경마장, 오락실 등을 부수고 다님에게 캐스팅됐어야 한다고 말했다. 손에 도끼만 들면 안성맞춤이라면서. 윌마는 도로시가 아직도 자기를 질투한다는 사실을 알았다. 윌마는 자매 중에서 늘 예쁜 쪽이었고, 지금은 살이 쪘지만 얼굴에 주름도 없을 뿐 아니라 외모가 별로 변하지 않았다. 그럼에도 피는 물보다 진해서, 4개월에 한 번씩 필라델피아에서 주말을 보내거나 특히 명절 즈음에 언니와 함께 시간을 보내는 것은 늘 즐거운 일이었다.

당첨 복권이 발표된 날 오후, 도로시가 윌마를 기차역으로 마중 나왔다. 둘은 버거킹에서 늦은 점심을 먹은 다음 그레이스 켈리1954년 아카데미 여우주연상을 수상한 할리우드 배우. 모나코의 왕과 결혼했으며 52세에 교통사고로 사망가 자란 동네로 차를 몰았다. 그들은 배우 그레이스 켈리의 열렬한 팬이었다. 알베르 왕자가 결혼해야 하고, 캐롤라인 공주는 침착해져서 일을 잘 해냈으며, 스테파니 공주는 혼란이 수습될 때까지 수녀원에 들어가 있어야 했다고 맞장구치며 이야기를 나누다가 영화를 보러 갔다. 아파트로 돌아와서 도로시는 치킨 요리를 했고, 둘은 저녁을 먹은 다음 밤늦게까지 수다를 떨었다.

도로시는 윌마에게 자기 며느리가 도통 아이를 키울 줄 모르고, 아무리 도움되는 조언을 해도 들으려 하지 않는다고 불평했다.

"언니는 적어도 손주가 있잖수. 위 윌리는 결혼할 생각이 없어. 온통 조각 일밖에 관심이 없다니까." 윌마가 한숨을 쉬었다.

"어떤 조각?" 도로시가 즉시 물었다.

"좋은 선생을 구할 돈이라도 있으면……." 월마는 한숨만 쉴 뿐 제대로 된 답을 하지 않았다.

"어니가 자꾸 월리를 부추겨선 못써." 도로시가 직설적으로 말했다. "제발 월리가 집에 보내는 쓰레기 보고 칭찬 좀 하지 말라고 해라. 너희 집은 꼭 온갖 새를 기르는 미치광이 집 같아. 어니는 요즘 어때? 바에 못 가게 하고 있겠지? 내 말을 좀 새겨들어. 어니는 알코올 중독자가 될 기질이 다분하다니까. 코에 핏줄 드러난 거 봐."

월마는 며칠 전에 딸 위 월리로부터 도착한 큰 크리스마스 상자들을 생각했다. 크리스마스까지는 열어 보지 말라는 표시가 있어서 그 지시를 따르고 있었다. "엄마, 그때까지 꼭 기다렸다 봐. 나 요즘 공작과 앵무새에 빠져 있어." 월마는 또 '여기서 사세요' 몰에서 열린 전직원 크리스마스 파티에서 어니가 만취한 상태로 웨이트리스의 엉덩이를 꼬집었던 게 떠올랐다.

어니의 술버릇에 관한 도로시의 말은 틀리지 않았지만, 핵심만 콕콕 집어 얘기하는 걸 듣고 있자니 화가 났다. "어니가 술을 마시면 문제를 일으키는 건 맞아. 하지만, 우리 딸은 잘못 봤어. 걔는 실력이 좋아. 언젠가 돈이 생기면 실력을 증명하도록 도와줄 거야."

도로시가 차 한 잔을 더 따랐다. "아직도 복권 사느라 돈을 낭비하고 있나 보구나."

"당연하지." 월마가 폭발하지 않으려 애쓰며 짐짓 쾌활하게 말했다. "오늘 크리스마스 특별 추첨이 있는 날이야. 집에 있었다면 기도

하며 방송을 지켜봤을 텐데."

"너희들이 쓰는 숫자 조합 너무 웃겨! 1-9-4-7-5-2. 아이가 태어난 해를 사용하는 건 이해가 된다 쳐, 어니가 고등학교 졸업한 해는 또 뭐야? 바보 같아!"

윌마는 어니가 6년이나 걸려 고등학교를 졸업하자 가족들이 동네 주민을 모두 초대해 축하 파티를 열었다는 얘기를 도로시에게는 하지 않았다. 어니는 생각만으로도 얼굴이 환해지며 자주 그때를 회상했다. "최고의 파티였어. 시장님도 왔다니까."

어쨌든 윌마는 그 숫자 조합이 마음에 들었다. 언젠가는 이 숫자가 거액에 당첨될 거라고 믿어 의심치 않았다. 윌마는 도로시에게 잘 자라 인사하고, 방문할 때마다 이용하는 소파베드로 잠자리를 만든 다음, 도로시가 늙을수록 더 괴팍해진다고 생각했다. 도로시의 며느리가 시어머니를 '끔찍한 골칫거리 할멈'이라고 하는 게 조금도 이상하지 않다고 혼잣말했다.

다음날 정오에 윌마는 뉴어크 역에 도착했다. 어니가 데리러 오기로 되어 있었다. 만나기로 약속한 터미널 입구로 갔는데 어니 대신 옆집 이웃인 벤 검프가 나와 있어서 깜짝 놀랐다.

풍만한 몸이 공포로 굳은 채 윌마는 종종걸음을 쳐 벤에게 갔다. "어니는요? 무슨 문제가 있나요?"

벤의 좁은 얼굴에 불안감을 없애는 미소가 떠올랐다. "아뇨, 아무 일 없어요, 윌마. 어니가 아침에 일어나니 독감 기운이 있다고 대신 좀 나가봐 달라고 했어요. 나는 딱히 할 일도 없어 마당에 잔디 자라는 거나 쳐다보고 있었으니 흔쾌히 나온다고 했죠." 벤은 퇴직 후 그의 트레이드마크가 된 재치 있는 입담에 스스로 만족하며 마음껏 웃었다.

"독감이라." 월마가 비웃었다. "왜 안 그러겠어!"

어니는 꽤 조용한 사람이어서 월마는 어니가 모는 차를 타고 집까지 편안하게 가기를 기대하고 있었다. 오늘 아침까지만 해도 곧 자기 얘기를 잠자코 들어 줄 사람이 없어진다는 생각에 쉴 새 없이 신랄한 비평을 쏟아내는 도로시 때문에 월마는 머리가 지끈지끈 아팠다.

벤의 달팽이처럼 느린 운전 실력과 장황한 이야기를 견디기 위해 월마는 집에 도착해 신문으로 복권 추첨 결과를 확인하는 장면을 상상했다. 1-9-4-7-5-2, 1-9-4-7-5-2, 월마는 주문을 외웠다. 바보 같은 짓이었다. 추첨은 이미 끝났으니까. 만약 당첨이 됐다면 어니가 분명 전화로 말을 해 주었을 것이다. 숫자 여섯 개 중에 세 개나 네 개만 맞았더라도 거의 될 뻔했는데 아깝다며 말해 주었을 테고. 그런데도 이상하게 좋은 느낌이 들었다.

월마는 진입로에 차가 없는 걸 발견하고 이유를 짐작했다. 필시 하모니 바에 주차되어 있겠지. 문 앞에 도착한 뒤 벤 컴프에게 마중 나와 줘서 고맙다고 인사를 하면서도 커피 한 잔을 바라는 벤의 눈길을 애써 무시하고 보내 버렸다. 월마는 바로 침실로 들어갔다. 예상한 대로 어니는 침대에 누워 있었다. 이불을 코끝까지 당겨 덮고 있었다. 척 봐도 숙취인 듯했다. "호랑이 없는 굴에 토끼가 설친다더니. 숙취로 고생이나 하라지."

월마는 화가 나서 침실 문밖 테이블 위에 걸쳐져 있는 백 미터도 넘는 펠리칸을 쓰러뜨렸다. 위 윌리가 추수감사절에 보낸 조각상이었다. 펠리칸이 바닥에 부딪치면서 위 윌리의 초기 작업물인 도자기 꽃병에다 크리스마스 분위기를 내려고 월마가 힘들여 꽂아 둔 플라스틱 안개꽃이며 포인세티아까지 함께 넘어졌다.

부서진 꽃병을 쓸어 내고, 꽃을 다시 꽂고, 이제 한쪽 날개가 없어진 펠리칸을 테이블 위에 다시 세우는 동안 월마의 인내심은 한계점에 도달했다.

그러나 곧 복권 당첨 번호를 확인할 생각에 평소의 너그러운 아내로 돌아왔다. 월마는 커피 한 잔과 시나몬 토스트를 준비한 다음 주방 테이블에 앉아 신문을 폈다.

행운의 당첨자 열여섯 명이 3200만 달러의 상금을 나눠 가지게 되었다는 헤드라인이 보였다.

당첨자가 열여섯이라. 그중에 한 명이 돼야 하는구나. 월마는 당첨된 숫자 조합을 손으로 덮었다. 그러고는 한 번에 숫자 하나씩 읽어 나갔다. 더 짜릿한 재미가 있었다.

1-9-4-7-5

월마는 숨을 들이쉬었다. 머리가 쿵쾅거렸다. 이게 가능한 일인가? 극도로 긴장하며 마지막 숫자를 가리고 있던 손바닥을 치웠다.

2

월마가 비명을 지르며 일어나는 바람에 주방 의자가 큰 소리를 내며 뒤집어졌고 어니가 침대에서 벌떡 일어나 앉았다. 심판의 날이 다가온 것이다.

월마는 얼굴이 얼어붙은 채 방으로 뛰어 들어갔다. "어니, 왜 말하지 않았어? 복권 이리 줘."

어니가 머리를 푹 떨어뜨리며 다 죽어가는 목소리로 간신히 말했다. "잃어버렸어."

로레타는 올 것이 왔다고 생각했다. 막상 월마 빈이 풀죽은 몰골로 마지못해 따라나섰을 어니를 데리고 눈 쌓인 시멘트 길로 행군해 오는 걸 보고 공황에 빠졌다. "걱정 마. 증명할 방법이 있겠어?" 로레타가 혼잣말로 스스로를 위로했다. 로레타는 월마와 어니가 크리스마스 조명으로 장식된 소나무 사이를 지나 현관 계단을 올라오자 미리 준비해 둔 대사를 마음속으로 다시 외웠다. 로레타는 어니를 데리고 어니네 집 현관으로 걸어갔었다. 빅 짐보가 얼마나 질투가 심한지 아는 사람이라면 로레타가 아내도 없는 외간남자의 집 문지방을 넘지 않으리란 걸 알 것이다.

월마가 복권에 관해 물으면 로레타는 대답할 것이다. "무슨 복권요?" 어니는 복권에 관해서는 로레타에게 일언반구도 없었다. 그는 말이 되는 소리를 할 만한 상태가 아니었다. 루한테 물어봐라. 어니는 술을 몇 잔 마시고는 엉망으로 취했다. 아마 먼저 다른 곳에 들러 진탕 마신 모양이다.

로레타가 크리스마스 특별 추첨 복권을 샀나? 당연히 몇 장 샀지.

볼래? 생각이 날 때마다 몇 장씩 산다. 항상 같은 곳에서 사지는 않는다. 주류 판매점이나 문구점에서 살 때가 많다. 행운을 빌며 사는 거다. 그때그때 머릿속에 떠오르는 숫자를 적는다.

로레타는 오른손을 미친 듯 긁었다. 빌어먹을 옻 같으니라고. 1-9-4-7-5-2로 당첨된 복권은 가장 좋아하는 설탕 도자기 그릇에 안전하게 숨겨 두었다. 당첨 금액은 일 년 안에만 찾으면 된다. 한 해가 끝나기 전에 '우연히' 그걸 생각해 낸 척 한다면 윌마와 어니가 자기들 표라고 울부짖어 봤자 소용이 없을 것이다.

초인종이 울렸다. 로레타는 밝은 금발을 손으로 톡톡 쳐서 일부러 부스스하게 만들고 스팽글로 반짝이는 스웨터의 어깨 패드를 편 다음 현관으로 달려갔다. 문을 열면서, 너무 과하지 않게 웃어야 한다는 생각을 미처 하지 못하고 환하게 웃어 버렸다. 그러다 곧 얼굴이 주름지기 시작했다. 유전적인 문제였다. 로레타는 나이 육십이 되면 자기 어머니처럼 사흘 동안 비를 맞은 얼굴로 보일까 봐 늘 걱정이었다. "윌마, 어니, 웬일이세요? 들어오세요, 들어와."

윌마와 어니 둘 다 용무를 묻는 말에 대답하지 않았고, 환영받는 손님으로서 마땅히 신발에 묻은 눈을 현관 매트에 털어야 함에도 털지 않았으며, 환대에 걸맞은 다정한 미소로 화답하지도 않았다. 하지만 로레타는 그냥 무시하기로 했다.

윌마는 앉아서 차나 블러디 메리토마토 주스와 보트카를 섞은 음료를 한잔 하자는 권유를 거절하고 바로 용무를 밝혔다. 어니가 200만 달러짜리 당첨 복권을 가지고 있었다. 그 사실을 하모니 바에서 로레타에게 얘기했다. 로레타가 하모니에서 집까지 어니를 차로 태워 가서 방에 데려다주었다. 어니는 기절했고 복권은 사라졌다.

전업댄서가 되기 전인 1945년에 로레타는 배우 지망생을 위한 연기학원에서 연기를 공부했다. 그때의 경험을 되살려 윌마와 어니 앞에서 시나리오대로 열과 성을 다해 연기했다. 어니는 복권에 관해서는 입도 뻥긋하지 않았다. 자기는 그저 어니와 루를 도울 요량으로 어니를 차로 데려다주었을 뿐이다. 루는 바를 놔두고 갈 수 없었고, 원래도 성격이 좀팽이 같아서 어니한테 차 열쇠를 내놓으라고 윽박지르지 못했다. “아니, 내가 태워다 줄까 물어보니까 그러라고 했잖아요.” 로레타가 어니에게 분개해서 말했다. “난 당신이 내 차에서 코를 골며 잠이나 자는 동안 내 목숨을 걸었다구요.” 로레타가 윌마를 돌아보며 여자 대 여자로 말했다. “짐보가 얼마나 질투가 심한지 알죠? 내가 아직 열여섯 꼬마인 줄 아는지, 원. 어쨌든 윌마가 집에 없는데 내가 거기 들어갔겠어요? 어니, 당신 하모니에서 진짜 빨리 맛이 갔어요. 루한테 물어봐요. 그러니 혹시 다른 데서 먼저 술을 마시면서 복권에 관해 말했을 수도 있잖아요.”

로레타는 두 사람의 얼굴에 의심과 혼란이 어리는 걸 보며 속으로 쾌재를 불렀다. 몇 분 뒤 그들이 떠났다. “부디 찾을 수 있기를 기도할게요.” 로레타는 경건하게 빌어 주었다. 로레타는 얼빠진 시누이가 옻을 심어서 혹시 옮을 수 있으니 악수는 하지 않겠다고 말했다. “짐보가 오면 그때 함께 크리스마스 축하 파티해요. 아마 크리스마스이브 네 시경에는 집에 올 거예요.”

집에 돌아와 차 한 잔을 앞에 두고 침울한 표정으로 앉아 윌마가 말했다. "거짓말을 하고 있어. 분명 거짓말인 건 알겠는데 증명할 길이 있나. 당첨자 열다섯 명은 벌써 나타났는데 한 사람은 오리무중이고, 당첨금은 일 년 안에만 찾으면 돼." 윌마의 뺨으로 좌절의 눈물이 흘러내렸다. "로레타는 복권을 산다고 동네방네 떠들고 다닐 거야. 앞으로 51주간 그짓을 한 다음에, 빙고, 잊고 있었다는 듯 복권을 꺼내 놓겠지."

어니가 비굴할 정도로 아무 말도 못하고 아내를 바라보았다. 윌마는 평소에 우는 일이 거의 없었다. 지금 윌마는 얼굴이 얼룩덜룩하도록 울었고 콧물까지 흘리고 있었다. 어니가 윌마에게 붉은 반다나 무늬 손수건을 건네려고 갑자기 일어나는 바람에 뒤편 사이드보드에서 세라믹 벌새 조각상이 떨어졌다. 벌새의 부리가 주방 한 귀퉁이 모조 대리석 타일에 부딪쳐 부숴졌고 윌마는 새삼 슬퍼서 더 크게 목놓아 울었다.

"내 소원은 우리 딸이 야간 맥도널드 알바를 그만두고 공부만 하면서 조각 작업에 몰두하는 거였어. 그런데 이제 그 꿈이 날아가 버렸어." 윌마가 서럽게 울었다.

혹시나 해서 파라머스에 있는 '여기서 사세요' 몰 근처 프렌들리 샴록에 갔다. 저녁에 근무하는 바텐더가 그 전날 자정 무렵 어니가 와서 두세 잔 정도 마셨지만 누구와도 말을 섞지 않았다는 사실을 확인해 주었다. "저기 앉아서 카나리아를 잡아먹은 고양이처럼 웃고만 있었어요."

둘 다 저녁을 먹는 둥 마는 둥 하다가 문득 월마가 어니의 내의를 찬찬히 살폈더니 아직도 옷핀이 그대로 꽂혀 있었다. "안전핀도 안 풀고 가져갔네. 그냥 달려들어서 확 찢었나?" 월마가 매몰차게 말했다.

"우리 그 여자 고소할까?" 어니가 쭈뼛거리며 말을 꺼냈다. 어니의 어리석음은 시시각각 커져만 갔다. 술에 취한 것도 모자라 로레타에게 미주알고주알 일러바치기까지.

대답하기에도 지친 월마가 아직 짐도 풀지 않은 가방을 열고 플란넬 잠옷을 꺼냈다. "그래 고소하면 딱 되겠다." 월마가 비꼬았다. "모지리를 상대로 두뇌 회전을 심하게 했으니 고소해도 되고말고. 얼른 불 끄고 잠이나 엎어져 자. 그리고 자꾸 박박 긁을래? 안 그래도 미치겠는데."

어니가 가슴팍을 열고 심장 근처를 긁으며 궁시렁댔다. "뭔지 모르겠는데 너무 가려워."

월마는 눈을 감자 머릿속이 윙윙거리는 느낌이었다. 너무 피곤해서 바로 잠이 들었지만, 복권 수십만 장이 공중에 눈송이처럼 떠다니는 꿈을 꾸었다. 이따금 부스럭거리는 어니 때문에 잠이 깼다. 원래 어니는 겨울잠을 자는 곰처럼 꼼짝 않고 자는 스타일이었다.

크리스마스이브가 활기 없고 칙칙하게 시작되었다. 월마는 마지못해 집 주위를 돌아다니며 나무 아래 선물을 두었다. 상자 두 개는 위 윌리가 보낸 것이었다. 만약 복권을 잃어버리지 않았다면 위 윌리에게 전화해 크리스마스를 보내러 집에 오라고 했을 것이다. 그랬어도 교외 지역의 분위기와 중산층 특유의 세간을 좋아하지 않는 위월리는 집에 오지 않았을지 모른다. 복권을 잃어버리지 않았다면 어니가 일을 때려치우고 당장 뉴멕시코로 딸을 만나러 갈 수 있었을 텐데. 월마는 지난주에 트레이더 혼스에서 마음을 빼앗긴 40인치짜리 텔레비전을 살 수도 있었다. 잘생긴 배우들을 40인치로 크게 볼 생각만 해도…….

흥, 엎질러진 물이다. 아니, 엎질러진 술이다. 어니는 당초에 복권을 잃어버리지 않았다면, 월마의 팬티스타킹에 넣어 가짜 벽난로의 선반 위에 올려놓을 계획이었다고 했다. 거기서 복권을 발견했다면 기분이 얼마나 짜릿했을지 생각하지 않으려고 해도 자꾸 떠올랐다.

월마는 아직 숙취로 해롱거리며 이틀째 아파서 출근을 못하는 어니가 마음에 안 들어 죽을 지경이었다. 월마는 어니에게 어떻게 해야 두통이 가라앉을지 말해 주었다.

한낮에 어니가 침실로 들어가 문을 닫았다. 잠시 후 월마는 놀라 남편을 따라 들어갔다. 어니는 침대 끝에 앉아 셔츠를 벗고 애잔한 얼굴로 가슴팍을 긁어대고 있었다. "나 괜찮아." 어니가 어느새 얼굴에 굳게 자리잡은 처량한 표정으로 말했다 "그냥 너무 가려워서 그래."

어니가 자살하려던 게 아니라는 게 조금 위안이 되었다. 월마가 버럭 짜증을 냈다. "뭐가 그렇게 가려워, 응? 알레르기가 다시 시작할 때도 아니잖아. 여름 내내 긁었으면 됐지 겨울까지 난리야, 진짜."

윌마가 가까이 다가가서 벌겋게 부어오른 피부를 들여다보았다. "맙소사, 저건 옻이잖아. 어디서 저런 걸 옮아 왔어?"

옻이라.

둘은 서로를 물끄러미 바라보았다.

윌마가 옷장 위에 있는 어니의 내의를 그러쥐었다. 윌마가 아직도 옷핀이 달린 내의를 거기 놔뒀는데, 복권 조각이 보란 듯 붙어 있었다. "입어." 윌마가 명령했다.

"그치만……."

"입어!"

정확히 복권이 있던 자리에 옻이 올라 있었다.

"저 거짓말쟁이 댄서 같으니." 윌마가 턱을 내밀고 어깨를 쫙 폈다. "빅 짐보가 네 시경에 온다고 했겠다, 그렇지?"

"그랬던 것 같아."

"좋아. 설마 우리가 짐보의 귀가를 환영하는 사절단 같아 보이지는 않겠지."

3시 30분에 그들은 로레타의 집 앞에 차를 세웠다. 기대한 대로 짐보의 16륜 구동 트럭은 아직 와 있지 않았다. "우리가 여기 몇 분 앉아 있으면 저 사기꾼이 불안해할 거야." 윌마가 결단을 내리고 말했다.

그들은 로레타의 집 유리를 가린 수직 블라인드가 이상하게 자꾸 걷히는 것을 지켜보았다. 4시 3분, 어니가 떨리는 손으로 가리켰다. "저기, 가로등 밑에, 저게 짐보의 트럭이야."

“가지.” 윌마가 어니에게 말했다.

로레타가 이번에도 과하게 활짝 웃으며 문을 열어 주었다. 윌마는 로레타가 매우 초조한데 억지로 웃고 있다는 것을 눈치챘다.

“어니, 윌마. 크리스마스를 축하하러 정말 와 주셨군요.”

“크리스마스 축하는 됐어. 복권을 되찾은 걸 먼저 축하해야지. 당신은 옻 오른 게 좀 어때?”

“아, 이제 낫기 시작했어요. 근데 말투가 왜 그래요?”

“아주 망신살이 뻗쳤어.” 윌마가 창문 앞에 서서 버티컬 블라인드를 내렸다. “아이고, 저게 뭐야? 빅 짐보가 왔네. 너희 한 쌍이 참지 못하고 서로 몸에 손을 댔다고 가정해 보자. 네가 내 남편하고 놀아나는 바람에 화가 나 못살겠으니 널 고소한다고 하면 짐보가 얼마나 화를 낼까?”

“내가 뭐요?” 로레타의 얼굴이 하얗게 질리자 정성껏 바른 자줏빛 립스틱이 한층 더 짙어 보였다.

“못 들었어? 난 증거가 있어. 어니, 셔츠 벗어서 남의 남편이나 뺏는 여자한테 당신 가슴에 난 발진 보여 줘.”

“발진이라고요.” 로레타가 고통 어린 신음을 냈다.

“너랑 똑같은 옻이 올랐던걸. 네가 복권 가져가려고 내 남편 속옷 아래 손을 댄 때부터 가슴이 저랬대. 어때, 부정해 봐. 짐보한테 복권 이야기는 비밀로 하고 너랑 어니가 그저 재미나 조금 봤을 뿐이라고 말해 보시지.”

“거짓말 마요. 여기서 당장 나가세요. 어니, 셔츠 단추 풀지 마요.”

로레타가 겁에 질려 어니의 두 손을 부여잡았다.

"오, 우리 거물 짐보 님이 오시는군." 짐보가 트럭에서 내리자 윌마가 감탄하듯 바라보며 말했다. "진짜 덩치가 큰 남자인걸. 어니, 바지도 벗어." 윌마가 버티컬 블라인드에서 손을 놓고 로레타에게 서둘러 다가왔다. "아래에도 발진이 있어." 윌마가 속삭였다.

"아, 맙소사. 알았어요, 알았어. 바지 벗지 마요!" 로레타가 식당으로 달려가 자기 어머니의 유물이 든 도자기 찬장을 열어젖히고 떨리는 손으로 설탕 병을 꺼냈다. 복권을 손에 쥐자 병이 손에서 떨어져 박살이 났다. 문에서 짐보가 열쇠를 돌리는 소리가 들리자 로레타가 윌마의 손에 복권을 구겨 넣어 주었다. "이제 나가요. 아무 말도 하면 안 돼요."

윌마는 빨강과 검정 체크무늬 덮개로 감싼 소파에 앉았다. "너무 서둘러 나가면 이상하지 않겠어? 우리는 당신이랑 빅 짐보와 함께 크리스마스 축하 음료를 마실 거야."

마을에 있는 집들은 하나같이 지붕에 산타클로스를, 잔디에는 천사를, 창문 밖에는 조명을 감아 장식했다. 두 사람은 평화로운 미소를 지으며 집에 도착했고, 윌마는 주변이 정말 아름답다고 감탄했다. 집에 들어가 윌마는 어니에게 복권을 건넸다. "원래 하려던 대로 내 스타킹에 복권을 넣어 줘."

어니가 고분고분 침실로 들어가 아내가 가장 좋아하는, 큐빅이 달린 휘색 팬티스타킹을 골랐다. 윌마는 서랍에서 특별한 날에만 신는 다이아몬드 무늬 양말 하나를 꺼냈다. 윌마가 뜨개질을 잘 못해 다소 들쑥날쑥했지만 어니의 양말 중에 가장 괜찮은 것이었다. 가짜 벽난로 위 선반에 스타킹을 고정하면서 어니가 말했다. "윌마, 나 밑에는 옻 안 올랐어." 목소리가 다 기어들어가서 제대로 들리지도 않았다.

"나도 알아, 그냥 속임수를 쓴 거야. 이제 잔말 말고 내 스타킹에 복권이나 넣어, 그럼 나도 당신 양말에 선물 넣어 줄게."

"이렇게 말썽만 부리는데도 선물을 사 왔어? 오, 윌마."

"산 거 아니야. 약장에서 꺼내 리본만 달았어." 행복한 미소를 지으며 윌마는 어니의 다이아몬드 무늬 양말에 칼라민 피부 로션 한 병을 던져 넣었다.

크리스마스 고양이

THE CHRISTMAS KITTEN

에드 고먼 Ed Gorman

릴리언 잭슨 브라운이나 리타 메이 브라운이 쓰는 소설처럼 귀엽고 작은 고양이가 등장하는 사랑스러운 스토리를 기대하지 마시라. 다재다능하고 다작하는 작가 에드 고먼은 단순히 그런 이야기를 쓰지는 않는다. 작가의 작품 대부분이 미스터리 장르이기는 하지만 호러(호러 작가 협회에서 주는 브램 스토커 상 후보에 오름)와 서부소설(미서부 작가회에서 주는 스퍼 상을 수상) 등 다른 많은 형태의 소설을 썼다. 또한 미국 미스터리 작가 협회 선정 에드거 상에 1991년 「죄수들」로 최고 단편상과 1994년에 살인의 미학을 위한 최고의 전기/비평 작품 후보에 올랐다. 그리고 미스터리 소설과 《미스터리 신 매거진》을 오랫동안 편집해 온 공로와 수많은 단편집들이 인정되어 2003년 미국추리협회 작가협회의 '엘러리 퀸 상'을 수여받는 영광을 누렸다. 「크리스마스 고양이」는 엘러리 퀸 미스터리 매거진의 1997년 1월호에 처음 발표되었다.

1

"기분이 어떠세요?" 내가 사무실 안을 고개로 가리키며 물었다.

파멜라 포레스트는 산타클로스가 정말 있다는 말이라도 들은 표정으로 사랑스럽고 우아한 얼굴을 들고 나를 바라보았다.

"왜 그런 바보 같은 질문을 해요, 맥케인?" 파멜라가 미소를 지으며 반문했다.

"아, 난 그냥……."

"크리스마스 시즌이니까 보통 사람 같으면 대체로 기분이 좋을 거다?"

"뭐 대충 그런 거죠."

"그래도, 우리 휘트니 판사님은 아니에요."

"적어도 한결같은 분이긴 하시네요." 내가 말했다.

나는 여느 때처럼 사무소에 앉아 의뢰인들에게 수임료를 받아내려고 열심히 전화를 걸다 말고 이곳으로 불려왔다. 내게는 1951 포드 컨버터블 차가 있고, 다음 달에 디모인에서 열리는 플래터스 1950년대를 풍미한 리듬 앤드 블루스 보컬 그룹 콘서트에 아름다운 파멜라 포레스트를 데려갈 꿈도 품고 있다.

"플래터스 콘서트에 또 갈 생각 없어요?" 내가 말했다.

"오, 맥케인. 당신은 거기 왜 가려는 거예요?"

"난 그냥……."

"내가 플래터스를 얼마나 좋아하는지 알기 때문이죠. 하지만 우리 둘이 다시 데이트하는 건 별로 좋은 생각이 아닌 것 같아요." 파멜라가 내게 구슬픈 미소를 지어 보였다. "당신 휴일을 망치기만 할 거예요. 미안해요. 맥케인, 내가 당신을 좋아하는 거 알죠? 하지만 내겐 스튜어트가 있어요."

지금은 1959년 크리스마스이고, 나는 적어도 1957년 크리스마스부터 파멜라와 데이트할 기회를 넘보고 있다. 그러나 우리에겐 문제가 있었으니, 나는 파멜라를 사랑하는데 파멜라는 스튜어트를 사랑했다. 하필 스튜어트는 대학에서 미식축구를 했던 스타선수이자 인근에서 세 번째로 돈이 많은 거부의 상속자였다.

파멜라의 내선전화가 울렸다. "파멜라, 맥케인이 또 와서 칭얼대고 있지?"

"꼭 그렇진 않습니다. 판사님."

"어서 이리로 튀어 들어오라고 해."

"네, 판사님."

"그리고 내 사촌 존에게 전화해서 오늘 오후 세 시쯤에 가겠다고 말해."

"네, 판사님."

"드라이클리닝 맡긴 거 안 까먹고 찾아오게 나중에 말해 줘."

"네, 판사님."

"그리고 맥케인한테 여기 튀어오라고 해 줘. 이 말은 아까 했나?"

"네, 이미 말씀하셨습니다, 판사님."

나는 사랑스럽고 우아한 파멜라에게 작별 인사를 하고 내 상관을 만나러 들어갔다.

"이번엔 그 작자가 또 무슨 짓을 했는지 알아?" 내가 문턱을 넘자마자 엘리너 휘트니 판사가 말했다.

여기서 말하는 '그 작자'는 아이오와의 블랙리버 폴스 마을에 사는 특정인을 지칭했다. 우리의 자랑스러운 경찰국장, 클리프 사이크스 주니어였다. 저지르지도 않은 살인죄로 사람들을 체포하는 끔찍한 습관 덕에, 휘트니 판사에게 잘못을 꼬집는 일의 즐거움을 선사하는 사람이기도 하다.

백여 년 전에 휘트니 판사의 가족은 동부에서 많은 돈을 가지고 와서 마을을 건설했다. 그 이후로 휘트니 일가의 기세가 죽 이어지다, 2차 세계대전이라는 대재앙을 지나면서 클리프 사이크스 시니어가 전시 건설업계의 신흥 강자가 되었다. 사이크스 시니어는 휘트니 일가가 늘 해왔던 대로 마을 의회에 자기 사람을 심는 데 돈을 아끼지 않았다. 휘트니 판사는 당연히 그를 천둥벌거숭이 문외한으로 여겼다. 판사의 가족이 베르디, 페르메이르, 톨스토이와 친교를 맺던 곳을 사이크스 가족은 〈마 앤 파 캐틀〉과 〈프랜시스 더 토킹 뮬〉 둘 다 미국의 코미디 영화 같은 문화적인 아이콘으로 만들었다. 나도 틈날 때마다 자동차 극장으로 관람하러 가곤 하는 캐릭터들이었다.

어쨌든 마을 경영에서 사이크스 가족이 접근할 수 없는 유일한 분야가 휘트니 판사의 법정이었다. 클리프 사이크스 주니어가 누군가를 살인죄로 체포할 때마다 판사는 나를 불러 일을 처리하게 했다. 나는 변호사일 뿐 아니라 야간 과정으로 범죄학을 수강하고 있다. 그래서 판사는 나를 자신의 전용 사설탐정으로 적합하다고 생각했고 조사가 필요할 때마다 나를 부른다. 나는 휘트니 판사가 그렇게 해 줘서 기쁘다. 판사는 내 유일한 안정적 수입원이다.

"그 작자가 내 사촌 존의 아들인 릭을 체포했어. 여자 친구를 살해했다는 죄목으로 말이야. 그런 멍청한 개자식이 있나!"

130킬로그램 나가는 천재 범죄 해결사 렉스 스타우트의 소설에 등장하는 안락의자 탐정 네로 울프를 가리킴의 시대이자, 탐정 사무소의 가시철사처럼 빳빳한 여성 오너들도 90킬로그램에 이르는 오늘날루스 켈로웨이, 테스 모나한, 스킵 랭던 등의 탐정 캐릭터를 가리킴 엘리너 휘트니 판사는 작고, 단정하고, 매우 잘생긴 여성이다. 그리고 판사는 어떻게 입어야 잘 어울리는지 안다. 오늘은 갈색 스웨이드 블레이저코트와 빳빳한 버튼다운과 흰 칼라의 셔츠와 검은색 딱 붙는 슬랙스를 입었다. 셔츠의 열린 칼라 안으로 눈 색깔과 완벽하게 조화를 이루는 초록색 실크 스카프를 두르고 있었다.

판사는 산처럼 쌓인 고무 밴드 통을 옆에 두고 책상 끝에 올라앉아 있었다.

"앉아, 맥케인."

"그 사람이 한 일이 아닙니다."

"앉으라고 했어. 내가 자네 서 있는 걸 싫어한다는 거 몰라?"

나는 얼른 앉았다.

"그가 한 일이 아닙니다."

"맞아. 걔가 한 일이 아니야."

"그래도 이번만은 판사님이 반드시 틀리게 돼 있어요. 제 말은 확률적으로라도 사이크스가 맞을 차례란 말씀입니다."

판사가 내게 과제를 줄 때마다 내가 하는 말이다.

"그래도 이번에는 그자가 틀렸어."

내가 확률에 관해 얘기할 때마다 판사가 내게 하는 말이다.

"린다 파머가 릭의 여자 친구였다고 들었습니다."

"맞아."

"아파트에서 발견된 사람이 그 여자인가요?"

판사가 고개를 끄덕였다.

"사이크스가 가져온 증거는 뭡니까?"

"릭이 그저께 밤에 그 아파트에서 도망치는 걸 이웃 세 명이 봤어."

판사는 엄지와 검지에 고무 밴드를 끼워 권총처럼 만들어 발사했다. 내 귀 바로 옆으로 고무 밴드가 지나갈 때 내가 몸을 움찔하는지 가만히 있는지 보는 것을 즐기는 것이다. 나는 절대 판사가 원하는 대로 하지 않으려고 애쓴다.

"사이크스가 릭의 차와 옷도 조사했습니까?"

"섬유나 혈액 같은 걸 검사했냐는 말이지?"

"네."

판사가 능글맞게 웃었다. "사이크스가 그런 걸 할 만큼 똑똑할 거라고 생각해?"

"지당하신 말씀입니다."

판사가 일어나 서성대기 시작했다.

나는 감히 일어나서 서성거리는 게 허락되지 않지만, 판사는 얼마든지 그렇게 한다. 결국 판사가 우주의 중심이니까.

"계속 존 생각이 나. 너무 불쌍해. 좋은 아인데 말이야."

"그러게요."

"아들 없이 크리스마스가 얼마나 황량할까. 존을 집으로 초대해야겠어."

나라면 반기지 않을 초대였다. 판사는 저택 1층 유리 사육장에 어마어마한 수의 방울뱀을 키웠다. 나는 하나라도 탈출할까 봐 항상 겁이 났다.

나는 자리에서 일어났다. "바로 시작하겠습니다." 판사가 그 정도로 깊이 수심에 잠긴 것을 본 적이 없다. 대개 클리프 사이크스 주니어와 전쟁을 시작할 때면 판사는 아주 전투력이 생기는 편이었다.

그러나 자기 사촌, 그것도 사촌의 아이가 관계되자 달라졌다. 남편을 셋이나 먼저 땅에 묻고, 아이젠하워 대통령이 미드웨스트에 오면 종종 함께 골프를 치고, 근처 아이오와 농장을 방문한 후르시초프구 소련의 지도자로부터 추파를 받는 휘트니 판사에게도 우울한 순간이 왔다.

휘트니 판사가 책상으로 돌아가 끄트머리에 걸터앉은 다음 고무 밴드 하나를 새로 장전해 쏘았다.

"맥케인, 자네 간이 점점 커지고 있군. 예전만큼 움찔거리지 않아."

"판사님이 크리스마스 분위기를 타시는 증거로 받아들이겠습니다. 제가 전만큼 쫄지 않는다는 걸 눈치 채신 점 말입니다."

판사가 도끼눈을 뜨고 나를 노려보았다. "그 자식 혼쭐을 내 줘, 맥케인. 내 가족의 명예가 여기 달려 있어. 릭이 성급한 녀석이긴 하지만 살인자는 아니야. 그런 식으로 가족의 이름을 더럽히기에는 가족을 많이 신경 쓰는 아이라고."

그리하여 약간의 귀족적인 자만심은 말할 것도 없고 크리스마스 정신까지 들먹인 후에 나는 잘생긴 휘트니 판사에게 작별을 고했다.

2

붉은색 포드 컨버터블은 크리스마스 즈음에 타기엔 좀 춥다. 나는 옷의 단추란 단추는 다 채웠지만, 겨울바람은 여전히 수시로 차를 후려쳤다.

시립공원에는 눈사람과 크리스마스 천사들이 가득했고 쇼핑센터를 따라 늘어선 확성기에서는 빙 크로스비와 페리 코모와 조니 마티스의 캐럴이 흘러나왔다. 아이였을 때 그 공원에서 크리스마스 콘서트를 했던 기억이 났다. 크리스마스트리의 조명 아래 사람들이 서서 한참 동안 우리의 노래를 들어 주었다. 그해 내가 반했던 소녀를 하염없이 바라보는 것만으로 마음이 따뜻해지곤 했던 기억이 난다. 나는 심지어 그때도 나를 좋아하지 않는 사람들에게 끌렸다. 아마 그래서 가장 좋아하는 시즌송이 엘비스의 〈블루크리스마스〉인 모양이다. 내가 겪은 연애를 솔직하게 담아내는 우울한 노래니까.

린다 파머의 아파트 건물 진입로에 들어섰다. 지상 2층, 지하 2층의 건물이었다. 뒤편에 자갈로 된 주차장이 있었다. 현관에는 호랑가시나무와 산타클로스의 플라스틱 흉상이 매달려 있었다.

현관 안 우편함이 모여 있는 통로에 들어서니 패티 페이지가 부르는 크리스마스 노래가 들렸고, 나는 다시 파멜라 포레스트가 간절히 그리워졌다. 파멜라가 스튜어트와 몇 번 헤어졌다 만나는 동안 나와도 가끔 데이트를 한 적이 있었다. 그녀에게는 그리 대단한 일이 아니었겠지만, 그때는 내 평생의 황금 시대였다. 거인들이 지구에 온다 해도 태양광선을 잘게 썰어 금이라고 속여 팔 수 있을 것 같았다.

"안녕하세요." 음악소리가 줄고 문이 열리자마자 내가 인사했다.

린다 파머의 반대편 집에서 문을 열어 준 젊은 여인은 머리를 총총 땋아 리본을 묶고 컨트리 가수가 인쇄된 운동복 상의에 종아리 절반까지 청바지를 접어 입은 귀여운 아가씨였다. "안녕하세요."

"전 맥케인이라고 합니다."

"전 바비 토마스예요. 휘트니 판사님의 비서 아니세요?"

"음, 뭐 그 비슷합니다."

"그럼 여기 오신 게……."

"네, 린다 파머 사건이죠."

"불쌍한 린다." 바비가 당장 슬픈 표정을 지었다. "이제 여기 사는 게 무서워요. 린다한테 그런 일이 일어났으니……."

바비가 말을 막 끝내려는데 작은 삼색 고양이 한 마리가 바비의 다리 사이를 통과해 아파트 밖으로 뛰어나갔고, 동시에 '더비 세탁'이라고 새겨진 모자에 회색 유니폼을 입은 키 큰 사내가 걸어 들어와 깔끔한 비닐로 포장된 꾸러미를 하나 바비에게 건넸다. 안에는 작은 회색 융단과, 흰 융단, 엷은 황갈색 융단이 들어 있었다. 모두 낡은 양탄자였다.

"이용해 주셔서 감사합니다."

더비 업체 직원이 인사하고는 떠났다.

나는 계속 고양이를 보았다. 너무 귀여운 암고양이였다. 고양이는 바비의 맞은편 집 문으로 냅다 걸어갔다. 문패에는 아직 린다 파머라고 적혀 있었다.

"죄송하지만 쟤 좀 잡아다 안에 들여놔 주시겠어요? 드라이클리닝한 걸 치워 놔야 해서요."

10분 후, 우리 셋은 바비의 거실에 자리를 잡고 앉았다. 고양이까지 합쳐 셋이었다. 고양이의 이름은 소피아로, 무릎에 앉아 내가 커피를 마시려고 잔을 들 때마다 냄새를 맡았다. 아파트는 작지만 깔끔하게 정돈되어 있었다. 바닥은 오크나무였는데 바닥 전체에 카펫이 깔려 있어서 잘 보존된 상태였다. 바비는 비닐포장에서 드라이클리닝된 융단을 꺼내 벽난로 앞에 깔았다.

"너무 잘 더러워져요." 바비가 다시 걸어와 앉았다. 그러고는 고양이 쪽으로 고개를 숙여 보이며 말했다.

"어느 날 아래층 세탁실에서 쟤를 발견했어요. 거기 작은 TV가 있어서 린다와 저는 앉아서 담배도 피우고 콜라도 마시며 〈밴드스탠드〉퍼포먼스와 춤 위주의 음악 프로그램를 즐겨 봤죠. 딕 클라크〈밴드스탠드〉의 진행자가 사기꾼이라고 생각하세요? 제 남자 친구는 그렇대요. 아, 헤어졌으니 전남친이라고 해야겠군요." 바비가 어깨를 슬쩍 으쓱하더니 다시 말했다. "딕 클라크가 사기꾼이라고 생각하시냐니까요?"

앨런 프리드라는 DJ는 뇌물을 받고 자기 라디오 쇼에서 방송곡을 조작한 혐의로 연방 기관과 충돌을 벌이고 있었다. 사람들은 프리드가 대히트곡을 만들어 낼 만한 힘이 없으니 희생양으로 이용되는 거라고 느꼈다. 한편 딕 클라크는 히트 레코드를 만들거나 끌어내릴 힘이 충분했다. (맙소사, 거의 매일 오후 한 시간 반은 〈아메리칸 밴드스탠드〉를 방송하니 당연히 힘이 있었다.) 그러나 어쩐지 연방 기관은 그를 제대로 조사하지 않는 게 수상했다.

"사기꾼일 수도 있겠죠. 그런데 저는 린다에 관한 얘기를 하고 싶습니다."

바비가 다시 슬픈 표정을 지었다. "그래서 제가 딕 클라크 얘기를 했나 봐요. 린다 얘기를 하기 싫어서……."

"죄송합니다."

바비가 한숨을 쉬었다. "어쩌겠어요. 익숙해지는 수밖에." 그러더니 이번에는 소피아를 보았다. "얘 정말 귀엽지 않아요? 우리는 얘를 크리스마스 고양이라고 불렀어요."

"그렇군요."

"그 이야기부터 할게요. 어느 날 린다랑 제가 아래층에 가니 소피아가 있더라고요. 요 작은 고양이 말이에요. 그래서 우리 둘이 쟤를 입양하게 되었죠. 우리는 문을 열어 둬서 소피아가 두 집 사이를 왔다 갔다 할 수 있게 했어요. 여기서 잘 때도 있고 저기서 잘 때도 있게 말이에요." 바비가 고양이한테서 시선을 거두어 나를 보았다. "그 사람이 린다를 죽였어요."

"릭?"

"네."

"이유는요?"

"이유요? 장난하세요? 둘이 싸울 때 보셨어야 해요."

"릭이 린다를 때리기도 했나요?"

"제가 알기로 그런 적은 없어요."

"협박은요?"

"늘 위협했죠."

"이유를 아십니까?"

"릭이 질투가 심했어요. 밤에 길 맞은편에 앉아서 린다네 집 유리창을 바라보곤 했어요. 몇 시간이나 그러고 앉아 있었죠."

"집에 린다가 있을 때였나요?"

"그럼요. 릭은 이게 린다도 즐기는 비밀 데이트라고 주장하지만, 린다는 한 번도 그렇게 생각한 적 없었어요."

"최근에 둘 사이에 무슨 특별한 일이라도 있었습니까?"

"무슨 일이 있었는지 모른단 말씀이세요?"

"네, 그런 것 같습니다만."

"린다가 릭에게 약혼반지를 돌려줬어요."

"그래서……."

"릭이 주먹으로 린다의 침실 창문을 깼어요. 한밤중에 잔뜩 취해서요. 제가 경찰에 신고했어요. 릭이 휘트니 가문 사람이라고 언제든 자기 맘대로 법을 어겨도 되는 건 아니잖아요."

바비가 이 근방 출신인지 물어보려 했지만, 목소리에 실린 휘트니 가족에 대한 분노로 보아 질문을 할 필요도 없을 것 같았다. 휘트니가는 100년도 넘게 인근에서 가장 고압적인 사람들로 군림해 왔으니까.

"경찰이 왔습니까?"

"사이크스가 직접 왔어요."

"와서 뭘 했죠?"

"릭을 체포해서 집어넣었어요." 바비가 깊고 푸른 눈으로 나를 진지하게 보았다. "그는 매 순간을 즐기더군요. 사이크스 사람으로서 휘트니 사람을 체포하는 과정을 말이죠. 아주 좋아 죽더라고요."

다음으로 살인이 있던 날 밤에 관해 물었다. 20분이나 얘기했지만, 알게 된 건 많지 않았다. 바비는 밤새도록 자기 아파트에서 TV를 보느라 별다른 걸 듣지 못했다. 그러나 아침에 일어나 출근하려는데 린다의 인기척이 전혀 느껴지지 않아 노크를 했고, 아무 대답이 없어서 들어가 보았다. 린다는 바비의 집과 똑같은 벽난로 앞에서 흰 브라와 하프 슬립을 입은 채 왼쪽 머리가 으깨져 널브러져 있었다.

"제가 TV를 너무 크게 틀어놨었나 봐요. 전 서부영화를 좋아하는데 그날은 서부극 특집 상영이 있던 날이거든요. 좋은 영화만 골라서요. 근데 나중에 계속 그 생각이 나는 거예요. 만약 제가 TV를 그렇게 크게 틀어놓지 않았다면 소리를 들었을 수도……."

나는 고개를 저었다. "자책하지 마세요, 한번 그러기 시작하면 끝이 없습니다. 만약 내가 이러기만 했어도, 저러기만 했어도. 당신은 할 수 있는 걸 다 한 겁니다."

바비가 한숨을 쉬었다. "그 말이 맞았으면 좋겠어요."

"질문 하나 더 해도 되겠습니까?"

바비가 어깨를 으쓱하며 미소 지었다. "제가 공사다망하다는 것 아시죠?"

"전 여기서 잠시 릭을 빼 보고 싶거든요. 해 보시겠습니까?"

"용의선상에서 빼고 싶다는 말씀이신가요?"

"네."

"해 볼게요."

"좋습니다. 자, 린다나 릭을 싫어하는 세 사람을 꼽아 보세요."

"릭은 왜요?"

"살인자가 릭을 범인으로 만들고 싶은 것일지도 모르니까요."

"아, 그렇군요. 그럼 그웬을 꼽을 수 있겠네요. 그웬 도스. 릭의 전 여자 친구였어요. 그웬은 릭을 뺏어갔다고 항상 린다에 대해 험담했어요. 릭과 린다는 사귄 지가 그리 오래되지 않아서, 그웬이 공공장소에서 둘이 있는 걸 보면 아직도 린다와 말싸움을 하곤 했어요."

"그웬이 여기 와서 싸운 적도 있습니까?"

"한 번 있었던 것 같아요."

"언제였나요?"

"두어 달 전쯤일까?"

"무슨 일이 있었습니까?"

"큰일은 아니었어요. 그웬이랑 여자애들 몇 명이 잔뜩 취해서는 현관에 올라와 벽에 낙서를 하기 시작했어요. 진짜 유치했죠. 우리는 2년 전에 고등학교를 졸업했는데, 아직도 애들이라니까요. 제 말이 무슨 뜻인지 아시죠?"

나는 그웬의 이름을 메모한 다음 말했다. "린다를 못살게 군 사람은 또 없습니까?"

"폴 월터스도 있죠."

"폴 월터스?"

"린다의 옛 남자 친구였어요. 폴은 릭이 밤에 떠날 때까지 기다린 다음 와서는 린다에게 시비를 걸곤 했어요."

"린다가 폴을 안으로 들이기도 했습니까?"

"가끔은 그랬죠. 그리고 밀리 스타일스도 있네요. 린다가 일하는 곳 사장님의 부인이에요."

"그 여자는 왜 린다를 싫어했나요?"

"자기 남편을 뺏으려 한다고 생각했죠."

"사실인가요?"

"린다를 좀 더 알아보셔야겠네요."

"알겠습니다."

"린다는 화냥년이나 그런 게 아니었어요."

"화냥?"

"그 왜 있잖아요, 창녀 같은."

"하지만……."

"끼를 많이 부리기는 해요."

"그 이상은?"

"그 이상일 때도 있긴 했죠." 바비는 어깨를 으쓱했다.

"스타일스 씨와요?"

"아마도요. 그 사람 정말 잘생겼어요. 파비앙 닮았거든요."

바비는 아주 진지했다. 고등학교를 졸업한 지 얼마 되지 않아서인 것 같았다.

나는 턱을 긁다가 문득 소피아의 간절하고, 진심어리며, 가슴이 미어질 듯 다정한 얼굴을 똑바로 내려다보았다.

"소피아는 에스키모처럼 코로 뽀뽀하는 걸 좋아해요." 바비가 말했다.

우리는 코로 뽀뽀했다.

그런 다음 소피아를 내려놓자 바로 내 커피 잔에 앞발을 집어넣었다.

"소피아! 쟤는 꼭 물기가 있는 데 발을 넣어요. 아주 중독이에요. 저 조그만 악마가."

소피아는 우리에게 전혀 관심이 없었다. 꼬리의 방향을 바꾸더니 왼쪽 앞발로 바닥에 커피 자국을 내 가며 커피 테이블을 가로질러 갔다.

나는 자리에서 일어났다. "정말 감사합니다, 바비."

"일을 금방 끝내실 수 있을 거예요."

"어떻게 그럴 수 있겠습니까?"

"오늘밤에 스케이트 파티가 있어요. 방금 얘기한 사람이 모두 올 거예요." 바비가 또 한 번 내게 의미심장한 표정을 지었다. "저도 가고요.”

“그럼 저도 갈 만한 이유가 충분하겠군요.”

“여섯 시 반에 시작해요. 그때쯤이면 아주 어두울 거예요. 스케이트 탈 줄 아세요?”

내가 웃었다. “스케이트를 ‘탄다’고 부르기 민망할 정돕니다.”

“그럼 뭐라고 부르실래요?”

“지금 떠오르는 단어는 ‘자빠지다’네요.” 내가 말했다.

3

릭 휘트니는 그의 고모보다 훨씬 더 호감을 갖기 힘든 인물이었다.

“내가 여기서 나가면 저 촌뜨기를 잡아다 인디언 클리프에서 밀어버릴 거야.”

긴 금발에 여전히 기세등등하고 거만한 푸른 눈의 미남인 릭 휘트니는 지난 5분 동안 우리의 사랑하는 경찰서장인 클리프 사이크스 주니어를 상대로 쏘고 찌르고 태워 버리겠다고 으름장을 놓았다. 변호사로서 나는 모든 의뢰인에게 그런 감정을 표현하지 말라고 충고한다. 특히 계획 살인 (혹은 의사인 친구 스탠 그린바움의 말처럼 ‘미리 약을 친 살인’) 혐의로 감금되어 있을 때는 더더욱. “릭, 우린 아무데도 못 갑니다.”

릭이 내게 다시 대들었다. 그는 이미 서너 번이나 내게 얼굴을 들이밀고 손가락으로 쿡쿡 찌르며 도발했다.

"휘트니 집안 사람이 교도소에 있는 게 어떤 건지 알아? 제길, 우리 할아버지가 살아 있었다면 여기 와서 사이크스를 그 자리에서 당장 쏴 죽였을 거야."

"릭?"

"뭐?"

"앉아서 입 다무시죠."

"나한테 입을 다물라고? 니가?"

"네, 앉으라고도 했습니다."

"너 따위가 하는 명령을 내가 들을 것 같아?"

내가 벌떡 일어섰다. "좋아요. 그럼 난 갑니다."

릭이 고약한 말을 하기 시작했지만, 바로 그때 구름이 태양 위를 지나며 경찰서 2층의 감방 여섯 칸이 어두컴컴해졌다.

릭이 말했다. "앉을게."

"입은 안 다물고?"

휘트니 사람으로서 어려운 순간이다. 그들에게 굴욕은 이 하나를 뽑는 것보다 더 힘든 일이었다. "입도 다물게."

그래서 우리는 앉았고, 세 칸 떨어진 감방에 있는 술주정뱅이 둘이 우리 말을 못 들은 척하는 가운데 서로 불안정한 간이의자에 마주 앉아 이야기했다.

"길 건너편에 사는 모브리 부인이라는 사람이 살인이 있던 날 밤

열한 시경에 당신이 차로 뛰어가는 걸 봤답니다. 매팅리 박사가 추정한 사망 시각도 바로 그때고요."

"부인이 거짓말하는 거야."

"당신이 더 잘 알겠죠."

"그 사람들 모두 내가 휘트니 사람이라 미워하는 거야."

명문가 사람으로 사는 것도 쉽지는 않다, 특히 그것 때문에 하찮은 사람들의 미움을 받아야 한다면 더더욱.

"15초 줄게요." 내가 말했다.

"무슨 15초?"

"그만 뭉그적거리고 진실을 말할 시간. 당신이 아파트에 갔을 때는 이미 여자가 죽어 있었어, 안 그래요? 그래서 도망친 거죠."

술주정뱅이 두 명이 엿듣고 있었다. 여기 감방에 있든 아래층에 있는 방을 사용하든 클리프 사이크스 주니어는 어차피 도청을 할 터였다.

"10초."

릭이 한숨을 쉬었다. "맞아, 내가 시체를 발견했어. 하지만 죽이지는 않았어."

"확실해요?"

릭은 놀란 얼굴이 되었다. "도대체 무슨 말을 하고 싶은 거야?"

"당신이 그날 밤 술을 마셨냐, 그리고 술 마시고 필름이 끊겼냐는 거죠. 당신 술주정으로 유명하잖아요."

"맥주를 몇 잔 마셨어. 그게 다야. 필름 끊기진 않았어."

"좋아요. 이제 나머지 얘기를 해 봐요."

"주에서 그 법안을 통과시킬지 모르겠습니다." 내가 경찰서 뒷문을 나가는데 클리프 사이크스 주니어 서장이 말을 걸었다.

"그 법을 계속 추진하고 계신 줄 몰랐습니다, 클리프 주니어."

그는 자기 이름에 '주니어'가 붙는 것을 싫어했지만, 그가 나를 귀찮게 만들려 했으므로 나 역시 그를 성가시게 할 작정이었다. 브릴크림영국제 남성 헤어스타일링 제품을 너무 많이 바른 클리프 주니어는 '조금만 발라도 스타일이 살아요' 라는 시엠송 부분은 듣지 못했는지 콧수염까지 빳빳해서 마치 토요일 밤을 위해 차려 입고 바에 앉은 '죽돌이' 같았다. 거기다 워너 브라더스라면 에롤 플린의 서부영화에서 절대 입히지 않았을 카키 유니폼을 입고 있었다. 셔츠에 달린 견장 하나가 각각 10킬로그램은 넘어 보였다.

"넵, 내년부터 사형수는 교수형 대신 전기로 지질 겁니다."

지난 몇 년간 아이오와에서는 사형시키는 방법으로 어떤 것이 더 인도적일지 논쟁을 벌여 왔다. 어차피 사형 집행은 주에서 하지만 사형 방식은 우리 보고 정하라는 것이다. 적어도 자기가 사형수로 끌려간다고 생각할 때 어떤 방법이 더 나을지를 생각해 보는 것이다.

"당신은 릭 휘트니가 전기의자에 첫 번째로 앉는 사람이 될 거라고 생각하죠?"

서장이 비열하게 웃으며 이쑤시개를 입으로 쑥 집어넣었다. "당신이 그렇게 말한 거지, 난 아무 말도 안 했어요."

세간에 사이크스 가문은 아무리 돈이 많아도 절대 바뀌지 않을 거라는 말이 돌았다. 그들은 여전히 야비하고 멍청하고 부정직하며 상스럽다고.

"음, 당신의 즐거움을 망치고 싶진 않지만 릭은 내일 밤이면 여기서 나가게 될 겁니다. 클리프 주니어."

서장이 이쑤시개를 좀 더 쑤셔 넣었다. "뭐, 군대라도 와서 데려가려나?"

"군대까지는 필요 없을 것 같습니다, 클리프 주니어. 내가 진범을 찾기만 하면 릭은 자동으로 여기서 걸어나가게 될 테니까요."

서장이 머리를 저었다. "릭은 자기가 휘트니 집안 사람이어서 오줌을 눠도 냄새가 안 날 거라고 생각하지. 이번에는 그가 틀렸어요."

4

아무리 바보라도 서서 스케이트 타는 방법은 배울 수 있다. 무릎이나 엉덩이나 등으로 스케이트를 타려면 훨씬 더 많은 창의성과 인내가 필요하다.

그런 점에서 나는 대단한 쇼를 하고 있었다. 다섯 살짜리조차 나를 가리키며 킬킬거렸다. 어떤 아이는 그 작은 몸으로 어른스러운 표정까지 지었다. 마음 같아서는 손가락 욕설이라도 날려주고 싶었지만 스물여섯의 변호사인 내가 하기에는 옳지 않은 짓 같았다.

오늘밤에는 모든 것이 예뻤다. 사람들이 스케이트를 신으며 따뜻한 사과주를 마시고 휴게소 벽난로 앞에서 몸을 녹이며 어울렸다. 휴게소로 쓰는 큰 통나무집에서 회색 연기가 피어올랐다. 스피커에서 크리스마스 음악이 울려 퍼졌고, 몇 분마다 개가 주인을 찾아 얼음 위를 미끄러지는 광경도 볼 수 있었다. 우주인처럼 눈옷을 입은 꼬마들이 부모의 뒤를 따라 얼음 위로 아장아장 걸어갔다.

스케이터들은 대충 네 가지 유형이었다. 기술을 연마하기 위해 등장한 경쟁심 강한 스케이터들, 연신 머리 위로 여자 친구를 들어 올리는 과시욕이 강한 사람들, 모든 것을 태워 버릴 듯한 열기로 얼음판을 녹이는 사랑꾼들, 실수인 척하면서 사람들을 쓰러뜨리려는 중학생들. 아, 거기에 노인들도 더해야 할 것 같다. 머리가 허옇고 근엄한 노인들은 서로 팔짱을 끼고 얼음판을 가로지르는데, 지켜보고 있으면 참 재미있다. 그들은 아마 T형 자동차포드사가 만든 초기 자동차가 주차장에 늘어서고 루디 발레 음악이 흘러나오던 30년, 40년 전에도 여기 왔을 것이다. 오늘밤 스케이트 링크에 와 있는 우아한 그들은 보는 사람들의 감동을 자아냈다.

나는 링크 밖에 있었다. 기온이 영화 10도까지 떨어져서 계속 움직여야 했다. 연달아 넘어지는 것도 열이 나는 데 도움이 되었다.

또 넘어졌다 일어나는데 리바이스 바지를 입은 두 다리가 내 뒤에 서 있는 게 보였다. 다리를 따라 시선을 위로 올리니 그녀가 있었다. 정말 꿈같은 일이었다. 너무 자주 꾸는 백일몽이라 약간 양심이 찔리지만. 아름답고 우아한 파멜라 포레스트가 서 있었다. 흰색 모직 베레모에 빨간 꽈배기 스웨터와 청바지를 입은 그녀는 바보 같으면서도 고귀한 크리스마스 분위기의 화신이었다. 심지어 그녀는 웃고 있었다.

"어머, 당신이 여기 있어서 기쁘네요." 파멜라가 말했다.

"저랑 데이트하시게요?"

"아뇨. 나보다 훨씬 스케이트를 못 타는 사람을 만나서 기쁘다고요."

"아."

파멜라가 손을 내밀어 나를 일으켜 주었다. 내 손이 그녀의 팔을 스치자 향수 냄새가 코안으로 가득 번졌다. 갑자기 정신이 아찔해지면서 다시 뒤로 넘어질까 봐 조심해야 했다.

"데이트 중이에요?"

나는 고개를 저었다. "휘트니 판사 일 보고 있어요."

파멜라가 내 팔을 꽉 쥐었다. "우리 둘이서만 하는 얘긴데요, 맥케인. 난 당신이 언젠가 이런 사건을 직접 풀었으면 좋겠어요."

파멜라의 말은, 내가 맡은 사건에서는 항상 범인을 밝히려는 바로 그 순간 휘트니 판사가 나타나는 바람에 전부 판사가 사건을 해결하는 것처럼 보이는 점을 지적하는 거였다. 그렇지만 이 사건은 오로지 나 혼자서 해결하게 되리라는 느낌이 들었다.

"휘트니 판사님이 오늘처럼 화난 걸 본 적이 없는 것 같아요." 내가 말했다

"판사님이 걱정돼요. 릭과 관련된 이번 사건이요. 단순히 사이크스 가문과 맞설 일이 아닌 것 같아요. 가문의 명예가 달린 일이잖아요."

나는 파멜라를 보았다. "데이트 중이에요?"

그녀의 슬픈 표정으로 보아 어떤 대답이 나올지 알 것 같았다.

"아니요."

"아, 그래도 스튜어트가 여기 오긴 하겠죠."

"그럴 거예요. 가끔 여기 온다고 들었거든요."

"맙소사, 당신도 나만큼 애처롭네요."

"그렇게 말해 주니 고맙네요."

"나는 당신을 가질 수 없고, 당신은 그를 가질 수 없네요. 그러나 우리 둘 다 포기하지 못해요. 그렇죠?"

나는 파멜라의 팔을 잡고 함께 스케이트를 탔다. 각자 탈 때보다 같이 타니 그나마 스케이트가 더 잘 나갔다. 그 점을 얘기하려 했지만, 파멜라는 이번에도 내가 어설프고 진부한 방식으로 접근한다고 생각할 것 같았다. 나도 영화에 나오는 엘비스처럼 말을 번지르르하게 할 수 있으면 좋을 텐데. 영화에서 엘비스는 노래를 몇 곡 부르고 마을에 있는 모든 나쁜 사내를 흠씬 두들겨 팬다. 그사이 묘령의 여인들과 입을 쪽쪽 맞춘다.

처음에는 그들을 알아보지 못했다. 스케이트 복장이 너무 어둡고 타이트하고 수수해서 마치 러시아 발레단 같았다. 그들이 옆을 쌩하고 지나가자 사람들이 그들을 향해 숙덕거렸다. 의도한 대로였다.

신문 기자들은 데이비드 스타일스와 밀리 스타일스를 마을의 '예술 망명자들'이라고 표현했다. 한 해에 두 번 뉴욕에 가서 과격하고 새로운 아이템들을 자신들의 실내 장식 '살롱'에 가지고 왔으며, 훨씬 파격적인 급진사상 역시 들여왔다. 밀리는 마을에서 1년에 두 번 '올 누드 데이'를 열어야 한다고 말해 신문에 실린 바 있고, 데이비드는 항상 도서관 계단에 서서 금서를 복사한 책들을 허공에 흔들며 그 책들이 다시 도서관으로 돌아와야 한다고 주장하곤 했다. 사실 나는 스타일스 부부의 말에는 동의하지만, 스타일스 부부를 별로 좋아하지 않았다. 그들은 잔혹한 행위와 충격을 사랑하는, 돈 많고 매력적인 애호가일 뿐이었다. 큰 도시였다면 누구도 그들에게 관심을 두지 않았을 것이다. 그들은 이곳에서나 유명인사였다.

"세상에, 저 사람들 진짜 멋있다, 그죠?" 파멜라가 말했다.

"저런 스타일을 좋아한다면요."

"몸에 딱 붙는 올블랙 의상이라니. 누가 감히 저런 걸 생각해 내겠어요."

"당신이 훨씬 나아요."

파멜라가 황송하게도 내 이마에 키스해 주었다. "맙소사, 맥케인. 내가 당신을 사랑할 수 있다면 얼마나 좋을까요."

"나도 그러기를 바랍니다."

"그런데 심장에도 자기만의 규칙이 있더라고요."

"어디서 들어 본 소리 같아요."

"『페이튼 플레이스』그레이스 메탈리어스가 소설에서 등장시킨 뉴햄프셔 주에 위치한 가공의 지방 도시. 그곳에 사는 소시민들의 다양한 삶을 그렸으며 1957년에 영화로 만들어져 유명해짐에 나왔죠."

"아, 맞아요."

『페이튼 플레이스』는 2년 전에 온 마을을 휩쓸었다. 마치 앞에 있는 모든 것을 파괴하기로 작심하고 덤비는 군대처럼. 보수주의자들은 그 책을 도서관에서 없애려 했을 뿐만 아니라 문고본으로 판매하는 것도 금하려 했다. 스타일스 부부 같은 마을의 문학계 명사들은 이상할 정도로 잠잠했다. 그들은 그레이스 메탈리어스의 책처럼 서민적인 것을 옹호하는 사람으로 보이고 싶어 하지 않았다. 나는 소수파였다. 그 책을 좋아할 뿐 아니라 훌륭한 책이라고 생각했으니까. 헤밍웨이가 종종 말했듯 진실한 책이다.

링크의 저쪽 끝에서 데이비드 스타일스가 아내로부터 멀어지더니 휴게소로 향하는 게 보였다.

밀리 스타일스는 혼자 계속 스케이트를 탔다.

"잠시만, 곧 돌아올게요." 내가 말했다.

밀리 스타일스가 있는 곳으로 가는 동안 두 번 넘어졌고, 세 번이나 미끄러질 뻔했다.

"안녕하세요." 내가 인사했다.

"오." 밀리가 나를 바라보았다. "당신." 나는 막 밀리네 뒷마당에서 개가 끌고 나온 물건 같아 보였을 것이다. 아직 숨은 끊기지 않은.

"얘기 좀 할 수 있을까요?"

"참 나, 당신과 내가 할 얘기가 뭐가 있을까요, 맥케인?"

"요전날 밤 왜 당신이 린다 파머를 죽였는지에 관한 얘기죠."

밀리가 화가 나서 나를 때리려 했지만 다행스럽게도 내가 어김없이 자빠지는 바람에 밀리의 손이 살짝 빗나갔다.

대신 내가 몸을 바로 세우려고 손을 뻗어 밀리의 팔을 잡았다.

"날 좀 내버려 둬요."

"린다와 데이비드가 같이 자는 사이라는 걸 알았습니까?"

눈빛을 보니 분명 알고 있는 것 같았다. 바비 토마스가 했던 말, 린다가 얼마나 끼가 많은지에 관해 계속 생각이 났다.

그리고 처음으로 인간다운 느낌을 받았다. 그다지 예쁘다고 할 수 없는 여자가 화장을 잔뜩 하고 과하게 뉴요커입네 했다면 재수가 없을 뻔했다. 밀리의 눈에서 고통이 보였다. 나는 그 여자가 조금 불쌍했다.

난데없이 밀리의 남편이 나타났다. "무슨 일이야?" 아내의 눈빛이 심상찮은 걸 보더니 그가 내게 경멸을 드러냈다. 그러더니 아내의 어깨를 부드럽게 감쌌다. "맥케인, 당장 꺼져." 그가 남편이 아니라 아버지라도 되는 듯 방어적인 태도를 보였다.

"날 좀 내버려 둬요." 밀리가 다시 말하고는 스케이트를 타고 멀리 가 버려서 내가 잡을 방법이 없었다.

그때 파멜라가 다시 나타나 내 팔짱을 꼈다.

"맥케인, 나 좀 도와줘야겠어요."

"뭘 도와요?"

"내가 잘 지내는 것처럼 보이게 도와줘요."

그때 전직 대학 미식축구 스타이자 돈 많은 백수 스튜어트 맥긴리가 대책 없이 쾌활하고 사랑스러운 여자 친구 신디를 데리고 링크를 돌고 있는 게 보였다. 스튜어트가 빅8에 들었던 해에 신디 파크허스트는 주 대표 치어리더를 했었다.

이런 삼각관계라니! 나는 파멜라를 사랑하고, 파멜라는 스튜어트를 사랑하고, 스튜어트는 신디를 사랑했다. 신디는 휘트니 바로 아래 가문으로 스튜어트와 같은 계층 출신일 뿐만 아니라 스튜어트보다 돈도 훨씬 많고, 머리는 두 배로 비어 있는 사람이다. 신디는 스튜어트와 헤어지고 다른 사람과 데이트하려 했다. 스튜어트는 차이는 것에는 익숙하지 않아서 신디를 먼저 차려고 작정했다. 스튜어트는 신디에게 코가 꿰인 것이다.

오늘밤 그들은 둘 다 흰 옷을 입고 있었고, 그 모습은 가만히 서 있기만 해도 에드 설리반 쇼에 나올 자격이 충분할 것 같았다.

"어떻게 해야 하는지 모르겠는데요." 내가 말했다.

"뭘 어떻게 해요?"

"당신이 잘 지내는 것처럼 보이려면 어떻게 해야 하는지 모르겠다고요."

"내가 무슨 말을 할 거예요. 그러면 머리를 뒤로 젖히고 와하하 웃어 줘요. 준비됐죠?"

"넵."

파멜라가 들리지도 않는 무슨 말인가를 하고, 나는 머리를 뒤로 젖히고 웃는 시늉을 했다.

나는 자동차 극장에서 토니 커티스 영화를 모두 보았으니 최소한 몇 가지 연기 포인트는 잡았다고 생각했다. 하지만 연기를 잘했다고 느낀 건 아무 가치가 없는 일이었다. 스튜어트와 신디가 서로의 눈동자만 바라보느라 우리에게는 전혀 관심이 없었던 것이다.

"아카데미 남우주연상감이었는데 소용이 없네." 내가 말했다.

우리는 다시 스케이트를 타기 시작했고, 둘 다 흔들흔들 비틀비틀대다가 휴게소 옆에 서서 담배를 피우는 폴 월터스를 보았다. 그는 스케이트는 타지 않으면서 그저 다른 사람들보다 우월하다는 기분을 맛보려고 사람들을 구경하러 오는 그런 축이었다. 스케이트는 어린애들이나 하는 장난이라고 생각할 게 뻔했다.

"곧 돌아올게요." 내가 말했다.

내가 휴게소에 도착했을 때 그웬 도스가 폴 월터스에게 와 있었다. 폴이 피해자의 옛 남자 친구인 것처럼, 그웬은 용의자의 옛 여자 친구였다. 남매끼리 결혼한다는 켄터키 작은 마을도 우리의 편안하고 작은 공동체에 비하면 아무것도 아니었다.

내가 가까이 가자 통통하고 붉은 머리의 매력적인 그웬이 폴의 얼굴을 아래로 끌어당겨 그의 입술에 키스했다. 폴은 그웬에게 바로 키스를 되돌려 주었다.

"안녕하세요." 둘이 떨어지자마자 내가 말했다.

둘은 마치 외계인이라도 만난 것처럼 나를 쳐다보았다.

"아, 당신이 코디 맥케인이죠." 월터스가 말했다. 그는 키가 크고 근육질에다 어디 가든 비행청소년처럼 가죽 재킷과 청바지를 입었으며 가죽 부츠를 신었다. 아침에 양치한 직후 엘비스가 지을직한 비웃는 표정을 지었다.

"맞습니다. 우리 얘기 좀 할 수 있을까요?"

"우리?" 폴이 말했다.

"네. 우리 셋이요,"

"무슨 얘기?"

나는 엿듣는 사람이 없기를 바라며 주위를 둘러보았다.

"린다 파머에 관해서요."

"일주일에 하루 쉬는 날인데 이런 헛소리를 들어야 하다니." 폴이 한탄했다.

"린다는 걸레였어요." 그웬 도스가 말했다.

"왜 그래, 죽은 사람한테." 폴이 질책했다.

"그래, 그러니까 죽어 마땅한 거야."

"혹시 당신이 린다를 죽이지는 않았겠죠, 그렇죠, 그웬?" 내가 물었다.

"폴, 그래서 저 사람이 왔나봐. 우리가 저질렀다고 생각하는 거지."

"당신들이 저질렀다고 말하고 싶은 마음이 더 강해지네요." 내가 말했다.

"저 사람은 휘트니 집안을 위해 일해. 뭔지는 까먹었는데 수사관 비슷한 사람이야." 폴이 추정했다.

"릭이 린다를 죽이지 않았다는 증거를 찾고 있어. 그래서 여기 온 거야." 그웬이 뒷받침했다.

"두 분, 살인이 있던 날 밤, 열시에서 자정 사이에 뭘 하셨는지 말해 주시겠습니까?"

그웬이 폴의 허리에 팔을 둘렀다. "당연히 말할 수 있죠. 폴이 내 집에 있었거든요."

나는 그웬을 바라보았다. "좀 전에 오늘이 유일한 휴일이라고 말했잖습니까. 폴, 당신 일하는 곳이 어딥니까?"

그들이 거짓말을 하고 있다는 점을 지적하자 폴이 침착함을 잃어버렸다.

"저기 타이어 공장."

"살인이 있던 날 밤에 거기 있었습니까?"

"난…… 아팠어요."

나는 그의 얼굴을 살폈다.

"그웬과 같이 있었습니까?"

"아, 아뇨. 그냥 차를 타고 주위를 돌아다녔어요."

"그러다 가끔 하던 대로 린다의 집에 들렀구요?"

폴이 그웬을 슬쩍 보더니 다시 나를 보았다.

"아뇨, 나…… 나는 그냥 돌아다녔어요."

폴은 그웬만큼이나 거짓말을 못했다.

"그리고 나는 집에 있었어요. 혹시 궁금하실까 봐 말씀드리는 거예요." 그웬도 행적을 댔다.

"혼자 있었나요?"

그웬이 폴의 팔을 한 번 더 꽉 잡았다.

"내가 같이 있고 싶은 사람은 폴뿐이에요."

그웬이 폴의 손을 꽉 쥐었다. 그웬은 스타일스 씨가 자기 부인을 보호하듯 폴을 지키고 있었다. 그리고 그웬을 보고 있자니 어떻게 하면 진짜 살인자를 유인할 수 있을지 좋은 생각이 떠올랐다. 나는 살인자를 직접 가려내는 방식이 아니라 누가 누구를 보호하는지 알아보기로 했다.

"실례할게요." 그웬이 나를 밀어젖히고 폴을 자기 쪽으로 끌어당겼다.

그다음에는 몇 분 동안 파멜라를 찾았다. 마침내 빈 옥외 관람석에 앉은 그녀를 발견했다. 매주 일요일, 경기가 열릴 만큼 얼음이 단단하게 얼 경우에는 스피드 스케이팅 경기가 진행된다.

"괜찮아요?"

파멜라가 나를 올려다보는데 난 거의 뒷걸음쳐 돌아갈 뻔했다. 파멜라는 그만큼 내게 영향을 미쳤다. 가끔은 그러지 말았으면 싶을 만큼.

"맥케인, 그거 알아요?"

"뭘요?"

"스튜어트가 마음을 바꾸지 않고도 나와 사랑에 빠질 충분한 가능성이 있어요."

"그럼 당신 역시 당신의 마음을 바꾸지 않고도 나와 사랑에 빠질 충분한 가능성이 있겠군요."

"오, 맥케인." 파멜라가 말하더니 나긋나긋하고 우아한 몸을 펴며 일어났다. 그러고는 내 팔짱을 끼며 말했다. "더는 얘기하지 말아요, 우리, 알았죠? 그냥 스케이트만 타요."

그래서 스케이트를 탔다.

5

그날 밤 집에 도착한 나는 휘트니 판사에게 전화를 걸어 바비 토마스를 만난 날부터 오늘밤 아이스링크에서 두 커플을 면담하기까지 내가 알아낸 모든 사실을 보고했다.

늘 그렇듯 판사는 짜증이 날 정도로 미주알고주알 물어보고 챙겼다. 전화기 반대편에 있는 판사가 가운을 입고 앉아 맞은편에 있는 상상의 나를 향해 고무 밴드를 쏘고 있는 장면이 그려졌다.

"좀 쉬게, 맥케인. 목소리가 피곤해 보이네." 판사가 말했다.

사실이었다. 몸이 피곤했으니 아마 목소리에도 피곤함이 묻어났을 터였다. TV를 틀어 보았다. 10시 30분이라 마이크 해머미키 스필레인이 쓴 소설에 등장하는 사립 탐정가 방송됐다. 나는 미키 스필레인 책은 나오는 즉시 모두 사들인다. 평소에는 대런 맥거빈이 해머 역할을 참 잘한다고 생각하지만 오늘밤에는 전혀 내 관심을 끌지 못했다.

계속 내 계획에 관해 생각했다.

실제로 이 계획을 관철시키면 어떨까?

판사가 내 계획을 듣는다면 미스 마플애거사 크리스티가 만들어낸 캐릭터 영화에 나오는 스토리처럼 진부하다고 말할 것이다. (판사가 좋아하는 유일한 미스터리는 렉스 스타우트와 마저리 앨링엄이 쓴 것들이다.)

그러나 진부하면 어떤가, 진범을 잡을 수만 있다면.

나는 두 시간 동안 속옷 바람으로 책상에 앉아 메모 내용을 타이핑했다.

지나치게 깜찍한 것도 있었고, 너무 긴 것도 있었고, 도대체 말이 안 되는 것들도 있었다.

마침내, 문구를 정했다.

당신이 '그 사람'을 사랑한다면 오늘밤 아홉 시에 린다 파머의 아파트로 날 만나러 와 주세요.

친구로부터

그러고는 봉투 두 개에 주소를 적었다. 하나는 데이비드 스타일스, 또 하나는 그웬 도스에게 내일 배달되도록.

이 둘은 자기 연인이 살인을 저질렀다고 의심하고 있으니 내일 밤에 나타나는 사람은 중요한 질문에 답해야만 할 것이다.

살인 사건을 해결해서 휘트니 판사를 이기면 기분이 정말 좋을 것이다. 나는 자아가 비대한 사람이 아니다. 정말이다. 하지만 여태 맡은 사건 열 개를 결국 하나하나 다 해결한 것은 판사였다.

6

출근하기 전에 편지를 적당한 우편함에 넣은 다음, 그날 남은 시간은 내내 전화통을 붙들고 의뢰인들이 나에게, 으흠, 돈을 줘야 한다는 사실을 상기시키는 데 보냈다. 의뢰인들은 돈을 지불하지 않을 엄청난 이유를 늘 수백만 가지 준비해 놓았다. 조금만 더 분발하면 SF 소설가로 대성할 싹이 보이는 사람도 몇몇 있다.

나는 휘트니 판사와 통화하고 싶어 하는 척하면서 파멜라에게 세 번 전화했다.

"판사님은 오늘 아침에 일찌감치 재판을 마무리했어요." 두 번째 전화에서 파멜라가 말해 주었다. "그 후로 방에 바리케이드를 치셨어요. 처음에는 점심으로 뜨거운 머스터드 넣은 햄치즈 호밀빵 샌드위치를 가져오라고 하셨고, 두 번째는 고무 밴드를 가져오라고 시키셨어요. 고무 밴드가 다 떨어졌나 봐요."

"바닥에 많은데 왜 주워서 쓰지 않을까요?"

"한 번 쏜 걸 다시 쓰는 걸 싫어하시거든요."

"아!"

"느낌이 똑같지가 않대요."

일을 마치고 A&W에 들러 햄버거와 감자튀김과 루트비어를 샀다.

균형 잡힌 코디 맥케인 스타일 식사 메뉴다.

황혼이 붉게 물들어 한참 머물다가 공기가 식으면서 맑고 깨끗한 중서부의 별들이 하늘을 가득 채웠다.

린다 파머의 문에 있는 접근금지 스티커와 자물쇠를 풀기 전에 바비 토마스에게 인사하러 갔다.

바비는 고양이를 안고 문을 열어 주었다. 그녀는 시선을 돌리기 어려울 정도로 하얀 스웨터와 검은색 슬랙스를 입고 있었다.

"아, 안녕하세요, 맥케인."

"안녕하세요."

바비가 고양이 발 하나를 들고 흔들었다. "소피아도 '안녕'이라네요."

"안녕, 야옹아." 나는 뒤편에 있는 문을 고개로 가리켰다. "내가 당신을 믿어도 되겠습니까?"

"그럼요, 맥케인, 무슨 일인데요?"

"린다의 아파트에 몰래 들어갈 겁니다."

"에이, 농담이죠?"

"아마 복도에 사람들이 왔다 갔다 하면서 좀 시끌시끌할 겁니다. 그래도 경찰을 부르면 안 돼요, 알았죠?"

처음으로 바비가 뭔가 미심쩍어 하는 표정이었다. "문제가 생기진 않겠죠?"

"아마도."

"그, 뭐라고 부르는지 모르겠지만, 당신도 법원에서 일하는 공무

뭔 아니에요?"

"네, 맞습니다." 내가 죄 지은 사람처럼 말했다.

"그렇담, 몰래 들어가면 안 될 것 같은……."

"바비, 살인자를 잡고 싶은데, 그러려면 이 방법밖에 없어요."

"음……." 바비가 뭔가 말을 시작하려는데 뒤에서 전화기가 울렸다. "받아야 하는 전화 같네요, 맥케인."

"경찰한테 전화만 하지 말아 주세요."

바비가 한참 나를 보았다. "알겠어요, 맥케인. 아무 문제가 없기만을 바랄게요."

바비가 고양이를 품에 안고 눈부신 스웨터와 함께 아파트 안으로 사라졌다.

7

어쩐지 영화배우 앨런 래드가 된 기분이었다.

어떤 명작 범죄영화에서 앨런이 자기를 배신하려는 여자의 어두컴컴한 아파트에 앉아 있는 장면을 본 적이 있다. 그런 장면이 어떻게 펼쳐지는지 알 것이다. 울부짖는 듯한 고독한 색소폰 음악이 흐르고 앨런은 줄담배를 피우고 있으며 (그렇게 키가 작은 것도 당연하다. 모르긴 해도 중학생 때부터 담배를 피우는 바람에 성장이 더뎠을 것이다), 관객은 그가 얼마나 공허하고 슬프고 참담한 기분일지 느낄 수 있다.

이제 나도 안락의자에 앉아 담배를 연거푸 피우고 있다. 딱히 참담하거나 공허한 기분은 아니지만, 적어도 스스로가 좀 안됐다는 기분은 들었다. 진작 나 스스로 사건을 해결할 수 있음을 판사에게 보여줬어야 했는데.

그때 노크 소리에 화들짝 놀라 내가 뭘 하고 있는지 자각했다.

나는 린다 파머의 살인에 대한 아무 증거도 없이 용의자 네 명에게 이곳에 오라고 덫을 놓았다. 문을 열고 실제로 그들을 마주하면 어떤 일이 벌어질까?

곧 확인하게 될 것이다.

불을 꺼 둔 채 문으로 걸어가 부드럽게 문을 연 다음 데이비드 스타일스와 밀리 스타일스 부부의 얼굴을 바라보았다. 두 사람은 온통 검은 옷을 입고 있었다. 검은색 목티에, 데이비드는 검정 하프코트를 입었고 밀리는 짧은 검정 스웨이드 코트를 입었으며, 둘 다 까만 바지를 입고선 아주 기분 나쁜 얼굴을 하고 있었다.

"들어와서 앉으세요." 내가 말했다.

그들이 역겨운 표정을 주고받더니 나를 따라 아파트로 들어왔다.

"앉으시죠."

"왜 우리한테 그렇게 말도 안 되는 편지를 보냈는지 알고 싶군요." 데이비드 스타일스가 말했다.

"말이 안 되면 여기 왜 왔습니까?"

데이비드가 다시 밀리를 돌아보는데 뒷문에서 노크 소리가 들렸다. 불이 꺼져 있어야 자백을 끌어내기에 더 좋을 것 같아 불도 켜지 않고 어두운 아파트를 걸어갔다. 스토브 근처 커튼을 살짝 들고 밖을 내다보니 그웬과 폴이었다. 둘 다 표정이 어두웠다.

문을 열고 둘을 안으로 들였다.

무슨 말을 하기 전에 그웬이 나를 노려보았다. "맹세하는데, 그 여자가 살해된 날 밤에 폴은 내내 나랑 같이 있었어요."

살인 가능성에 따른 용의자 순서

1. 밀리

2. 그웬

3. 데이비드

4. 폴

그웬이 자기 자신을 알리바이라며 내놓기 전의 순위였다. 이제 폴은 1순위로 올라가고, 그웬이 그다음에 놓인다.

나는 그들을 따라 스타일스 부부가 서 있는 거실로 들어갔다.

벽난로로 가서 선반에 몸을 기대고 말했다. "이 방에 살인자가 있습니다."

밀리 스타일스가 콧방귀를 꼈다. "꼭 찰리 챈얼 데어 비거스의 미스터리 소설에 등장하는 형사 영화 같군요."

"전 진지합니다."

"나도 그래요." 밀리가 말했다.

"당신들은 각자 린다 파머를 죽일 충분한 이유가 있었습니다." 내가 말했다.

"난 없었어요." 데이비드 스타일스가 말했다.

"나도요." 폴이 말했다.

나는 선반에서 몸을 떼고 그들에게 시선을 고정한 채 방을 돌아다니기 시작했다.

"자백만 하면 우리 모두 많은 시간과 에너지를 절약할 수 있습니다." 내가 말했다.

"누구한테 얘기하는 겁니까? 어두워서 당신 얼굴이 보이지 않네요." 그웬이 말했다.

"진범에게 말하고 있지요."

"당신이 죽인 거 아니야? 그러고는 우리에게 덮어씌우려는 거지." 데이비드 스타일스가 말했다.

15분 동안 계속 그런 식이었다. 나는 진범이 진땀을 빼게 만들면서 점점 더 진상에 가까워지도록 계속 걸으며 혐의를 던졌다.

갑자기 클리프 사이크스 주니어의 순찰차가 모퉁이에 나타나면서 창문에 빨간 라이트를 비쳐대는 바람에 이 계획은 다 망해 버렸다. 곧 클리프가 총을 겨눈 채 차에서 뛰어내려왔다.

클리프가 현관으로 올라와 통로에 들어서더니 어느새 문 앞에 도착한 소리가 들렸다.

문이 열리고 잠시 후 바비 토마스가 부르짖었다. "맞아요! 내가 죽였어요! 내가 린다를 죽였다고요! 남자 친구랑 린다가 함께 자는 현장을 내가 봤어요!"

나는 문을 열고 통로를 내다보았다.

휘트니 판사가 클리프 사이크스 주니어의 옆에 서서 말했다. "진범이 저기 있어, 사이크스. 이제 감옥에 가서 내 조카를 꺼내 줘!"

그리고 동시에 판사가 몸을 돌려 아파트에서 걸어나갔다.

바비 토마스의 팔에는 크리스마스 고양이가 안겨 있었다. "내가 감옥에 가면 고양이는 어쩌지?" 바비가 흐느껴 울었다.

"안락사시켜야겠지." 세심함이라곤 모르는 클리프 사이크스 주니어가 말했다.

그 소리를 듣고 바비 토마스는 거의 발작을 했다.

"내가 데리고 갈게요, 바비." 나는 손을 뻗어 고양이를 안았다.

"고마워요." 사이크스가 바비를 차로 데려가는 동안 바비가 어깨 너머로 돌아보며 말했다.

린다 파머의 아파트에 와 있던 사람들은 사이크스가 홀에 들어오는 순간부터 앞문으로 나갈 때까지 나를 차례로 노려보았다.

"잘 있어요, 미스 마플." 데이비드 스타일스가 말했다.

"담에 또 봐요, 셜록." 그웬 도스가 실실 웃었다.

그웬의 남자 친구는 차마 여기에 옮길 수도 없는 말을 했다.

그리고 밀리 스타일스도 말했다. "찰리 챈이 훨씬 낫네요, 맥케인."

소피(나 같은 형식파괴주의자에게 소피아는 너무 형식적인 이름이다)와 나는 일찍이 제시 제임스미국 서부의 유명한 갱단 두목 가 총격을 벌인 적 있는 가게를 지나 나의 작은 아파트로 돌아왔다. 그런데 둘 다 깜짝 놀랐다.

구석에 크리스마스트리가 서 있었다. 초록, 노랑, 빨강 조명을 감고, 반짝이는 은빛 얼음 막대로 장식한 트리 맨 꼭대기에 작고 예쁜 천사가 보였다.

그리고 트리 옆에는 빨간 스웨터와 청바지를 입은, 아름답고 우아하고 멋있는 파멜라 포레스트가 서 있었다. 내가 소설에 나오는 셀스쿳이라면 파멜라가 옷을 홀딱 벗고 손가락을 뱅뱅 돌리며 나를 유혹했을 것이다.

그러나 나는 평소대로의 파멜라를 보는 것만으로도 행복했다.

"사건을 풀지 못한 것 때문에 당신이 낙담할까 봐 걱정이 됐는지, 휘트니 판사님이 트리를 사서 설치해 놓으라고 부탁하셨어요."

"그렇군요, 바비는 내 용의자 리스트에도 없었는데 판사님은 어떻게 범인을 알아냈습니까?"

파멜라가 내 팔에서 바로 소피를 데려가더니 코를 비비기 시작했다. "음, 일단 바비가 세탁 업체에 전화해서 붉은 얼룩—그러니까 피겠죠—이 묻은 양탄자를 세탁해 달라고 했죠. 그러니 아마 자기 집에서 린다를 죽인 다음 맞은편 린다의 집으로 도로 끌어다 놨단 의미겠죠. 고양이 소피아가 발에 피를 묻힌 채 흰색 양탄자 위를 걸어 다녀서 얼룩이 생겼을 가능성이 커요." 파멜라가 잠시 말을 멈추고 소피와 긴 시간 코를 비비며 에스키모 키스를 했다.

"두 번째로 바비가 그랬잖아요. 자기는 그날 밤 집에서 서부극 특집 영화를 봤다고요. 그런데 서부극 특집은 크리스마스 스페셜로 대체돼서 그날 밤엔 방영하지 않았어요. 그리고 세 번째는……." 이제 파멜라는 소피를 안고 흔들기 시작했다. "세 번째, 바비가 당신한테 잠깐 언급했던 남자 친구요. 그 남자가 린다의 매력에 사로잡혔다는 걸 알게 된 거죠. 어느 날 바비가 집에 와 보니 둘이 침대에 함께 있는 거예요. 그 남자는 바로 맞은편에 있는 린다의 아파트로 이동할 정성도 없었던 거죠. 맙소사, 맥케인. 이렇게 귀여운 고양이 첨 봐요."

"내가 고양이라면 얼마나 좋을까, 아니면 셜록 홈스이거나. 소피가 사건을 해결한 거네요, 그렇죠?" 내가 말했다.

파멜라가 소피를 다시 내게 건네며 말했다. "꼬마 아가씨, 아빠에겐 지금 키스가 필요한 것 같아."

이제 인정해야겠다. 난생 처음 파멜라 포레스트가 내 아파트에 와 있고, 소피의 달콤하고도 까칠까칠한 혀가 수없이 많은 고양이 키스를 날리고 있는 이 순간이 너무 좋다!

현대적인
크리스마스 미스터리

그날 조사실에서는

AND ALL THROUGH THE HOUSE

에드 맥베인 Ed McBain

에반 헌터는 에드 맥베인이라는 필명으로 역사상 가장 유명한 경찰 소설이자 독특한 콘셉트를 가진 87분서 시리즈를 탄생시켰다. 스티브 카렐라가 대개 중심 역할을 하지만 경찰 한 사람보다는 조사실 전체가 87분서의 주인공이다. 첫 책 『경찰 혐오자(Cop Hater)』를 필두로 모두 55편의 소설이 나왔다. 헌터가 본명으로 쓴 『블랙보드 정글(Blackboard Jungle)』은 뉴욕이 배경인 소년 범죄자와 폭력 조직을 다룬 의미 있는 책이다. 「그날 조사실에서는」은 《플레이보이》에 처음 발표되었고, 그 후 1984년에 미스터리 길드 회원들을 위한 소책자로 발간되었다.

스티브 카렐라 형사는 조사실에 혼자 있었다. 크리스마스이브 치고 아주 조용했다.

보통 상점들이 문을 닫는 시점에는 난리법석이 되기 마련이다. 그러나 오늘 밤은 조사실이며 경찰서 전체가 이상하게 너무 조용했다. 전화기도 울리지 않았고, 타자기가 탁탁거리는 소리도 들리지 않았다. 혹시 커피 있느냐고 위층으로 뛰어 올라오는 순경들도 없었다. 카렐라만이 책상에 앉아 방금 타이핑한 일간 보고서를 다시 읽으며 오자가 없는지 확인하고 있을 뿐이었다. '무장 강도'에서 '장'을 '상'으로 잘못 쳐서 '무상 강도'가 되어 있었다. 볼펜으로 선을 긋고 올바른 제목으로 고쳤다. 무장 강도, 컬버 애비뉴 소재 주류 판매점. 남자가 357 매그넘과 빈 포대 자루를 들고 들어옴. 주인이 무음 경보기를 눌렀고 보이 원을 타고 온 제복 경찰 두 명이 가게를 나서는 도둑을 체포함.

카렐라는 감압지의 종이와 먹지를 분리한 다음, 흰 종이를 가장 위 칸에, 분홍색 종이를 서무부 소속 미스콜로라고 표시된 칸에, 노란색 종이를 부서장이 보는 칸에 넣었다. 시계를 올려다보았다. 10시 반. 야간 근무조는 12시 15분 전에 올 것이다. 크리스마스이브이니 좀 더 빨리 올지도 모른다.

맙소사, 주변이 너무 조용했다.

카렐라는 의자에서 일어나 높이 쌓인 캐비닛 사이로 돌아 유치장 맞은편 구석에 있는 세면대로 갔다. 이렇게 조용한 밤에는 일하다 잠이 들 수도 있었다. 수도꼭지를 틀고 손에 물을 담아 얼굴에 끼얹었다. 카렐라는 키가 컸고 세면대 거울은 너무 낮아서 몸이 다 비치지 않았다. 정수리는 잘리고 눈높이까지만 보였다. 그는 자기 머리색보다 더 짙은 갈색 눈동자와 약간 처진 눈꼬리 때문에 동양적인 느낌이 났다. 카렐라는 종이 타월로 얼굴과 손을 닦고 세면대 아래 휴지통에 던진 다음 하품을 하며 다시 시계를 올려다보았다. 불과 2분밖에 지나지 않았다. 그럴 만도 했다. 너무 조용하면 시간도 더디 가게 마련이니까. 사건이 팍팍 터질 때가 훨씬 좋은데.

그는 조사실 끝에 있는 창문으로 걸어가 거리를 내려다보았다. 거리도 조사실처럼 조용해 보였다. 지나다니는 차도 많지 않았고, 행인도 거의 눈에 띄지 않았다. 하기야, 사람들은 이미 집에 가서 크리스마스트리를 장식하고 있을 것이다. 기상 예보는 눈이 온다고 했지만 아직 그럴 기미는 보이지 않았다. 카렐라는 창문에서 몸을 돌렸다.

그러자 얼굴에 피가 줄줄 흐르는 코튼 호스가 맨 먼저 눈에 띄었다. 호스는 복도에서 조사실로 통하는 격자문으로 백인 남자 둘을 떠밀어 넣고 있었다. 두 남자는 손목에 수갑을 한 쪽씩 나눠 차고 있었는데, 한 명이 호스가 수갑을 너무 꽉 조였다고 불평하는 중이었다.

"진짜 꽉 죄는 게 뭔지 가르쳐 줄까?" 호스가 다시 두 남자를 밀었다. 한 남자가 조사실로 곤두박질쳐 들어오는 바람에 다른 남자도 끌려 들어왔다. 화가 머리 끝까지 난 붉은 머리 호스는 키가 한참 작은 두 남자와 대비되었다. 예전에 강도가 칼로 그은 적 있는 오른쪽 관자놀이 흉터에선 머리가 자라지 않아 더욱 인상이 강렬해 보였다.

지금은 이마에서 흐른 피가 길쭉한 흉터를 빨갛게 물들인 뒤 오른 뺨을 타고 흘러내렸다. 두 남자 역시 피를 흘리고 있지만 호스에게는 전혀 위로가 되지 않는 듯했다.

"도대체 무슨 일이야?" 카렐라가 물었다.

호스가 상황을 잘 통제하고 있는데다 이미 경찰서 안까지 들어왔으니 크게 염려할 바가 아니었지만, 카렐라는 증원 요청을 받은 사람처럼 조사실을 가로질러 다가갔다. 호스가 데려온 두 남자는 이곳이 크리스마스이브를 보낼 만한 곳인지 결정이라도 하듯 주변을 둘러보았다. 조사실 구석에 있는 빈 유치장이 그들에게 열렬한 초대의 손길을 보내고 있었다. 한 남자는 호스의 눈치를 살피며 어깨 너머로 연신 곁눈질을 했다. 호스는 금방이라도 둘을 목 졸라 죽일 기세였다.

"앉아!" 호스가 버럭 소리를 지르고는 세면대 거울로 가서 얼굴을 살폈다. 그러더니 홀더에서 종이 타월을 찢어 내 물에 적신 다음 이마에 난 상처를 눌렀다. 상처에서 계속 피가 흘렀다.

"구급차를 부르는 게 낫겠어." 카렐라가 말했다.

"필요 없어." 호스가 말했다.

"우리는 필요해요." 한 남자가 말했다.

그 남자는 왼쪽 뺨에서 피가 났다. 수갑을 나눠 찬 남자는 턱 바로 아래 난 상처가 문제였다. 가슴팍 윗부분이 찢어진 셔츠에도 핏물이 들어 있었다.

호스가 갑자기 세면대에서 고개를 돌렸다. "그 가방 어쨌더라? 내가 들어올 때 가방 가지고 왔던가?" 호스가 카렐라에게 물었다.

"아니. 무슨 가방인데?"

"아래층 책상에 놔뒀나 보다." 호스가 즉시 수화기를 들고 숫자 세 개를 누른 후 말했다. "데이브, 나 호스야. 내가 혹시 책상에 쇼핑백 하나 놔두고 왔나?" 호스가 잠시 듣더니 말했다. "미안한데 누구 시켜서 좀 가져다줄 수 있겠어? 고마워." 호스가 수화기를 내려놓았다.

"이 난리를 치는 바람에 중요한 증거를 잃어버릴 뻔했네."

"그거 증거 아닌데요." 뺨에 피가 나는 사내가 말했다.

"내가 입 다물라고 했을 텐데." 호스가 남자에게 다가가며 말했다. "이름이 뭐야?"

"입 다물라면서 어떻게 이름을 말해요?"

"옥수수 몽땅 털리고 나면 얘기할 기분이 들까?" 호스가 말했다.

카렐라는 호스가 이렇게 화난 걸 본 적이 없었다. 호스의 분노를 표현하듯 피가 계속 뺨 위로 흘러내렸다. "어서 이름 대!" 호스가 소리쳤다.

"구급차 부를게." 카렐라가 말했다.

"어서 불러 주세요." 턱에서 피가 나는 사내가 말했다.

"이거 가져다 달라고 하신 분?" 제복 경찰이 나타나서 말했다.

"내 책상 위에 올려놔 줘. 이름이 뭐야?"

"헨리입니다." 문간에 선 경찰이 대답했다.

"자네 말고." 호스가 말했다.

"어느 책상에 올리면 됩니까?" 헨리가 물었다.

"저기." 호스가 대충 손짓을 했다.

"이게 다 무슨 일입니까?" 헨리가 쇼핑백을 호스의 책상으로 보이는 곳에 올려놓으며 물었다. 도시에서 가장 큰 백화점의 쇼핑백이었다. 초록색 리스와 붉은 리본이 그려져 있었다. 머시 종합병원에 전화를 걸던 카렐라가 쇼핑백을 거들떠보았다.

"이름." 호스가 뺨에서 피가 나는 사내에게 물었다.

"내 권리를 읊어 줄 때까지는 말 안 할 건데요."

"내 이름은 지미예요." 다른 사내가 말했다.

"성은?"

"이 바보야. 형사가 미란다 원칙 읽어줄 때까지는 암말 하면 안 돼."

"넌 입 닥쳐. 지미, 성은 뭐야?"

"놀스요. 제임스 넬슨 놀스."

"넌 이제 끝났다." 뺨에서 피 나는 사내가 말했다.

"이름만 가지고 뭘 어쩌겠어." 놀스가 말했다.

"넌 밤새 익명으로 있을래?" 호스가 물었다.

카렐라가 전화에 대고 말했다. "여기 피 흘리는 사람이 세 명 있습니다."

"난 구급차 필요 없어." 호스가 말했다.

"네, 가능한 한 빨리 보내 주세요." 카렐라가 전화를 끊었다. "이스터 거리까지 차가 밀려 있대. 여기 오려면 좀 걸릴 거야. 구급상자가 어딨지?" 그러고는 파일 캐비닛으로 갔다. "여기 구급상자 있지 않았나?"

"아, 상처 감염되겠네. 난 시를 고소할 겁니다. 경찰서에서 죽어 꼭 보상금을 뜯어낼 거라구요. 농담 아니에요." 익명이 말했다.

"사망 진단서에는 이름을 뭐라고 적어 줄까?" 호스가 비아냥거렸다.

"누가 실종자 서랍에 이걸 넣어놨어?" 카렐라가 물었다.

"어서 형사님한테 이름 말해." 놀스가 재촉했다.

"토마스 카모디다, 됐어?" 익명이 경찰과는 모양 빠지게 얘기하기 싫다는 듯 놀스를 보고 말했다.

카렐라가 구급상자를 호스에게 건넸다. "밴드 좀 붙여. 끔찍해서 못 봐주겠다."

"시민들은 어쩌고? 봤냐? 경찰들은 항상 자기들이 먼저야." 카모디가 놀스에게 말했다.

"일어나." 카렐라가 명령했다.

"왜요? 때리려고 그러나?" 카모디가 말했다.

호스가 구급상자를 가지고 거울 앞으로 갔다. 카렐라가 카모디와 놀스를 유치장으로 데리고 가서 문에 달린 잠금쇠 두 개를 열고, 수갑을 푼 다음 말했다. "안으로 들어가." 카모디와 놀스가 유치장 안으로 들어갔다. 카렐라는 다시 문을 이중으로 잠갔다. 두 남자는 숙소가 마음에 드는지 확인하듯 유치장 안을 둘러보았다. 유치장은 빗장과 보호 철망으로 되어 있었고, 안에는 앉을 곳이 없었다. 그래서 두 남자는 서성거리며 벽에 그려진 낙서를 보았다. 카렐라는 호스에게 가서 면봉으로 상처를 가볍게 닦아 주었다.

"과산화수소수를 묻히는 게 낫겠다. 대체 무슨 일이야?"

"쇼핑백 어딨지?" 호스가 물었다.

"저기 책상 위에. 무슨 일이 있었냐니까?"

"내가 10시 20분 정기 순찰로 컬버 애비뉴 12번가를 돌고 있는데, 어떤 사람이 아내한테 크리스마스 선물로 주려고 포장해 놓은 텔레비전을 도둑맞았어. 친구들과 함께 바로 옆집에서 술을 마시고 있었다는데, 강도가 비상 창문으로 들어갔던 모양이야. 어쨌든 TV가 없어졌어. 다시 찾아낼 가능성은 희박했지만 일단 사건 정보를 받아 적은 다음 차를 타러 주차장으로 가는데, 거리에서 고함과 비명이 들리는 거야. 무슨 일인지 보러 갔지. 그랬더니 이 두 멍청이가 쇼핑백을 두고 싸우고 있더라고. 지금 책상 위에 있는 거 말이지."

"다 너 때문이야." 카모디가 놀스에게 말했다.

"먼저 시작한 건 너야." 놀스가 불평했다.

"어쨌든, 쇼핑백이 우리 건 아니잖아." 카모디가 반박했다.

"저 자식들 잔뜩 술을 먹었더라고." 호스가 상처에 밴드를 붙이며 말했다. "그래서 내가 집에 가서 발 닦고 잠이나 자라고 말하려고 그쪽으로 갔지. 크리스마스이븐데 싸우지 말라고. 근데 갑자기 칼이 등장하데. 한 놈이 손에 칼을 들고 있었더라고."

"난 아닌데." 카모디가 유치장에서 말했다.

"나도 아녜요." 놀스도 부정했다.

"누가 먼저 찔렀는지는 모르겠는데 어느새 피가 흥건해졌어. 다른 놈도 칼을 쥐더니 휘두르기 시작하고, 나도 말리다 보니 찔렸더라고. 그래서 결국……."

"뭔 칼? 완전 소설 쓰시네." 카모디가 말했다.

"그니까. 무슨 칼?" 놀스도 오리발을 내밀었다.

"니들이 컬버 애비뉴 12번가 모퉁이 하수구에 버린 칼 말이야. 지금 경찰들이 똥거름을 뒤지러 나갔어. 크리스마스이브에 이게 할 짓이야?" 호스가 이마에 붙은 일회용 반창고를 살펴보며 말했다.

카렐라가 유치장에 가서 문을 열고 구급상자를 카모디에게 내밀었다. "자, 치료해."

"난 구급차를 기다릴 겁니다. 제대로 된 치료를 받아야죠." 카모디가 말했다.

"맘대로 해. 넌?"

"쟤가 구급차를 기다리면, 나도 기다려야죠." 놀스가 말했다.

카렐라는 다시 유치장 문을 닫고 젖은 수건으로 머리카락에 묻은 피를 닦아 내는 호스 옆으로 왔다. "쟤들 뭣 때문에 싸웠어?"

"싸운 사람 없어요."

"우리 사이 정말 좋아요."

"저기 가방 안에 든 것 땜에." 호스가 말했다.

"난 평생 저런 가방 본 적 없는데." 카모디가 말했다.

"나도." 놀즈가 맞장구쳤다.

"가방 안에 든 게 뭔데?" 카렐라가 물었다.

"뭘 거 같아?" 호스가 말했다.

"유향이겠죠." 카모디가 농담을 던졌다.

"몰약이요." 놀스도 따라 말했고, 둘은 웃음을 터트렸다.

"저 진상들. 가방 안에는 새해 첫 날까지 온 시민을 행복하게 만들 만큼의 마리화나가 들어 있어." 호스가 투덜거렸다.

"좋아, 들어가." 문간으로 누군가 들어서며 말했다.

카렐라와 호스가 고개를 돌려 보니 마이어 마이어가 아이 하나를 데리고 들어오는 중이었다. 아이는 열넷쯤 돼 보였고 목끈을 매단 양을 데리고 있었다. 양털은 헝클어지고 더러웠다. 아이도 비슷한 몰골이었다. 마이어는 두꺼운 코트 차림이었고 모자는 쓰지 않아서 그대로 드러난 대머리가 아이와 사뭇 대조적이었다.

"양치기를 데려왔어." 마이어가 푸른 눈을 깜빡거렸다. 뺨은 실외의 냉기로 빨갰다. "밖에 눈이 내리기 시작했어."

"전 양치기가 아니에요." 아이가 말했다.

"맞아. 양치기가 아니라 도둑이지." 마이어가 코트를 벗어 왼편에 있는 옷걸이에 걸었다. "거기 앉아라. 양한테도 자리 하나 줘."

"양은 온갖 전염병을 옮기는데." 카모디가 유치장에서 말했다.

"누가 물어봤어?" 마이어가 버럭 소리를 질렀다.

"저 동물 땜에 병 걸리면, 시를 고소할 거야." 카모디가 말했다.

거기에 화답하듯 양이 바닥에 똥을 쌌다.

"타이밍 멋지군. 좀 깨끗한 걸 훔치지 그랬니? 뱀 같은 거." 마이어가 말했다.

"우리 누나가 크리스마스 선물로 받고 싶어하는 건 양이에요."

"그래서 동물원에서 양을 훔쳐? 말이 되냐? 양을 훔치면 어떻게 되는지 알아? 20년 동안 감옥에 들어가 있어야 해."

"50년인데." 호스가 말했다.

"우리 누나가 양을 좋아하는데 그럼 어떡해요." 아이가 어깨를 으쓱했다.

"재 누나가 보핍영국의 전승 동요에 나오는 인물로, 지키고 있던 양을 놓친 여자 아이이야." 마이어가 말했다. "근데 자네 이마는 왜 그래?"

"대규모 마리화나 작전에 휘말렸어." 호스가 한탄했다.

"가방에 있는 거 우리 약 아니라니깐 그러시네." 카모디가 말했다.

"가방도 우리 거 아니에요." 놀스가 호응했다.

"변호사는 언제쯤 만날 수 있어요?" 카모디가 물었다.

"시끄러!" 호스가 소리쳤다.

"얘야, 저 사람들이 네 권리를 읊어 주기 전에는 아무 말도 하지 마." 카모디가 경고했다.

"누가 바닥에 있는 똥 치울래?" 카렐라가 물었다.

"커피 마실 사람?" 미스콜로가 문 밖에서 말했다. "내가 커피 새로 내렸거든." 푸른 유니폼 바지 위에 파란 스웨터를 입은 미스콜로가 싱글싱글 웃다 말고 양을 보며 눈을 크게 떴다. "저거 뭐야? 사슴인가?"

"루돌프지." 카모디가 유치장에서 말했다.

"맙소사, 사슴이 왜 여기 있어?" 미스콜로가 물었다.

"저거 너구린데." 놀스가 말했다.

"우리 누나 줄 크리스마스 선물이에요." 아이가 대답했다.

"분명히 규정 위반이야. 조사실에 사슴이라니. 커피 마실 사람?" 미스콜로가 재차 물었다.

"한 잔 마시고 싶은데." 카모디가 말했다.

"안 마시는 게 좋을걸." 마이어가 만류했다.

"크리스마스이브에도 커피 가지고 불평이나 듣다니." 미스콜로가 고개를 저으며 말했다. "마시고 싶으면 저쪽에 놔뒀으니까 가져가."

"나도 한 잔 마시고 싶다니까요." 카모디가 말했다.

"넌 아직 감옥에 들어가지 않아서 무료 급식이 안 돼." 미스콜로가 핀잔을 주었다.

"에이, 크리스마스이븐데 커피 한 잔 못 주나." 카모디가 불평했다.

"동물 좀 내보내는 게 좋겠다." 미스콜로가 대상 없는 소리를 중얼거리더니 복도로 걸어나갔다.

"왜 양을 누나한테 데려가면 안 돼요?" 아이가 물었다.

"네 양이 아니잖니. 동물원에 있던 거잖아. 너는 동물원에서 양을 훔쳤어." 마이어가 타일렀다.

"동물원은 시민들 모두의 것 아니에요?" 아이가 또 물었다.

"맞네, 맞아." 카모디가 인정했다.

"무슨 소란들이야?" 버트 클링이 안으로 들어오며 말했다. "들어와요." 클링의 금발이 눈에 젖어 축축했다. 한 손에 큰 짐 가방을 들고, 다른 손으로는 키 큰 흑인 남자의 어깨를 잡고 있었다. 남자는 등 뒤로 수갑이 채워져 있었고 붉은 체크무늬 담요를 두른 어깨는 축축했다. 곱슬머리에는 눈송이가 아직 매달려 있었다. 클링이 양을 보며 말했다. "미스콜로가 사슴이라던데."

"미스콜로는 도시 촌놈이라 뭘 몰라." 카렐라가 말했다.

"나도 도시 출신이지만 양과 사슴은 구별해." 클링이 아래를 내려다보았다. "누가 바닥에 이래놨어?"

"양이." 마이어가 말했다.

"우리 누나 줄 선물이에요." 아이가 말했다.

클링이 무거운 짐 가방을 내려놓고 흑인 남자를 유치장으로 데려갔다. "자, 뒤로 물러서." 카모디와 놀스가 문에서 물러나기를 기다리던 클링이 문을 열고 수갑을 푼 다음 말했다. "편히 쉬시죠." 그러고는 다시 문을 잠근 후 옷걸이로 걸어가며 물었다. "밖에 눈보라가 엄청나. 커피 내린 거 있어?"

"사무실에 있어." 카렐라가 말했다.

"제대로 된 커피 말이야." 클링이 코트를 벗어 걸며 말했다.

"짐 가방 안에 뭐야? 궤짝처럼 생겼네."

"금은보화. 방금 유치장에 들어간 저 친구가 스템 거리에 있는 전당포를 털었어. 주인이 문을 막 닫으려는데 산탄총을 들고 들어가 가게에 있는 걸 다 담았지. 차에 기타도 있어. 기타 치나 봐?" 클링이 유치장에 있는 흑인 남자에게 물었다.

남자는 아무 말도 하지 않았다.

"영국 여왕이 만족하고도 남을 만큼의 보석이 들어 있지." 클링이 말했다.

"산탄총은 어디 있어?" 마이어가 물었다.

"차에. 내가 손이 두 개뿐이어서 말이지." 클링이 호스를 보았다. "머리는 왜 그래?"

"이제 설명하기도 지쳤어." 호스가 말했다.

"구급차는 언제 오나? 나 여기서 피 흘리다 죽겠네." 카모디가 말했다.

"그러니 응급조치를 하라니까." 카렐라가 말했다.

"시를 고소하려는 계획을 방해하려고? 절대 안 돼." 카모디가 투덜거렸다.

호스가 창가로 갔다.

"눈이 엄청 오는걸."

"교대조가 들어오기 힘들 수도 있겠군." 마이어가 말했다.

"그럴지도. 벌써 눈이 8센티미터나 쌓였어."

호스가 고개를 돌려 시계를 보았다.

마이어도 시계를 보았다.

조사실에 있는 모두가 동시에 시계를 보았다.

형사들은 폭설로 인해 교대조가 늦어져 늦게 귀가하게 될까 봐 걱정하고 있었다. 유치장에 있는 사내들은 눈 덕분에 사법 절차가 어떻게든 지연되기를 기대했다. 마이어의 책상에 앉은 아이는 30분 후면 크리스마스인데 누나에게 양을 선물로 주지 못하게 될까 봐 걱정이었다. 조사실은 카렐라 혼자 있을 때만큼이나 조용해졌다.

그때 앤디 파커가 용의자들을 데리고 도착했다.

"들어가." 앤디가 문을 열고 들어섰다.

파커는 가죽 재킷을 입고 있어서 바이커 같아 보였다. 재킷 아래에는 격자무늬로 된 모직 셔츠를 입고 빨간 머플러를 둘렀다. 머리에 쓴 파란색 모직 비니에는 눈이 하얗게 덮여 있었다. 파란색 코듀로이 바지도 눈투성이였다. 심지어 사흘 기른 턱수염에도 눈이 매달려 있었다. 그가 데리고 온 용의자들도 눈을 흠뻑 맞았고, 모두들 창백하고 겁에 질린 표정이었다.

젊은 사내가 입은 주름진 검은 양복은 조사실 입구에 서자마자 녹기 시작한 눈 때문에 번쩍거렸다. 양복 안에는 셔츠만 하나 달랑 입었고 넥타이는 하지 않았다. 카렐라가 보기에 사내는 스무 살 남짓되어 보였다. 사내와 함께 있는 젊은 여인, 더 정확히 말하자면 소녀는 많아 봐야 열여섯 정도로 보였다. 소녀는 카렐라의 어머니가 실내복이라 부르곤 하던 프린팅 면 원피스의 단추를 목까지 채우고, 그 위에 가벼운 봄 코트를 걸치고 있었다. 검고 긴 머리에는 눈이 소복이 내려앉았다. 얼굴에 비해 갈색 눈이 지나치게 컸다. 소녀는 조사실 입구에 떨며 서 있었는데, 세상에서 가장 겁에 질린 표정이었다.

그리고 배가 어마어마하게 불러 있었다.

카렐라가 자세히 보자 소녀는 갑자기 배를 움켜쥐고 고통스러운 듯 인상을 구겼다. 벌써 진통이 시작되고 있다는 걸 직감했다.

"들어가라고 했잖아." 파커가 윽박질렀다. 카렐라였다면 임신한 소녀를 조사실까지 살살 부축해 주었을 것이다. 대신 파커는 어린 커플 옆을 지나 곧장 옷걸이 쪽으로 갔다. "저기 앉아." 그는 재킷과 모자를 벗으며 말했다. "맙소사, 이게 뭐야, 양?"

"우리 누나 줄 크리스마스 선물이에요." 파커가 묻지도 않는데 아이가 설명했다.

"누난 좋겠네." 파커가 말했다.

책상에는 의자가 하나밖에 없었다. 구겨진 양복을 입은 젊은이가 의자를 내밀자 소녀가 앉았다. 파커가 책상 건너편에 앉아 일일보고서를 타자기에 밀어 넣자 젊은이가 소녀 옆에 섰다.

"다들 차에 스노우 체인은 있겠지." 파커가 딱히 누구랄 것 없이 중얼거리더니 소녀에게 고개를 돌렸다.

"이름이 뭐야?"

"마리아 가르시아 로페즈." 소녀가 말하더니 다시 아픈지 인상을 썼다.

"진통이 시작됐어." 카렐라가 얼른 전화기 있는 곳으로 갔다.

"뭐야, 갑자기 의사가 됐어?" 파커가 다시 소녀를 돌아보았다. "마리아, 몇 살이야?"

"열여섯."

"사는 곳은?"

"그, 그게 문제예요." 젊은 남자가 말했다.

"누가 너한테 물어봤어?" 파커가 말했다.

"마리아한테 물어보셔서……."

"자, 너 영어 알아듣지? 내가 여기 이 여자애한테 말할 때는 도와줄 필요 없다고……."

"형사님이 우리 어디 사냐고 물어보셔서……."

"난 이 여자애 주소가 필요해."

"그니까 우리가 어디 사는 건지 알고 싶어자나요."

"그래 맞다. 똑똑한 청년, 네 이름은 뭐지?" 파커가 물었다.

"호세 로페즈."

"그 유명한 투우사?" 파커가 농담에 맞장구쳐 주기를 바라며 카렐라를 돌아보았다.

카렐라는 전화를 걸고 있었다. 수화기에 대고 다급하게 외쳤다. "맞아요, 좀 전에도 전화했어요. 그런데 지금 임산부가 또 들어왔어요. 구급차 좀 빨리 보내줄 수 없어요?"

"저 투우사 아닙니다." 호세가 파커에게 말했다.

"그럼 뭔데?"

"저 푸에르토리코에서 사탄수수를 잘라는데, 지금은 일 없습니다. 그래서 아내와 나 이 도시 왔습니다. 아이 나기 전에 일 찾으려고."

"그런데 버려진 건물에서 뭘 하고 있었어?" 파커가 카렐라를 다시 돌아보았다. "내가 얘들을 사우스 식스에 있는 폐건물에서 발견했거든. 불을 피워 놓고 쭈그리고 있더라고."

카렐라가 막 전화를 끊었다. "완전 꼼짝도 못 하나봐. 구급차가 언제 도착할지 모른대."

"시가 소유한 건물에서 마음대로 거주하는 건 위법이야. 그걸 무단 점유라고 해, 호세. 무단 점유가 뭔지 알아? 건물 안에서 불 피우는 것도 위법인 거 알지? 그건 방화라고 해, 호세. 방화가 뭔지 알아?" 파커가 말했다.

"우리 추워서요." 호세가 말했다.

"하아, 불쌍하신 분들이 추웠다고." 파커가 빈정댔다.

"좀 삼삼해, 크리스마스이브잖아." 카렐라가 부드럽게 말했다.

"그래서 뭐? 크리스마스이브라고 법을 어겨도 된단 말이야?"

"여자애가 진통 중이잖아. 금방이라도 아이를 낳을 것 같아. 좀 대충 해." 카렐라가 말했다.

파커가 잠시 카렐라를 바라보더니 다시 호세를 돌아봤다. "좋아. 푸에르토리코에서 일을 찾아 여기에 왔다……."

"시, 세뇨(Sí, señor 네, 선생님)."

"영어로 말해. 그리고 내 말 끊지 마. 일자리를 구하려 여기에 왔다……. 여기선 일자리가 나무에서 자라는 줄 알아?"

"내 사촌이 내 할 일 있다 했어요. 사촌이 일하는 공장 있어요. 거기 자리 있어요. 그래서 오라 했어요."

"하, 이젠 또 사촌이 등장하시는군." 파커가 카렐라보다 반응을 잘해 주길 바라며 호스를 향해 말했다. "사촌 이름은 뭐야?" 파커가 호세에게 물었다.

"시릴로 로페즈."

"이번에도 투우사일세." 파커가 호스에게 윙크하며 말했다. 호스는 반응하지 않았다.

"가만 좀 내버려두지 그래요?" 카모디가 유치장에서 말했다.

파커가 의자를 돌려 유치장을 보았다. "누구야?" 파커가 흑인 남자를 보았다. "방금 말한 사람 너야?"

남자는 대답하지 않았다.

"내가 말했어요." 카모디가 대답했다.

"넌 뭘 했길래 거기 있어?"

"유향과 몰약을 소지한 죄." 카모디가 말하고는 크게 웃었다. 놀스도 친구를 따라 웃었다. 흑인 남자는 웃지 않았다.

"넌?" 파커가 흑인 남자를 똑바로 쳐다보며 물었다.

"내가 잡은 범인이야. 저 큰 여행 가방에 금은보화가 가득 들었어." 클링이 말했다.

"잡범들이 우글우글하네." 파커가 다시 책상으로 의자를 끌어다 놓았다. "너희들 둘 주소 아직 얘기 안 했어. 제대로 된 주소 말이야."

"우리 사촌과 살기로 했어요. 우리 방 있다 했어요." 호세가 말했다.

"거기가 어딘데?"

"메이슨 애비뉴 1124, 아파트 32."

"그런데 우리 방 없어요." 마리아가 말했다. "시릴로가……." 마리아가 숨을 헐떡였다. 얼굴이 다시 고통으로 일그러졌다.

호세가 마리아의 손을 잡았다. 마리아가 그를 올려다보았다. "옆집 여자가 시릴로 이사 갔다 했어요."

"사촌한테서 마지막으로 연락을 들은 게 언제였지?"

"저번 달."

"그런데 확인해 볼 생각도 안 했어? 사촌이 아직 여기 있는지 없는지도 확인해 보지 않고 무작정 푸에르토리코에서 왔단 말이야? 들었어, 클링?" 파커가 클링에게 말했다. "제트족제트기로 자주 여행하는 부자들이 여기 있군그래. 12월에 여름옷을 입고 나타나서 빈 건물에 들어가 있었다니……."

"사촌이 아직 여기 있다고 생각했을 뿐이잖아. 그게 다야." 클링이 말하며 소녀를 보는데, 소녀는 팔을 넓게 펴서 배를 감싸 안고 있었다.

"자, 여기서 가장 급한 게 뭡니까?" 누군가 복도에서 말했다.

거기 서 있는 남자는 작고 검은 가방을 매고 있었다. 흰색 바지와 튜닉 위에 무겁고 검은 오버코트를 입은 사람이었다. 어깨와 머리에 내려앉은 눈이 튜닉과 바지만큼 희었다. "머시 종합병원에 이용 신청하셨죠. 늦어서 죄송합니다. 일이 너무 많았습니다. 밖에 눈이 70센티미터나 쌓인 건 말할 것도 없고요. 환자는 어딨습니까?"

"여자애를 보시는 게 좋을 것 같군요. 지금……." 카렐라가 말했다.

"저도 봐 주세요." 카모디가 유치장에서 말했다.

"저도요." 놀스가 말했다.

"누가 저 사람들 좀 내보내 주시겠습니까? 한 번에 한 명씩." 병원에서 온 인턴이 말했다.

호스가 유치장에 가서 잠금쇠를 풀었다.

"누가 먼접니까?" 인턴이 말했다.

카렐라가 말했다. "저기 있는 여자애가 지금……."

"마침내 풀려나는군." 카모디가 유치장에서 나오면서 카렐라의 말을 가로막았다.

"너무 기대하지는 마." 호스가 말하더니 다시 문을 잠갔다.

인턴이 파커의 책상을 지나가는데 마리아가 갑자기 숨을 헐떡거렸다.

"환자분, 괜찮아요?"

마리아가 배를 부여잡았다.

"괜찮아요?" 인턴이 말했다.

마리아가 다시 숨을 헐떡이더니 공기를 깊이 들이마셨다. 마이어가 눈을 굴려댔다. 마이어와 미스콜로는 얼마 전에도 바로 이 조사실에서 아기를 받은 적이 있어서, 지금 인턴이 와 있다는 게 얼마나 감사한지 몰랐다.

"진통 중이군요!" 인턴이 말했다.

"이제 막 시작했어요." 카렐라가 한숨을 쉬며 말했다.

"아기가 나요?" 호세가 물었다.

"그럴 것 같습니다. 담요 같은 거 있나요? 여기 깔개 같은 거 있냐고요?"

클링은 벌써 조사실에서 나가고 있었다.

"환자분, 걱정하지 마세요. 다 괜찮을 겁니다." 인턴이 마이어를 보고 말했다. "저 아기 처음 받아 봐요."

죽이는군, 하고 마이어는 생각했지만 아무 말도 하지 않았다.

"뜨거운 물 필요합니까?" 호스가 물었다.

"영화에서나 그렇죠." 인턴이 말했다.

"뜨거운 물 가져와요." 카모디가 말했다.

"뜨거운 물은 필요 없어요. 산모가 누울 수 있는 장소가 필요해요." 인턴이 잠시 생각하더니 덧붙였다. "뜨거운 물도 필요하겠네요."

호스는 조사실을 달려 나가다가 사무실에서 담요를 구해서 돌아오던 클링과 부딪칠 뻔했다. 미스콜로가 바로 뒤에 있었다.

"아기가 또 나온다고?" 미스콜로가 마이어에게 물었다. 얼른 분만을 돕고 싶은 표정이었다.

"전문가가 도착했어." 마이어가 말했다.

"도움이 필요하면 말해요, 알겠죠?" 미스콜로가 인턴에게 말했다.

"도움은 필요 없을 겁니다." 미스콜로는 인턴의 말이 약간 얄밉다고 생각했다. "담요를 어디에 좀 놔요. 산모분, 괜찮습니까?" 인턴이 갑자기 걱정스러운 표정을 지었다.

마리아가 고개를 끄덕이고는 다시 숨을 헐떡였고, 배를 잡으며 비명을 억지로 참았다. 클링이 유치장 왼편, 쉿쉿거리는 라디에이터 근처 바닥에 담요 한 장을 폈다. 놀스와 흑인 남자는 유치장에서 라디에이터와 가장 가까운 쪽으로 갔다.

"다른 사람 안 보는 데 눕혀야지. 저쪽이 좋겠어, 클링. 파일 캐비닛 뒤에." 카렐라가 조용히 말했다.

클링이 담요를 캐비닛 뒤에 폈다.

"이제 아기를 낳으려나 봐." 놀스가 말했다.

흑인 남자는 아무 말도 하지 않았다.

"살다 살다 이런 일은 또 첨이네." 놀스가 고개를 절레절레 저으며 말했다. 흑인 남자는 여전히 아무 말도 없었다.

"마리아, 괜찮아?"

호세의 물음에 마리아가 고개를 끄덕이더니 곧 비명을 질렀다.

"조용히 좀 해 줄래?" 파커가 말했다. 그는 인턴만큼 불안해 보였다.

"산모분, 저를 따라오세요." 인턴이 마리아를 의자에서 일으켜 팔꿈치를 잡고 클링이 담요를 펴 둔 캐비닛 뒤쪽으로 이끌었다. "자, 천천히. 다 잘될 겁니다."

호스가 뜨거운 물이 든 주전자를 들고 돌아왔다. "이건 어디다……," 그가 말을 하려는데 마리아와 인턴이 높은 캐비닛 뒤로 사라졌다.

자정 3분 전, 그러니까 크리스마스 3분 전이었다.

파일 캐비닛 뒤에서 마리아의 거친 숨소리와 다 잘될 거라는 인턴의 부드러운 격려의 말만 들렸다. 양치기 아이는 크리스마스로 한 발 한 발 다가가는 시계만 눈이 빠져라 쳐다보고 있었다. 캐비닛 뒤에서는 열여섯의 소녀와 경험 없는 인턴이 새 생명을 세상에 내어놓으려고 고군분투 중이었다.

불현듯 캐비닛 뒤에서 날카로운 울음이 들려왔다.

시계의 침이 위로 똑바로 섰다.

크리스마스였다.

"괜찮아?" 파커가 물었다. 목소리에 걱정이 묻어났다.

"건강한 남자 아이예요." 인턴이 마치 영화 대사를 따라하듯 말했다. "물 어딨어요? 그리고 타월 몇 장 가져다주세요. 산모분, 건강한 남자아이예요." 인턴이 마리아에게 말한 다음 깨끗한 담요로 그녀를 덮어 주었다.

호스가 뜨거운 물 주전자를 인턴에게 가져다주었다.

카렐라가 세면대 선반에서 종이 타월을 가지고 왔다.

"아기를 좀 씻길 거예요." 인턴이 말했다.

"건강한 남자 아이래." 마이어가 호세에게 웃으며 말했다.

호세가 고개를 끄덕였다.

"이름을 뭐라고 지을 거야?" 클링이 물었다.

조사실에 들어온 후로 줄곧 말이 없던 흑인 남자가 갑자기 깊고 우렁찬 목소리로 말했다. "보라, 처녀가 잉태하여 아들을 낳을 것이요, 그의 이름을 임마누엘이라 하리라이사야 7장 14절."

"아멘." 놀스가 말했다.

이제 형사들이 카모디를 등지고 파일 캐비닛 주위에 둥글게 모여 섰다. 카모디는 이때를 틈타 달아날 수도 있었지만, 도망가지 않았다. 대신, 놀스와 놓고 싸웠던 마리화나 쇼핑백을 집어 들었고, 다음으로 흑인 남자가 잡힐 때 압수당한 귀중품 가방을 챙겼다. 그것들을 들고 마리아가 가슴 위에 아기를 얹고 누워 있는 캐비닛 뒤로 갔다. 카모디는 마리아의 발치에 무릎을 꿇었다. 그러고는 쇼핑백에 손을 넣어 마리화나를 한 줌 움켜쥐더니 담요 위에 뿌렸다. 다음은 짐 가방을 열었다. 금반지와 은 쟁반, 팔찌와 목걸이, 루비, 다이아몬드, 사파이어가 구석 창문으로 비치는 창백한 빛을 받아 반짝거렸다.

"그라시아스(Gracias 감사합니다). 무차스 그라시아스(Muchas gracias 정말 감사합니다).” 마리아가 작은 목소리로 감사를 표했다.

창문에서 가장 가까운 곳에 서 있던 카렐라가 하늘을 올려다보았다. 하늘에는 여전히 눈이 펑펑 내리고 있었다.

“그것도 나쁘지는 않네. 임마누엘이라.” 마이어가 호세에게 말했다.

“전 카를로스라고 짓겠어요. 아버지 이름을 따서.” 호세가 말했다.

카렐라가 창문에서 돌아왔다.

“뭘 봤어? 동방박사의 별?” 파커가 물었다.

때 이른 크리스마스

AN EARLY CHRISTMAS

더그 앨린 Doug Allyn

미키 맨틀 시대의 뉴욕 양키스와 빌 러셀과 존 하블리첵이 경기하던 보스턴 셀틱스처럼 더그 앨린은《엘러리 퀸 미스터리 매거진》이 연례적으로 주는 가장 권위 있는 독자상을 휩쓸었다. 그 상은 한 해 동안 독자들이 가장 좋아하는 소설을 뽑는 투표로 결정되었는데, 더그 앨린의 소설 열 편이 1위를 차지했고, 스무 편 넘는 소설이 3위 안에 들었다.「때 이른 크리스마스」는 2009년에 그해 가장 인기 있는 소설로 뽑혔다. 1월호에 발표되었다.

재러드는 웃음소리에 놀라 화들짝 잠에서 깼다. TV에서 제이 리노가 얼빠진 금발머리의 셀럽과 시시덕거리는 소리였다. 재러드는 브랜디와 섹스에 절어 혼미한 상태로 천천히 일어나 앉았다. 그러고는 손으로 더듬더듬 리모컨을 찾아 시끄럽게 딱딱거리는 TV를 끈 다음 여기가 어디인지 가늠하려고 천천히 주위를 둘러보았다.

침실이다. 그러나 재러드의 침실은 아니었다. 옆에는 서니 록하트가 나체로 널브러져 입을 벌리고 부드럽게 코를 골았다. 백금색 머리는 산발이 되어 여기저기 뻗쳤다. 쉰한 살의 서니는 잔주름이 자글거리고 팔자주름이 움푹 패였지만 가슴만은 D컵으로 빵빵했고 사랑을 나눌 때는 십대 소녀 못지않았다. 사실 섹스 파트너로는 그게 더 나았다.

답례 섹스. 법조계에서 통용되는 공공연한 비밀. 거액의 돈이 걸린 사건이 해결되면 의뢰인들은 한껏 고조되고 기쁜 나머지 변호사에게 성적 흥분을 느낄 때가 있다.

재러드의 법률 지식 덕분에 서니 록하트는 자유롭고 부유한 인생을 보장받았다. 불행히도 서니는 쉰이 넘었다. 재러드보다 열두어 살이나 많은 나이다. 그리고 재러드는 아홉 시 정각에 의뢰인과 약속이 있어 사무실에 나가 봐야 했다.

제기랄, 가야 할 시간이군.

끙 하고 낮게 신음하며 재러드는 서니의 어지러진 침대에서 조용히 빠져나와 옷을 챙겨 입기 시작했다.

*

재러드는 메르세데스 SL500을 타고 가늘게 눈이 내리는 해변도로를 따라 질주하며 라디오 주파수를 이리저리 돌렸다. 채널을 빠르게 확인해 보았지만 대개 크리스마스 캐럴이나 컨트리 음악이 나온다. 그러다 마침내 마음에 드는 곡을 찾았다. AC/DC의 백 인 블랙. 볼륨을 올리고 박자에 맞춰 핸들을 두드려 가며 음악의 활기를 느꼈다.

안 웃으려 해도 웃음이 비질비질 새어나왔다. 서니와 주말에 놀러 갈 시간을 비울 수 있을지 머리를 굴려 보았다. 생각만 해도 또 다시 후끈 달아올랐다.

재러드는 왼쪽 샛길에서 나오는 녹슨 픽업트럭 따위는 신경 쓰지 않았다. 그런데 정신을 차려 보니 트럭이 정지 신호를 무시하고 계속 달려오고 있었다. 정신 나간 얼간이가 속도를 더 높이더니 그대로 재러드에게 돌진했다!

재러드는 브레이크를 밟으며 충돌을 피하려고 핸들을 크게 돌려 방향을 틀었다. 이미 너무 늦었다는 걸 알면서도!

픽업트럭은 시속 130킬로미터로 교차로를 통과해 중앙선을 가로질러 달려오다 마지막에 한층 속도를 높여 재러드의 로드스터를 들이받았다. 차가 도로에서 떨어져 아래로 처박혔다.

에어백과 전면유리가 동시에 폭발하면서 재러드의 얼굴을 짓눌렀고, 벤츠는 고속도로에 쌓인 거대한 눈 더미에 처박힌 다음 가파른 경사면을 따라 곤두박질쳤다.

재러드는 에어백에서 벗어나려 애쓰면서 미끄러져 내려가는 로드스터를 멈춰 보려고 필사적으로 핸들을 돌렸다. 아주 잠깐 동안은 피할 수 있을지도 모른다고 생각했지만 우뚝 솟은 소나무에 뒤쪽 범퍼가 걸려 차가 꺾이더니 비탈 아래로 빙글빙글 회전해서 굴러 떨어졌다.

핀볼처럼 나무줄기에서 튕겨나간 벤츠는 서서히 찌그러져 갔다. 유리창이 깨져 파편이 재러드 위로 비처럼 쏟아졌다. 심장이 얼어붙는 듯했고 차가 하늘로 붕 날아오르는가 했더니 엄청난 강도로 협곡 바닥에 정면으로 처박혔다.

등이 지글거리듯 아파 비명을 지르며 숨을 헐떡였다. 꼼짝도 할 수 없었다. 끔찍한 고통이 닥칠까 봐 숨을 쉬거나 눈을 깜빡이는 것조차 두려웠다.

맙소사. 다리에 아무 느낌이 없었다. 도대체 어떻게 된 건지 모르겠지만 심각한 상태인 건 분명했다. 아무 감각이 없는 걸 보니 척추가 부러졌거나…….

"저기요?" 겁에 질려 멍한 재러드의 귀로 누군가의 목소리가 들렸다. "내 목소리 들립니까?"

"네." 재러드가 숨도 제대로 못 쉬고 겨우 대답했다.

"사고 나는 거 봤습니다. 어떤 미친놈이 속도를 전혀 줄이지 않더군요. 괜찮습니까?"

"몸이…… 안 움직여요." 재러드가 겨우 힘을 짜내 말했다. "등뼈가 부러진 것 같아요. 911에 전화 좀 해 주세요."

"벌써 했습니다. 조금만 더 버텨요. 내 차에 구급상자가 있을 거요."

재러드는 고개를 돌리기도 주저되어 깨진 백미러로 겨우 힐끗거렸다. 어두운 형체가 붉은 플라스틱 통을 들고서 눈 덮인 가파른 비탈을 내려오고 있었다. 남자는 두 번이나 로드스터의 잔해 때문에 몸을 휘청거렸지만 가까스로 균형을 잡고 앞으로 계속 걸어왔다.

남자가 가까이 다가오자 깨진 거울에 비쳐 괴물이나 외계인처럼 보였다가…… 일순간 어디론가 사라졌다.

"거기 있어요?" 재러드가 이를 악물고 숨을 헐떡였다. 말을 할 때마다 고통이 밀려왔다.

"다 왔습니다. 가만히 있어요." 자동차의 잔해 뒤 어딘가에서 목소리가 들렸다. 모습은 보이지 않았다.

"재러드 배넌, 부동산 변호사, 맞죠?"

"날 알아요?"

대답이 없었다. 재러드는 거울에 비친 일그러진 모습을 다시 훔쳐보았다. 남자가 왔던 길로 다시 기어 올라가고 있었다.

"어…… 어디 가요? 도와줘요!"

"위험한걸." 남자가 뒤도 돌아보지 않고 계속 걸어갔다. "가스탱크가 깨졌어. 냄새 안 나? 당신 차는 곧 폭탄처럼 터질 거야."

"아……." 재러드가 기침을 했다. 맙소사. 남자 말이 옳았다! 휘발유 냄새가 코를 찔러 숨 쉬기가 어려웠다.

"잠깐! 돌아와, 이 개자식아! 가지 마! 나 돈 있어! 돈 줄게!"

돈 얘기를 듣더니 남자가 올라가다 말고 뒤를 돌아보았다. 그러나 나무 그림자 때문에 남자의 얼굴은 확인할 수 없었다.

"그래 그거야. 내가 만 달러 줄게. 현금으로. 날 차에서 꺼내 주기만 하면……."

"만 달러? 당신 몸값이 만 달러야?"

"아니! 그니까. 달라는 대로 줄게……." 잠시 불빛이 남자의 얼굴을 비쳤다. 아주 익숙한 얼굴이었다. 만난 적 있는 사람, 아니면……

재러드는 정신이 아득해지는 공포로 아무 생각이 나지 않았다.

그때 번쩍인 것은 불꽃이었다. 남자가 담배에 불을 붙였다. “오, 하느님!” 재러드가 입술을 씹으며 조용히 중얼거렸다. “당신 뭐하는 거야? 멈춰. 제발.”

“하느님?” 남자가 담배를 길게 한 모금 빨면서 재러드의 흉내를 냈다. “멈춰, 제발? 그게 최선이야? 사기꾼 변호사는 말을 더 술술 할 줄 알았는데.”

재러드는 대답하지 않았다. 아니 할 수 없었다. 재러드는 남자가 담배를 떨자 나타난 빨간 불빛을 공포에 질린 채 지켜보았다. 남자가 높이 집어던진 담배는 어둠 속에서 아치 모양으로 날아가 떨어지면서 불똥을 튀겼다.

재러드가 비명을 지르자 조각난 척추에서 짜릿한 통증이 밀려왔지만 속수무책이었다. 담뱃불이 떨어져 불이 붙을 때까지 비명만 지를 수 있을 뿐이었다.

✶

도일 스타크는 경광등 끈 순찰차를 고속도로 갓길에 세우고 200미터를 더 걸어 사고현장에 빠른 걸음으로 접근했다. 북부 시골에서는 아주 심각한 사고였다. 발할라 카운티의 소방차 한 대가 고속도로 차선 하나를 막고 가로로 주차되어 있었다. 제복 경찰인 허스트와 반 두젠이 먼 갓길에 트럭을 세워 놓고 교통정리를 하고 있었다.

반이 재빨리 경례를 붙였고 도일은 손가락으로 답했다.

노란 폴리스라인이 소방차의 양쪽 범퍼에서 눈에 파묻힌 길가 말뚝까지 이어졌다. 테이프가 눈 쌓인 제방의 아래 위를 선명하게 구분해 주었다.

지나 레드펀 형사는 소방차 뒤에 쭈그리고 앉아 장갑 낀 손을 엔진 배기관에 대고 몸을 녹이고 있었다. 그녀는 보통 때처럼 목티와 청바지 위에 조니 캐쉬(미국의 싱어송라이터 겸 배우, 무대에서 항상 검은 옷을 입어 '맨 인 블랙'이라는 별명이 있음)같이 검정 나일론 경찰 파카를 입고, 검은색 비니를 귀 아래까지 푹 눌러 쓰고 있었다. '사복' 경찰이라는 말을 곧이곧대로 받아들인 모양이다.

지나는 작업화조차도 앞에 강철을 댄 전투화를 신었고 오른쪽 발목에는 페어번 칼을 끼워 두었다.

"우와, 도일 경사님. 눈 왜 그래요?" 지나는 고개를 끄덕여 인사하고는 전투태세를 갖춘 155센티미터의 몸을 쫙 펴며 물었다.

180센티미터가 넘는 탄탄한 몸매에 엷은 갈색 머리와 회색 눈을 지닌 도일은 오늘 왼눈에 안대를 하고 있었다.

"애들 자치기 놀이 심판 봐 주다가 이렇게 됐어. 열 살 꼬맹이들이 TV로 하키를 너무 많이 봐서 말이야. 그래서 무슨 일이 일어난 거야?" 도일이 말했다.

"차 한 대가 둑에 충돌해 바닥으로 굴러 떨어진 다음 폭발해서 뼈대만 남고 불타 버렸어요. 운전자는 아직 안에 있어요. 그 이상은 경사님이 육안으로 확인하시죠."

“그거면 충분해.” 도일은 지나의 말투에서 뼈를 발견하고 고개를 끄덕이며 말했다. 지나는 발할라 서로 전근 오기 전에 플린트에서 4년간 근무했다. 노련한 수사관인 그녀가 찝찝해한다면 분명 뭔가 있는 것이다.

끝없는 차의 행렬이 갓길로 엉금엉금 지나가는 가운데 도일은 천천히 발길을 돌려 사고 현장으로 들어섰다. 눈이 휘둥그레진 구경꾼들이 무슨 일인지 궁금해했다. 도일도 그게 어떤 기분인지 알았다.

차선 중간에 넓고 검은 타이어 자국이 두 줄로 나 있고 불가능한 각도로 길가 눈 더미에 처박힌 흔적이 있었다. “누가 신고했지?”

“오늘 아침 10시경 장거리 화물차 운전사가 언덕을 오르다가 사고 차량을 발견했습니다. 우리로서는 정말 다행스러운 일이에요. 길가에서는 사고 차량이 보이지 않거든요. 밤사이에 눈이 조금만 더 왔으면 저 불쌍한 사내는 봄까지 묻혀 있을 뻔했습니다. 제가 타이어 자국에서 떨어져 나온 흔적을 표시해 뒀습니다.” 지나가 거친 오솔길을 거슬러 올라가 도일을 제방 너머로 안내하면서 말했다. “발자국이 있는데……. 음, 직접 보시죠.”

모래 더미 위로 기어오르다가 도일은 걸음을 멈추고 아래를 내려다보았다. 이리저리 흩어진 눈과 부숴진 나무 조각들이 만든 들쑥날쑥한 길이 비탈 아래 차가 불에 탄 현장까지 이어졌다. 한때는 독일 자동차 공학의 산물이었던 비싼 차가 지금은 시커멓게 뼈대만 남아 있었다.

불탄 메르세데스 벤츠는 흩어진 모래와 녹은 눈이 섞인 시커먼 원

안에 놓여 있었다. 가볍게 떨어지는 눈이 사건 현장을 가리며 조금씩 참상을 지워 내는 중이었다.

공동 조사단의 유일한 기술자인 조니 재비츠가 차 위에 몸을 굽히고 열심히 시체를 찍고 있었다. 차에서 조금 떨어져 있는 도일의 눈에도 불에 탄 피해자의 벌어진 입과 치아가 보였다. 아마 마지막으로 대답 없는 비명을 지르다 죽어갔을 것이다. 검게 탄 살점들 사이로 두개골도 몇 군데 보였고…….

제기랄. 도일은 화재 현장이 싫었다. 그 사나운 최후와 옷에 들러붙는 고약한 악취는 며칠 동안이나 따라다닌다. 디트로이트에서는 경찰들이 화재로 죽은 사람들을 '바삭바삭 구워진 놈'이라고 불렀다. 그러나 북부에서는 아무도 그런 농담을 하지 않았다. 화재의 희생자를 절대 희화화하지 않는다, 절대.

도일은 비탈길을 조심조심 걸어 내려가다가 로드스터의 흔적을 따라 눈밭에 새겨진 불규칙적인 발자국을 발견했다. "트럭 기사가 차까지 내려가 본 건가?"

"아뇨. 차를 멈추지는 않았다고 했습니다. 지나가다 연기가 나는 걸 발견했지만 누가 보러 가겠거니 하면서 신고만 했답니다." 지나가 말했다.

"10시에도 연기가 났다고? 사고 발생 시간은 언제로 추정되나, 조니?"

"자정 전후로 한 시간 정도로 보면 될 것 같습니다." 조니가 돌아보지 않고 말했다. 회초리처럼 키 크고 홀쭉한 조니는 사고 차량 내

부를 찍기 위해 몸을 물음표처럼 말고 있었다. "지금은 어느 정도 식어서 차와 시체에 손을 댈 수 있지만, 아직 주위 온도보다는 10도 더 높습니다. 주 경찰 범죄 현장팀이 게이로드에서 이미 출발했습니다. 곧 도착할 거예요."

"좋아……." 도일이 천천히 몸을 돌려 사고 현장을 둘러보며 말했다. "벤츠에 탄 거물이 자정에 도로를 벗어나 추락하고 불이 났다! 그 남자 참 재수도 없네. 아니면 여잔가?"

"남자입니다." 조니가 말했다.

"좋아, 남자군. 근데 나는 휴가 중인 거 알면서 왜 불렀지?"

조니가 말없이 차에서 뒤로 물러서자 불에 바싹 탄 시체와 종잇장처럼 구겨진 운전석 문짝이 드러났다.

"와우." 도일이 짧게 내뱉고는 몸을 굽혀 찌그러진 부분을 면밀히 살폈다. "금속끼리 부딪쳤고, 빨간 페인트 자국뿐 나무가 부딪친 흔적은 없다. 그렇다면 고속도로에 난 두 대의 바퀴 자국이 말이 되는군. 누군가 이 불쌍한 양반을 길에서 밀어붙이고……." 도일이 갑자기 말을 끊더니 트렁크 근처에 피가 분사된 듯 작은 원을 이룬 검붉은 방울들을 쳐다보았다.

"플라스틱 알갱이들인가? 꼬리등에서 나왔을 가능성은?" 도일이 말했다.

"없습니다, 꼬리등 렌즈는 렉산단단하고 잘 깨지지 않아 분쇄 방지 안전창 등에 사용입니다. 이 조각들은 폴리프로필렌이에요. 아마 플라스틱 휘발유 통에서 나왔을 겁니다. 3리터 정도 되는 작은 거. 전기톱이나 잔디깎기에 기름 넣을 때 쓰는 그런 거요. 통은 차 바깥의 땅에 내려놓았던 게 틀림없습니다. 이미 테스트를 위해 잔여물도 따로 담아 뒀습니다."

"상대편 차가 벤츠를 치기 직전에 남긴 바퀴자국은 안 보이네." 도일은 곰곰이 생각했다. "찌그러진 부분이 깊이 패인 걸 보면 둘 다 마구 달렸던 것 같아. 그래서 두 번째 차가 정지신호를 무시하고 고속으로 달려 벤츠 한가운데를 강타해서 눈 더미로 밀어내고……."

"그 차도 여기 처박힐 뻔했는데 운이 정말 좋았네요." 지나가 말했다.

"운이 아닐 수도 있어." 도일이 고개를 돌려 고속도로 위를 올려다보았다. "그 운전자가 벤츠를 치지 않았다면 그대로 둔턱을 통과해 날아갔을 거야. 여기는 밤에 차량 통행이 그리 많지 않으니 운전자가 그냥 정지신호를 무시한 거겠지, 아니면 술에 취했든, 졸았든 했을 거야. 그런데 마침 벤츠가 백만분의 일의 우연으로 거기에 있었고. 아니면……."

"운전자는 통제를 전혀 잃지 않았어요." 지나가 도일의 눈길을 좇아 언덕 위를 올려다보며 말했다. "상대방이 일부러 들이받았다고 생각하십니까?"

"자, 다시 언덕 위로 올라가서 눈에 나 있는 바퀴 자국이나 배기가스 얼룩을 점검해 봐. 혹시 두 번째 차량이 벤츠를 기다리던 건 아닌지 말이야."

"맙소사. 그럼 누군가 이 가여운 양반을 일부러 들이받았다는 건가요? 그러고는 휘발유 통까지 들고 굳이 내려와 불을 질렀다?"

"아니면 좋겠지만, 말은 돼. 아직 신원확인은 안 됐나?"

"차는 발할라에 사는 재러드 배넌과 로렌 배넌 공동 소유로 등록되어 있습니다."

"재러드 배넌?" 도일이 놀라서 소리쳤다. "제기랄, 내가 아는 사람이군. 같이 라켓볼 게임을 한 적이 있어."

"친구예요?"

"아니, 그냥 아는 사람. 변호사고, 남부에서 왔고, 보통 부동산 일을 해."

"여피도시에 사는 젊고 세련된 고소득 전문직 종사자를 못마땅하게 이르는 말 변호사예요? 와! 범죄 현장팀 오지 말라고 할까요?" 지나가 말했다.

✦

교실 문이 약간 열려 있었다. 도일은 노크하려고 주먹을 들어 올리다가 교실이 너무 조용해서 놀라 멈칫했다. 이상해서 문틈을 들여다보았다. 보이시한 짧은 흑발의 키 크고 늘씬한 여자가 수업을 하고 있었다. 소리도 없이. 여자의 입술이 달싹거렸고 양쪽 손가락을 바삐 움직여 가며 십수 명의 십대들과 열띤 토론을 벌이고 있었다. 아이들도 능숙하게 수화를 쓰고 입모양을 흉내 내며 대답하고 있었다. 단지 소리만 없을 뿐이었다.

마치 은색 검이 너무 빨리 휙휙 지나가서 눈으로 따라잡을 수 없는 올림픽 펜싱 경기를 보는 것 같았다.

여자가 미간을 찌푸리며 흘긋 쳐다보았다. "무슨 일이시죠?"

"방해해서 죄송합니다. 혹시 로렌 배넌 박사님이시면 잠시 시간 좀 내 주십시오."

"지금 수업 중입니다."

"기다릴 수 없는 일이라서요, 죄송합니다."

✦

"맙소사. 재러드가 확실해요?" 로렌이 낮은 목소리로 말했다.

"최종 신원확인은 안 됐지만, 그 사람이 남편분 신분증을 가지고 있었고 차도 남편분 차였습니다."

"재러드는 오른손에 미시건 대학 졸업 반지를 끼고 있었어요. 그 운전자도……?"

도일이 고개를 끄덕였다. 도일과 지나는 블레어센터에 있는 배넌 박사의 작고 소박한 사무실에 와 있었다. 이곳은 특수 교육 대상 학생들을 위한 카운티의 마그넷 스쿨타지 학생을 유치하기 위해 일부 교과목에 특수반을 운영하는 대도시 학교로, 사무실은 삼면이 바닥에서 천장까지 책으로 가득했고, 나머지 벽은 배넌 박사의 졸업증서와 교사상 상장이 깔끔하게 진열되어 있었다. 사진은 없었다.

"결혼반지는 못 본 것 같은데, 남편분이 평소 결혼반지도 끼셨나요?" 지나가 물었다.

"저흰 별거 중이었어요. 세상에, 믿을 수가 없어요."

"괜찮으십니까, 배넌 박사님? 물이나 음료수 좀 가져다 드릴까요?" 도일이 물었다

"아뇨, 그냥 좀 어지러워서요. 어쩌다 그렇게 됐는지 아십니까?"

"남편분이 모는 차가 시외 근교 해안도로에서 다른 차에 부딪혔습니다. 뺑소니예요. 가파른 제방을 넘어 떨어졌습니다. 어젯밤 늦은 시간으로 추정되는데, 자정 정도였던 것 같습니다. 현장에서 사망선고를 내렸습니다. 뭐라 드릴 말씀이 없네요."

로렌이 감정을 조절하느라 입술을 앙다물었다. 우아한 여인이야, 하고 도일은 생각했다. 검은 머리에 몸매는 버드나무처럼 호리호리하고, 피부는 도자기 인형처럼 매끈했다.

그러나 연약하지는 않았다. 강타에 흔들리는 권투 선수처럼 남편이 죽었다는 소식을 받아들였다. 충격을 안으로 삼켰다.

잠시 후 로렌이 숨을 깊이 들이쉬더니 재킷을 만지작거려 폈다.

"누군가 재러드를 길에서 밀었다고 하셨죠. 상대편 운전자는 어떻게 됐나요?"

"아직 모릅니다. 혹시 어젯밤 남편분이 왜 그 길을 지나갔는지 아십니까?"

"몰라요. 재러드와 저는 작년부터 별거해서 변호사를 대동할 때 외에는 만날 일이 없어요. 왜 그러시죠?"

지나가 도일에게 질문하듯 힐긋 보자, 도일이 고개를 끄덕였다.

"바퀴 자국으로 봐서 사고가 아닐 수도 있어서요. 혹시 남편분을 해치고 싶어 했던 사람이 있나요?"

"워! 잠시만요." 로렌이 손을 들어 올리며 말했다. "누가 일부러 재러드의 차를 들이박았단 말씀인가요?"

"아직 확실한 건 아닙니다. 하지만 증거가 그래서요. 살인의 가능성이 있다고 보는 겁니다." 도일이 답했다.

"관례에 따라 여쭤보는 건데, 어젯밤 어디서 무엇을 하셨는지 말씀해 주시겠습니까?" 지나가 물었다.

로렌이 지나를 날카롭게 쏘아보았다. "저녁 내내 집에 있었어요. 혼자. 왜 물어보는 거죠?"

"아무것도 아니에요. 절차상 꼭 해야 하는 질문이어서요. 전혀 다른 의도는 없습니다." 도일이 끼어들었다.

로렌이 잠시 먼 곳을 보았다. "그럼 좋습니다. 질문 있으면 지금 다 물어 보세요."

"작년부터 별거했다고 하셨죠? 이혼 소송도 제기하셨습니까?" 지나가 물었다.

"헤어진 직후에 제기했습니다. 지난 봄, 그러니까 3월이었겠네요."

"아이는 있습니까?"

로렌이 잠시 대답을 망설였다. "아뇨, 없습니다."

"배넌 박사님, 불편하실 수도 있지만 여쭤보겠습니다. 제 경험상, 아이가 없으면 60일 내로 귀책사유 없는 이혼을 할 수 있다고 알고 있습니다. 혹시 남편분이 이혼에 이의를 제기하셨나요?"

"재산권 처리가 문제였어요. 재러드가 저보다 돈을 훨씬 많이 벌거든요. 그래서 자기한테 더 많은 몫이 돌아와야 한다고 생각했죠. 계속 새로운 요구 사항을 내놓았어요."

"미시건에서는 부부 공동 재산을 기본으로 합니다. 누가 얼마를 벌든 아내가 반을 가지게 되어 있어요." 도일이 덧붙였다.

"남편이 변호사라서요. 주로 하는 건 부동산 쪽이긴 하지만, 그래도 법정에서 남편과 싸우는 건 들이는 수고에 비해 효과가 없어요. 지난 화요일에 최종 교섭을 했고, 그때 남편 제안을 받아들였습니다."

"하지만 만족스럽진 않으시죠?" 지나가 말했다.

"이혼하는 과정이 기분 좋을 순 없죠."

"미시건 토박이는 아니시죠? 언제 이사 오셨습니까?" 이번에는 도일이 물었다.

"2년 조금 더 됐네요."

"이유가 뭐죠? 왜 이사하신 건지……."

"이유요?" 로렌이 눈만 깜빡거릴 뿐 대답하지 않았다.

뭔가 있다, 고 지나는 생각했다. 그게 뭔지는 모르겠지만.

"제가 어쩌다 보니 남편분을 압니다." 도일이 어색한 침묵을 깨려고 말을 건넸다. "몇 번 라켓볼을 함께 친 적이 있습니다."

"그래서요?" 로렌이 묘하게 웃으며 말했다.

"그래서 뭐요? 왜 웃으십니까?"

"재러드는 세상에서 가장 승부욕이 강한 사람이었어요. 누가 이겼나요?"

"남편분이 이겼습니다. 두 번 다."

"남편이 속임수를 썼나요?"

"그럴 필요도 없었죠. 남편분이 저보다 빨랐거든요. 왜 그런 걸 물으십니까?"

"재러드는 지는 걸 못 견뎌요. 한 번은 테니스를 치다가 제가 이기니까 재러드가 그 많은 관중 앞에서 라켓을 산산조각 내 버렸죠. 일주일 뒤 제가 이혼 소송을 제기했습니다."

"테니스 경기 때문에요?" 지나가 놀라서 눈살을 찌푸리며 물었다.

"그런 유치한 행동을 볼 때마다 재러드가 절대 철들지 않으리라는 걸 깨닫게 됐죠. 기다리는 데도 지쳤고요. 다 그만두고 싶었어요."

"그래서 이혼 소송 중이시군요. 이 사고가 박사님의 재정 합의에 영향을 주겠지요?" 지나가 물었다.

"글쎄요. 돈이 중요한 건 항상 저보다 재러드였거든요."

"돈은 중요하지 않으시다?" 지나가 되물었다.

"돈을 버리고 자유를 산 거죠. 그게 더 가치가 크지 않나요? 이제 정리할까요? 5분 후에 수업이 있거든요."

"다른 날 다시 약속을 잡으셔도 되니까 좀 쉬시죠." 도일이 제안했다.

"장애가 있는 애들과 수업하는 건 쌍방통행 같아요. 내가 가진 문제들을 균형 잡힌 시각에서 보게 해 주죠. 전 그냥 앉아서 곰곰이 생각할 시간이 필요해요."

"엄밀히 따지면 박사님은 곰곰이 생각하시는 것 같지 않아요. 이런 말씀 어떨지 모르겠지만, 박사님은 이 일을 아주 차분하게 받아들이고 계십니다." 지나가 언급했다.

"형사님, 전 매일 문제를 다룬답니다. 음악은커녕 자기 엄마 목소리도 듣지 못하는 아이들, 부모에게 학대당하는 아이들. 지난주에는 여덟 살 소녀에게 화학요법이 실패해서 올해 크리스마스를 못 볼 거라는 얘기를 해야 했어요. 그러니 재러드 사건도 힘든 소식이긴 하지만……." 로렌이 겨우 알아볼 수 있을 정도로 어깨를 으쓱했다.

"그런 게 더 힘들겠군요." 지나가 자기도 모르게 감명 받아 로렌의 말에 수긍했다.

"그리고 태양은 다시 떠오르니까요." 로렌이 단호하게 말했다. "준비가 되든 안 되든, 매일 아침은 밝아 오죠. 이제 다 됐나요?"

"마지막으로 몇 가지만 더 여쭙겠습니다. 남편분이 교통법규 위반 딱지가 엄청 많던데요. 속도 위반이요. 원래 운전을 급하게 했습니까?"

"재러드가 사람을 친 적은 없어요. 운동신경이 뛰어났거든요. 그러나 매번 르망 자동차 경주에 참가한 사람처럼 달렸죠. 전 그 사람이 운전하는 차가 끔찍하게 싫었어요."

"혹시 남편분이 다른 운전자들과 충돌을 일으킨 적은 없습니까?"

"보복 운전 같은 거 말씀이신가요? 남편 때문에 사람들이 화를 내곤 했지만, 그렇다고 싸우려고 가던 길을 멈춘 적은 없습니다. 먼지를 한껏 일으키고 지나가 버리는 게 더 재밌으니까요."

"맨 처음 드렸던 질문으로 돌아가서, 남편분을 해치고 싶어 했던 사람 없습니까?" 도일이 말했다.

로렌이 잠시 머뭇거렸다. 아까처럼 강한 예감은 아니지만, 지나는 이번에도 뭔가 있다고 생각했다.

"없어요." 로렌이 조심스럽게 말했다. "재러드는 매력적인 사람이었습니다. 테니스 경기를 하거나 법정에서 마주하지 않는다면 말이죠. 만약 그 사람이 의뢰인들과 문제가 있었다면 사무실 직원이 저보다 더 잘 알 거예요. 남편은 시내에서 리먼, 그린과 함께 일했습니다."

"박사님은 어떻습니까? 벤츠가 공동 소유이니 남편분을 노린 게 아닐 수도 있거든요. 혹시 문제 없으십니까? 협박이라든가, 스토커라든가, 뭐 그런 거요." 도일이 물었다.

"없습니다."

"박사님이 가르치는 학생들은 어떻습니까? 청각장애인뿐 아니라 지적장애 학생들도 돌보시죠. 혹시 폭력적인 아이들은 없나요? 아니면 애정이 과하다던가. 신문에 나오는 사제 간의 위험한 관계 뭐 그런 거 말입니다." 지나가 물었다.

로렌이 잠시 지나의 눈을 똑바로 쳐다보더니 손톱으로 책상을 톡톡 쳤다.

"형사님들 참 능숙하시네요." 로렌이 퉁명스럽게 말했다. "보통은 남자분이 공격적인 '나쁜 경찰' 역할을 하고, 여자분은 대개 동정어린 언니 같은 역할을 하잖아요. 역할을 바꾸는 것도 꽤 효과가 있네요."

"감사하다고 해도 되죠? 어쨌든 질문에는 대답을 하지 않으셨습니다." 지나가 지적했다.

"레드펀 형사님도 분명 아실 텐데, 제 학생 중에는 문제 행동으로 일반학교에 못 다니는 애들이 더러 있습니다. 하지만 재러드나 저를 해칠 이유가 있는 아이는 없어요. 괜찮으시다면 전 다음 수업이 시작하기 전에 1분이라도 혼자 있고 싶습니다만."

"네, 알겠습니다. 질문이 기분 나빴다면 사과드립니다. 남편분 일 굉장히 유감이고요." 도일이 로렌에게 명함을 건넸다. "뭐든 생각나는 게 있으면, 밤낮 상관없습니다, 전화 주세요."

지나가 문 앞에 서서 잠시 머뭇거렸다.

로렌이 인상을 썼다. "또 다른 하실 말씀이라도?"

"아까 말씀하신 여자아이 말이에요. 암을 치료할 수 없다고 얘기했을 때 그 애가 뭐라고 했나요?"

"걔가…… 아빠한테 크리스마스를 당겨서 축하해 줄 수 있느냐고 물었어요. 자기가 가지고 있는 장난감을 친구들에게 선물하고 싶다고요."

"세상에. 어떻게 견디시는 거죠? 아이에게 그런 말을 해야 할 때요." 지나가 부드럽게 말했다.

"타이타닉 호에서 먼저 뛰어내릴 사람을 고르는 것 같을 때가 있어요." 로렌이 한숨을 푹 내쉬며 동의했다. "최대한 아이들을 먼저 보호하죠. 그다음은 매 맞는 여자들이고요. 다섯 시가 되면 집에 가서 센 브랜디를 한 잔 따르고 좋은 책을 챙겨서 구석에 처박혀요."

"그리고 내일이 오면 태양은 다시 떠오른다?" 지나가 말을 끝맺었다.

"준비야 됐든 말든 매일 태양은 뜨죠."

✦

복도에서 도일이 지나를 쳐다보았다. "왜?"

"저는 부인들에게 사고 소식 전하는 게 참 싫거든요. 울고불고, 심장을 쥐어뜯고."

"저 여자는 나쁜 소식을 받아들이는 게 너무 익숙하지?"

"말을 피하는 데도 명수네요. 대답하기 전에 시간을 벌려고 질문의 반은 되물어보잖아요. 대답을 전혀 안 하기도 하고요."

"심리학에다 특수교육 학위까지 있는데 어련하려고. 아마 이런 방면으로는 우리보다 훨씬 나을걸. 다른 건 뭐 없어?"

"저 여자 옷은 비싼데 맵시는 없는 편이에요. 저렇게 예쁜 사람인데 옷은 여교사처럼 입었죠."

"여교사 맞잖아. 오늘부터 패션 전문 경찰이라도 하게?"

"아뇨. 우리는 진지한 경찰 양반이지요. 전 저 여자가 자꾸 말을 피하는 것 같아요. 만약 취한 남편이 냉정한 아내를 자꾸 건드리면 어떤 일이 생기게 될까요?"

"저 여자가 남편의 죽음에 연관이 있을 거라고 생각해?"

"나중에 다시 말씀드릴게요. 다음은 누구예요?"

"혹시 협박 같은 게 있다면 배넌의 사무실 직원이 알 거라고 했잖아."

"윽, 또 변호사야. 차라리 철조망으로 이를 쑤시는 게 낫겠네." 지나가 앓는 소리를 했다.

✦

변호사 리먼, 박스데일, 그린이 함께 쓰는 사무실은 발할라 시내 옛 몽고메리 워드 건물의 꼭대기 층에 있었다. 지금은 구도심이라 불리는 마을의 옛 중심지이다.

새로운 돈과 이주민들에 힘입은 월마트, 홈디포 같은 신축 교외 대형 할인점들이 변경의 신흥도시처럼 미시건 호수를 따라 시 경계 밖에 뻗어 있었다. 디트로이트나 시애틀에서 온 첨단기술 망명자들이 세속에서 벗어나기 위해 북쪽으로 모여들었다. 그래도 필요한 건 전부 가지고 왔다.

그러나 구도심에는 2차 대전 전의 모습이 많이 남아 있었다. 벽돌로 된 거리와 인도 그리고 예스럽고 둥근 가로등까지. 19세기 건물들이 빅토리아식 뼈대와, 철제 건물의 전면과, 크리스마스 장식이 반짝이는 상점의 창문들과, 겨울 공기 중에 소용돌이치는 시끄러운 캐럴로 정교하게 복원되어 있었다. 발할라의 크리스마스 풍경이었다.

하버 드라이브 거리에서는 보트 정박지의 장대한 풍경과 그 너머 대서양이 보였다. 검은 수면에 얼음덩이들이 떠서 영원히 지평선을 향해 밀려가고 있었다.

지역민들은 그 풍경을 눈여겨보지 않았지만, 두 형사는 잠시 멈춰서 경치를 감상했다. 둘 다 남부 미시건의 콘크리트 협곡들 사이에서 일했었다. 도일은 디트로이트에서, 지나는 플린트에 있다가 고향인 북부로 돌아온 것이다. 아름다운 환경을 당연하다고 여겨선 안된다.

최근 부동산 붐 덕분에 완전히 다시 살아난 리먼과 그린의 사무실은 참나무를 기본 골격으로 하고 초현대적인 유리로 장식을 했으며 크림색 카펫으로 마무리한 최고급 정육면체 공간이었다. 로비에는 스칸디나비아식 가구가, 벽에는 진품 그림이 있었다.

도일이 접수 담당자에게 배지를 보여주자, 마틴 리먼 주니어를 프런트로 불러주었다. 그는 삼십대 중반으로 보였고 가느다란 금발은 벌써 숱이 줄어들고 있었다. 옷차림은 가벼웠다. 셔츠 차림에 슬랙스를 입었고 맨발에 로퍼를 신었다. 넥타이도 매지 않았다. 신세대 기업인의 세련됨이 물씬 풍겼다.

✦

"뭘 도와드릴까요, 형사님?"

"정확히는 경사입니다. 재러드 씨가 여기 근무하죠?"

"네, 파트너 변호사입니다. 오늘 아침에는 안 나왔지만요. 무슨 문제라도?"

"사무실에 들어가서 이야기하는 게 좋을 것 같습니다. 지나, 자넨 여기서 기다리지. 필요한 게 있으면 전화할게."

"언젠 서두르라더니 이젠 기다리라니." 도일과 리먼이 복도로 사라지자 지나는 접수 프런트에 몸을 기대고 한숨을 쉬며 투덜대다가 안내원에게 물었다. "근처에 커피머신 있나요?"

"저 구석에 있어요. 제가 가져다……."

"일어나지 말고 일 보세요. 제가 산책할 겸 가죠. 한 잔 가져다 드릴까요?"

"괜찮으시다면." 안내원이 말했다.

"네. 일하는 여성들끼리는 상부상조해야죠, 안 그래요?" 지나가 눈을 찡긋했다.

✦

"재러드가 죽어요? 맙소사." 마틴 리먼이 앤티크 책상 뒤에 있는 중후한 의자에 주저앉았다. "지난 토요일에도 같이 골프를 쳤는데, 어떻게……."

리먼이 도일과 눈이 마주쳤다.

"우린 비행기를 타고 플린트에 갔습니다. 거기에 실내 코스가 있거든요. 그런데 어떻게 이럴 수가. 그렇게 활기찼는데…… 혹시 술을 마셨습니까?"

"재러드가 평소에 술을 많이 마셨습니까?"

"딱히 그렇진 않았습니다. 파티는 좋아했죠, 그리고…… 잠시만요, 어떻게 된 일인지 아직 제대로 이해가 안 돼서요."

"저도 마찬가집니다, 리먼 씨. 당신 파트너는 고의로 추정되는 뺑소니의 피해자입니다. 재러드 배넌 씨는 여기서 어떤 일을 했습니까?"

"대개 부동산 관련 일을 했습니다. 해결사였죠. 거래를 중개하고, 금전 문제를 정리하고, 법적인 문제를 해결했어요. 그 방면으로는 가히 최고라고 할 수 있습니다. 재러드를 데려온 건 운이 좋았어요."

"사업 거래에서는 보통 한쪽이 불만족스러워지는 게 흔하지 않은지……."

"경사님, 재러드가 수임한 일을 말씀드릴 수는 없다는 걸 아시죠? 변호사의 비밀유지 특권이 적용돼서요."

"상세한 건 묻지 않겠습니다."

"그렇더라도 우리 회사의 평판이……."

"보십시오, 리먼 씨! 누가 차를 들이받아 골짜기로 떨어뜨렸습니다. 거기서 당신 동료가 불타 죽었구요! 아직 그림이 안 그려지십니까?"

"맙소사!" 리먼이 손가락 끝으로 눈을 꾹꾹 누르며 중얼거렸다.

"원칙을 어기라는 게 아닙니다. 다만 이런 일을 촉발할 만큼 문제가 되는 케이스나 의뢰인이 있었는지 알고 싶은 겁니다."

"그게 쉽지가 않습니다. 재러드는 어려운 건을 전문적으로 맡았거든요."

"어렵다?"

"쌍방이 대립하거나, 압류 물건이거나, 이혼 중 자산 처분 같은 재산 관련이요. 재러드는 대결을 좋아했습니다. 상대가 폭발할 때까지 신경을 건드린 다음 접근 금지 명령을 내리거나 손해 배상 소송을 제기합니다. 재판 종료 전까지 사람들의 삶을 피폐하게 만들죠."

"그럼 뒤치다꺼리하는 사람이란 말인가요?"

"제가 본 사람 중에 최고였습니다. 자기 사무실 벽에 걸린 슬로건이 '패배를 거부하라'입니다. 실제로 진 적이 거의 없어요."

"그런 태도 때문에 적이 꽤 있었겠군요."

"돈도 많이 벌었고요. 부동산법은 아주 치열해요. 재러드는 그 방면에서는 누구나 함께 일하고 싶어 할 사람입니다. 속으로는 좀 무섭더라도요."

"리먼 씨도 그 사람이 무서웠나요?"

"우리는 동료이니 제가 겁을 낼 이유는 없었죠. 하지만 법정이나 협상 테이블에서 재러드는 잔인한 상대였죠. 아주 얄짤없거든요."

"대충 그림이 그려지네요. 심하게 불만을 가졌던 고객을 생각나는 대로 말씀해 주시겠습니까?"

"부치 록하트가 1등일 겁니다." 리먼이 손을 모으며 말했다.

"캐딜락 딜러 말씀이십니까? 라이온스에서 라인배커상대팀 선수들에게 태클을 걸며 방어하는 수비수 했던?"

"네, 맞습니다. 재러드는 부치의 전 아내 서니의 변호사로 이혼 합의 소송을 맡았습니다. 이혼 시 재산 분할에 대한 혼전 합의서를 절차상 무효가 되게 만든 덕분에 서니가 전 재산의 절반을 받게 됐습니다. 6년 결혼 생활로 1400만 달러를 번 셈이죠."

"세상에, 부치가 화가 났겠네요."

"화가 난 정도가 아니었죠. 증언대에서 '재러드의 머리를 잘라 엉덩이에 쑤셔 넣겠다'고 협박했어요. 능히 그러고도 남아 보였어요.

당연히 재러드는 폭발하는 장면을 다 찍어놨고요. 부치의 변호사들이 그날 합의를 봤습니다. 그런데 그게 다가 아니었어요. 재러드와 서니 록하트가……."

"축하를 거창하게 했나요?"

"의뢰인과 자는 게 재러드에게는 거의 통과의례였죠." 리먼이 한숨을 쉬었다. "서니는 브룩사이드에 살아요. 재러드는 어젯밤 거기에 갔다 오는 길이었을 겁니다."

"남편도 그들의 관계를 압니까?"

"그럴걸요. 재러드와 서니가 크게 조심하지도 않았으니까요."

"그렇군요. 또 다른 사람은 없습니까?"

"최근에 퍼거슨 가족의 거래를 중개했습니다. 아들 셋이 가족 농장을 팔고 싶어 했고, 아버지는 반대했죠. 재러드는 아버지를 금치산자로 만들었어요. 재판이 마무리될 때쯤 공개 법정에서 퍼거슨 씨가 재러드를 죽이겠다고 으름장을 놓았어요. 그 노친네 기세가 장난 아니었죠."

"그것도 살펴봐야겠군요. 또 다른 사람은요?"

리먼이 생각에 잠긴 채 잠시 망설였다. "다음 주에 최종 심리가 예정된 이혼 사건도 하나 있었어요. 에밀 라이저와 로지 라이저 부부. 포인트 뤼시앵에 론 파인 조선소를 가지고 있습니다."

"문제는 뭐죠?"

"그게…… 폐점 시기에 관해 마찰이 있습니다. 에밀 라이저는 10년 전에 터를 사서 회사를 짓고 그 지역 여자와 결혼했습니다. 이제 이혼하고 재산을 현금화하는 중인데, 하나 있는 딸이 몹시 아파요. 에밀은 모든 것을 보류하고 싶어 하지만 재러드가 소개해 준 조선소 구매자는 기다리지 않으려 하거든요. 아내도 당장 팔려고 하고요. 재러드가 아내 쪽에게 당장 해결해 주겠다고 약속을 했습니다."

"어떻게요?"

"죄송하지만, 진짜로 변호사 비밀유지 특권에 걸려서요."

"얘기 좀 해 주시지요, 변호사님."

"피차 아는 사이에 왜 이러십니까. 벌써 너무 많은 말을 했는데요."

"네, 알겠습니다. 록하트, 퍼거슨, 라이저. 또 다른 사람은 없습니까?"

"그 세 명이 제일 심해요. 재러드의 서류를 훑어보고 문제가 될 만한 게 있으면 표시를 해 두겠습니다."

"재러드의 아내는 어떻습니까? 두 사람도 이혼 소송 중이었다던데요. 원만하게 진행되고 있었습니까?"

"원만한 이혼이 어딨겠습니까만, 두 사람은 프로예요. 협의 과정이 냉랭하지만 예의에 어긋나지는 않았습니다. 제가 두 사람의 서류 작업을 합니다, 아니 했습니다."

"양쪽 다? 그거 드문 일 아닙니까?" 도일이 놀라서 물었다.

"논쟁이 되는 건 합의 조건뿐이었고, 그들이 만나서 일치를 보는 데 저는 중재만 섰습니다. 지난주에 다 마무리 지었습니다."

"다들 만족했습니까?"

"재러드는 확실히 만족했고, 로렌은 잘 모르겠습니다. 재러드와 저는 대학 때부터 친구입니다. 그 친구가 사귀었던 여자 친구들에 관한 흥미로운 뒷소문은 제가 다 알고 있습니다. 서니 록하트를 포함해 최근까지도요. 그런데 로렌에 관해서는 아는 게 없습니다. 재러드가 절대 말하지 않았거든요. 저도 몇 년 전에 알았어요, 둘한테…… 심각한 문제가 있다는 걸요."

"어떤 문젭니까?"

"정확히는 모릅니다. 재러드는 남부에서 아주 성공한 변호사로 성업 중이었어요. 우리가 그 친구를 북부로 부른 것도 아닙니다. 그런데 어느 날 난데없이 전화로 새 출발을 하고 싶다고 했습니다."

"결혼 생활을 유지하기 위해서요?"

"재러드는 결혼 생활을 그렇게 심각하게 여기지 않았습니다."

"아내는 얼마나 심각하게 받아들였나요? 우리가 가서 따로 물어봐야 하나요? 아니면 혹시 남자가……?"

"그 부분에 관해서는 제가 경감님을 도울 수가 없네요. 말씀드렸다시피 저는 그 여자를 잘 모릅니다. 저는 로렌을 처음 만나고 깜짝 놀랐습니다. 이목구비는 뚜렷했지만 전혀 재러드가 좋아할 스타일이 아니거든요. 재러드는 섹시한 금발에 명랑한 여자를 좋아했는데, 로렌은 정반대였어요. 냉정하고 지적이고 다른 사람과 어울리는 걸 싫어하죠. 제가 평생 만난 횟수보다 이혼 조정 기간에 로렌을 본 횟수가 더 많으니까……. 맙소사 세상에."

"왜요?"

"재러드네 부부는 아직 합의가 끝나지 않았어요," 리먼이 미간을 찌푸렸다. "세부사항은 다 조정했는데 최종 사인이 아직 남았거든요."

"그럼 뭐가 문제가 됩니까?"

"효력이 없죠. 하나도요. 재러드가 새로 작성한 유언조차도요. 로렌은 아직 재러드의 아내이자 유일한 상속자죠. 로렌이 모든 걸 다 가지는 거예요."

"재산이 얼마길래요?"

"그건 진짜 말하면 안 되는데……."

"대충만이라도요. 부탁드립니다."

"좋습니다. 재산과 투자금액까지 하면…… 대충 250만 달러 정도. 그리고 재러드는 생명보험에 가입되어 있습니다. 총 재산이 500만 이쪽저쪽이겠네요."

"와우." 도일이 휘파람을 불었다.

"죄송하지만 현재로서 제가 말씀드릴 수 있는 건 이게 답니다." 리먼이 일어서며 말했다. "오늘 퇴근하기 전에 문제되는 의뢰인들에 관한 정보를 팩스로 보내드리겠습니다."

"변호사님, 정말 감사합니다. 재러드 배넌의 죽음이 살인일 가능성은 비밀로 해 주십시오."

"맙소사. 말하는 건 고사하고 생각조차 하기 싫습니다."

"시간 내 주셔서 감사합니다. 파트너를 잃게 되셔서 유감입니다."

"네, 경사님. 저도 정말 유감입니다." 리먼이 침울한 얼굴로 고개를 저으며 말했다.

✦

지나가 인도에서 도일을 기다리고 있었다. "뭐 좀 나왔어요?" SUV로 걸어가는 길에 발걸음을 맞추며 지나가 물었다.

"응. 여러 가지로. 재러드가 서니 록하트를 비롯해 의뢰인 절반과 잠자리를 가졌고, 살해 협박은 두 건이나 받았고, 아내는 500만 달러를 상속하게 됐대. 안내 데스크에서는 뭐 좀 알아냈어?"

"기본적으로 같은 얘기예요. 재러드 배넌이 안내원한테는 집적대지 않았다고 하는데 분명 건드렸을 것 같아요. 상대방을 화나게 하는 데 명수인 살인적인 협상가였고. 지난주에 파트너와 소리를 질러가며 크게 싸웠대요."

"리먼하고? 뭣 때문에 싸웠지?"

"안내원은 내용까지는 모른대요. 번지르르한 전면유리 사무실이 보기에는 개방적인 것 같아도 방음이 잘 된대요. 라이저 부부가 막 떠나고 재러드의 부인이 프론트에서 기다리고 있었으니, 두 쪽 중 어느 하나 때문에 다퉜을 가능성이 클 것 같아요."

"아니면 전부 상관 없을 수도 있지."

"뭐가 사실이든 간에, 안내원 말로는 재러드와 리먼이 유리가 흔들릴 정도로 크게 소리를 질러가며 싸웠대요."

"유리가 깨졌으면 좋았을 텐데. 다른 건?"

"재러드의 의뢰인들은 여러 모로 그를 좋아했답니다. 특히 여자들이요. 그 사람이 저한테 연락한 적 없는 게 좀 서운할 지경이에요."

"자넨 변호사들 싫어하잖아."

"피고 측 변호인들만 싫어하죠. 다음은 뭐예요?"

"록하트 부부가 입을 맞추기 전에 따로 만나 보는 게 좋겠어. 난 서니 록하트를 떠볼 테니, 자넨 부치 록하트를 유혹해 봐."

"그냥 한 대 때리면 안되나요? 부치 록하트가 라이온스 팀에서 뛸 때 얼마나 별로였는데요." 지나가 말했다.

✦

"진짭니까?" 부치 록하트가 미처 기쁨을 감추지 못하고 환하게 웃었다. "그 말 많은 개자식이 죽어요? 확실합니까?"

"네, 애석하게도요." 지나가 부치를 호기심 어린 눈으로 쳐다보며 말했다. 쇼룸에는 번쩍거리는 캐딜락이 축구 경기장만큼 늘어서 있었다. 다섯 계단 올라가면 있는 록하트의 유리로 된 사무실에서 면담을 진행했다. 록하트는 선수 시절보다 7킬로그램이나 더 불어서 맞춤 실크 양복과 색안경, 검게 염색한 말끔한 머리에도 불구하고 거대 괴물로 보였다. 미소는 너무 완벽해서 진짜 같지 않을 지경이었다.

"차종은 뭐였습니까?" 록하트가 물었다.

"메르세데스 로드스터."

"오호, 더 좋군 더 좋아. 수완 좋은 여피 새끼가 독일놈 차를 탔군. 캐딜락을 탔으면 사고가 나도 살 수 있었을 텐데."

"우리는 사실 그게 사고가 아니라고 생각합니다. 뺑소니 운전자에게 당했어요. 어젯밤 10시에서 자정 사이에 어디 계셨는지 말씀해 주시겠습니까?"

록하트는 질문을 받자 두개골을 맞은 것처럼 눈을 깜빡이며 지나를 응시했다. "와, 잠깐. 뭐요? 왜 나한테 묻는 거요? 제길, 내가 뭐 그를 죽이기라도 했다는 거요?"

"재러드 씨의 머리통을 자르겠다고 증인들 앞에서 협박하신 적이……."

"내가 바에서 몇 잔 마신 다음 그자를 만났다면 그랬을 수도 있지. 하지만 그런 적 없어요. 만약 그자를 죽일 거였으면 내가 차를 동원했겠소? 살아 있는 동안 그 자식 수작에 놀아난 것도 기분 나쁜데, 이제 불타 죽은 것까지 의심하면 내가 짜증나지. 어디 촌구석에서 타코나 팔 것 같은 사람한테 의심을 사다니. 당장 내 사무실에서 나가요."

"한 가지 정정하죠. 전 라틴아메리카 출신이 아니라 미국 원주민입니다." 지나가 자리에서 일어나며 말했다. "아니시나베족인디언 부족의 하나이거든요. 그리고 당신은 변호사 없이는 대답하지 않을 권리가 있어요. 결백을 증명할 방법이 따로 있으니 문제는 없습니다. 여기 있는 빨간색 캐딜락은 모두 몇 대입니까?"

"빨간색? 무슨 소리요?"

"재러드 씨의 차에 붉은 페인트 자국이 남았거든요. 여기 세워 둔 붉은 차에서 모조리 페인트 샘플을 긁어서 렌싱에 보내 자국이 일치하는지 확인할 수도 있습니다. 어차피 당신 공장에서 스크래치 정도는 새것처럼 꾸며낼 수 있겠죠."

"꾸며내?" 부치가 지나의 말을 반복하고는 벌떡 일어나서 지나보다 한참 높은 곳에 우뚝 섰다. "이 작은 땅콩 같은 게……." 지나가 발목에 찬 칼집에서 칼을 꺼내 번쩍거리는 날을 들자 부치는 말을 멈췄다.

"일단 제 눈에 보이는 건 쇼룸 바닥에 있는 붉은 캐딜락 두 대네요." 지나가 차분하게 말을 계속했다. "나가는 길에 페인트 샘플로 좀 긁어 가겠습니다. 당신이 진정 매력적인 사내로 남고 싶다면 부디 어젯밤에 어디에 처박혀 계셨는지 말해 주시기 바랍니다, 록하트 씨."

✦

"새로운 여자 친구를 데리고 나오더라고요." 지나가 한숨을 쉬며 책상 옆 의자에 주저앉았다. "자그마치 고등학교 치어리더래요." 도일과 지나는 발할라 외곽의 갈색 벽돌로 된 블록하우스에 와 있었다. 이곳은 차량 검문을 하다가 어느 정신 나간 생존주의자전쟁이나 재난에 대비해 일상적으로 무기와 식량 등을 비축하는 사람의 손에 죽은 경찰 맥키를 기리는 맥키법 집행센터 건물이다.

다섯 주를 아우르는 센터로, 발할라 경찰청 보안관 부서와 합동조사반이 사이좋게 쓰는 곳이었다.

"여자애는 몇 살인데?"

"열여덟이래요. 미성년자는 아니지만 간신히 넘긴 거잖아요. 여자애가 록하트의 증언을 확인해 줬어요. 제가 또래 남자애들과 데이트를 해 보면 좋을지도 모른다고 살짝 말해 봤어요. 그랬더니 여자애가 최신 캐딜락 에스컬레이드를 보고도 그런 말을 할 수 있으면 해 보라고 하더군요. 36개월 할부금을 완불한 차라더라고요."

"여자애는 열여덟에, 부치는 얼마지, 마흔?"

"남자들은 쓰레기예요. 저도 나이가 다시 어려지면 달라질지……. 록하트의 전부인은 뭐래요?"

"어젯밤에 재러드와 같이 있었대. 늦은 저녁을 먹고, 친구들도 모여서 즐거운 시간을 보냈다더군. 그 후에는 잠이 들었대. 재러드는 11시 이후에 나갔을 것 같다고 했어. 서니에게 알리바이는 없지만, 동기 또한 없어. 재러드가 서니를 부자로 만들어 줬고, 서니도 사랑에 푹 빠져 있었으니까."

"욕정에 빠진 거겠죠." 지나가 말했다. "그럼 록하트 부부는 됐고, 이제 누가 남죠?"

"퍼거슨 노인은 금치산자가 돼 버린 데 무척 화가 나 있어. 그리고 라이저 부부는 매매 시기를 합의하는 부분이 말썽이었지. 재러드 배넌이 만난 사람들은 다 그자가 사람들을 도발하는 걸 좋아했다더군."

"배넌의 미망인은 잊고 계시군요. 500만 달러는 대단한 살해 동기인데다 로렌은 우리가 하는 질문 몇 가지를 한사코 피했습니다."

"리먼 말로는 두 사람의 관계가 꽤 냉랭했다더군. 자넨 로렌을 어떻게 생각하나?"

"경사님이랑 같죠뭐. 똑똑하고 각선미가 끝내주고 곧 은행에 500만 달러가 꽂히게 될 사람. 제가 로렌을 상대해도 되는데, 혹시 경위님이 퍼거슨을 만나는 동안 제가 로렌과 다시 면담하기를 원하세요?"

"아니, 라이저 부부 먼저 만나보자고. 서두르면 오늘 조선소가 문을 닫기 전에 도착할 수 있을 거야."

✦

론 파인 조선소는 그랜드 트래버스 만으로 돌출된 유일한 곶 포인트 뤼시엥 끝에 위치했다. 거기로 가는 길은 좁은 이차선 도로뿐이었다.

"여긴 개발이 크게 되지 않았네요. 해안선에 개인용 부지들이 별로 남아 있지 않을 것 같아요." 지나가 말했다.

"그래야 나중에 조선소를 팔 때 떼돈을 벌 수 있겠지." 순찰차를 작은 주차 공간에 밀어 넣은 도일은 엔진을 끄고 잠시 차에 앉아 파도가 외롭게 철썩이고 갈매기가 우는 소리를 들었다.

작업장은 별로 볼 게 없었다. 이 근처에 건물이라고는 조선소 건물과 건조 창고, 오두막뿐이었다. 건조 창고에는 말라가는 목재가 쌓여 있었고, 조선소 건물은 주변 숲에서 가져온 통나무로 대충 만든 건물이었다. 긴 창고가 물 위까지 가로지르는 갑판으로 둘러싸인 모양새였다.

한 소녀가 갑판 끝에 놓인 접이식 의자에 웅크리고 앉아 끝이 휜 막대기로 낚시를 하고 있었고, 발치에는 늙은 래브라도 리트리버가 엎드려 있었다. 형사 둘이 다가가자 개가 고개를 들고 으르렁거렸다.

"조용해, 스모키." 소녀가 말했다. "아빠아아! 경찰이 왔어요. 또 나쁜 짓 했어요?" 소녀는 장난스럽게 웃다가 한바탕 기침을 해댔다. 호수 덕택에 기온이 내륙의 구릉지보다 10도는 더 높아 따뜻한데도 소녀는 무거운 파카를 덮어쓰고 있었다. 여자아이는 추위를 막고 민머리도 가리려고 머리에 터번을 두르고 있었다.

"저한테 무슨 볼일이라도 있으신가요?" 에밀 라이저가 밖으로 나와 그들을 맞았다. 그는 덩치가 컸고, 작업복 안에 빨간색과 검은색의 체크 플란넬 셔츠를 입었으며, 안전화를 신고 있었다. 덥수룩하게 수염을 길렀고, 길고 숱 많은 희끗희끗한 머리는 어깨까지 제멋대로 뻗어 있었다. 왼손 손가락 끝마디 두 개가 사라지고 없었다.

"개는 염려하지 마세요. 물지 않습니다. 업무상 오셨습니까, 아니면 관광하러 오셨습니까?"

"업무상 왔습니다, 라이저 씨."

"네? 그럼 배를 사시려구요? 제가 하는 업무는 그것밖에 없습니다만."

"실은 아내분의 변호사 재러드 배넌에 관한 일로 왔습니다."

"맙소사, 그 개자식이 뭐……." 라이저가 말을 뚝 멈추더니 옆에서 열심히 그들을 관찰하던 딸의 눈치를 보았다. 그가 딸에게 수화로 뭔가 재빨리 지시를 내리자, 여자애가 멀리 가 버렸다.

"청각장애가 있나 보죠?" 도일이 물었다.

"네, 복합장애인데 그중 하나지요." 라이저가 한숨을 쉬었다. "안에 들어가서 얘기하는 게 좋겠습니다. 딸애가 50미터 내에서는 엿들을 수 있거든요."

라이저의 작업장은 구시대 유물 같았다. 긴 방에는 작업중인 나무 선체 4개가 받침대 위에 있었다. 공기에는 톱밥과 대팻밥과 니스 냄새가 가득했다. 전동 공구는 하나도 보이지 않았다. 천장 기둥에 매달린 알전구마저 없었다면 지난 세기 이전으로 시간 여행을 온 것 같은 착각이 들 정도였다.

지나가 배들 사이를 걸어 다니며 선체를 손으로 만졌다.

"아름답네요." 지나가 중얼거리며 걷다가 열두 개의 장총을 걸어 둔 총기 거치대 앞에 멈추더니 스프링필드와 레밍턴, 그리고 윈체스터 레버액션 카빈 세트를 샅샅이 살폈다.

"전쟁이라도 대비하시는 겁니까, 라이저 씨?"

"사냥용 총입니다."

"뭘 잡습니까?

"지금은 안 잡습니다. 대신 배를 만들죠. 그 뒤쪽은 돌아다니지 마십시오. 작업장은 위험해요."

"손가락 마디도 이 일 하다 그렇게 되신 겁니까?" 지나가 돌아오며 말했다.

"제 손가락요?" 라이저가 없어진 것도 몰랐다는 듯 손을 내려다보았다. "네, 두어 해 전에 띠톱에 잘렸습니다."

"아파 보이네요." 도일이 말했다.

"그런가요?" 라이저가 쏘듯 말했다. "당신 눈도 그리 멀쩡한 것 같진 않은데요. 자, 하실 말씀 있으면 얼른 하세요. 저 일해야 합니다."

"재러드 배넌한테 불만이 많았다고 알고 있는데, 맞습니까?" 도일이 말했다.

"아내와 저는 이혼 소송 중입니다. 지난 몇 년 동안 우리가 얼마나 힘들었는지 신만이 아시겠지요. 최근에 아내는 일을 하지 않고 술독에 빠져 살지만, 로지가 재산의 반을 가져가도 불만 없습니다. 저 역시 다 끝나고 나면 아마 한 달 동안은 술독에 빠져 살 테니까요."

"뭐가 끝난다는 거죠?"

"딸애가 죽어가고 있습니다." 라이저가 직설적으로 말했다. "암이에요. 귀가 멀어 태어난 것도 모자라서……." 그의 목소리가 울음을 삼키느라 점점 작아졌다.

"정말 뭐라 드릴 말씀이 없습니다." 도일이 말했다.

"어쩔 도리가 없습니다. 재러드 배넌에게 몇 달만 더 달라고 부탁했습니다. 딸 지니가…… 그때까지만이라도 집에 머무를 수 있도록 말입니다. 로지는 동의했는데, 재러드 말로는 고액 구매자가 더는 못 기다린다고 했다네요. 거기다 로지의 주정뱅이 남자 친구도 참견을 했습니다. 만약 마틴 리먼이 정리해 주지 않았다면 전 둘 다 죽사발을 내 버렸을 겁니다. 그래도 전 손 하나 대지 않았습니다. 만약 재러드가 나를 지목했다면 그건 거짓말입니다."

"재러드 씨는 누구도 지목하지 않았어요." 도일이 라이저의 얼굴을 살피며 조용히 말했다. "죽었거든요. 어젯밤에 차에 탄 채로 길에서 굴러떨어졌습니다."

"맙소사." 라이저가 짧은 손가락으로 헝클어진 머리를 쓸어 넘겼다. "전 재러드를 싫어하지만, 딱히 해칠 이유도 없어요."

"필요한 시간을 좀 더 얻게 될 수는 있지 않나요?" 지나가 물었다.

"그건 이미 해결했습니다. 아내가 말해 줄 거예요."

"아내분은 어디 계십니까?"

"시내에 있는 레이크프런트 여관에 있습니다. 십중팔구 뻥쟁이 남자 친구 말 라 로슈와 함께 있을 겁니다."

"말이 누군지 압니다. 어젯밤에 어디 계셨는지 말해 주시겠습니까?" 도일이 물었다.

"지니와 여기 있었지요, 달리 어디 갔겠습니까? 원하시면 딸애에게 물어봐도 됩니다만, 기분을 상하게는 하지 말아 주세요. 이미 힘든 일이 많은 아이니까요."

"라이저 씨, 당신 말을 믿겠습니다. 아이까지 성가시게 할 필요는 없지요. 시간 내 주셔서 감사합니다. 그리고 겪고 계신 문제들이 다 잘 풀렸으면 좋겠습니다."

✦

지나는 조선소에서 나오는 길에 목을 길게 빼고 뒤를 한참 돌아다보았다. 라이저는 물가에 있는 딸애의 어깨에 손을 얹은 채 서 있었다. 그리고 뭔가 휴대전화로 열심히 떠들었다.

"우리가 그 말을 믿어야 할까요?" 차에 들어가 도일을 마주 보며 지나가 말했다.

"아이는 저렇게 아프니 일찍 잠이 들었을 테고 청각장애도 있어. 라이저가 나간들 알 방법이 없겠지. 라이저를 어떻게 생각해?"

"여러 모로 불안한 것 같아요. 지금의 심리상태를 고려해 볼 때 당장 그가 범인이 아니라고 단정하지는 못하겠어요. 라이저의 딸이 로렌 배넌 박사가 말한 그 아이일까요? 크리스마스를 당기고 싶다고 한?"

"그애는 농인이고 블레어 센터는 유일하게 특수 교육을 하는 학교니까. 돌아가면 학교에 확인을 해 봐야겠어. 그사이, 아내를 만나 라이저의 말을 확인해야겠지."

"다른 얘기가 나올지도 모르고요." 지나가 말했다.

✦

"로지는 당신들을 만나고 싶지 않대요." 말 라 로슈가 두터운 팔로 팔짱을 끼고 모텔 방 출입구를 막아섰다. 말은 면도도 하지 않은 덥수룩한 모습이어서 아직도 사냥으로 먹고사는 원시인이나 전형적인 시골뜨기처럼 보였다. 요즘은 덫을 놓아 먹잇감을 구하기보다 마리화나를 재배하거나 필로폰을 만들지만.

말에게는 마초적인 형제 둘과 사촌 십수 명이 있다. 북부 경찰 중에 이 일가의 이름을 모르는 사람은 아무도 없다.

"말, 이건 함정수사가 아닙니다. 살인 사건이에요. 여자분에게 몇 가지 질문만 할 겁니다." 도일이 설명했다.

"아니면 당신을 눕혀 놓고 빨리 처리할 수도 있고요. 왠지 좀 조마조마해 보이는데, 말. 또 당신이 만든 물건을 빨고 있는 거 아닙니까?" 지나가 덧붙였다.

"말, 괜찮아. 내가 이야기해 볼게." 로지 라이저가 말 옆으로 걸어 나왔다. 염색금발에 흐트러진 얼굴로 색이 바랜 목욕가운을 입은 로지는 몹시 피곤해 보였다. 이미 반쯤 곤드레만드레 취해 있었다. "여기서 얘기해요. 집안은 너무 엉망이어서요. 재러드 배넌 씨에 관한 얘기예요?"

"남편분이 전화를 하신 모양이군요." 도일이 물었다.

"당신들이 올 거라고 했어요."

"무슨 말을 하라는 지시도 받았습니까?"

"그런 게 왜 필요해요! 난 지금 여기 있는데." 로지가 갑자기 화를 냈다.

"그렇군요." 지나가 낡은 모텔 객실 주위를 유심히 살폈다. "저는 이유를 잘 모르겠지만요. 부인 따님이……."

"그 애가 있어야 할 곳은 거기예요! 자기 아빠와 빌어먹을 호숫가에서. 아빠의 귀여운 공주님 아니겠어요. 항상 딸밖에 없지. 애가 태어난 후로 죽 그랬어. 난 안중에도 없고."

"좋아요, 그럼 부인은요? 이 쓰레기장은 당신이 있어야 할 곳인가요?" 지나가 냉정하게 말했다.

"할 말이나 하고 나가! 설교 따위 집어치우고!" 말이 끼어들었다.

"남편분과 재러드 배넌 사이에 문제는 뭐였습니까?" 도일이 물었다.

"이미 다 끝난 일이에요."

"해결됐는지를 여쭤본 게 아닙니다. 무슨 일이었느냔 말이지요."

"그건……," 로지가 빠르게 눈을 깜빡여 위스키의 몽롱함을 떨치고 초점을 맞추려고 애를 썼다. "몰라요. 그게 그러니까…… 에밀은 기다려 달라고 했어요. 그러니까 지나가……."

"죽을 때까지요?" 지나가 냉정하게 덧붙였다. "그래서 그 문제로 재러드와 마찰이 있었나요?"

"돈 많은 사람이 당장 땅을 갈아엎기를 원했어." 말이 끼어들었다. "그래도 이제 다 해결됐어. 재러드와 에밀이 해답을 냈다고."

"어떻게요?" 도일이 물었다.

"나야 구체적인 건 모르지."

"사려는 사람은 누굽니까?"

"우린 몰라요!" 로지가 갑자기 치고 들어왔다. "해결됐다는 것만 알아요."

"당신 남편이 그렇게 말하라고 했죠?"

"염병, 내가 당신들한테 말해야 할 이유가 있어요? 날 체포할 거예요? 그럼 어서 해요."

"우리가 왜 당신을 체포합니까?" 도일이 어리둥절해했다.

"당신들 하는 일이 그거잖아요, 안 그래? 그러니 얼른 그러든가 아니면 꺼지든가." 로지가 수갑을 채우라는 듯 손목을 내밀었다.

"부인, 귀찮게 해드려 죄송합니다. 좋은 하루 보내세요." 도일이 한숨을 쉬었다.

지나가 도일을 따라 차로 가다 말고 뒤를 돌아보았다.

"라이저 부인? 분수에 넘치는 말이지만, 아이를 잃는다는 게 굉장히 어려운 일일 테지요. 이혼을 하기 전에 좀 기다려 줄 수도 있지 않나요?"

"이봐, 당신이 뭔데……." 말이 끼어들기 시작했다.

"입 닥쳐, 말, 안 그러면 엉덩이를 걷어차 버릴 테니까. 라이저 부인……."

"참견 마, 포카혼타스." 로지가 말 라 로슈의 팔을 보호하듯 감싸며 말했다. "말은 적어도 나를 행복하게 해 줘. 에밀이야 그렇게 살겠지만 나까지 빌어먹을 은둔자처럼 살 필요는 없잖아."

"그럼, 그렇죠. 당신 말이 맞네요. 여기가 당신이 있을 곳이네요." 지나가 어깨를 으쓱했다.

✦

"같은 아이 맞네요." 지나가 전화를 끊고 말했다. "지니 라이저가 블레어 센터에 다녀요. 아니, 다녔었다고 해야 맞겠네요. 청각장애로 특수교육반에 있었어요. 하지만 건강상 문제로 몇 주 전에 자퇴했어요."

지나와 도일은 다시 사무실에 돌아와 있었다.

"그렇다면 배넌 박사가 에밀 라이저를 안다는 말이죠. 흥미로워요." 지나가 계속 말을 이었다.

"흥미롭다니, 뭐가?" 도일이 코웃음을 웃었다. "'열차 안의 낯선 자들교환 살인을 소재로 한 소설과 동명의 영화' 같은 식인가? 그러니까 에밀이 배넌 박사의 남편을 죽이고 대신에…… 배넌 박사는 누구를 죽이지? 말 라로슈? 게다가 아무도 알리바이가 없어."

"어쩌면 영화에 나오는 것처럼 교묘하지 않을 수도 있어요."

"그럼, 박사는 괜찮은 것 같잖아. 오히려 바보 같을 정도지."

"내 말은……."

"자네 둘 다 여기 있어 다행이군." 카즈마렉 팀장이 문으로 머리를 들이밀며 말을 끊었다. 오십줄에 들어선 건장한 카즈마렉은 수사팀을 지휘했다. 사근사근한 정치가 타입으로, 트라이 카운티 서에서 25년 동안 근무한 믿음직한 경찰이었다. "게이로드에 있는 보안관 부서에서 전화를 받았어. 자네들이 찾는 트럭이 거기 있다더군. 빨간색 포드 픽업이고, 조수석 쪽 앞 범퍼가 긁힌데다, 어제 도난신고가 된 상태였지. 한 시간 전에 월마트 주차장에 버려진 채 발견됐어. 도일, 자네 눈은 도대체 왜 그런가?"

"하키 치다가요. 감시카메라에는 뭐 잡힌 거 없습니까?" 도일이 말했다.

"없어. 운전자가 카메라를 피하려고 화물 운송 트럭 뒤에 버렸대. 지문도 없어. 아주 깨끗한 것 같아."

"전문가의 소행입니까?" 지나가 물었다.

"그럴지도 모르지." 카즈마렉이 도일의 책상 옆 의자에 털썩 주저앉았다. "아니면 멍청해도 운이 따라주는 술 취한 십대거나. 이번 건은 어떻게 돼 가고 있나?"

"용의자가 있긴 한데, 너무 많습니다. 배넌은 원수를 만드는 게 전공이어서요. 왜 그러십니까?" 도일이 물었다.

"관할권이 겹치는 문제가 생겼어. 제일 가능성이 없는 사람을 넘기게. 그게 누군가?"

"어디 보자, 로렌 배넌 박사려나요?" 지나가 말했다.

"로렌도 용의자야?" 카즈마렉이 깜짝 놀라 물었다.

"배우자는 항상 용의자잖아요. 왜, 혹시 아는 사람입니까?"

"만난 적이 있지. 부서 일을 위해 상담을 해 줬어."

"맙소사. 누가 정신과 상담을 받았습니까?" 지나가 물었다.

"그건 몰라도 돼, 형사님. 어쨌든 로렌은 신경 쓸 필요 없는 사람이야. 그리고 내 소식통에 의하면 에밀 라이저는 그날 밤 확실한 알리바이가 있어."

"어떤 알리바이입니까? 자기 말로는 아픈 아이와 단둘이 집에 있었다고 했거든요. 확인할 길은 없지만."

"확인된 것으로 봐도 돼." 팀장이 바삐 일어나며 말했다. "우리가 아는 한, 라이저 씨는 경찰 무도회에서 붉은 드레스를 입은 J. 에드거 후버와 왈츠를 추고 있었어."

"후버요? 연방수사관이 라이저한테서 손 떼기를 원하다는 말씀입니까?"

“내가 연방수사관 얘기는 안 했잖아. 랜싱에 있는 오만한 FBI 요원이 언급하지 말래.” 팀장이 부드러운 태도로 말했다. “후버 이야기는 농담이었어. 그냥 잊어버려. 알겠나?”

“잘 알겠습니다. 그럼 라이저에게는 완전히 접근 금지란 말씀이십니까, 팀장님?”

“아니야. 이건 살인 사건이지 차량 검문이 아니잖아. 그냥 라이저에게 무게를 싣기 전에 가능한 다른 수사를 다 하라는 말이지. 그리고 만약 라이저에 대해 확실한 증거를 찾은 것 같으면 발표하기 전에 내게 미리 얘기를 해 줘. 질문 있나?”

“뜻대로 하겠습니다. 배넌 부인은 어떻게 할까요?” 도일이 말했다.

“로렌 배넌이 연루됐다면 놀랍긴 하겠지.” 카즈마렉이 문간에서 잠시 멈추고는 말했다. “하지만 난 확실히 사람 보는 눈이 없어. 그러니 자네 둘을 채용했겠지, 안 그래?”

서장이 나간 후 지나와 도일은 잠시 서로를 보았다.

“연방수사관이라니.” 도일이 한참 만에 입을 열었다.

“라이저가 비밀 정보원일 리 없어요.” 지나도 맞장구쳤다. “그 선박업체는 멀리 인적이 끊긴 곳에 있고, 라이저는 거기서 몇 년이나 살았잖아요.”

“그렇담 연방 증인 보호 프로그램이 남는데 말이야.” 도일이 말했다.

“라이저가 옛날에 연방수사를 위해 증언을 했으니 면죄부를 주자는 건가요?"

"그럴 순 없지. 사실 더 흥미가 생겼어. 하지만 라이저는 이제 공식적으로 용의자 목록 맨 마지막에 둬야 하니 우리가 최대한 빨리 수사를 끝내서 다시 라이저를 조사할 수 있을지 보는 수밖에. 아직 만나 보지 않은 용의자는 퍼거슨뿐이지? 말 라 로슈도 만나 봐야겠지……."

"벌써 두 번째네요." 지나가 말했다.

"뭐가?"

"그 섹시한 박사는 자꾸 넘기시잖아요. 로렌은 남편을 죽일 500만 달러만큼의 동기가 있어요. 라이저와 관계되어 있고 우리 질문도 애써 무시했어요. 아니면 설마 눈치 못 채신 거예요? 경사님은 남자고 박사님은 여자라서?"

"헛소리!" 도일이 쏘아붙였다. "나는……." 도일이 지나의 침착한 시선에 말을 멈췄다. 지나가 한 말에 일말의 진실이 있을지도 몰랐다. 늘 그렇듯이.

"좋아. 솔직히 말해 봐. 자넨 진심으로 로렌이 남편을 죽였다고 생각해?"

"모르겠어요. 경사님도 모르시잖아요. 하지만 분명 뭔가를 감췄어요. 그게 남편의 죽음과 관련이 있을 수도 있고, 없을 수도 있죠. 하지만 우리가 용의자를 줄여 나가려면 반드시 로렌을 다시 만나 봐야 해요. 이번에는 저 혼자 갈게요. 여자들끼리 얘기하게요. 물론 경사님이 반대하시지 않아야 하지만요."

도일이 지나의 얼굴을 살폈다. 그는 지나가 북부로 전근 온 후부터 죽 파트너로 일했다. 이제 거의 2년이 되었다. 그런데 도일은 아직도 지나의 사고방식을 몰랐다. 물론 다른 여자들 생각도 하나같이 모르지만.

"좋아, 그렇게 해 봐. 정신과 의사를 만나는 게 자네한테도 도움이 될지 모르지. 그렇다고 진단서 끊어 오지는 말고."

"별 걱정을! 전 차에 불이 붙을까 봐 더 걱정이에요."

✦

로렌 배넌은 최대한 전화 통화를 미뤘다. 점심 식사 후에 전화할 작정이었으나 오후까지 그대로 책상에서 일을 해 버렸다. 그래서 퇴근하기 전에는 꼭 하기로 맹세했다. 그러고는 또 잊어 버렸다. 뭐 그런 식이었다.

그러나 별거 후에 빌려 살고 있는 호숫가 작은 집 주방으로 들어섰을 때 더는 미룰 수 없다는 것을 깨달았다. 그리고 세상만사가 그렇듯 지레 두려워한 것만큼 어려운 일이 아니었다.

이제 거의 여든이 된 재러드 배넌의 어머니는 여러 해 동안 마이애미 소재의 한 요양원에 있었다. 그녀는 부고를 듣는 데 익숙했다. 거기에서는 매일 일어나는 일이니까.

"로렌, 장례식 치른다고 야단법석일 것 없다. 재러드는 종교엔 관심이 조금도 없는 애였고 나도 안 갈 거니까. 미안하다만, 그냥 내 몸이 좀 안 좋구나. 네가 보기에 적당하다 싶은 대로 한 다음에 내겐 재나 가져다 다오. 벽난로 위, 자기 아버지 옆에 놔두면 돼. 나도 머지않아 두 사람 다 만나게 될 테지. 그래, 요즘 지내는 건 어떠냐?"

로렌이 울기 시작했다. 지금까지 잘 알지 못했고, 앞으로도 거의 볼 일이 없는 노부인으로부터 위로의 말을 듣자 눈물이 소리 없이 흘러내렸다.

"전 잘 지냅니다, 어머님. 전 괜찮아요." 로렌이 거짓말했다.

그 후 로렌은 세수를 하고, 아이리시 커피를 독하게 한 잔 만들어 주방 테이블에 앉은 다음 전화번호부의 장례식장 페이지를 훑었다.

초인종이 울렸다.

맨발로 현관에 가서 마틴 리먼이기를 은근히 기대하며 외시경을 보았다. 마틴은 로렌에게 기대어 울 어깨를 빌려주겠노라 이야기했었다…….

그런데 아니었다.

"지나 레드펀 형사님." 로라가 문을 활짝 열었다. "경찰서에서 더 볼 일이 있나요?"

"쉬시는 데 방해해서 죄송합니다, 배넌 박사님. 몇 가지 여쭤볼 게 있어서요. 시간을 좀 내 주실 수 있으신지요?"

"타이밍이 절묘하네요, 형사님. 재러드의 장례식장을 골라야 하거든요. 하나 추천해 주실 수 있나요?"

"경찰 장례식은 맥귄에서 담당합니다." 지나는 로렌을 따라 거실을 거쳐 주방으로 들어가며 작은 아파트를 훑어보았다. 거의 텅 비어 있었다. 폐가도 이보단 덜 황량할 것 같았다. "공간 사용하시는 게 마음에 드네요."

"아직 차고에 있는 이삿짐 상자에서 필요한 걸 하나씩 빼 씁니다." 로렌이 인정했다. "호숫가라서 집을 얻었어요. 뒤 데크에서 큰 호수가 내려다보이거든요. 풍경이 너무 멋집니다. 앉으시죠. 아이리시 커피 마시는 중이었어요. 한 잔 드릴까요?"

"고마워요, 아이리시 아닌 걸로 부탁드려요." 지나가 주방 테이블에 놓인 의자에 앉았다. "친목 목적으로 온 건 아닙니다."

"좋습니다." 로렌이 지나 앞에 김이 나는 머그잔을 놓고는 맞은편에 앉았다. "친목 목적이었다면 어떻게 해야 할지 모를 뻔했어요. 우리 부부 친구들은 사실상 재러드의 직장 동료뿐이었거든요. 그럼, 뭐가 필요하신가요, 형사님?"

"정말 질문을 드려도 괜찮으십니까? 약간…… 심란하신 것 같아서요."

"요즘이 제 인생의 황금기는 아니지만, 그렇다고 제가 잘 깨지는 도자기 인형인 것도 아닙니다. 본론으로 들어가시죠."

"네, 좋습니다. 우리 앞에 흉측한 살인 사건이 하나 있습니다. 그리고 박사님은 사건 해결을 망치고 계시고요."

"어떤 식으로요?"

"저희에게 거짓말을 하거나 정보를 감추는 방식으로요."

"맙소사." 로렌이 감탄사를 터트리더니 커피를 홀짝였다. "아주 직설적이시네요."

"박사님은 도자기 인형이 아니시니까요."

"네, 물론 아니죠." 로렌이 심호흡을 했다. "전 특수교사이고 상담 전문가입니다. 주에서 발급한 면허증이 있고, 일하면서 얻은 정보를 누설하는 것은 연방법으로 금지되어 있습니다. 누구에게도요."

"남편분을 죽인 사람이 누군지 안다는 겁니까?"

"아뇨, 절대 아닙니다."

"하지만 뭔가를 아시잖아요?"

"재러드의 죽음과 직접적으로 상관 있는 일은 아닙니다. 그리고 어떤 경우에도 형사님에게 얘기할 수 없는 일이고요."

"현실을 직시하세요, 박사님. 꽤 많은 증거가 박사님을 바로 지목합니다. 박사님은 우리한테 숨기는 게 있고, 죄야 있든 없든 곧 박사님 인생을 망칠 수도 있는 돈벼락을 받게 될 거잖아요."

"법에 저촉되지 않는 선에서 형사님을 돕겠습니다."

의자에 기댄 채 지나는 커피를 홀짝거리며 드러내놓고 로렌의 표정을 읽었다. "좋습니다. 요점만 얘기하죠. 첫 번째 인터뷰에서 도일이 박사님께 왜 북부로 이사 오셨는지 물었습니다. 박사님은 그 질문을 피하셨죠. 이유가 뭐죠?"

로렌이 잠시 먼 곳을 보더니 지나의 눈을 똑바로 쳐다보았다. "재러드와 저는 아들이 죽고 난 후에 새 출발을 하고 싶었습니다." 로렌이 무덤덤하게 말했다. "아들은 선천성 심장병을 가지고 태어났습니다. 5개월 살았죠. 이사를 가면 도움이 될지도 모른다고 기대했지만, 그렇지 않았습니다."

"그런 얘기를 하시게 해서 죄송합니다."

"그게 4년 전이었어요. 저는 다른 사람들을 구하고 싶어 상담전문가가 된 게 아닙니다, 형사님. 저 자신을 구하고 싶어서였습니다."

"어떻게 돼 가나요?"

"하루하루 살지요. 다음 질문은요?"

"이건 좀 민감한 문제입니다. 도일이 남편분을 해칠 만한 사람이 있는지 물었을 때도 대답을 망설이셨습니다."

"제가요?"

"이번에도 그러시는데요. 누굴 보호하시려는 겁니까?"

"죄송해요." 로렌이 고개를 천천히 저으며 말했다. "말 못하겠습니다."

"못 하다니요? 도대체 어떤 말도 안 되는 법이 살인자를 보호하랍니까! 이름을 말해 줘요! 이니셜이라도 말해 보세요!"

"말씀드렸잖아요, 안 돼요!"

"제기랄, 맙소사!" 지나가 의자에서 일어나 테이블 위로 몸을 구부리며 말했다. "전 플린트 암흑가에서 일했습니다, 부인. 동부에서요. 악질 중의 악질을 여럿 알았지만 당신보다 냉정한 사람은 만난 적이 없어요. 그 사람이 남편을 죽였을 수도 있잖아요!"

"가시는 게 좋겠습니다, 형사님."

"젠장, 당신이 쫓아내기 전에 내 발로 나가는 게 좋겠죠. 하지만, 경고하는데, 박사님, 당신이 입을 다무는 바람에 누가 또 다치면 난 당신을 태워 버릴 거예요, 신께 맹세라도 하라면 하죠!"

✦

도일이 책상에 앉아 있는데 지나가 화가 나서 뛰어 들어왔다.

"로렌이 분명 뭔가를 알고 있는데 말을 안 해요." 지나가 아직도 씩씩거리며 자리에 풀썩 주저앉았다. "뭐 좀 알아내셨어요?"

"기대 이상이었어." 도일이 무심코 말했다.

"누구요? 퍼거슨?"

"그 노친네는 검사 받으려고 일주일 내내 주립 정신 병원에 있었대. 무려 24가지나 검사했는데 완전히 정상으로 나왔다는군. 그래서 법률 시행 정보망을 통해 라이저를 찾아 봤지."

"팀장님이 에밀 라이저는 놔두라고 하셨잖아요."

"그래서 이름을 넣진 않았어. 그저 일반적인 묘사와 잘린 손가락만 검색했지. 열댓 가지가 나왔지만 적중한 건 하나뿐이었어. 알고 보니 나도 기억하는 사건이더군. 오하이오에서 12년 전에 일어난 거였지. 그때 나는 디트로이트 서 신참이었어. '일본놈'이라 불리던 톨레도 출신 청부살인업자가 볼체크 범죄조직에 굴러 들어와서 주요 마약조직을 분쇄해 버렸어. 보복으로 아내와 아이들을 잃었고."

"이 사건에는 일본인이 없잖아요."

"살인청부업자도 없지. 손가락 끝마디가 없어서 그런 별명이 생긴 거야. 일본 야쿠자들이 명예 때문에 손가락을 자르곤 하잖아."

"맙소사, 경사님. 시골 사는 제 친척들도 먹고살려고 일하다가 개중 절반은 체인 톱에 손가락이나 발가락이 잘려요. 그렇다고 살인청부업자가 되는 건 아니라고요."

"물론 더 있어. 재판 후에 '일본놈'이 사라졌어. 구속 기간에 대한 언급도 없고, 행방도 묘연해. 없어, 세상에나, 감쪽같이."

"연방 증인 보호 프로그램에 들어간 거라고 생각하세요?"

"그럴지도 모르지. 증인이 있다고 쳐. 그럼 새로운 신분도 주고, 성형수술까지 시켜 줄지도 몰라. 하지만 없는 손가락을 다시 자라게 할 수는 없으니……."

"그래서 아무도 손가락이 잘린 걸 의심하지 못하게 체인 톱을 쓰는 분야로 넣어 줬군요. 경사님은 라이저가 그 '일본놈'이라고 생각하시고?" 지나가 도일이 하려던 말을 끝냈다.

"그게 아니라면 산간오지의 보트 제작자가 J. 에드거 후버와 왈츠를 출 일이 있겠어?"

"그리고 이 살인청부업자의 딸이 배넌 박사의 학교에 다니니까, 서로를 안다고 봐야겠고 말이죠. 박사가 라이저의 정체를 알 거라 생각하세요?"

"두 사람이 만나 얘기를 꽤 많이 나눈 걸로 알고 있어. 내가 전화 통화 내역서를 떼어 봤거든. 로렌은 학부모들에게 월 단위로 전화를 걸어 애들에 관한 조언을 해 주고 있어. 그런데 지난 몇 달 동안 로렌은 에밀 라이저와 매주 여러 차례 통화를 했어."

"에밀의 딸이 죽어가니까요."

"선생님으로서 박사가 당연히 관심을 가졌겠지. 보통은 근무 시간 중에 통화를 하는 편이야. 로렌은 회사로 전화를 하고, 에밀은 학교로 전화를 걸지. 그런데 지난 화요일은 달랐어. 로렌이 밤 열 시에 에밀에게 전화를 걸었어. 그리고 이틀 후에…….”

“누군가 로렌의 남편을 처치했군요.” 지나가 휘파람을 불었다. “와우, 그럼 수사 진행해도 돼요? 팀장님이 확실한 증거가 없으면 라이저는 건드리지 말라고 하셨잖아요. 우리가 가진 거라곤 살인청부업자일지도 모르는 사람과 로렌의 관계에 대한 추측뿐인데요. 그리고 로렌은 아무것도 불지 않을 것 같고요. 참으로 길고도 험한 길이군요!”

“팀장님은 우리한테 에밀 라이저를 놔두라고만 했지, 라이저 부인에 관해서는 아무 말 안 했잖아.”

“로지 라이저는 오늘 오후에 벌써 맛이 반쯤 갔던데요. 지금쯤은 질척거리면서 어깨에 기댈 누군가를 찾고 있을 거예요.”

그러나 로지 라이저는 레이크프런트 여관에 없었다. 로지의 남자친구 말로는 병원에서 전화가 왔다고 했다. 한 시간 전에 구급차가 딸 지니를 응급실로 실어갔다고.

도착하니 이미 사망한 상태였다고.

✦

그들은 응급실 대기 공간에서 머리를 산발하고 어릿광대처럼 검은 눈물을 줄줄 흘리는 황망한 얼굴의 로지 라이저를 발견했다. 눈빛이 폐허처럼 텅 비어 있었다.

“라이저 부인.” 로지가 앉은 의자 옆에 무릎을 꿇고 앉아 지나가 말을 걸었다. "얼마나 상심이 크십니까. 어떻게 된 일인지 말씀해 주실 수 있나요?"

"에밀한테서 전화가 왔어요. 지니가 사라졌다고 하더군요. 부두 끝에서 낚시를 하고 있었대요. 지니는 밖에 있는 걸 좋아해서……. 그러다 낚싯대를 떨어뜨렸나 봐요. 그러고 에밀이 봤을 때는 지니가……." 로지의 호흡이 불안정했다. "에밀이 구급차를 불렀고, 이리로 데려왔대요. 지니를 지하로 보내기 전에 잠깐 보여줬어요."

"남편분은 지금 어디에 있습니까?" 도일이 물었다.

"도망쳤어요. 지니가 죽었을 때 이미 알고 있었어요. 박사가 말해줬을 거예요. 당신들이 에밀을 찾아올 거라고."

"로렌 배넌 박사는 에밀의 정체를 안다는 말씀이십니까?"

"맙소사, 에밀한테 경고한 사람이 그 여자예요. 그 미친년이 나도 거의 죽이려 했다구요!"

"경고를 하다니요, 무슨 경고입니까, 라이저 부인? 무슨 일이 있었죠?"

"최종 공판이 다가오고 있었고, 재러드가 조선소를 사겠다는 사람을 구해 놔서 우리는 돈을 받고 나가기만 하면 됐어요. 그런데 에밀이 지니 때문에 계속 머뭇거리면서 기다리고 싶어 했어요. 에밀과 재러드가 그 문제로 크게 한판 붙었어요. 에밀이 화가 나서 나가고 난 다음 내가 재러드에게 에밀이 증인 보호 프로그램 중이어서 여기에 숨어 있는 거라고 말했어요. 재러드가 법정에서 그걸 까발려서 에밀이 죽을 때까지 도망다니게 할 계획이었죠. 그러면 나도 절반이 아니라 전재산을 가지게 될 거고요."

"영리한 계획이었네요." 지나가 감정을 싣지 않고 말했다.

"마틴 리먼은 생각이 달랐어요. 그 일로 재러드와 다퉜죠. 마틴은 법조인으로서 에밀 일을 까발리면 안 된다고 했어요. 재러드는 마틴에게 엿이나 먹으라고 했죠. 그래서 난 우리가 이길 줄 알았어요. 그때 박사가 에밀에게 귀띔을 했고, 에밀은 재러드를 처치했죠. 에밀이 나더러 입을 열면 나와 말도 똑같이 만들어 놓겠다고 으름장을 놓았어요."

"배넌 박사는 에밀에 관해 어떻게 알게 됐습니까? 두 사람이 무슨 련이라도 있나요?" 도일이 물었다.

"관계요?" 로지가 어리둥절해하며 질문을 반복했다.

"두 사람이 연인이었나요, 아니면 친구?"

"맙소사, 에밀은 친구가 없었어요. 우리는 거기서 빌어먹을 은둔자처럼 살아야 했어요." 그러더니 로지가 자기 연민에 못이겨 숨도 제대로 못 쉬고 꺽꺽거리며 울었다.

"라이저 부인, 남편분이 어디 갔을 만한 곳이 없나요?" 지나가 압박했다.

"그 사람들이 지니를 지하로 데려갈 때 함께 갔어요. 지니를 혼자 두게 할 수 없다면서."

"어디요, 영안실 말인가요? 도일, 영안실은 지하에 있어요. 에밀 라이저가 아직 병원에 있어요!"

✦

그러나 에밀은 거기에 없었다. 영안실 담당자가 머리에 피를 흘리며 멍하니 바닥에 앉아 있었다. 에밀이 총을 가지고 개머리판으로 직원을 때렸다고 했다. 그는 가고 없었다. 그리고 딸의 시체까지 가지고 갔다.

✦

도일은 불빛과 사이렌을 총동원하여 전속력으로 차를 몰아 시내를 통과했고, 지나는 계기판 충돌방지 바에 매달려 있었다.

포인트 뤼시엥 로드에 들어서자 도일은 속도는 유지한 채 사이렌을 껐다. 도착했다는 걸 알려줄 이유는 없었다. 에밀은 그들이 오리라 기대하고 있을 터였다.

"엿들었어." 갑자기 지나가 말했다.

"뭐?"

"우리가 전에 여기 왔을 때 아이가 낚시를 하고 있었잖아요. 에밀이 아이한테 저리 가라고 손짓하면서 50미터 안에서는 엿들을 수 있다고 했었죠. 하지만 안 들리는 아이였는데……."

"입술을 읽을 수 있다는 의미였잖아."

"맞아요. 그러니 아이가 어디서 그걸 배웠겠어요?"

도일이 위험을 무릅쓰고 잠시 옆을 힐끗 쳐다보더니 다시 앞으로 시선을 돌렸다. "학교에서 배웠겠지. 배넌 박사가 청각장애 아동들을 가르치고, 자기 남편이 에밀의 정체를 까발리겠다고 마틴과 싸울 때 박사는 대기실에 있었어."

"그 사무실은 전면 유리였고요. 안내원은 소리가 안 들린다고 했지만, 박사는 이야기를 알아낼 수 있었죠. 그래서 에밀에게 경고했어요."

"에밀이 로렌의 남편을 죽였어. 그러면……. 하느님 맙소사, 도대체 이게 다 뭐야?" 도일은 제대로 말을 끝맺지 못했다.

도일이 순찰차의 방향을 바꿔 론 파인 주차장 옆으로 미끄러져 들어가는데, 하늘이 붉게 물들고 그림자들이 나무 사이로 어른대며 춤을 추고 있었던 것이다.

조선소는 화염에 휩싸여 있었고, 마른 나무 더미가 불쏘시개 역할을 해 따닥따닥 소리를 내며 불길이 활활 타올랐다. 검은 연기와 불꽃이 겨울 밤 하늘을 향해 넘실거렸다. 불길을 등지고 에밀 라이저가 수년 동안 자기가 해 온 작업과, 딸과, 자신의 인생이 전소되는 장면을 차분하게 지켜보고 있었다.

도일과 지나가 차에서 내려 걸어가자 에밀 라이저가 몸을 돌려 그들을 보았다. 그의 작업복은 그을음으로 시커멨고, 갈기 같은 덥수룩한 머리는 아무렇게 뻗어 있었다. 팔에 사냥용 소총이 들려 있었다.

도일이 조심스럽게 권총을 꺼낸 다음 옆에 두었다.

"라이저 씨, 총을 내리고 옆으로 물러나 주시면 감사하겠습니다."

"어림없어. 몇 분만 기다려 줘. 지니는 자기가 죽고 나면 재를 여기 뿌려 달라고 했어. 내가 지니를 위해 해 줄 수 있는 마지막 일이야. 불이 조금만 더 오래 타게 해 줘. 그런 다음 일을 하자고."

"무슨 일 말인가요?" 지나가 물었다.

"당신들 내가 누군지 알잖아. 내가 무슨 일을 했는지도."

"당신이 재러드 배넌을 죽였습니까?" 도일이 물었다.

"그걸로 나는 세상에 은혜를 베풀었어. 한 달 정도만 더 시간을 벌고 싶었는데, 결국은 그 시간도 필요없게 됐지만. 그자는 거래로 돈 몇 푼 더 벌겠다고 지니에게 얼마 안 남은 시간까지 망가뜨리려고 했어. 인과응보를 당해야 할 사람이 있다면, 바로 그 개자식이야."

"배넌의 아내도 관여했습니까?"

"어디에?" 라이저가 불을 허무하게 바라보고 경과를 가늠하며 물었다.

"당신이 남편을 죽일 거라는 걸 그 여자도 알았느냐고요?" 도일이 차근차근 풀어서 설명했다.

"그 여자가 전화해서 자기 남편이 내 비밀을 까발리려 한다고 경고하더군. 내가 고마워하더라고 말해 줘요."

"당신이 직접 말하면 되잖아요."

"아니. 너무 늦었어. 불이 다 타 가네. 마무리할 시간이야."

"라이저 씨, 이상한 짓 하지 마세요, 제발." 지나가 나지막이 애원했다. "딸애가 이걸 원했을 것 같아요?"

"지니가 바란 건 크리스마스를 앞당기는 것뿐이었어. 그런데 그마저도 이루지 못했어. 아마 지금 지니가 있는 곳은 때 이른 크리스마스일지도 모르지. 제기랄, 어쩌면 매일이 크리스마스일 수도 있어. 곧 알게 되겠지."

지나와 도일은 라이저의 눈에 담긴 공허함을 읽고 재빨리 눈빛을 교환했다. 그게 무슨 의미인지를 알았다.

"멈춰요, 라이저 씨." 지나가 권총을 겨누며 말했다. "멈춰요, 제발."

"우습네. 배넌도 날 보고 그랬거든. 멈춰, 제발, 이렇게 말했어. 아무리 그렇게 말해도 소용없었지만." 라이저가 소총에 탄환을 찔러 넣었다. "이제 당신 두 사람한테 달려 있어요. 나를 보내 버릴 수도 있고, 저승길에 동행할 수도 있고."

그러고는 총을 들어올렸다.

도일이 먼저 총을 쏘아 라이저가 몸을 돌리게 했고, 연이어 세 사람은 필사적으로 사격전을 벌였다. 그러는 사이 뒤에 있는 선박제작소는 미친 듯 불타올랐고, 화염과 연기가 위로 올라가 겨울밤의 별들을 질식시켰다. 공주님에게 적합한 장례식이었다.

✦

"에밀이 정말 우리를 죽이려 했다고 생각하세요?" 지나가 검정 나일론 경찰 재킷의 찢어진 어깨 부분을 손가락으로 쓰다듬으며 물었다. 지독한 총격전이었지만 피해는 이것뿐이었다.

"그럴 생각이 있었던 것 같진 않아. 우리가 꼼짝 못하게 만들려 한 거지." 그들은 경광등과 사이렌을 켠 차를 타고 다시 마을로 돌아오는 길이었다. 불탄 조선소는 소방관과 범죄수사팀과 검시관에게 맡겼다.

"경사님은 왜 그렇게 서두르세요?" 지나는 이미 알고 있지만 물어 보았다.

"그 남자가 말했듯 이젠 결말을 지을 시간이야. 뭐 문제 있어?"

"아뇨. 누가 또 죽으면 찾아가겠다고 박사에게 경고해 놨어요."

"좋아, 그럼 가지."

✦

그들이 로렌 배넌의 사유지로 미끄러져 들어갈 때는 자정을 넘긴 시각이었다. 도일은 이웃들이 볼 수 있도록 경광등을 켜 두었다. 문을 노크했다. 대답이 없었다.

"저 여기 있습니다." 밖에서 로렌의 목소리가 들렸다.

도일과 지나는 집을 빙 돌아 뒤쪽에 있는 데크로 갔다. 로렌은 검은색 바지와 터틀넥을 입고 난간 옆에 서서 호수를 내다보고 있었다. 기껏해야 보이는 것은 어두운 수면에 유령처럼 떠다니는 얇은 얼음조각뿐이지만.

"라이저가 죽었습니다. 아이도요." 도일이 직설적으로 말했다.

로렌은 듣고도 아무런 감정을 드러내지 않고 고개를 끄덕였다. "지니는 편안히 갔나요?"

"그런…… 것 같습니다." 도일은 뜻밖의 질문에 놀랐다. "지니는 부두에 늘 앉던 의자에서 죽었습니다."

"다행이네요. 그 애가 걸린 암은 훨씬 고통스러워지기도 하거든요. 뭘 더 원하십니까?"

"에밀 라이저가 당신 남편을 죽였습니다, 배넌 부인. 그도 인정했습니다. 우리가 어쩔 수 없이 그를 사살하기 전에요."

"그렇게 된 것은 유감이군요."

"그렇게 되지 않을 수도 있었어요! 당신이 멈출 수도 있었잖아요! 그에게 경고한 것처럼 우리에게 경고할 수도 있었잖습니까. 에밀이 어떻게 할지 알았으면서."

"아뇨. 저는 몰랐습니다. 저는 에밀이 재러드에게 압력을 가할 거라고 생각했습니다. 보안관에게 연락할 수도 있고……."

"하지만 그 뒤에 무슨 일이 일어났는지 분명히 알았잖아요! 그런데도 우리에게 입도 뻥끗하지 않았습니다."

"할 수 없었어요."

"그 빌어먹을 보건 규정 때문에요?"

"아뇨. 법 때문이 아니에요. 저라면 법을 어겼을 겁니다. 아마 그래야 했을 테지요. 그러나 제가 진 의무는 경사님에게 진 게 아니에요. 제 남편한테 진 것도 아니었습니다."

"누가 먼저 뛰어내려야 할지 생각했겠지요." 지나가 조용히 끼어들었다. "박사님이 첫째 날 타이타닉 이야기를 하셨죠. 당신 남편이나 혹은 라이저를 구하기엔 이미 너무 늦었습니다. 박사님은 아이를 보호하고 계셨던 거지요."

"지니의 어머니는 자기연민에 빠져 폭력적인 남자 친구와 사는 가망 없는 알코올 중독자입니다. 만약 제가 두 분에게 지니 아버지의 정체에 관해 얘기했다면 지니는 얼굴도 모르는 사람들과 탁아 시설이나 심지어 법원에서 여생을 보냈을 겁니다. 살 날이 얼마 안 남기도 했지만, 이미 고통을 겪을 대로 겪은 아이였습니다. 저는 지니에게 그런 짓을 할 수 없었을 뿐입니다."

"하지만 박사님은 라이저가 살인자라는 걸 알았잖습니까!" 도일이 화를 냈다.

"실은 몰랐습니다, 확실하게는요. 그러나 그것도 문제가 되지는 않았을 겁니다. 부녀가 같이 있는 모습을 보셨겠지요. 아빠는 지니의 우상이었어요. 그리고 아빠는 딸을 마치……."

"공주처럼 대했죠." 지나가 이어서 대답했다.

"뭐?" 도일이 지나를 돌아보며 말했다. "이 사기꾼 말을 믿는 건 아니겠지?"

지나는 대답하지 않았다. 할 필요가 없었다.

"날 체포하러 왔나요?" 로렌이 물었다.

도일이 지나를 바라보더니, 다시 로렌을 보고, 또 다시 지나를 보았다.

"경사님이 결정하세요." 지나가 말했다.

"아니. 어쨌든 오늘밤은 아니야. 하지만 박사님은 혐의가 풀린 게 아닙니다. 앞으로 훨씬 더 많은 질문에 대답해 주셔야 할 겁니다."

"일이 이런 식으로 돼 버려서 몹시 유감입니다, 경사님. 라이저를 쏠 수밖에 없으셨던 거 말이에요. 그건 믿어 주셨으면 좋겠습니다."

“저도 제가 뭘 믿는지 모르겠습니다.” 도일이 무거운 한숨을 내쉬었다. “그만 가지.”

도일은 운전석에 앉은 채 시동을 걸지 않고 눈 내리는 어둠 속을 응시했다.

“경사님이 뭣 때문에 괴로운지 알아요.” 지나가 나지막이 말했다.

“뭔데?”

“그건 대단한 우연의 일치예요. 박사는 아이를 위해 라이저에게 경고했을 뿐이지만, 그게 어쩌다가 박사를 아주 부자로 만들어 버린 거죠.”

“로렌이 일부러 그렇게 만들었다고 생각해?”

“로렌은 아주 똑똑한 것 같아요. 그만한 학위도 있고, 아주 멋진 고객이고요. 그러니 최소한 가능은 한 일 아닌가요? 까놓고 말해서. 하지만 저에게 그런 일이 생겼다면 어떻게 했을지 모르겠어요.”

“나도 그래, 그저…….”

“뭐요?”

“난 그 애가 때 이른 크리스마스라도 지내고 갔더라면 좋았을 것 같다는 생각이 들어. 그게 다야.”

“아마 지니의 아빠 말이 맞을 거예요. 어쩌면 지니가 간 곳에서는 매일이 크리스마스겠죠. 차 시동 거시죠, 여기서 얼어 죽겠어요.”

도일이 고개를 끄덕이고는 포드에 시동을 걸고 기어를 넣었다. 그러나 차를 빼는데 지나가 계속 그를 보고 있는 게 느껴졌다. 도일은 웃으며 물었다. “왜 또?”

"옛날에 우리 할아버지가 말씀하셨어요. 한 방을 제대로 쏘면 사슴 여러 마리를 죽일 수 있다고요. 심장을 관통시키면 된대요. 그런데 가끔 수백 킬로미터를 더 달리는 수사슴이 있대요. 자기가 총에 맞은 줄을 모르는 거죠. 바로 심장에 맞았는데도요."

"무슨 말인지 잘 모르겠군."

"네, 그냥 그렇다고요." 지나가 고개를 저으며 활짝 웃었다.

세 점박이 포

THREE-DOT PO

사라 파레츠키 Sara Paretsky

1980년대 초반 범죄 소설의 하드보일드 여성 탐정계의 선구자로 꼽히는 사라 파레츠키는 여성 미스터리 작가들의 인지도를 높이기 위해 만들어진 조직인 '시스터스 인 크라임(Sisters in Crime)'의 공동 창립자이다. 사라 파레츠키가 만들어낸 V. I. 워쇼스키는 문학계에서 가장 성공한 거친 여성 사립탐정으로, 총이나 무술을 사용해 상대를 곤죽으로 만들거나 죽이는 데 거침이 없다. 이 캐릭터는 1991년에 캐서린 터너가 주연을 맡은 V. I. 워쇼스키 영화의 탄생에 기여했으나 소설의 어느 부분도 영화에 직접 쓰이지는 않았다. 파레츠키는 2011년에 미국 추리작가협회로부터 평생의 업적을 인정받아 그랜드 마스터 칭호를 받았다. 「세 점박이 포」는 로버트 J. 랜디시가 편집한 『안구 강탈자(The Eyes Have It)』에 처음 발표되었다. (뉴욕, 미스티리어스 프레스, 1984)

신다 굿리치와 나는 조깅하다 만난 사이였다. 전문 사진작가인 신다는 사립탐정인 나만큼 운동하는 시간이 불규칙했다. 우리는 종종 늦은 오전 시간에 벨몬트 항에서 만났다. 그 시간에는 호숫가가 온통 우리 차지였다. 잘나가는 젊은 직장인들은 중요한 여덟시 회의에 참석해야 해서 아침 일찍 달리기 때문이다.

신다는 가끔 남자 친구인 조너선 마이클스와 달렸고, 항상 골든 리트리버인 세 점박이 포를 동행했다. 신다와 조너선 사이에만 통하는 의미가 담긴 이름 같았는데, 내가 물어봐도 둘은 웃으며 고개만 저었다.

조너선은 심야 사설 파티에서 피아노를 연주하는 연주자였다. 정오 전에 기상하는 경우는 드물었기 때문에 보통 신다와 포, 둘만 운동을 하러 갔다. 신다는 아무리 덥거나 추워도 달리기를 멈추지 않는 열성을 보였다. 나는 나이와 다이어트 때문에 마지못해 1주일에 40킬로미터 정도를 근근이 달리지만, 신다는 매일 아침 신앙에 가까운 열정으로 15킬로미터씩을 돌았다.

12월의 어느 날, 일주일 동안 신다가 보이지 않아 혹시 어디 아픈 게 아닐까 막연히 걱정이 됐다. 그러다 다음 토요일에 벨몬트 항과 인접한 작은 곶이삼면이 물로 둘러싸인 땅에서 만났다. 신다는 북쪽에서 5킬로미터를 가볍게 뛰고 오는 길이었고, 나는 집으로 막 돌아가려던 참이었다. 함께 걸으며 이야기하는데, 신다가 노스 미시건 애비뉴에 있는 고급 백화점 엘리 버튼에서 산타와 아이들을 찍어주는 일을 맡게 됐다고 했다. 신다가 얼굴을 찡그렸다. "에릭 리버먼 같은 커리어는 아니지만, 적어도 조너선과 같이 1월에 바하마로 갈 여행 경비에는 보탬이 될 것 같아요." 그렇게 말하고 신다는 물가 바위 위에서 죽은 새를 구경하던 포를 부르고, 나보다 앞서 걸어갔다.

크리스마스 전 주에는 기온이 급강하해서 역사상 가장 추운 12월을 기록했다. 거실이 너무 추워서 나는 침대에서 모든 일을 처리했고, TV도 침실로 옮겼다. 크리스마스이브에는 밖에 한 발짝도 나가지 않았다.

크리스마스 당일에는 북부 교외 지역에 사는 친구들을 방문하기로 되어 있었다. 나는 담요를 둘둘 말고 거실로 가서 창문에 두껍게 쌓인 얼음을 긁었다. 할스테드 스트리트에 눈이 얼마나 왔는지, 내 가련한 오메가에 시동이 걸리기나 할지 확인하고 싶었다. 기온이 내려가기 시작한 이후 닷새 동안이나 차를 그대로 세워둔 것이다. 나는 무기력했고, 억지로라도 나가야 한다는 걸 알았지만 혹독한 날씨에 맞설 엄두가 나지 않았다. 다시 침실로 돌아가 선물 포장이나 하려는데 문득 길에서 왔다 갔다 하는 골든 리트리버가 눈에 띄었다. 포였다. 그 뒤에는 오렌지색 오리털 조끼를 입고 얼굴에 스키 마스크를 쓴 신다가 걸어가고 있었다.

"아, 미쳤구만." 내가 중얼거렸다. 신다가 한다면 나도 할 수 있겠지. 나는 보온내의와 양모 양말 두 켤레, 운동복 상의와 오리털 조끼로 무장을 한 다음, 기운을 내려고 중얼거렸다. "포기하는 사람은 이길 수 없고, 이기는 사람은 포기하지 않는다! 개 싸움에서 중요한 건 개의 크기가 아니라 싸움의 크기이다!"

슬로건을 외치며 문 밖으로 나왔지만, 여전히 충격적으로 추웠다. 바람이 폐에 든 공기까지 쓸어가 버려 숨이 막혔다. 나는 입구로 다시 들어가 스카프로 얼굴을 감싸고 귀마개와 울 모자를 다독인 다음 눈을 보호하려고 선글라스까지 착용했다.

그렇게까지 했는데도 걸어가기가 고됐다. 약 1.5킬로미터쯤 걸은 후에야 피가 제대로 돌고 팔과 다리에 온기가 느껴졌지만 발은 여전히 떨어져나갈 듯했고 무거운 머플러도 뺨을 도려낼 듯 매서운 바람을 막지 못했다. 거리에는 차도 사람도 거의 보이지 않았다. 황무지를 달리는 것 같았다. 핵전쟁 이후의 세상이 이렇지 않을까 싶었다. 사람은 없고, 얼어붙도록 추운 데다 사막의 모래폭풍이라도 되는 듯 눈이 공격을 퍼부어댔다.

호수는 훨씬 더 으스스했다. 거대한 가마솥처럼 호수에서 연무가 올라왔다. 짙은 안개 장막 아래 가려져 물은 보이지도 않았다. 나는 놀라 잠시 걸음을 멈추었지만, 그 틈에도 바람은 옷 틈을 재빨리 파고들었다.

호수길이 곶이로 이어지며 굽이져서 앞이 2, 3미터밖에 보이지 않았다. 되돌아오는 신다와 포를 마주치지 않을까 기대했지만 그사이 지나간 유일한 사람은 파란색 스키 마스크와 카키색 다운재킷을 입은 남자뿐이었다.

곶이의 먼 지점으로부터 바람이 거침없이 불어 호수로 밀어닥쳤다. 바람이 계속 윙윙거리는 소리를 내며 눈과 꽁꽁 언 안개 덩어리를 쓸어갔다. 이제 집으로 가야겠다고 몸을 돌리려는데 울부짖는 바람소리 너머로 개 짖는 소리가 들렸다. 물가로 내려가기가 망설여졌지만, 혹시나 포가 주인을 놓쳐 버린 거면 어쩌나 걱정이 되었다.

호수로 이어지는 바위들은 얼음이 덮여 미끄러웠다. 주변에 도와줄 사람이 없으니 혹시 꽁꽁 언 물에 빠지면 살아남기도 어려웠다. 손과 발에 잔뜩 힘을 주고 죽죽 미끄러져 가며 어렵사리 조금씩 전진했다.

평평한 바위 위에 있는 포를 발견했다. 포는 안개가 자욱한 호수

가장자리 바위 끝에서 맹렬히 짖었다. 내가 포를 불렀다. 포는 잠시 고개를 돌렸지만 올 생각을 하지 않았다.

포가 있는 쪽으로 가면서 나는 무슨 일이 일어날 것 같은 불길한 예감이 들었다. 꽁꽁 얼어붙은 바위에 납작 엎드려서 한쪽 발로 바위를 디딘 다음 몸을 숙여 안재 자욱한 물속을 들여다보았다. 나를 보자마자 포는 짖기를 멈추고 불안한 듯 맴을 돌면서 낑낑거리기 시작했다.

수면 아래 신다가 보였다. 내가 엎드린 곳에서 물까지는 1미터 정도였다. 신다에게 손이 닿지 않았고, 물로 감히 내려갈 수도 없었다. 나는 열심히 머리를 굴리다가 목에 둘렀던 긴 머플러를 풀었다. 가까이에 있는 삐쭉삐쭉한 돌에 그걸 묶고 반대편 끝을 내 허리에 두른 다음 기도를 했다. 상체를 기울이니 물에 닿을 만큼 길이가 확보되었다. 나는 크게 심호흡을 하고 팔을 물속으로 뻗었다. 냉기는 상상 이상이었다. 나는 신다와 포에게 집중하고, 북부 교외 지역에서 보낼 크리스마스를 생각했다. 추위 때문에 팔은 거의 감각이 없었다. "기회는 단 한 번뿐이야. 날려 먹으면 안 돼."

신다의 무게 때문에 내가 끌려들어 갈 뻔했다. 나는 얼음이 덮인 바위 위에 엎드린 다음 내 머플러를 묶었던 돌에 닿을 때까지 발을 가위모양으로 움직였다. 포는 도움이 되지 못했다. 내 옆에 찰싹 붙어서 내가 물 밖으로 자기 주인을 끌어내는 동안 불안한 듯 계속 낑낑거렸다. 물 먹은 옷 때문에 신다는 100킬로그램은 족히 나갈 것 같았다. 여러 번 신다를 놓칠 뻔했고, 나 역시 빨려 들어갈 뻔했지만,

근근이 신다를 끌어올렸다. 나는 필사적으로 인공호흡을 했고, 포는 초조해하며 신다의 얼굴을 핥았지만 희망이 없었다. 이윽고 당장 거기서 빠져나오지 않으면 나 역시 죽을 것 같다는 생각이 들었다. 포를 데리고 나오려 했지만, 포는 신다를 두고 가려 하지 않았다. 나는 있는 힘껏 달려 차를 세워 둔 항으로 돌아왔다. 이가 맞부딪쳐서 말이 제대로 나오지 않았지만 간신히 주변에 있는 사람들에게 곶이에 죽은 여자가 있다고 말했다. 사람들이 나를 차에 태워 마을 경찰서로 데려다 주었다.

크리스마스 동안 나는 담요를 몇 개나 덮고 침대에 누워, 의사인 친구 로티 허셸이 준비해 준 뜨거운 스프를 먹으며 보냈다. 손가락 두 개에 동상이 걸렸지만 로티 말로는 곧 나을 거라고 했다. 일곱 시가 되자 로티는 간호사인 캐럴 앨버라도와 가족 만찬을 위해 외출했다.

경찰이 신다를 데려갔고 조너선은 포를 설득해 집으로 데려갔다. 얼마나 비극적인 장면이었을까. 조너선은 울고, 포는 신다의 시체를 옮겨가지 못하게 막았을 것이다. 내가 현장에 있지는 않았지만, 신문 기자 친구 하나가 당시 상황을 알려 주었다.

침대 옆 전화가 울렸을 때는 8시밖에 되지 않았지만 나는 담요를 둘둘 말고 깊은 잠에 빠져 있었다. 내가 눈을 떴을 때는 벨이 열 번 정도는 족히 울렸던 모양이고, 그러고도 몇 번 더 울리고 나서야 아픈 팔을 뻗어 겨우 수화기를 집어 들었다.

"여보세요?" 내가 정신이 혼미한 상태로 말했다.

"빅, 빅. 아픈데 귀찮게 해서 미안한데, 도움이 필요해요."

"누구세요?" 서서히 정신이 들기 시작했다.

"조너선 마이클스예요. 경찰이 신다 살인죄로 날 체포했어요. 겨우 전화 한 통을 허락받았어요." 아무렇지 않은 척하려고 노력했지만 조너선의 목소리는 몹시 떨렸다.

"살해당한 거래요? 미끄러져서 떨어진 줄 알았는데."

"틀림없이 누가 목을 졸라 죽인 다음 밀어 넣은 거래요. 경찰이 어떻게 아는지는 묻지 마세요. 왜 나를 범인으로 생각하는지도 묻지 말고요. 나도 모르니까. 문제는 포예요. 포를 맡길 사람이 없어요."

"당신은 지금 어딘데요?" 나는 침대 위로 다리를 치켜 올려 내복을 입기 시작했다. 조너선의 집은 우리 집에서 건물 네 개 떨어진 곳에 있었고, 그는 경찰서로 가서 일단 조서를 작성한 다음 쿡 카운티 교도소에 갈 예정이었다. 체포를 맡은 경찰이 크리스마스라 자비를 베풀었는지, 내가 최대한 그곳에 빨리 도착한다는 조건으로 나를 기다려 주기로 했다.

전화를 끊고 반쯤 걸쳐진 내복을 마저 입고, 그 위에 청바지와 부츠와 두꺼운 스웨터를 챙겨 입었다. 내가 달려갔을 때 조너선과 경찰 두 명이 빌딩 입구에 서 있었다. 조너선이 자기 집 아파트 열쇠를 주었다. 멀리서 포가 짖는 소리가 들렸다.

"변호사는 있어요?" 내가 물었다.

평소 긴 금발에 턱수염이 매력적인 유쾌한 청년 조너선이 지금은 더없이 후줄근한 모습이었다. 조너선은 쓸쓸하게 고개를 저었다.

"변호사가 있어야 해요. 내가 찾아 볼게요, 아니면 더 나은 사람이 나타날 때까지 내가 임시로 변호를 해 줄 수도 있어요. 난 지금 현직에 없으니까 현업으로 활동하는 사람이 필요해요. 어쨌든 내가 형식상 수속을 밟게 해 줄 수는 있어요."

조너선은 고맙다며 제안을 받아들였고, 나는 그를 따라 대기 중인 경찰차로 갔다. 체포하러 온 경찰들은 내 질문에 전혀 답해 주지 않았다. 11번가에 있는 경찰 본부에 도착한 후에 나는 담당 형사를 만나게 해 달라고 부탁했고 마침내 존 맥고니걸 경사에게 안내되었다.

맥고니걸과 나는 자주 만난 사이였다. 그는 체격이 다부지고 유능한 젊은이로 존경할 점이 많았다. 그도 나를 좋게 생각하는지는 확실치 않았다. "메리크리스마스, 경사님. 휴일에 일하기 정말 싫죠?"

"메리크리스마스, 워쇼스키 양. 여기서 뭐 하십니까?"

"제가 조너선 마이클스를 변호하고 있습니다. 조너선이 오늘 아침 신다 굿리치를 미시건 호수를 밀어 넣었다고 오해하시는 것 같아서요."

"오해가 아닙니다. 굿리치 양은 목이 졸린 다음 호수로 떠밀렸습니다. 물에 들어가기 전에 이미 사망한 상태였습니다. 조너선 마이클스는 그때 알리바이가 없었습니다."

"알리바이가 없다고요! 이 도시에 있는 사람 중에 알리바이가 있는 사람이 몇이나 되겠어요?"

그러나 그것 이상의 단서가 있다고 맥고니걸은 뻣뻣한 태도로 설명했다. 조너선과 신다가 전날 밤 늦게 싸우는 소리를 맞은편과 아래층 이웃이 들었다. 아침이 되자 그들은 다시 싸움을 시작했다. 신다가 마침내 9시 반경에 문을 쾅 닫고 개를 데리고 집을 나갔다.

"조너선은 신다를 따라 나가지 않았어요, 경사님."

"어떻게 아시죠?"

나는 거실에서 신다를 봤다고 설명했다. "그리고 내가 밖에 나갔을 때도 조너선 마이클스 씨와 마주치지 않았어요. 한 사람 보긴 했지만."

맥고니걸은 즉각 그 사실을 물고 늘어졌다. 그 사람이 조너선이 아니라고 어떻게 확신하냐는 거였다. 마침내 내가 본 그 남자의 옷차림을 가지고 조너선이 푸른색 스키 마스크나 카키색 재킷이 있는지 확인해 보자는 데 동의했다. 맥고니얼은 호숫가에서 나가는 길은 두 갈래가 있다는 점도 지적했다. 그러니 조너선이 남쪽 대신 북쪽 길로 갔을 수도 있다고.

"그럴 수도 있겠죠. 하지만 경사님, 가능성이 낮은 얘기를 하고 계시네요. 너무 허술한 주장이잖아요. 이제 제 의뢰인과 따로 얘기를 좀 해야겠습니다."

맥고니걸은 내가 조너선을 변호하는 게 마땅치 않은 모양이었지만 딱히 뭐라고 하지 못하고 작은 취조실에서 조너선을 따로 만나게 해 주었다.

"난 당신이 신다를 죽이지 않았다고 믿고 있지만, 절차상 묻겠습니다. 당신이 신다를 죽였나요?" 내가 씩씩하게 물었다.

조너선이 고개를 저었다. "그럴 리가요. 내가 설사 신다를 사랑하지 않게 됐다 해도, 그런 식으로 문제를 해결하지는 않습니다. 물론 지금도 신다를 사랑하고요." 조너선이 긴 머리를 손으로 훑었다. "믿을 수가 없어요. 신다가 죽었다는 게 실감이 안 납니다. 갑자기 이런 일이 생기더니, 심지어 경찰이 나를 체포하다니요." 그의 손은 아름다웠고 손가락은 길고 강해 보였다. 확실히 누군가 목 졸라 죽이기에는 충분히 힘이 세 보였다.

"오늘 아침에는 왜 싸웠습니까?"

"싸워요?"

"내 앞에선 시치미 떼지 마세요, 조너선. 당신을 도와줄 사람은 나뿐이에요. 이웃들이 싸우는 소리를 들었대요. 그래서 경찰이 당신을 체포한 거구요."

조너선이 어색하게 웃었다. "지금 생각하니 너무 바보 같았어요. 계속 떠올라요. 만약 내가 신다를 화나게 하지 않았다면 밖에 나가지 않았을 테고, 지금도 살아 있겠지요."

"그럴 수도 있고, 아닐 수도 있죠. 뭣 때문에 싸운 거죠?"

조너선이 우물쭈물했다. "신다가 찍은 그 빌어먹을 산타 사진들 때문입니다. 저는 신다가 그 일을 하지 않았음 했어요. 신다처럼 훌륭한 사진작가가 그런 일에 시간을 낭비하면 안 되잖아요. 그랬더니 신다가 흥분해서는 내가 로런스 웰크에 있었던 걸 따지기 시작했어요. 내가 그 얘기를 막 하려던 참이었거든요. 모든 일은 어떤 사람이 오늘 새벽 1시에 신다한테 전화를 걸면서 시작됐어요. 나는 그때 막 연주회에서 돌아왔어요." 조너선이 갑자기 고통스럽게 웃었다. "로런스 웰크 연주회였어요. 그리고 그 전화가 걸려왔죠. 신다가 찍은 산타 사진에 있었던 사람이라고 했어요. 그는 너무 소심해서 아이와 같이 찍은 사진에 자기 얼굴이 나오지 않았다는 걸 확인하고 싶다면서 신다에게 사진 원판을 좀 보내달라고 말했어요."

"원판을 신다가 가지고 있었어요? 버튼 백화점이 아니라?"

"네, 진짜 바보 같잖아요. 신다가 직접 필름을 현상하고 있었어요. 그 남자도 버튼 백화점에 먼저 전화를 했던 모양이었습니다. 어쨌든, 결론만 말하면 신다는 오늘 그 사람을 만나 원판을 주기로 했고, 저는 화가 났습니다. 우선 왜 신다가 그런 멍청이의 변덕을 맞춰 주려고 크리스마스에 외출해야 되는 거죠? 그리고 그 바보 같은 사진들을 애초에 왜 찍었냐고요?"

조너선의 얼굴이 갑자기 일그러지더니 흐느껴 울기 시작했다. "신다는 정말 아름다운 사람이었어요. 전 신다를 사랑했습니다. 내가 왜 신다와 싸웠을까요?"

나는 조너선이 울음을 그칠 때까지 어깨를 두드리고 손을 잡아주었다. "만약 신다가 전화 건 사람을 만나기로 했다면, 그 사람이 신다를 죽인 게 아닐까요?"

"저도 그렇게 생각했습니다. 그래서 경찰에 그렇게 얘기했구요. 그런데 경찰은 내가 상황에 맞춰 마음대로 꾸며낸 이야기라고 하네요."

나는 30분 동안이나 더 조너선과 질의응답을 이어갔다. 전화 건 사람에 관해서 신다는 뭐라고 말했나? 이름을 혹시 들었느냐? 신다도 그의 이름은 몰랐다. 그러면 어떤 원본이 그 사람 것인지 신다가 어떻게 알았느냐? 신다도 몰랐다. 그저 그 남자가 있었던 날짜와 시간만 알았다. 그래서 그날 아침에 찍었던 사진의 원판을 다 챙겨서 나갔다. 조너선이 아는 건 그게 다였다. 신다는 너무 화가 나서 어떤 사진을 챙겼는지까지는 말해 주지 않았다. 어쨌든 신다가 원판을 가지고 있기는 했다.

조너선은 포를 어떻게 돌보면 되는지 소상히 알려 주었다. 건식사료만 줄 것. 사람이 먹던 것은 절대 주지 말 것. 포는 밖에서 키우는 개이고 눈과 물을 좋아하므로 내가 원한다면 산책은 얼마든지 시켜도 좋음. 아주 잘 훈련되어 있어 그들은 굳이 목 끈을 매지 않고 산책을 시켰음.

경찰서를 나서기 전에 맥고니걸과 잠시 대화를 나눴다. 그는 다음 날 버튼 백화점에 가서 사진에 있었다는 남자에 관해 알아볼 예정이지만 크게 의미를 두지는 않는다고 말했다. 신다의 시체에서 필름이 나오지도 않았는데, 그건 신다가 가져나가지 않아서 그럴 것이라고, 다 조너선이 꾸민 얘기일 거라고 말했다. 조너선은 일단 밤새 11번가에 머물게 될 거라고 했다. 아침에 보석 심리가 열릴 수 있으며, 그러면 쿡 카운티 교도소에 들어가지 않을 수 있다. 죄수로 가장해 교도소를 좌지우지하는 조직폭력배들 사이에서 목숨이 위험해질 일도 없을 것이라고 했다.

나는 택시를 잡아타고 다시 북쪽으로 갔다. 거리가 한산해서 택시가 빨리 달렸다. 1킬로미터 정도마다 길가에 버려진 차가 있어서 안 그래도 추운 풍경을 더 황량하게 만들었다.

조너선의 아파트에 도착한 나는 포를 데리고 나가려고 큰 공을 들였다. 포는 나와 지내는 걸 싫어하지 않았지만, 계속 주변을 수색하며 마치 내가 신다로 바뀌길 바라는 것처럼 빤히 쳐다보았다.

어쩔 수 없이 다시 아파트로 돌아가니 집에 갈 엄두가 나지 않았다. 침실이 보여서 서둘러 옷을 바닥에 벗어 두고 침대로 기어들어갔다. 내가 다시 깨어났을 땐 무고한 어린이들의 순교 축일Holy Innocents' Day, 헤롯 왕의 명으로 베들레헴의 남자 아기들이 살해된 것을 기념하는 날, 12월 28일이 시작된 뒤였다. 나의 폴란드계 가톨릭교 친척들이 성대하게 기념 행사를 하는 날이었다. 옆에서 포가 갈색 눈으로 나를 책망하듯 바라보며 약하게 헐떡이고 있었다. "그래, 알았어." 나는 투덜거리다가 이불을 걷고 비틀거리며 침대에서 내려섰다.

어젯밤에는 너무 피곤해서 욕실이 어디 있는지조차 확인하지 않고 잠들었다. 이제야 찾아보니 큰 암실에 붙어 있었다. 암실과 주방을 가르던 벽은 허물어지고 없었다. 싱크대와 붙박이 선반이 편한 위치에 배치되어 있었다. 인화한 사진이 방 전체에 걸려 있었고 화학약품과 란제리가 어울리지 않게 서로 뒤섞여 있었다. 나는 칫솔 하나를 꺼내고 혹시 화학약품은 아닌지 확인해 가며 치약 냄새가 나는 걸 짜서 양치를 했다.

옷을 입은 후에는 포를 데리고 근처를 돌았다. 날씨가 상당히 순해졌다. 모퉁이 은행에 붙은 온도계가 9도라고 알려 주었다. 포는 호수까지 달려가고 싶어 했지만 나는 그렇게 멀리 가고 싶지 않아서 어렵사리 포를 불러 세웠다. 점심을 먹은 후 만약 내 차에 시동이 걸리면 눈 속에 혹시 단서가 숨어 있는지 보러 갈 생각이었다.

신다의 아파트에서 로티에게 전화를 걸어 내가 어디에, 어쩌다 있게 됐는지 설명했다. 로티는 집을 나온 내가 바보라고 했지만 아직까지 죽지 않은 걸 보니 누가 총으로 쏴 죽이기 전까지는 잘 살겠다고 말했다. 그런 농담을 들어도 내 기분은 전혀 나아지지 않았다.

신다네 주방에서 커피와 토스트로 끼니를 해결하면서 조너선을 변호해 줄 사람을 찾기 위해 여러 곳에 전화를 걸기 시작했다. 나와 함께 로스쿨에 다닌 팀 올드햄은 큰 사건을 주로 맡았다. 그는 돈이 안 되는 의뢰인을 맡는 데는 관심이 없었지만, 나는 몇 주 전에 그가 아내와 별로 닮지 않은 여자를 데리고 골드코스트에 있는 걸 목격했다고 노골적으로 압력을 가했다. 팀은 저녁 먹을 시간쯤에는 조너선을 집에 데려다 놓겠노라 장담했다. 그러고는 별로 유쾌하지 않은 소리를 하더니 전화를 끊었다.

주방, 침실, 암실 외에 방이 하나 더 있었는데, 그나마 그랜드피아노가 한 대 들어가니 거의 꽉 차는 곳이었다. 악보가 바닥에 쌓여 있었다. 조너선은 책꽂이를 살 여유가 없었거나 필요 없다고 생각한 모양이었다. 벽에는 신다가 찍은 포스터 크기의 조너선 사진들이 걸려 있었다. 아주 멋졌다.

나는 암실로 돌아가 사진들을 뒤졌다. 신다가 찍은 모든 산타클로스 사진들이 봉투 안에 잘 보관되어 있었다. 현상한 필름의 번호 옆에 아이들 각각의 이름이 쓰여 있었다. 라이트테이블의 스위치를 켜고 필름을 살폈다. 3주 동안 매일 찍은 사진이 수천 장은 됐다. 건초에서 바늘 찾는 격이었다. 그래도 대부분 아이들의 사진이었다. 남는 건 신다가 재미 삼아 지나가는 사람을 찍었거나, 조명이 비치는 유리 너머를 찍은 예술적인 사진들이었다. 아마 전화를 건 사람은 지나가는 어른들 중 한 명일 터였다.

점심을 먹은 다음 포를 데리고 내 차로 갔다. 포는 주저하지 않고 나를 따라나섰고 뒷좌석에 선선히 뛰어 들어갔다. "너 너무 사람을 잘 믿는 거 아니야?" 내가 포에게 말하자 포가 나를 보고 웃으며 거칠게 숨을 헐떡였다. 오메가가 몇 번 덜덜거리더니 시동이 걸렸다. 나는 차를 북쪽으로 몰아 브린 모어에 갔다가 다시 배터리를 잘 충전시킨 다음 벨몬트 항에 있는 주차장으로 향했다. 포는 기분이 좋아서 뒤 창문에 꼬리를 탕탕 쳤다. 드디어 문을 열어 포를 내보내 주었다. 포는 호수 길에서 나를 앞질러 달렸다. 어차피 신다가 발견된 바위로 가 있을 것 같아서 굳이 포를 붙잡지 않았다.

나는 천천히 걸어가며 바닥에 무슨 흔적이 없는지 조심스럽게 훑어 나갔다. 필름이든 명함이든 뭐든. 오늘 바람은 훨씬 차분해졌고 앞을 제대로 볼 수 있을 만큼 공기도 맑고 따뜻했지만 아무것도 찾을 수 없었다.

안개가 걷힌 호수에는 짙은 잿빛 물이 거북하게 흐르고 있었다. 포는 예상했던 대로 어제 내가 신다를 발견한 바위 위에 멈춰 서 있었다. 아주 낙담한 표정이었다. 분명 거기 가면 주인을 만날 수 있으리라 기대했을 것이다.

일대를 주의 깊게 살핀 끝에 결국 필름을 넣어 두는 회색 플라스틱 튜브 하나를 발견했다. 그러나 안이 비어 있었다. 나는 일단 맥고니걸에게 보여 줄 요량으로 튜브를 주머니에 챙겨 넣었다. 부디 그게 중요한 단서라고 생각하면 좋을 텐데. 포는 마지못해 겨우 바위를 떠났다. 호수 길에 돌아와서도 계속 신다를 찾아 주변을 맴돌았다. 나는 포를 안아 억지로 차에 태웠다. 경찰 본부로 가는 동안, 몸뚱이가 좌석 시트보다 더 큰 포는 자세를 잡으려고 뒷좌석에서 계속 몸을 뒤척였다.

맥고니걸은 내가 발견한 튜브에 그다지 관심이 없었지만, 가져가서 범죄과학 수사팀에 보냈다. 버튼 백화점에서 혹시 알게 된 게 없는지 물어보았다. 거기에서는 사진의 사본을 가지고 있지 않았다. 신다가 다 들고 있었다. 만약 누군가 현상을 의뢰하면 백화점에서 신다에게 이름을 알려 주고, 그러면 신다가 알아서 사진을 제공하는 식이었다. 백화점에서 사진을 요구한 사람 칠백 명의 명단을 맥고니걸에게 보냈고, 그 안에 범죄자가 있는지 살펴보긴 했지만 분명 시간 낭비라고 믿는 듯했다. 맥고니걸의 상사인 로버트 맬로리 부장이 내 아버지의 친구만 아니었어도 맥고니걸은 이런 수고를 감당하지 않았을 것이다.

나는 조너선에게 들렀다. 꽤 상태가 안정적인 것 같아 보였다. 팀 올드햄이 들렀었다고 말했다. "팀은 내가 히피인 줄 알아요. 자기 의뢰인들에 비해서 흥미가 덜하다고 생각하는 것 같지만, 최선을 다하고 있는 것만은 분명했습니다." 조너선은 침대 옆 부분을 키보드 삼아 슈베르트를 연주하고 있었다. 포는 잘 지낸다고 안심시킨 다음 포가 차에서 기다리니 가 보는 게 좋겠다고 말했다.

오후의 나머지 시간은 신다가 찍은 산타 사진을 훑어보며 보냈다. 5시 경 사진의 삼분의 일 정도쯤 봤을 때 팀 올드햄이 전화로 조너선이 감옥에서 하룻밤을 더 보내야 할 것 같다고 얘기했다. 크리스마스 휴일 동안은 보석 신청이 불가능하기 때문이란다.

“나한테 한턱 쏴야겠어. 연휴인데 하나도 보람없는 일로 보내게 됐잖아.”

“정의를 실현하고 있는 거지.” 내가 밝은 목소리로 말했다. “뭘 더 바라? 법조인이 됐을 때 맹세한 선언을 생각해 봐.”

“너한테 욕설을 퍼붓고 싶은 걸 억지로 참고 있어.” 팀이 툴툴거렸다.

나는 웃으며 전화를 끊었다. 포를 데리고 마지막 산책을 한 다음 저녁에 먹을 사료와 물을 준 후에 내 집으로 떠날 채비를 했다. 내가 코트를 도로 입는 걸 보자마자 포는 저녁을 포기하고 내 발치에 와서 꼬리를 흔들며 언제든 놀 준비가 됐다는 사인을 보내며 맴을 돌기 시작했다. ‘안 돼’라고 소리 질렀지만 소용이 없었다. 포는 이게 마치 자주 하던 놀이였던 듯 나를 보고 환하게 웃었다. 포는 인간들이 자기와 놀고 싶지 않은 척하지만 결국은 데리고 나가 준다는 것을 알았다.

내가 포를 아파트로 밀어 넣고 문을 닫자 포는 몹시 화를 냈다. 문을 잠그자 뒤에서 포가 짖기 시작했다. 리트리버는 조용한 개라 거의 짖거나 낑낑대지 않는다. 그러나 목소리가 워낙 깊고 몸통이 커서 소리가 가슴에서 바로 울려나왔다. 가수들이 가지고 싶어 할 훌륭한 횡경막의 힘이었다.

신다의 아파트는 2층이었다. 내가 1층에 도착했는데도 짖는 소리가 들렸다. 현관을 나서는데도 소리는 여전했다. "이런 제길!" 얼마나 오래 계속 짖을 수 있을까? 아기들과 비슷할까? 조금만 내버려 두면 잠이 들도록 훈련이 될까? 그런 방법이 아기들에게 통하긴 했었나? 추운 곳에 5분 동안 서 있었는데도 포는 계속 짖었다. 나는 속으로 욕을 하고는 다시 건물 안으로 들어갔다.

포는 나를 보고 완전히 흥분해서 내 가슴팍에 뛰어들어 얼굴을 핥으며 나를 미워하지 않는다는 표현을 했다. "이런 뻔뻔한 사기꾼 같으니!" 내가 포를 엄하게 타일렀다. 포는 좋아서 꼬리를 마구 흔들었다. "아무리 그래도 넌 고아인데, 너무 혹독하게 대할 순 없지."

포가 내 말에 동의하고는 나를 따라 계단을 내려와 불굴의 열정으로 내 아파트에 입성했다. 나는 목욕을 하고, 옷을 갈아입고, 저녁을 만들어 먹고, 메일을 처리한 다음 포를 데리고 블록을 돌아 작은 공원을 산책했다. 그러곤 다시 포의 구역으로 들어갔다. 이번에는 내 칫솔이 있으니 조너선이 감옥에서 나올 때까지 여기 머무르며 포를 지켜줄 수 있었다.

신다와 조너선은 가구는 별로 놓지 않은 대신, 훌륭한 스테레오 시스템과 많은 앨범을 소장했다. 나는 브리튼 현악 사중주를 올리고 침대 옆에 쌓인 사진 기법 서적 틈에 파묻혀 있던 소설을 한 권 찾아낸 다음 버건디 한 병을 훔쳐 왔다. 책과 와인을 들고 빈백 의자커다란 천 안에 작은 플라스틱 조각들을 채워 의자처럼 쓰는 것에 몸을 웅크리고 앉았다. 포는 내 발치에 엎드려 행복하게 숨을 헐떡였다. 행복한 가정의 모습이었다. 나도 개를 구해야 할지 모르겠다.

자정이 조금 지나 책과 와인을 해치운 다음 자러 갔다. 포는 침실까지 살금살금 따라오더니 침대 옆 깔개에 몸을 말고 누웠다. 나는 금세 잠이 들었다.

두 시간쯤 지나 개가 짧게 한 번 짖는 소리에 잠에서 깼다. "왜 그래, 포 아가씨? 악몽이라도 꿨어?" 내가 슬쩍 돌아본 다음 다시 자려는데 포가 또 짖었다. "이제 조용!" 내가 명령했다.

포가 일어나 문으로 가는 소리가 들렸다. 그제야 포가 무슨 소리를 들었는지 나도 알게 되었다. 누군가 아파트로 들어오려 하고 있었다. 조너선일 리는 없었다. 내가 그의 열쇠를 가지고 있었으니까. 이건 누군가 자물쇠를 따려고 여러 가지 열쇠를 넣고 돌려 보는 소리였다. 30초 만에 청바지와 추리닝을 입고 부츠를 신었다. 속옷은 무시하기로 했다. 침입자가 아래쪽 자물쇠를 풀고 위쪽 자물쇠도 만지기 시작했다.

포가 목 뒷부분 털을 세우고 문 앞에 서 있었다. 내가 소리 죽여 명령하자 짖지는 않았다. 포가 마지못해 나를 따라 암실과 연결된 욕실로 따라왔다. 나는 포를 샤워 스톨샤워할 때 주위를 막기 위해 이용되는 칸막이 안으로 데려가 최대한 소리 나지 않게 커튼을 쳤다.

우리는 어둠 속에서 침입자가 자물쇠를 다 풀 때까지 기다렸다. 누군가 당장 우리를 덮칠 것을 알면서 덜커덕거리는 소리를 듣고 있자니 불안해 미칠 지경이었다. 내가 올바른 선택을 한 건지 의심스러웠다. 개를 데리고 뒷문 계단으로 가서 경찰을 불러야 했을지도 모른다. 그러나 지금은 이미 늦었다. 거실을 가로질러 오는 육중한 부츠 소리가 들렸다. 포가 목 뒤편에서 깊고 심술궂게 으르렁거렸다.

"개야, 개야? 여기 있니, 개야?" 사내는 포가 있다는 건 알았지만, 포가 어디 있는지는 몰랐다. 아까 포가 짧게 짖은 것을 듣지 못한 모양이었다. 스페인어 억양이 섞인 높은 테너 목소리였다.

포가 계속 매우 낮게 으르렁댔다. 마침내 암실의 문이 열리고 침입자가 안으로 들어왔다. 손전등을 손에 들고 방을 이곳저곳 비췄다. 커튼 사이로 불빛 끝이 깜빡거리는 게 보였다.

아무도 없는 데 안심하며 사내가 거실등을 켰다. 불이 환풍기와 연결이 되어 있어서 환풍기 소리 덕에 포가 으르렁대는 소리가 감춰졌다.

보이지는 않았지만 그는 분명 신다가 찍은 사진을 훑고 있었다. 라이트테이블의 스위치를 켠 다음 한참 동안 원판을 살폈다. 나는 포가 자랑스러웠다. 개가 이 정도로 인내심이 있다니 놀라울 따름이었다. 침입자가 꼼짝 않고 앉아 있던 한 시간 동안 나는 근육이 뭉치고 이마에 땀이 나는 걸 느꼈다. 포는 내내 내 옆에서 잠자코 앉아 있었다.

마침내 사내가 원하는 걸 찾은 모양이었다. 일어나 종이를 조금 더 뒤지더니 불을 껐다.

"지금이야!" 내가 포에게 소리쳤다. 포가 방에서 달려 나가 문을 빠져나가려는 침입자를 발견했다. 푸른 불빛이 번쩍하더니 총이 발사됐다. 포가 컹컹 짖더니 금세 조용해졌다. 바로 그때 나도 방을 뛰어나갔다. 침입자는 아파트 문을 나서고 있었다.

나는 의자에 걸쳐둔 파카를 끌어당겨 걸친 다음 사내를 쫓았다. 포의 왼쪽 어깨에서 피가 조금 흘렀지만 씩씩하게 달리는 것으로 보아 총알이 살짝 스친 모양이었다. 우리는 함께 계단을 뛰어내려 가 현관을 통과한 다음 얼어붙은 12월의 밤거리로 나섰다. 밖으로 나가며 나는 포를 안고 뒹굴었다. 총이 몇 번 발사되는 소리가 들렸지만 우리가 빨리, 너무 빨리 움직여서 번번이 빗나갔다.

사내가 핼스테드에서 벨몬트로 도망가는 모습이 가로등 불빛에 비쳤다. 그저께 항에서 봤던 남자가 착용했던 것과 똑같은 푸른색 스키 마스크와 카키색 파카였다.

나와 포가 뒤쫓는 소리를 듣고 사내는 한층 속도를 높여 달려가 모퉁이에 있던 차에 올라탔다. 우리도 이제 오메가에 다다랐다. 나는 포를 뒷좌석에 밀어 넣고 자동차 배터리의 수호성인에게 기도를 올린 다음 시동을 걸었다.

거리는 한산했다. 나는 셰리던 로드가 벨몬트에서 레이크 쇼어 드라이브로 꺾어질 무렵 그 차를 따라잡았다. 검은색 링컨이었다. 진입로로 도는 대신 링컨은 항으로 곧장 달렸다.

"포 아가씨, 잘 들어. 저 남자를 잡고 나면 어깨를 치료해 줄 거야. 그러고는 네가 가장 좋아하는 저녁을 줄게. 소 한 마리를 다 먹어도 상관없어." 나는 포에게 말했다. 포는 앞좌석에 몸을 기대고 눈을 빛내며 숨을 헐떡거렸다. 어쨌든 포는 수색견 리트리버였다. 링컨이 항구 주차장 끝에서 멈췄다. 나는 오메가를 멀찍이 대고는 포와 함께 차에서 내렸다. 주차된 차들을 가림막 삼아 주차장을 가로질러 달린 다음 밴의 뒤로 가서 링컨 근처에 멈췄다. 그때 포가 깊은 목소리로 짖기 시작했다.

주의를 끌 수밖에 없는 소리였다. 아마 경찰도 이 소리를 들을 수 있을 거다. 그래서 짖지 말라는 만류는 하지 않았다. 링컨을 탄 사내도 같은 결론에 도달했는지 창문을 내리고 우리를 향해 총을 쏘기 시작했다. 우리는 밴 뒤에 몸을 숨기고 있었으므로 탄약만 낭비할 뿐이었다.

총소리에 포의 짖는 소리만 더 커졌다. 레이크 쇼어 드라이브에서도 소리가 들렸는지 곁눈질을 하니 시카고 경찰의 도착을 알리는 경광등의 푸른빛이 보였다.

사내도 불빛을 보았으리라. 차 문이 열렸다. 스키 마스크를 쓴 남자가 튀어나오더니 호수 길을 따라 항 입구에서 멀리 달려 곶이로 향했다. 나는 포에게 손뼉을 친 다음 사내를 쫓기 시작했다. 포는 나보다 훨씬 빨랐다. 나는 매서운 바람에 떨리는데다, 내 오른편에 있을 어둡고 차가운 물이 떠올라 겁을 먹는 바람에 꽁꽁 언 길을 망설이며 신중하게 걸어갔다. 그러다 보니 어둠 속으로 사라진 포가 보이지 않았다. 얼음 덮인 바위를 바람이 세차게 두드리는 소리도, 사내가 내 앞에서 쿵쾅거리는 소리도 들렸지만, 포의 소리는 들리지 않았다. 포는 거친 발바닥으로 언 자갈밭을 확실하고도 조용히 걸어가고 있었다.

내가 곶이를 향해 커브를 도는데 사내가 스페인어로 포를 향해 고함치는 소리가 들리더니 총소리가 났다. 곧이어 물에 뭔가 풍덩 떨어지는 소리가 들렸다. 사내가 개를 쏜 데 화가 치밀어 갑자기 없던 힘이 생겨 마구 뛰었다. 빙글 돌아 바위 앞에 선 사내의 검은 그림자를 향해 달려들었다.

사내는 완전히 무방비 상태였다. 우리는 땅으로 쿵 떨어져 바위 아래로 굴렀다. 총이 사내의 손에서 미끄러지면서 큰 소리를 내고 발사되더니 얼음에 튀긴 후 물속으로 떨어졌다. 우리는 물에서 불과 30센티미터 떨어진 곳에서 마구잡이로 싸웠다. 누구라도 먼저 균형을 잃으면 물에 빠져 죽을 판이었다.

둘 다 두꺼운 파카 때문에 팔이 무겁고 움직임이 둔했다. 사내가 내 목을 조르려 어설프게 돌진했다. 나는 재빨리 몸을 피해 사내의 스키 마스크를 잡고 그의 머리를 바위에 내리쳤다. 사내가 끙끙거리며 뒤로 물러나더니 나를 발로 차려고 했다. 내가 발길에서 몸을 돌리다가 그를 놓치고 뒤로 미끄러졌다. 사내가 재빨리 뒤따라와서 나를 바위 끝으로 있는 힘껏 밀었다. 내 발이 물에 빠졌다. 나는 힘껏 발을 차올려 도망치려 했다.

뭔가 잡을 것을 찾아 허둥대고 있는데 물에서 시커먼 게 나오더니 내 옆 바위 위에 올라왔다. 포였다. 죽지는 않았구나. 포가 몸을 털자 나와 사내에게 물이 비 오듯 쏟아졌다. 갑작스러운 물 세례에 남자는 깜짝 놀랐다. 사내가 정신 차리느라 우물쭈물하는 사이 나는 숨을 돌리고 자세를 바로잡는 등 전열을 재정비했다.

포는 덜덜 떨면서 내 옆에 머물렀다. 나는 포의 젖은 털을 손으로 훑어 주었다. "금방 끝날 거야. 얼른 집에 가서 잘 말리자."

사내가 다시 우리를 공격하려는데 탐조등이 켜졌다. "경찰이다. 총을 내려놓고 앞으로 나와라." 스피커에서 큰 소리가 왕왕 울렸다.

사내가 나를 쳐 나가떨어지게 했다. 포가 컹컹 짖더니 사내의 다리에 이빨을 박았다. 포가 짖는 소리에 경찰이 우리가 있는 곳을 알아내고 다가왔다.

경찰이 들고 있는 탐조등은 성능이 좋았다. 물에 푹 젖은 종이 더미 안에 이빨 자국이 선명한 작은 마닐라 봉투가 보였다. 포가 꼬리를 흔들며 그걸 다시 물어 올렸다.

"그거 내놔!" 사내가 하이톤으로 소리쳤다. 사내는 봉투를 뺏으려고 경찰과 몸싸움을 했다. "내가 분명 물에 버렸는데 왜 여기 있지? 도대체 어떻게 가져온 거야?"

"리트리버는 탐지견 출신이거든." 내가 말했다.

포가 물에서 건져올린 봉투에서 나온 원판은 나중에 경찰서에서 보았다. 산타클로스가 어린 소년에게 말을 거는 동안 스키 마스크를 쓴 사내가 음울하면서도 강렬한 눈빛으로 지켜보는 사진이었다. 과연 신다가 사진을 찍어야겠다고 생각할 만했다.

"그는 코카인 판매상입니다. 천만 달러의 보석금을 내고 나갔으니, 자기가 주변을 어슬렁거리는 사진을 없애려고 했던 게 당연하죠. 이번에는 살인죄로 구속했습니다." 맥고니걸 경사가 내게 설명해 주었다.

제복경찰이 조너선을 맥고니걸의 사무실로 데려왔다. 경사는 불편한 듯 목소리를 가다듬었다. "당신 개가 당신 목숨을 구한 것 같습니다, 마이클스 씨."

경찰용 말 담요를 덮고 내 발치에 엎드려 있던 포가 기쁜 듯 짖었다. 그러더니 비틀대고 일어나 꼬리를 흔들며 조너선에게 곧바로 걸어갔다.

나는 조너선에게 우리가 한 모험과 포의 영웅담을 얘기해 주었다. "오늘 오후에 내가 준 빈 필름 통은 어떻게 됐나요, 경사님?"

신다는 고객을 만나러 가면서 그가 얼마나 위험한지 모르고 필름 통을 가지고 갔다. 필름 통이 빈 걸 알고는 사내가 통을 옆으로 던지고 신다를 공격했다. "자백을 다 받아냈습니다. 개가 원판이 가득한 봉투를 물고 나타나자 놀라서 정신을 잃었습니다. 그 사람이 훌륭한 변호사를 많이 구해 놓은 걸로 알고 있지만—그중 한 명이 당신 친구 올드햄입니다—판사가 보석을 허락하지 않도록 설득할 증거가 우리에게 많이 있다고 봅니다."

조너선이 무릎을 꿇고 포를 어루만졌고, 어깨 너머로 맥고니걸을 바라보며 포에게 말했다. "네가 제대로 된 사람을 잡아서 올드햄이

한시름 놓겠다, 그지? 리트리버에게 개 사료도 겨우 먹이는 사람보다 천만 달러 보석금을 낼 수 있는 살인자가 의뢰인으로는 훨씬 나을 테니.” 조너선이 포를 다시 돌아보았다. “하지만 오늘만큼은 우리도 저금한 돈을 스테이크에 써 버릴 거야. 오늘밤 넌 스테이크를 먹어, 내가 사료를 먹을게. 블랙스톤의 세 점박이 개, 사람들을 살린 영웅, 용감무쌍한 견공 중의 견공이여!” 포가 기쁨에 차 헐떡거리며 조너선의 얼굴을 핥았다.

매드독
MAD DOG

딕 록티 Dick Lochte

딕 록티의 첫 장편소설 『잠자는 개(Sleeping Dog)』는 열네 살짜리 조숙한 여자아이와 닮아빠진 로스앤젤레스 사립탐정이 소녀의 엄마를 찾아 캘리포니아를 돌아다니는 모험담으로 에드거 상과 샤머스 상, 앤서니 상 후보에 올랐으며 네로 울프 상을 수상했다. 또한 미국 독립 미스터리 서점협회가 선정한 '21세기 가장 인기 있는 미스터리 소설 100'에도 이름을 올렸다. 「매드독」은 마틴 H. 그린버그와 캐럴-린 로셀 워가 편집한 『산타 클루스(Santa Clues)』에 처음 발표되었다. (뉴욕, 시그넷, 1993)

4월을 가장 잔인한 달이라 말했던 사람은 크리스마스 시즌 동안 할리우드에서 혼자 시간을 보내 본 경험이 적은 게 분명하다. 스모그를 헤치고 겨우 비치는 태양, 네온 조명을 감은 나무들, 햇볕에 그을린 엘프들, 타이어 달린 순록. 그리고 거리의 장식들은 촌스럽고 시든 호랑가시 나뭇가지에, 종교색을 지우려 너무 애쓴 나머지 크리스마스 인사말은 마치 잔디에 들어가지 말라는 표지판처럼 들린다.

앞서 말한 사실들로 추측할 수 있다시피, 나는 크리스마스이브 전날 굉장히 우울했다. 몇 안 되는 친구들이 뿔뿔이 흩어져 휴일은 황량하기만 했고 나는 한계에 다다랐다. 그래서 〈매드독 쇼〉에 출연하기로 했다.

'매드독'은 진짜 개는 아니고, 최고의 인기를 구가하는 라디오 토크쇼 호스트다. 그는 젊고, 무례하고, 말이 청산유수이며, 남을 제물 삼아 굉장히 웃긴 말을 많이 한다는 소문이 있었다. 출연하기 전날 밤 그의 쇼를 들어 봤더니 그는 야단스럽고 고집이 세며, 가끔 말을 끊고 개 짖는 소리를 내는 못된 습관이 있었다. 그러나 전국 각지의 청취자들은 그런 행동에 반했을 뿐 아니라 충성스럽고 관대하기까지 하다. 내 출판사의 홍보 담당이 알려주기를 매드독은 독서도 많이 하고 책을 파는 능력도 출중하다고 한다.

어느날 낯선 사람에게 전화가 와서 자신을 '미국 방송계의 울부짖는 사냥개'라고 소개한 다음 매드독의 '미리 크리스마스이브 쇼'에 와서 내 최신 소설을 홍보해 달라고 콕 집어 요청하는 바람에 에이전트들이 놀랐다.

매드독의 방송국 KPLA-FM은 샌디에이고 고속도로에서 조금 떨어진 인적이 드문 곳에 있었다. 휴일이라 문을 닫은 듯한 큰 적재장과, 내가 입은 옷보다도 약해 보이지만 새것임에는 분명한 몰개성한 아파트 단지 사이에 위치해 있었다. 방송국은 거의 3층 정도 높이에 이르는 지붕 안테나를 제외하면 희고 작은 판잣집 같았다. 철책으로 둘러싸인 탄탄한 건물 가운데 방송국이 위치하고 있었다.

KPLA-FM은 확실히 보안이 철저했다. 눈에 보이는 유일한 길은 쇠문으로 막혀 있었다. 나는 그 앞에 차를 대고 브레이크를 밟은 다음, 감시카메라 렌즈가 앞 유리에 맞춰질 때까지 기다렸다.

"안녕하세요. 사전 약속을 하셨나요?" 전자음으로 된 중성적인 목소리가 말했다.

"저는 리오 블러드워스입니다." 내가 사이드 윈도로 머리를 내밀고 대답했다. "게스트로 초대받아……."

"그렇군요." 전자음이 내 말을 가로막았다. "매드독이 당신을 기다리고 있습니다. 들어오셔서 방문객 전용 구간에 차를 대시기 바랍니다."

차는 그리 많지 않았다. 나는 검은색 세단과 컨버터블 스포츠카 사이에 차를 대고 다른 차의 문을 찍지 않게 조심해서 나온 다음, 내 최신 소설을 겨드랑이에 끼고 환하게 불이 켜진 현관으로 들어섰다.

문은 잠겨 있었다.

벨이 없어서 노크했다.

문에 작은 외시경이 달려 있어서 실내 불빛이 밝게 새어나왔다. 그림자가 나타나 불빛을 가리더니 곧 통통하고 자애로운 인상의 중년 여성이 문을 열어주었다. 지적인 코발트블루 색 눈이 어쩐지 낯이 익었다. 가족들이 즐겨 보는 TV쇼에 배우로 나오기라도 했던걸까? 늘 쿠키를 굽고 위로와 충고의 말을 아끼지 않는 이모 역할 같은?

"저는 부팀장 실비아 레드펀입니다. 보통은 제가 이렇게 늦게까지 있지 않는데 휴일이라 일손이 부족해서요. 이리 오시죠. 출연자 대기실에 들어가기 위한 절차를 말씀드릴게요."

실비아가 나를 옅은 푸른색과 흰색이 칠해진 창문 없는 작은 공간으로 안내했다. 방에는 중고 소파와 의자, 큰 음료수 기계가 있었고 벽에 붙은 스피커에서 희미하게 클래식 음악이 흘러나오고 있었다. 방에는 두 사람이 있었다. 남자는 얼굴의 주름과 숱이 적은 흰머리로 보아 나보다 적어도 열 살은 더 된 60대 중반 정도로 보였다. 여자는 큰 키와 두드러진 광대뼈와 짧고 검은 머리 때문에 잘생긴 느낌이었고, 나보다 적어도 스무 살 정도는 어려 보였다.

"게스트가 한 분 더 오셨습니다." 실비아 레드펀이 기분 좋게 말했다. "랜디 소프 양과 클레이턴 바니 박사님, 이분은 리오 블러드워스 형사님입니다."

"형사는 떼고 그냥 리오 블러드워스입니다." 내가 두 사람에게 고개를 숙이며 실비아의 말을 정정했다.

실비아 레드펀이 미안한 표정을 지었다. "이런, 전 경찰에 계신 줄 알고요."

"경찰 아닌 지 20년 남짓 됐습니다. 혹시 호스트가 저를 형사인 줄 알고 초청한 거면……."

"매드독은 저보다 훨씬 업데이트가 빠른 사람이에요." 실비아가 당황해하며 대답했다. "편히 쉬고 계십시오. 저는 앞에 가서 다른 게스트들을 기다려야겠습니다."

바니 박사가 피곤한 눈으로 내 책 표지를 보았다. 박사가 내게 잠시 알은체를 하며 웃더니 앉아 있던 의자로 돌아갔다. 랜디 소프가 말했다. "그 작은 소녀 얘기 쓰신 작가님이시군요."

그건 사실이었다. 일련의 상황은 다 말하기 고통스럽지만 내 작가로서의 경력은 세렌디피티 달퀴스트라는 밝지만 까다로운 십대 소녀의 삶과 연결되어 있다. 어느 정도 성공을 거둔 두 권의 책 『잠자는 개』와 『웃는 개』로 나도 세렌디피티도 유명해졌다. 그리고 그 시리즈의 최신작이 바로 『악마 개』였다.

"잠시……." 랜디 소프의 요청에 내가 손에 들고 있던 소설책을 건넸다.

세렌디피티와 내가 사무실에서 포즈를 취하고 찍은 뒤표지를 들여다보며 랜디가 말했다. "아유, 사랑스러워라. 얘도 쇼에 나오나요?"

"아뇨, 그 애는 할머니와 뉴잉글랜드에 있습니다." 거기서 제대로 된 크리스마스를 보내고 있을 겁니다, 라고 나는 생각했다. "그래서 제가 책 홍보차 여기 왔습니다. 소프 양은 매드독 쇼에 무슨 일로 오셨습니까?"

랜디 소프가 미간을 좁히더니 『악마 개』를 돌려주며 대답했다. "잘 모르겠어요." 그러더니 인상을 풀고 덧붙였다. "랜디라고 불러주세요."

"서로 편하게 랜디와 리오로 부르면 되겠군요. 그런데 왜 여기 왔는지 모른다구요?"

"제가 일하는 잡지사로 쇼 관계자가 전화를 해서 대표자를 보내달라기에 제가 온 겁니다."

"무슨 잡지사에서 일하시죠?"

"로스앤젤레스 투데이."

"로스앤젤레스 투데이?" 바니 박사가 주름진 얼굴을 옆으로 돌리더니 비웃는 투로 물었다. "저속하기로 유명한 그 잡지?"

랜디가 그를 빤히 쳐다보았다.

"그 잡지가 불편하신가요, 박사님?" 내가 물었다.

"내가 알기로 그 잡지는 오래된 사건들을 묻어 아무도 건드리지 못하게 하지 않소."

랜디가 어깨를 으쓱했다. "저는 전혀 모릅니다. 거기서 일한 지 1년밖에 안 됐거든요. 그렇게 생각하시는 까닭이 있나요?"

"아무것도 말하고 싶지 않소." 바니 박사가 말했다. "내게 전화한 사람에게도 그렇게만 말했소."

내가 음료수 기계로 걸어가 복잡한 사용 방법을 연구하고 있을 때 배경 음악이 멘트로 바뀌었다. "아후우우우우, 컹컹, 아후우우우우. 아홉시가 다 되어 갑니다. 저는 여러분의 친구 매드독입니다. 여러분을 오늘의 스페셜 게스트, 사업가 개브리얼 워런과 함께 도그하우스로 초대합니다. 현재 워런 씨는 앨타딘 인더스트리의 최고경영자로서의 활동을 줄이고, 우리 도시의 낙후 구역인 남부 중심부의 사업을 활성화시키기 위한 대책 위원회 '프로젝트 리빌드'를 책임지고 계십니다. 함께 오신 분들은 프로젝트를 함께하는 동료인 앨타딘의 이사회 멤버 노먼 데이큰과, 로스앤젤레스 시 경찰청의 전직 총경이자, 아후우우우우, 아우우우우, 현재 앨타딘의 보안 담당 책임자인 찰스 '레드' 래퍼티입니다.

또한 오늘 토론에는 법률회사 액스민스터 앤드 뉴게이트의 빅터 뉴게이트와 미스터리 소설가이자 사립탐정인 리오 블러드워스, 저널리스트인 랜디 소프 그리고 정신과 의사로 스타덤에 오른 클레이턴 바니 박사가 참여하십니다."

바니는 맨 뒤에 소개되는 데 불만을 표했다. 나 역시 불만이 있었다. 레드 래퍼티는 내가 로스앤젤레스 시 경찰청에서 잘릴 때 내 배지와 총을 수거해 간 사람이었다. 그도 나름대로 이유가 있었으려니 한다. 그때는 베트남 전쟁이 한창이었고, 어느 날 밤 젊은이 둘이 항의의 의미로 골든 퍼시픽 은행 지점을 침입했다. 마침 현장에 있던 은행장이 젊은이들과 나를 쏘려 해서 나는 그를 강하게 진압하고 젊은이들은 풀어 줬다. 은행장이 고발했고 래퍼티는 그게 옳다고 생각했는지 나를 내보냈다. 그러나 내가 꼭 그 일 때문에 래퍼티를 싫어했던 것은 아니다. 도그하우스에서 그와 한 시간을 함께 보내야 한다는 게 내키지 않았다.

연휴를 겨냥한 대학살 영화 광고가 스피커에서 울려 퍼졌다. 바니 박사가 갑자기 일어서더니 문 쪽으로 갔다. 미처 문에 도착하기 전에 문이 열리며 클립보드를 든 순하게 생긴 작은 사내가 들어섰다. 금발의 스포츠머리를 하고 안경을 낀, 아직 대학에 다니고 있을 것 같은 모습이었다. "안녕하세요. 전 매드독 엔지니어 그레그입니다. 스튜디오는 이쪽입니다."

"우선 확실히 해 두고 싶은데, 오늘밤에 우리가 토론하게 될 주제가 정확히 뭡니까?" 바니 박사가 물었다.

그레그는 의사의 기세에 약간 당황한 것 같았다. 눈을 깜빡이더니 클립보드를 보여주었다. "도시 내의 범죄, 최근 은행 강도가 빈발하는 원인은 뭘까, 범죄 심리의 작동 방식, 그런 겁니다."

"시사 현안들이군." 바니 박사가 말했다.

"네, 그겁니다. 매드독은 지금 당장 일어나는 일에 민감하죠." 그레그의 대답이었다.

바니 박사는 약간 화가 누그러진 상태로 우리 뒤에 와서 섰다. 젊은 남자가 짧은 복도를 지나 천장이 낮고, 계란 판을 붙인 밀실로 우리를 안내했다. 방 안에 있는 큰 유리창 너머에는 빈 의자 두 개가 사운드보드(컴퓨터에 음원 기능을 제공하는 확장 보드. 음원 칩, 웨이브 테이블 메모리, 디지털 아날로그 변환기, 앰프 따위로 구성)를 마주 보고 있는 더 작은 방이 있었다.

방에 있던 남자들이 우리를 올려다보았다. 그 사람들이 의자 아홉 개 중 다섯 개를 차지하고 있었다. 각 의자 앞에는 마이크가 놓였다. 매드독이 일어서서 우리를 맞았다. 그는 체격이 좋은 젊은 사내로 가발로 보이는 길고 검은 머리에, 앞머리가 이마까지 내려와 연푸른색 눈 한쪽을 거의 덮을 지경이었다. 셔츠 바람에 검은 슬랙스를 입고 우리에게 환하고 의미 모를 미소를 보내며 빈자리에 앉으라고 손짓했다.

나는 레드 래퍼티의 맞은편에 있는 의자로 가면서 온통 정신을 빼앗겼기 때문에 의자에 앉고 나서야 개를 발견했다. 제일 구석자리의 더러운 갈색 쿠션에 이상하게 생긴 잡종견이 누워 있었던 것이다.

"블러드워스 씨, 저건 도기 독이라고 우리 쇼의 마스코트입니다.

습식사료 협찬을 받으려고 데리고 있습니다. 썩 활동적이지는 않습니다. 늙었거든요. 하지만 우리는 도기 독을 사랑합니다." 매드독이 설명했다.

"여기 앉힐 건가요?" 내 옆에 있는 빈 의자를 가리키며 물었다.

"아닙니다." 매드독이 미소를 짓더니 자기 자리에 앉았다. "도기 독은 자기 쿠션을 더 좋아합니다. 거긴 나중에…… 들르는 사람을 위해 비워 둔 겁니다."

"사회자님?" 테이블 옆을 서성이던 바니 박사가 우리의 호스트를 불렀다.

"네, 박사님. 매드독이라 불러주십시오."

"그럼, 매드독이라 부르죠." 그 별명을 말할 때 바니 박사의 입술은 썩은 자두를 베어 문 듯 비죽거렸다. "프로그램에 참여하기 전에 우리가 최근 시사 현안을 토론하는 게 맞는지 당신 입으로 확인을 해 주었으면 합니다."

"오늘의 주제는 범죄입니다, 박사님. 당장 오늘자 신문에 실릴 수 있을 만큼 최신 시사 얘기들이지요. 랜디 소프 양 입장에서는 오늘자 잡지가 되겠네요."

"여기 앉으십시오, 클레이튼 씨." 오십 정도 되어 보이는 키 작고 말쑥한 개브리얼 워런이 클레이튼 바니 박사에게 자기 옆 의자를 당겨주며 말했다. "다시 만나 반갑습니다." 그는 가로 줄무늬 맞춤정장에 눈부시게 흰 셔츠와 붉은색 스트라이프 넥타이를 착용했고, 백달러는 주고 잘랐을 깔축없는 헤어스타일로 완벽한 CEO처럼 보였다. 가까운 미래에 상원의원 선거에 나가기라도 할 듯한 맑고 자신감 넘치는 목소리였다. "노먼 아시죠?" 개브리얼이 바니에게 물었다.

"물론이죠." 박사가 워런의 왼편에 앉은 구겨진 트위드 정장 차림의 살찐 중년 남자 노먼 데이큰에게 고개를 끄덕였다.

"블러드워스, 자넨 여기 웬일이야?" 내 옛 상사가 불쾌한 듯 물었다. 그는 항상 뚱뚱하긴 했지만 그새 허리둘레가 15센티미터나 늘었고 턱도 하나 더 붙어 거의 세 겹이나 됐다.

"소설 홍보나 좀 할까 하구요." 내가 테이블 위에 놓인 책을 가리켰다.

노먼이 책을 힐끗 쳐다보았다. "홍보는 제대로 되겠군."

"선배님 주머니에 50달러를 찔러 넣는 것보단 좀 더 힘들지요." 내 말에 그의 얼굴이 붉으락푸르락해졌다. 노먼은 한 달에 두 번 받는 급료보다 교통경찰로 훨씬 더 많은 돈을 벌었다는 루머가 있었다. 특히 초창기에.

"아아우우우, 아우우우." 매드독이 으르렁댔다. "신사숙녀 여러분, 그레그가 음향 점검을 하겠습니다."

우리가 그레그를 위해 교대로 한 명씩 각자의 마이크에 대고 의미 없는 소리를 중얼거리는 사이에, 처음 우리를 맞아 준 실비아 레드펀이 엔지니어석에 들어가 창 너머에 있는 우리가 더 잘 보이도록 그레그의 옆 자리에 앉았다.

매드독이 시치미를 떼며 물었다. "방송 시작하기 전에 혹시 질문 있습니까? 1분 남았습니다."

그의 말투에는 방송이 끝나기 전에 우리가 놀랄 일이 한두 가지가 아니라고 생각하게 되는 구석이 있었다. 테이블에 있는 빈 의자도 위협을 더했다. 다른 사람들도 똑같은 기분일 것 같았다. 질문은 하지 않았지만 모두 불안해 보였고, 심지어 엄청난 법정의 압박에도 북극곰처럼 냉정함을 유지하던 뉴게이트 변호사도 마찬가지였다.

그레그는 유리창 너머 계기반에 앉아 벽에 붙은 시계를 바라보더니 손을 들어 올린 다음 검지를 총열처럼 세웠다. 손가락이 매드독을 겨냥하자, 그가 특유의 야단스러운 울음소리를 냈다. 그 소리가 서서히 사라지자 그레그가 쇼 테마송의 음량을 조금씩 키웠다. (랜디가 나중에 가르쳐 주기를, 그때 흐르던 다소 장엄한 멜로디는 노엘 코워드의 〈미친 개들과 영국 남자들〉이었다).

그런 다음 우리의 호스트는 라디오 청취자들에게 크리스마스 시즌에 사람들이 얘기할 만한 내용으로 스페셜 쇼를 진행하고 있다고 말했다.

매드독이 오프닝 멘트를 장황하게 이어가자 바니 박사의 인상이 한층 어두워졌고, 평소 부드러운 개브리얼 워런조차 짜증 나 보였다. "30년 전 오늘 밤, 제가 미친 개는커녕 미친 강아지도 되기 전에 이 도시에서 끔찍한 범죄가 발생했습니다." 개브리얼 워런이 의자에 몸을 기댔다. 노먼 데이큰은 의자 앞으로 바짝 다가앉았다. 래퍼티는 쏘아보았다. "아, 실제로는 두 가지 범죄가 있었군요. 사람들이 아는 범죄는 사실 둘 중에 더 경미한 쪽입니다. 이 도시에서 아주 중요한 인물, 그러니까 오늘 게스트로 나오신 분의 아버지인 시어도어 데이큰이라는 사람의 처참한 죽음이죠."

노먼 데이큰이 놀라서 얼굴이 창백해지고 입이 떡 벌어졌다. 그는 오른쪽 뺨에 눈물방울처럼 생긴 작은 빨간색 점이 있었는데, 몸이 갑자기 긴장되면서 점이 더욱 빨갛게 상기되는 듯 보였다. 매드독이 계속 말을 이었다. "시어도어 데이큰은 1960년대 초반에 앨타딘 공업의 대표로 우리나라 최초의 성공적인 통신 시험 위성, 앨타스타를 개발했습니다."

"실례지만 우리는 도시 폭력에 관해 토론하러 온 것으로 알고 있습니다만." 개브리얼 워런이 불쑥 끼어들었다.

"시어도어 데이큰의 죽음이 '도시 폭력'이 아니면 대체 뭐가 '도시 폭력'이란 건지……." 매드독이 대답했다.

"저, 저는 이런 건 원치……." 노먼 데이큰의 목소리가 떨렸다.

"데이큰 씨, 제 말을 끝까지 들어 주십시오. 저는 그날 일어난 사건들을 청취자들께 알려 드리고 있습니다. 그 당시 데이큰 씨와 워런 씨 두 분 다 앨타딘의 젊은 간부들이었지요?"

"네, 하지만……."

"데이큰 씨는 회사의 회계 담당자였고, 워런 씨는 부사장, 즉 당신 아버지의 직속후배 격이었습니다, 그렇죠?"

"네, 그런 것 같습니다." 붉은 점이 핏방울 같아 보였다. "저는 회계 장부를 다뤘고, 아버지는 개브리얼을 요직에 앉히려고 키우고 있었습니다."

"그렇군요." 매드독이 말했다. 그가 신이 난 듯 푸른 눈을 이리저리 굴렀다. "어쨌든 그날 밤 당신 두 사람과 간부들, 그리고 비서들이—당시는 보좌진이라고 안 하고 비서라고 불렀지요— 브렌트우드 호텔의 큰 스위트룸에서 당신들만의 조촐한 크리스마스 파티를 했습니다. 멋진 파티였습니다, 그렇지요, 워런 씨?"

"실은 노먼과 나는 둘 다 파티에서 일찍 나와야 했습니다. 시어도어, 그러니까 데이큰 씨가 해외에서 중요한 전신을 보내기로 되어 있어서 즉시 답장을 보내야 했거든요. 우리 쪽에 도움이 되는 규모가 큰 투자와 관련된 일이었고, 노먼은 사업을 어디까지 확장할 수 있을지 조언해 주기 위해 함께 있었지요."

"일을 마치고는 파티장에 돌아가지 않았습니까?" 매드독이 물었다.

"전신이 늦게야 도착했습니다. 그때는 이미 파티가 끝났으리라 생각했습니다." 워런이 말했다.

"그러나 실은 그렇지 않았죠. 당신들은 즐거운 것들을 놓쳤어요. 먹고 마실 것도 많았죠. 앨타스타는 우주로 날아올랐고, 덕분에 회사의 주식도 올라갔으니 파티에 참가한 모든 손님에게 크리스마스 기념 선물로 인공위성 모형과 두둑한 보너스가 돌아갔습니다. 모두 만족스러웠지요.

한껏 고무된 데이큰은 산타클로스 옷을 입고 선물을 나눠줬습니다. 배에 베개 따윈 넣지 않아도 충분했죠. 원래 음식과 여자에 욕심이 많았던 분이었으니."

노먼 데이큰이 외쳤다. "꼭 필요하지 않은 말 같습니다."

"제가 배려심이 없었다면 용서하십시오. 그러나 30년 전 일이잖습니까." 매드독이 말했다.

"허나 제 아버님입니다." 노먼 데이큰이 강력하게 저항했다.

"그렇군요, 사과드립니다. 그러나 사실 중요한 건 그날 시어도어 데이큰 씨가 한 여인에게서 눈을 떼지 못했다는 겁니다. 안 그렇습니까, 뉴게이트 씨?"

"무슨 의도로 그런 말을 하는지 모르겠군요." 뉴게이트 변호사가 말했다.

"간단합니다. 그 역사적인 밤에, 음식과 술이 바닥나고 선물도 다 전달됐고, 모두 파티장에서 떠났습니다. 데이큰 씨와 새 사무실 관리자만 빼고 말이죠. 그들 둘만 남자, 어떤 일이 벌어졌죠. 아마 래퍼티 씨가 한 수 가르쳐 주실 수 있을 것 같습니다."

레드 래퍼티는 그의 별명에 맞게 얼굴이 빨개졌다. 거의 졸도라도 할 것 같아 보였다. "물론입니다. 그 여자가 완전히 홱까닥 돌아서…… 불쌍한 데이큰 씨를 죽여 버렸죠. 그러고는 시체를 자기 차로 끌고 가 월셔에서 조금 떨어진 곳에 있는 쓰레기하치장에 버리려고 했어요."

매드독이 입술을 오므리고는 계속 말을 이었다. "여자의 이름은 빅토리아 더글러스이고 연휴 내내 사람들이 빅토리아와 시어도어 데이큰 이야기만 떠들어서, 빅토리아한테는 '크리스마스를 죽인 여인'이라는 별칭까지 붙었습니다. 재판을 받은 끝에 결국 제정신이 아닌 상태에서 범죄를 저질렀다고 인정돼 병원에 강제입원 조치되었습니다. 그리고 얼마 후 빅토리아는 탈출했죠.

몇 년 동안 잡히지 않았습니다. 그러다 운명이 그녀의 발목을 잡아, 애리조나 로드에서 차를 운전해 가다가 브레이크 등이 고장나서 잡혔죠. 다른 시설로 보내졌지만 또 탈출했습니다. 지난 30년 동안 다섯 차례나 탈출했고 네 번이나 붙잡혀서 병원으로 돌아갔습니다. 그리고 네, 맞습니다. 11년 전, 마지막으로 병원에서 탈출한 후 아직 잡히지 않고 있습니다.

그러나 '크리스마스를 죽인 여인'은 결코 잊힌 적이 없습니다. 심지어 30년이 지난 지금도 그 '범죄'는 우리나라 역사상 가장 악명 높은 사건으로 남아 있습니다. 이제 라디오랜드에 있는 매드독 애견가 여러분, 다음 광고가 나가는 동안 곰곰이 생각해 주시기 바랍니다. 그날 일어난 최악의 범죄는 빅토리아 더글러스 혼자 저지르기가 절대 불가능합니다. 그녀는 더 큰 범죄의 무력한 희생자였습니다."

매드독이 의자 뒤로 기대 앉아 길게 울부짖은 다음, 칠면조 구이용 완두콩 광고로 넘겼다.

개브리얼 워런이 일어나 동행인들을 돌아보며 말했다. "우리 호스트가 오늘 우리를 여기 잘못 초대한 것 같군요. 혼자 생각하게 내버려 두고 나가는 게 어떻습니까."

레드 래퍼티가 바삐 일어서느라 의자가 넘어졌다. 빅터 뉴게이트는 좀 더 부드러웠지만 불안해하기는 마찬가지였다. 바니 박사도 똑같은 심정이었다. 노먼 데이큰도 일어나 매드독에게 말했다. "왜 이런 끔찍한 일을 하는지 이해가 안 되네요."

"제가 뭘 하려는지 모르면서 어떻게 '끔찍하다'는 말을 하실 수 있죠?" 매드독이 나를 돌아보며 말했다. "블러드워스 씨도 가실 건가요?"

"솔직히 말해서 전 데이콘 사건에서 정의가 승리했는지 확신하지 못합니다. 그래서 당신이 뭘 하려는지 보고 싶습니다."

"감사합니다." 매드독이 말했다.

랜디에게는 자리에 남을 건지 따로 묻지 않는 걸 보니, 뭐가 됐든 랜디에게 불리한 사건은 아닌 모양이다.

다른 사람들은 문 앞에서 씨름을 하고 있었다. 문이 열리지 않았던 것이다. 워런이 평정심을 잃었다. "제기랄, 문 열어, 안 그러면 후회할 거야."

"쇼가 끝날 때까지 한 시간도 안 남았으니 그때 나가시면 됩니다." 매드독이 말했다. "20초 후면 다시 생방송 시작입니다. 제게 하실 말이 있으면, 백만 청취자가 고스란히 듣는다는 걸 기억하세요. 토론을 사랑하는 청취자들이니 하고 싶은 말은 뭐든 하십시오. 제 평판만 높아질 뿐입니다."

레드 래퍼티가 발을 들어 자물쇠가 잠긴 문을 힘껏 찼다. 문은 열리지 않았고 래퍼티는 신음하며 아픈 엉덩이를 감싸 쥐었다.

"경찰 매뉴얼에 있는 문처럼 호락호락하게 만들진 않았나 봅니다. 그렇죠, 래퍼티?" 내가 물었다.

"너 이……." 래퍼티가 험한 말을 시작했다.

그러다 매드독이 컹컹거리는 바람에 말을 끝내지 못했다. "자, 다시 우리 게스트들이 서성이고 있는 도그하우스입니다. 왜 그러십니까, 신사분들?"

다른 사람들이 무슨 말이라도 해 줄까 하여 워런을 보았다. 워런은 매드독을 보더니 천천히 자기 자리로 돌아갔다. 다른 사람들도 따라 앉았다. 엔지니어 부스에서 실비아 레드펀이 다소 놀란 표정으로 진행 과정을 지켜보고 있었다. 사실 나도 매드독이 상황을 몰고 가는 방식에 놀랐다.

"좋습니다, 블러드워스 씨. 30년 전 크리스마스이브에 대해 알고 있는 것을 얘기해 주시겠습니까?"

나는 기억을 더듬었다. "그때 나는 막 이십대가 되었고 LA 서부를 순찰하는 초짜 경찰이었습니다. 파트너 존 길포일과 내가 산타모니카 거리를 돌다가 코드 2 명령을 받았습니다. 사이렌도 등도 켜면 안 되는 긴급 대응 단계였죠. 누군가 윌셔 골목에 위험에 처한 여자가 있다고 신고를 했던 겁니다.

"우리는 몇 분 만에 현장에 도착했고, 시동이 켜진 채 골목에 주차된 황갈색 포드 세단을 발견했습니다. 신고대상이 차에서 나와 골목을 천천히 걸어 내려가고 있었습니다. 삼십대 중후반의 작은 여자였습니다. 얼굴과 팔에 찰과상을 입은 아찔한 상태였습니다. 입고 있는 파티드레스는 구겨지고 찢겨 있었습니다.

처음엔 우리가 누군지 이해하지 못하는 것 같았습니다. 돌로 머리라도 맞았나 싶을 만큼 충격에 빠진 상태였습니다. 그러다 정신을 차렸는지 말했습니다. '제가 그 사람 맞습니다, 형사님들, 제가 시어

도어 데이큰을 죽였습니다.'

그때 존 길포일이 여자의 차 안을 들여다보고는 뒷좌석에 큰 산타 클로스 인형 같은 게 있다고 내게 소리쳤습니다. 좀 더 자세히 들여다보고 피를 발견했습니다. 존이 우리 차로 돌아가 증원 요청을 했습니다."

"빅토리아 더글러스가 도망치려 했습니까?" 매드독이 물었다.

"아뇨. 그럴 상태가 아니었습니다. 오히려 어떻게 차를 운전해 왔는지 궁금할 정도였습니다."

"무슨 말을 하던가요?"

"아무 말도 하지 않았습니다. 지갑에 있는 신분증을 보고 신분확인도 겨우 했습니다."

"그러고 무슨 일이 있었나요?"

"신문 기자들이 나타나서 길포일과 나는 빅토리아를 경찰차로 부축해 데려갔습니다. 대체 어떻게 알고 기자들이 그렇게 빨리 왔는지 모르겠어요. 난 더글러스 양을 차 뒤에 태우고, 길포일을 도와 사진 기자들을 시체에서 떼어 놓았습니다. 그런데도 막무가내로 사진을 찍더군요. 그래서 로스앤젤레스 사람들이 크리스마스에 죽은 산타 사건을 접하게 됐죠."

노먼 데이큰이 무슨 말을 하려는 듯 입을 열었다가 결국 다물었다. 나는 당시 노먼이 고통스러운 얼굴로 법정에 앉아 있던 것을 기억한다. 지금보다 말랐고 머리카락은 많았다. 여자들은 그 정도면 잘생겼다고 생각했을 것이다. 지금은 아니다. 그동안 잘 먹고 잘 지낸 워런과 달리 데이큰은 한물간 밀가루 인형 같았다.

매드독이 래퍼티를 돌아보았다. "래퍼티 씨, 특별히 당신이 데이큰 사건을 맡으셨죠. 이유가 뭔지 말씀해 주신다면요?"

"그건 말이죠……." 래퍼티 씨가 거의 소리를 지르듯 말하더니 생방송으로 나가고 있음을 깨닫고 한층 부자연스러운 투로 다시 말을 이었다. "떠들썩한 사건이었으니까요. 산타클로스를 둔기로 죽인 미친 여자잖아요. 그냥 산타도 아니고 주지사의 오랜 친구이자 참 좋은 사람이었죠." 그는 노먼 데이큰을 슬쩍 보며 마지막 말을 했다. "그리고 팀장이 철저히 조사하길 원해서 내가 사건을 맡았습니다."

"이렇게 엄청난 압력이 있었는데도 경찰이 살인 사건을 조사하면서 제대로 일했다고 느끼십니까?"

"그럼요. 정석대로 했습니다."

"블러드워스 씨." 매드독이 다시 내게 질문했다. "빅토리아 더글러스 재판 당시 기록에 보면 형사들이 그 사건에 관해 몇 가지 추측하지 못한 게 있었다던데요."

"블러드워스는 순찰이나 도는 순경이었습니다. 그의 의견은 아무 가치가 없습니다." 래퍼티가 신경질적으로 소리를 질렀다.

"저만의 의견이 아니었습니다. 퍼드 루미스 수사관도 제 말에 동의했습니다."

"퍼드 루미스, 그 술주정뱅이! 술 때문에 일찍 퇴직하고 소총을 입에 박아 넣었지."

"그건 몰랐네요. 하지만 퍼드가 내게 했던 말은 잘 압니다. 범죄 현장을 안전하게 지키라고 보낸 경찰들이 나보다 더 풋내기라서 검시관이 도착하기도 전에 기자들을 들여보냈습니다. 그뿐 아니라 호텔 벨보이가 구경꾼들에게 팁을 받고 방에 들여보내 주기도 했죠. 살해 흉기로 추정되는 유리 조각상에서 지문이 깨끗하게 지워졌고, 죽은 남자의 옷과 피 묻은 베개 같은 증거물이 전부 왔다갔다 하는 행인들 때문에 오염됐습니다."

"그러나 증거로 채택되긴 했죠?" 매드독은 재판 기록을 읽은 사람만이 가질 수 있는 확신에 넘친 말투로 물었다. 그는 라디오 청취자들에게 사실을 제대로 전달하고 싶어 했다. 아무도 대답을 하지 않자 매드독이 꼭 집어 물어보았다. "뉴게이트 씨, 당신이 더글러스 양의 변호사였지요."

"포글 판사가 증거를 채택했습니다. 저는 반대했지만 기각됐습니다. 매우 이례적인 일이었죠. 포글이 왜 그런 식으로 판결을 했는지 모르겠습니다. 15년 전부터 치매 환자가 되었으니 앞으로도 알 길은 없겠지요." 뉴게이트가 딱 잘라 말했다.

"살인의 동기는 뭐였지요?" 매드독이 이번에도 답을 알고 있는 사람처럼 질문했다.

래퍼티가 서슴지 않고 대답했다. "조사한 바에 따르면 빅토리아 더글러스는 데이큰과 불륜 관계였습니다. 데이큰이 그날 밤에 헤어지자고 말했다는 사실을 밝혀냈습니다."

"'메리크리스마스, 자기, 헤어져' 이런 식인가요?" 내가 물었다.

"그렇죠. 왜 아니겠어요? 데이큰이 빅토리아를 차 버렸습니다. 그러고는 침대에서 푹 잠든 게 실수였던 거죠. 빅토리아가 인공위성 모형 하나를 집어 들어 데이큰의 머리를 때려 버린 겁니다. 확실히 숨통을 끊어 놓으려고 몇 번 더 내리친 다음 차로 끌고 갔습니다."

"그 여자를 봤다는 목격자는 하나도 없죠." 내가 말했다.

나를 경멸하듯 바라보며 래퍼티가 고개를 절레절레 저였다. "맙소사, 화물 엘리베이터나 계단을 이용했겠죠. 스위트룸은 불과 3층이었다고요."

우리가 옥신각신하자 매드독이 크게 즐거워 보였다. 다른 사람들의 얼굴에는 표정이 사라졌다. 랜디 소프가 내게 윙크했다.

아마 오늘 밤 책 홍보는 하지 못할 것 같다. 그러나 이게 훨씬 나을지도 몰랐다. 나는 그 재판이 잘못됐다고 생각해 왔다. 그리고 이렇게 다시 되짚어 본다고 아무것도 나오지 않는다 한들, 래퍼티가 뭔가를 숨기고 있다는 건 밝힐 수 있었다.

내가 말했다. "우리가 빅토리아 더글러스를 발견했을 때, 그녀는 두들겨 맞은 것 같은 몰골이었습니다. 그런데 재판에서는 그게 언급되지 않았습니다."

"무거운 조각상을 열다섯 번, 스무 번 온 힘을 다해 내리치려면 자기 상태도 엉망이 되게 마련이죠." 래퍼티가 설명했다.

"몸집의 차이는 어쩌구요. 빅토리아는 57킬로그램 정도였습니다. 데이큰은 그 두 배였죠. 그런데 어떻게 빅토리아가 시체를 들고 계단을 내려올 수 있죠?"

"아마 굴렸겠죠." 래퍼티가 무례한 묘사를 사과하려는 듯 노먼 데이큰에게 작은 눈을 깜빡거렸다. 그러나 데이큰은 토론 자체가 자기와 상관이 없는 척하기로 했는지 가만히 앉아서 갑자기 마이크가 춤이라도 추기를 기다리는 사람처럼 마이크만 쳐다보았다. 그러더니 오른손 손가락으로 점이 있는 뺨을 쓰다듬었다.

"어떻게든. 사람이 미치면 보통의 열 배 힘이 생기기도 하잖습니까." 래퍼티가 말했다.

"바니 박사님 차례군요." 매드독이 다시 끼어들었다. "변호인 측에서는 정신 이상 참작 탄원을 내기 위해서 박사님의 견해를 들었습니다. 더글러스 양은 정말 미쳤습니까?"

"그건 그냥 제 의견이었습니다." 바니 박사가 퉁명스럽게 대답했다.

"테스트로 내신 결론이 아니었습니까?"

"더글러스 양이 테스트를 거부했습니다." 바니 박사가 말했다.

"그럼 질문에는 대답했나요?" 매드독이 물었다.

"아뇨. 질문에도 대답하지 않았습니다. 전혀 말을 하려고 하지 않았죠. 경찰에 했던 말만 반복했어요, 자기가 데이큰을 죽였다는."

"그럼 어떻게 확실한 결론을 내렸습니까?"

"맙소사, 이보세요! 시체 사진만 봐도 알 수 있어요. 더글러스 양이 적어도 스무 번 데이큰을 내리쳤고, 그것도 대부분 데이큰이 죽고 난 후에 가해진 거였습니다."

노먼 데이큰이 눈을 꽉 감았다.

"아." 매드독이 노먼을 보지 않고, 혹은 애써 무시해 가며 말했다.

"그런데 더글러스 양이 딱 한 번의 치명적인 일격을 가한 걸까요?"

바니 박사는 인상을 찌푸렸다. "나는 일어났을지도 모르는 일을 추측하지는 않습니다. 그때는 실제로 일어났던 일을 직시한 거예요."

"그러면 이제 가장 대단한 부분으로 가 봅시다. 무슨 일이 실제로 일어난 걸까요?" 매드독이 푸른 눈을 빛내며 말했다. 그는 손을 바닥으로 내리더니 손가락을 튕겼다. 늙은 똥개, 도기 독이 뼈를 삐걱거리며 일어나더니 매드독을 향해 걸어갔다. "그러나 우선, 매드독의 애완견이 말하는 습식사료에 대한 의견을 듣고 가시겠습니다."

매드독이 마이크를 내리자 도기 독이 태평스러우면서도 리드미컬하게 짖었다. 엔지니어인 그레그가 짖는 소리 뒤에 '맛 좋은 미트소스에 넣어 끓인' 야채로 만든 사료 광고를 틀었다. 나까지 약간 배가 고파졌다.

개브리엘 워런이 빅터 뉴게이트의 팔을 두드린 다음 물었다. "저 친구가 우리의 의사에 반해 여기 가둬 놓는 것은 법을 몇 가지나 어기는 겁니까?"

"꽤 여러 해 동안 라디오를 못 하게 될 정도라고 생각합니다." 뉴게이트가 대답했다.

"이보십시오. 당신들은 우리가 지금 어디로 가고 있는지 관심조차 없습니까?" 매드독이 그들에게 말했다.

노먼 데이큰이 유리 너머를 바라보았다. 그레그는 시계를 바라보고 실비아 레드펀은 걱정스럽게 우리를 보고 있었다. 노먼 데이큰은 손가락으로 계속 빰에 난 점 주변을 불안한 듯 쓰다듬었다. "우리가 어디로 간다는 겁니까?" 그가 내게만 겨우 들릴 작은 목소리로 물었다.

"30년 전이었다면 나도 흥미가 있었을 겁니다. 지금은 조금도 관심이 없어요. 오래된 일이잖아요." 워런이 냉정하게 말했다.

도기 독이 발을 주인의 다리에 얹더니 뭘 달라고 낑낑거렸다. 매드독이 재킷 주머니에서 비스킷을 꺼내 개의 입에 넣어 주었다. "착한 것 같으니."

"가족이 키우는 갠가요?" 내가 물었다.

매드독이 맑고 푸른 눈을 한 번 깜빡거리지도 않고 나를 보며 미소 지었다. "네, 실은 집에서 독립할 때 어머니가 주셨습니다."

"당신이야 거기 앉아서 하고 싶은 개 얘기나 하면 되지만. 난 당신이 방송을 진행하게 내버려 두지……." 바니 박사가 말했다.

"아우우우우. 아우우우." 매드독이 말을 막았다. "다시 30년 전 일어난 기업가 시어도어 데이큰 살인 사건에 관해 얘기해 보겠습니다. 바니 박사님, 뭐라고 하셨죠?"

"아무것도 아닙니다."

"우리는 그날 밤 살인 사건이 발생한 방에서 실제로 무슨 일이 있었는지에 관해 알아보려고 합니다."

"무슨 일이 있었는지는 공식 문서에 다 나와 있습니다. 판결은 30년 전에 나왔고, 사건은 종결되었습니다. 종종 이런 것들을 왈가왈부하는 사람들이 있지만 그렇다고 역사를 바꿀 수는 없습니다." 래퍼티가 말했다.

"그러나 역사책의 정확성에 의문을 가지는 경우도 있으니까요. 콜럼버스 논쟁을 보십시오. 십자군 전쟁은 또 어떤가요. 간혹 전혀 살인이 아닌 살인 사건이 있을 수도 있지요."

"도대체 그게 무슨 말입니까?" 래퍼티가 물었다.

"이건 진짜 말이 안 됩니다. 빅토리아 더글러스가 30년 전에 시어도어 데이큰을 죽인 이유가 흥미로운 논쟁거리가 될 수 있습니까? 그에 대한 대답이 오늘날의 문제를 하나라도 해결할 수 있나요? 우리는 이 도시에서 일곱 시간에 한 번 꼴로 일어나는 살인 사건이나 이틀에 한 번 꼴로 발생하는 은행 강도 사건을 논의해야 합니다." 개브리얼 워런이 단호하게 말했다.

"저도 그런 논의를 하려고 여기 왔습니다." 빅터 뉴게이트가 덧붙였다.

"우리가 내년에 LA에서 벌어질 범죄를 논의할 수도 있겠지만 구체적인 답은 안 나올 겁니다. 하지만 오늘밤 시어도어 데이큰에게 실제로 일어난 일은 확실히 알아낼 수 있죠. 그 정도면 한 시간쯤 시간을 내줄 가치는 있지 않나요?"

"당신이 데이큰 살인을 풀 수 있단 말입니까?" 래퍼티가 조롱하듯 물었다.

"제가 아니라 블러드워스 씨가 해결해 주실 거라 바라고 있습니다." 매드독이 답했다.

"네? 믿어주셔서 감사합니다만, 저는 셜록 홈즈가 아닙니다. 그저 여기서 저기로 묵묵히 걸어갈 뿐이죠."

"그럼 묵묵히 걸어가 주시죠."

"30년이면 세상은 몇 번이나 뒤집힙니다. 그리고 비밀은 점점 더 깊이 묻혀 버리죠. 한 시간 안에 밝혀낼 수 없을 만큼 깊이."

"우리가 좀 더 쉽게 만들어 드릴 수 있을 것 같은데요?" 매드독이 말했다.

나는 그가 어디로 가려는지 알 것 같았다. 나는 테이블에 있는 빈 의자를 가리켰다. "빅토리아 더글러스가 나와서 이 자리에 함께해 준다면 가능할 것도 같습니다."

다른 사람들은 그 말을 대수롭지 않게 여겼다. 모두 미심쩍게 의자를 바라보았다. "그녀는 여전히 현상수배범입니다. 만약 나온다면 체포해서 돌려보내는 것이 제 의무이니 그렇게 해야겠죠." 래퍼티가 말했다.

"걱정 마세요. 그 의자는 빅토리아를 위한 것이 아닙니다. 그렇지요, 소프 양?" 매드독이 말했다.

우리는 모두 기대에 찬 얼굴로 랜디 소프를 돌아보았다. "빅토리아 더글러스는 죽었어요." 랜디가 무심하게 말했다. 우리가 자리를 잡고 앉은 이래 랜디가 내뱉은 첫 말이었다. 그러나 그간의 침묵을 보상하고 남음직한 발언이었다. "빅토리아는 거의 6개월 전에 북 캘리포니아 유레카에서 심장마비로 죽었습니다. 이웃들은 그녀를 바이올렛 던이라 불렀죠. 모두들 그녀를 사랑했습니다. 저도 그랬구요."

다들 안심하는 것 같아 보였다. 그때 랜디가 덧붙였다. "그녀가 죽기 전에 우리는 오래 많은 얘기를 나눴습니다."

"어떤 얘기였나요?" 개브리얼 워런이 물었다.

"내 잡지에 기사로 실을 빅토리아 더글러스에 관한 이야기들이지요."

바니 박사가 소리쳤다. "내가 그랬잖아, 개브리얼. 누가 내 사무실에 전화했다고."

"나한테는 아, 아무도 전화하지 않았습니다." 노먼 데이큰이 말했다.

"당신도 전화 명단에 있습니다. 우리가 중요한 조사를 막 시작했거든요. 당신들에게 각각 전화를 걸 겁니다."

워런이 랜디를 뜯어보듯 바라보았다. 래퍼티는 놀란 표정이었다. "자, 그래, 당신이 했다는 긴 대화에서 살인에 관한 얘기라도 나왔습니까?"

랜디가 래퍼티를 바라보았다. "빅토리아는 시어도어 데이큰을 정당방위로 죽였다고 했습니다. 그날 밤에 잠이 든 건 빅토리아 자신이었습니다. 술이 약한데 샴페인을 너무 많이 마셨던 거죠. 깨어나 보니 데이큰이 침대 옆에서 속옷을 입고 자기 옷을 벗기려 하고 있더랍니다.

소리를 질렀지만, 다른 사람들은 모두 가고 없었지요. 데이큰을 밀어내려 하자 그가 빅토리아의 뺨을 때렸습니다. 발버둥 쳐도 소용없었지요. 워낙 크고 힘이 셌으니까요. 겨우 모형을 발견해서 그의 머리를 내리쳤습니다. 그러고는 정신을 잃었죠. 한 번 이상 내리친 기억은 없고요."

"기억이 없다? 거 참 편하군요. 당시 우리에게 얘기를 안 하려 든 게 당연하네요." 래퍼티가 말했다.

"법정에 설 기회가 있었다면 말했을 수도 있겠죠." 매드독이 우리에게 말했다.

뉴게이트가 멸시하듯 손을 저었다. "그랬다면 사건을 더 꼬기만 했을 겁니다. 그 소름끼치는 상황을 고려하면 정신 이상으로 참작되는 게 훨씬 나았다고 생각합니다. 법정에 섰다면 제대로 방어도 못 했을 게 뻔합니다."

"첫 번째 가석방 심리 때 정당 방어였다고 말했다던데요." 랜디가 말했다.

"맙소사, 그랬더라도 그들은 믿지 않았을 겁니다. 애초에 그래서 탈출을 감행한 모양이군요." 뉴게이트가 말했다.

"당신은 어떻게 빅토리아의 변호사가 됐습니까, 뉴게이트?" 내가 물었다.

그는 시간을 써서 대답할 가치도 없다는 듯 나를 바라보았다. 그러나 생방송 중이어서 할 수 없이 대답했다 "개인적으로 만났습니다."

"그 말은 데이트를 하셨다는 건가요?" 내가 물었다.

"아뇨. 하지만 가끔 그녀와…… 다른 앨타딘 직원들과 점심을 먹긴 했습니다. 내가 일하는 곳이 그 회사와 교류가 많았거든요."

"그런 점심식사 자리에 데이큰도 있었습니까?" 내가 물었다.

"그 노인이? 아뇨, 거의 없었습니다." 뉴게이트가 웃으며 대답했다. "그는 CEO였어요. 우리는 급이 한참 낮았죠."

"그럼 그 자리에 또 누가 있었습니까?" 매드독이 궁금해 했다.

뉴게이트가 화가 난 듯 손사래를 치며 질문을 옆으로 밀쳐냈다. "그걸 어떻게 기억합니까. 그냥 여러 사람이었는데."

"워런 씨는요?" 내가 물었다.

"나도 여러 사람 중에 있긴 했죠. 그 회사에서 열심히 일하는 젊은 간부들과 예쁜 여자들이 모였죠. 빅토리아 더글러스도 거기 있었구요. 거기에는 전혀 이상할 게 없었습니다. 특별히 눈에 띄는 것도 없었지요." 워런이 답했다.

"조안 라피어라는 여성의 증언에 의하면, 더글러스 양이 시어도어 데이큰의 여자 친구였다던데요. 더글러스 양도 그것을 확인해 주던가요, 소프 양?" 매드독이 말했다.

"조안 라피어는 앨타딘에서 빅토리아의 전임 관리자였다고 했어요. 시어도어 데이큰이 조안을 해고하고 빅토리아를 채용했습니다. 조안은 화가 나서 데이큰이 여자 친구를 옆에 두고 싶어서 자기를 해고한 거라고 소문을 퍼트렸습니다."

"그럼 그게 사실이 아니었나요?"

"네. 빅토리아는 앨타딘에서 일하기 전에 데이큰을 겨우 한두 번 만났다고 했습니다."

"어디서 만났답니까?" 내가 물었다.

"조안 라피어는 아주 게으르고 무능한 직원이었습니다." 갑자기 개브리얼 워런이 끼어들었다. 노먼 데이큰이 테이블에서 그를 표정 없이 올려다보았다.

"그래서 조안이 빅토리아 더글러스와 시어도어 데이큰의 관계에 대해서 거짓말을 한 거군요." 매드독이 정리했다.

"더글러스 양 말로는 시어도어 데이큰이 몇 번이나 데이트를 신청했는데 매번 거절했다고 했습니다." 랜디가 말을 이었다.

"상사라서요, 아니면 게으름뱅이 뚱보라서요? 그것도 아니면……?" 매드독이 물었다.

"다른 사람과 만나는 사이였거든요." 랜디가 말했다.

"누구였습니까?"

랜디가 고개를 저었다. "누군지는 말하지 않았어요. 절대 깰 수 없는 맹세를 했대요."

"'맹세'라는 말을 썼습니까?" 내가 물었다.

"네, 정확히 그렇게 말했습니다."

"그 사람이 우리의 깜짝 게스트인가요?" 내가 빈 의자를 가리키며 매드독에게 물었다.

"아뇨." 매드독이 고개를 돌려 부스에 있는 그레그를 바라보았다. "이쯤에서 또 광고를 듣고 가야 할 것 같군요." 매드독이 고개를 끄덕이며 울부짖는 개 울음소리를 냈고, 그레그는 잔디용 비료를 광고하는 짧은 문구를 내보냈다. '주변 정원사에게 완벽한 선물이 될 겁니다.'

"얼마나 오래 우리의 의사를 무시하고 묶어 둘 겁니까?" 워런이 물었다.

"벽에 걸린 낡은 시계가 19분 남았다고 알려 주네요."

"시간 값은 톡톡히 치르게 될 거요." 워런이 말했다.

"그냥 할 말을 하고 끝내지 그래요. 뭐하러 우리가 끊임없는 공방전을 참아야 합니까?" 뉴게이트 변호사가 매드독에게 말했다.

"방송이란 게 그렇지 않습니까. 결론에 차근차근 도달해야 하니까요." 매드독이 대답하더니 내 쪽으로 몸을 기울였다. "그날 밤에 일어난 일을 정리해 주시겠습니까, 블러드워스 씨?"

"나는 추측만으로 입장 표명을 하고 싶지 않습니다. 당신은 이 소송쟁이들에게 신경을 쓰지 않는 것 같은데 나는 가능하면 법정을 멀리하고 싶은 사람이라서요."

"이름을 숨기고 말해도 됩니다. 다만……."

광고가 곧 끝날 것 같은지 말을 멈추고 방송에 돌아갈 채비를 하던 매드독이 또 한 번 울부짖고는 말했다. "도그하우스에 돌아오셨습니다. 사립탐정 리오 블러드워스가 30년 전 호텔에서 무슨 일이 있었는지 자신이 본 대로 말해 주시겠습니다."

"음. 저는 빅토리아 더글러스가 정당방위로 그를 내리쳤다는 말을 믿습니다. 그래야 얻어맞은 상처가 설명이 됩니다. 그러나 만약 데이큰이 빅토리아를 먼저 공격했고, 빅토리아가 그를 내쫓은 거라면, 왜 건물 안에 숨어서 경찰에 전화를 해야겠단 생각을 하지 않았을까요?"

"패닉 상태여서가 아닐까요?" 랜디가 추측했다.

"사람이 패닉에 빠지면 보통 도망을 갑니다. 그러나 래퍼티와 형사들은 빅토리아가 그렇게 하지 않았다고 말합니다. 그들의 추리로는 빅토리아가 스위트룸 근처를 서성이다가 나중에는 시체를 데리고 나왔다고 했습니다. 왜 그랬을까요?"

"미쳐서 그렇지뭐." 래퍼티는 이제 거의 제정신이 아니었다.

내가 대답했다. "방금 사람을 죽였습니다. 혼란스럽죠. 그런 상황에서 시체를 데리고 가려는 결정을 내릴 수 있을까요? 아무리 미쳤어도 그런 짓은 안 해요. 그냥 도망치는 게 훨씬 자연스럽지 않을까요? 아마 비상통로로 도망갔겠죠."

"그게 자네 문제야, 블러드워스. 자넨 눈으로 직접 본 걸 믿으려 하지 않지. 자네 눈으로 그 여자랑 뒈진…… 그 불쌍한 남자의 시체가 함께 있는 걸 봤잖아." 래퍼티가 말했다.

"그건 나중에 일어난 일이죠. 내 생각에 빅토리아는 자기가 신뢰하는 사람에게 뛰어갔다고 봅니다. 사랑하는 사람이었겠죠. 그러곤 호텔 스위트룸에서 일어난 일에 관해 얘기했을 겁니다. 남자는 자기가 도와주겠다고 말했고, 빅토리아는 무슨 일이 있어도 남자의 이름을 발설하지 않겠다고 약속해야 했을 테죠.

두 사람은 빅토리아의 차를 타고 호텔로 돌아와 비상문 근처에 차를 세웁니다. 둘이 같이 위로 올라갔을 수도 있고, 남자가 빅토리아에게 차에 있으라고 했을 수도 있습니다. 남자가, 혹은 두 사람이 함께 데이큰의 시체를 직원용 승강기를 이용해 데리고 내려옵니다. 둘은 시체를 빅토리아 더글러스의 차 뒷좌석에 밀어 넣습니다. 아직 빅토리아는 운전을 할 상태가 아닙니다. 그래서 남자 친구가 월셔에서 골목까지 운전을 해 줍니다. 그런데 여기서 뭔가 애매해지기 시작합니다. 어떤 이유인지 남자 친구는 도망치고 빅토리아 혼자 남겨 놓습니다. 빅토리아는 약속에 충실하고자 그의 이름을 발설하지 않겠다는 '맹세'를 지킵니다. 비록 미친 여자처럼 보이긴 하지만 약속은 지킨 거죠."

"잠시만, 블러드워스." 래퍼티가 고함쳤다. "빅토리아가 시체를 옮길 생각을 하는 게 말이 안 된다면서, 왜 그 남자는 시체를 옮긴 거요?"

"속옷 차림으로 호텔방에서 죽은 채 발견되는 것보다 산타클로스 복장을 하고 골목에서 발견돼야 추문에 덜 휩싸일 테니까요."

"그럼 시오도어 데이큰의 명예를 지키기 위해 옮겨졌다는 말입니까?" 매드독이 물었다.

"회사의 명성과도 관계가 있었겠죠. 제 추정으로는 빅토리아의 남자 친구는 앨타딘의 간부가 아니었을까……." 내가 말했다.

"왜 그렇게 생각하시죠?"

"데이큰에게 고용되기 전에 빅토리아는 그를 한두 번 만났다고 했잖아요. 빈 일자리가 있다는 얘기도 그래서 알게 됐을 거구요. 아마 남자 친구가 빅토리아를 회사로 오게 했을 겁니다. 그러니 추문을 최소화하려고 노력했겠지요."

"그런데 그게 뜻대로 되지 않은 거구요." 매드독이 말했다.

"그리고 저는 차기 회장 위치에 있는 사람, 즉 개브리얼 워런이 앨타딘의 투자자들을 위해 꽤 많은 일을 했다고 장담합니다." 내가 워런을 보았다.

"한 가지는 맞습니다. 시어도어의 죽음이 추잡해질수록 마이너스가 됐을 겁니다. 상황이 힘들었지만 그럭저럭 겨우 넘어가지더군요." 워런이 말했다.

"그러셨던 것 같네요." 내가 말했다.

"잠깐만요!" 랜디가 말을 끊고 들어왔다. "그건 회사 크리스마스 파티였어요. 만약 빅토리아의 연인이 앨타딘 간부였다면 자기 여자 친구가 정신을 잃고 데이큰의 먹잇감이 되게 놔두고 가 버렸을까요?"

"제 생각에는 빅토리아가 위험에 처하기도 전에 일찍 파티를 떠났을 것 같습니다." 내가 워런을 보며 말했다.

"블러드워스 씨, 빅토리아 더글러스의 연인 이름을 추측해 봐 주시겠습니까?" 매드독이 물었다.

나는 계속 개브리얼 워런을 바라보았다. "제가 얘기한 대로 일찍 파티에서 나간 누군가겠죠. 추문이 퍼지게 하고 싶지 않은 사람이고요. 하지만 추문을 막지 못하면 언제 달아나야 할지를 알 만큼 상황 판단이 빨랐습니다. 부드럽고 요령 있고, 어떻게 해야 극적인 반응을 이끌어낼 수 있는지 알 만큼 관계가 깊은 사람입니다. 일단 빅토리아 더글러스가 현장에 있으니 그 자신은 상황을 피할 수 있었죠."

"그 남자가 어떻게 했을까요?" 매드독이 물었고, 워런은 나를 바라보았다.

"데이큰이 어떻게 죽었는지에 관한 시나리오와 불일치하는 사실은 빼 버리라고 고위 경찰에게 압력을 가했죠. 피고 측 변호인에게는 의뢰인이 미쳤다고 주장하게 만들어서 빅토리아를 피고석에 못 서게 하고, 자기 이름이 증거에 등장하지 않도록 했습니다. 판사에게 법을 변칙 적용하도록 설득했구요. 모든 것이 미국에서 가장 위대한 기업 하나를 성공시키기 위해 동원됐죠. 왜냐, 분명 앨타딘 꼭대기에 있는 두 사람이 사건의 피해자와 가해자로 얽히면 회사는 영영 회복 불능이 될지도 모르니까요."

"그 사람의 이름을 밝히지 않겠습니까?" 매드독이 물었다.

"이 사람은 그게 누군지 압니다." 내가 워런에게 고갯짓을 하며 말했다.

나는 워런이 뭔가를 직접 하게 만들고 싶었다. 으르렁거린다든가, 송곳니를 드러낸다든가. 그러나 아무 일도 하지 않자 내가 말했다. "문득 빅토리아 더글러스가 실제로 시오도어 데이큰을 죽이지 않았을지도 모른다는 생각이 떠올랐습니다. 빅토리아가 소프 양에게 자기는 데이큰을 내리친 기억이 한 번밖에 없다고 말했습니다. 빅토리아는 한 번으로도 사람이 죽었다고 생각했지만 사실은 충분하지 않다고 가정해 보십시오. 남자 친구가 호텔방에 올라갔습니다. 그런데 데이큰이 조각상에 맞긴 했으나 죽지는 않고 그저 자고 있는 겁니다. 그래서 그 사람이 조각상을 집어 들고 일을 마무리한 다음 흉기에서 지문을 깨끗이 지웠다고 가정해 보세요. 그러면 자기가 함께 시체를 처리한 일을 빅토리아가 함구해 주어야 할 강력한 동기가 생기는 겁니다. 어떻게 생각합니까, 워런?"

"당신 크게 실수하는 거야." 워런이 씩씩거렸다.

나는 어깨만 으쓱했다.

"이제 우리의 깜짝 게스트가 등장할 완벽한 시간이 된 것 같군요." 매드독의 말과 동시에 문이 열리며 쭈글쭈글한 노인이 들어왔다. 백 살은 넘어 보이는 노인은 뼈만 앙상한 몸에 펄렁거리는 카키색 바지와 선홍색 바람막이를 걸치고 있었다. 방울이 달린 격자무늬 모자를 대머리에 푹 눌러쓰고 있었다.

노인의 뒤로 문이 쾅 닫히자 그는 뒤를 돌아 잠시 문을 바라보았다.

"방금 새뮤얼 J. 클라인메츠 씨가 도착하셨습니다." 매드독이 나를 포함한 청취자들에게 말해 주었다. "클라인메츠 씨, 이 의자에 앉아 주시겠습니까?"

늙은이가 의자로 비틀거리며 가는 동안 매드독이 말했다. "클라인메츠 씨는 30년 전 크리스마스이브 전날 밤에 일을 하셨습니다. 선생님, 당시 무슨 일을 하셨습니까?"

노인이 의자에 편히 앉았다. "뭐라고?"

"직업 말입니다."

"없어." 노인이 너무 크게 말해서 그레그가 펄쩍 뛰며 음량을 조절했다. "퇴직한 지 15년 됐어. 전엔 택시를 몰았지. 비버리힐스 택시. 메르세데스를 몰았어. 가죽 좌석에, 라디오도 좋았어. 최고급 호텔에서…….”

“네, 충분히 알겠습니다.” 매드독이 노인의 흐름을 끊었다. “그날 밤 일하셨다고…….”

“여자가 크리스마스를 죽인 날 밤? 물론이지. 난 일주일에 6일, 일년에 52주를 일했거든. 그날 밤에도 일했지, 암만.”

“월셔 구역에서요?”

“내가 항상 차를 세워 두고 손님을 기다리던 곳이지.” 노인이 신이 나서 눈을 가늘게 뜨더니 마이크를 바라보았다. “이거 나오나?”

“네, 나옵니다.” 매드독이 이어 말했다. “그날 밤 선생님은 시오도어 데이큰의 시체가 발견된 장소에서 멀지 않은 곳에서 승객을 한 명 태우셨지요?”

“그 산타 옷 입은 시체 말이지? 그럼. 몇 분 전이었을 거야. 신문에서는 경찰이 그 시체를 10시 반에 발견했다고 했거든. 내가 요금을 받은 게 12시 20…….”

“도대체 노인이 그걸 어떻게 기억합니까. 30년 전 일인데요.” 개브리얼 워런이 말을 끊었다.

“특히 생생하게 기억나는 날이 있어. 난 아침에 깨어나서 일본군이 진주만을 공격했다는 뉴스를 들은 날이 기억나. 그날 있었던 일은 하나도 빠짐없이 말해 줄 수 있어. 그 젊은 대통령 존 피츠제럴드 케네디가 오스왈드라는 자식한테 암살당한 날. 그리고 여자가 크리스마스를 죽인 날 밤.”

“우리는 클라인메츠 씨에게 그해 찍은 앨타디 이사회 구성원들의 사진을 보여 주었습니다. 그랬더니 그날 클라인메츠 씨가 택시에 태운 승객이 누구였는지 확인해 주었습니다. 그다음 우리는 그 남자의 현재 사진을 보여드렸죠. 그 사람이 오늘밤 이 방에 있는지 말씀해 주시겠습니까?"

"물론이지." 샘 클라인메츠가 테이블 너머로 개브리얼 워런 쪽을 보았다. 내 얼굴에 의기양양한 웃음이 떠오름을 스스로도 느낄 수 있었다. "바로 저기 있네."

내 얼굴이 얼어붙었다. 클라인메츠가 뼈밖에 없는 손가락으로 가리킨 사람은 노먼 데이큰이었다. "나한테 사진을 일일이 다 보여 주지 않아도 돼. 세월이 많이 흘렀지만 얼굴에 있는 빨간 점을 보자마자 딱 알겠던데뭘. 저런 점은 그 전에도, 그리고 후에도 본 적이 없거든."

데이큰은 저녁 내내 그 어떤 순간보다 더 여유로워 보였다. "너무 오래 전이라, 누구나 그렇지만 나도 거의 잊을 뻔했습니다." 데이큰이 거의 애석해하는 표정으로 말했다.

"아무 말도 하지 마, 노먼." 개브리얼 워런이 주의를 주었다.

"게브리얼. 이제 그만 하지. 더는 그걸 숨기고 싶지 않아. 아버지와 나는…… 우리는 의견이 맞지 않았습니다. 아버지는 내가 나약하다고 생각했지요. 아마 그랬을 겁니다. 나는 빅토리아를 사랑했어요."

나는 데이큰을 보다가 엔지니어 부스로 눈길을 돌렸다. 그레그와 실비아 레드펀은 스튜디오에서 벌어지는 광경에 완전히 사로잡혀 있었다. 실비아의 표정을 읽기는 어려웠지만 푸른 눈만은 다정하고 호의적이었다.

"그래서 아버지가 빅토리아를 가져야겠다고 생각한 것 같아요. 내가 그녀를 사랑했으니까 일부러. 그리고 아버지가 우리 모두를 망쳐 버렸어요. 빅토리아를 탓한 적은 없어요. 그녀의 잘못이 아니었어요. 빅토리아는 아버지와 싸우다 조각상으로 쳐서 아버지가 의식을 잃게 만들었어요. 나는 아버지를 증오했지만, 빅토리아는 아니었어요."

워런이 노먼 데이큰을 노려보았다. "대체 무슨……."

"블러드워스 말이 맞아요. 내가 아버지를 죽였어요. 개브리얼 당신은 아는 줄 알았어요."

"뭐라고? 어떻게 내가 알 수 있었겠……?" 워런은 무슨 말을 해야 할지 몰라 전전긍긍했다.

노먼 데이큰이 워런에게 애처로운 미소를 지었다. "아버지는 당신을 아들 삼고 싶어 했어요. 당신도 그걸 원했죠?"

"나라면 절대……."

"일이 참 아름답게 돌아갔지요, 개브리얼. 결국 나를 지켜 주려고 당신이 처리를 한 거니까요."

"난 회사를 구하려고 했던 거야. 만약 내가 그 사실을 알았다면……."

"뭐, 이젠 알았네요. 당신은 앨타딘이 굴러가게 하려고 할 수 있는 모든 것을 했어요. 반면, 나는……."

노먼은 차마 말을 마치지 못했다. 내가 말했다. "난 그날 누가 빅토리아 더글러스를 경찰에 신고했는지 늘 궁금했습니다. 그리고 누가 기자들을 불렀는지도요. 당신이었군요, 그렇죠, 노먼? 당신은 그 불쌍한 여인을 골목에 버려둔 채 경찰들을 부르러 갔던 거예요."

"빅토리아를 그렇게 상처입혀서 마음이 아픕니다. 내가 절대 감옥에 가게 하지 않겠다고, 내가 대가를 톡톡히 치르겠다고 했었는데, 개브리얼 때문에."

"그러나 빅토리아도 완전히 무죄는 아니었어요." 내가 말했다.

"그렇죠. 하지만 난 희생을 치러야 했어요. 설혹 아버지의 명성이 철저히 망쳐진다 해도." 노먼이 희망 어린 얼굴로 매드독을 바라보았다. "이제 당신 덕분에 아버지는 평판이 떨어지게 되겠군요."

KPLA-FM 방송국은 그날 밤 일찍 방송을 중단했다. 경찰이 왔고, 보았고, 노먼을 데리고 조사를 하러 갔다. 살인에는 공소 시효가 없었고, 노먼도 그걸 바라지 않았다.

워런과 그의 동료들이 저질렀을 범죄에 관해서는 경찰의 논거가 부족했다. 그래서 네 사람은 자진출두를 약속하고 떠났다. 비록 빅토리아 더글러스의 일에 관해 그들을 검거하기에는 너무 늦었다고 판명났지만, 그들이 매드독이나 나를 괘씸죄로 고소할 것 같지는 않았다. 가까운 미래에 워런을 선거 후보로 볼 일도 없을 것 같았다.

모두 떠나고 매드독과 랜디, 도기 독, 그리고 나만 스튜디오에 남았을 때 내가 물었다. "당신들 둘 다 빅토리아 더글러스의 자식인가요?"

"저만요. 뭘 보고 그렇게 생각했습니까?" 매드독이 환하게 웃으며 말했다.

"첫째, 도기 독." 내가 고개 숙인 개를 보며 말했다. "가족견이라고 했잖아요. 도기는 더글러스일 것이고, 그리고 당신 별명인 매드독은 아마 이름이 매디슨 더글러스여서?"

"아뇨. 전 그냥 찰리 더글러스입니다. '매드'는, 그러니까, 사람들이 엄마를 미쳤다고 했고, 엄마한테 일어난 일이 너무 화나서 붙인 겁니다. 우리 아버지는 엄마가 처음 3년을 보낸 병원에서 일했습니다. 아버지가 엄마의 탈출을 도왔죠. 엄마가 다시 잡혀 들어가자 나는 조부모님 손에서 자랐습니다."

"그리고 당신은 어머니의 성을 사용했고?"

"처음부터 엄마 성을 물려받았습니다. 두 분이 공식적으로 결혼을 하지는 않았으니까요. 어떻게 그러겠어요? 어쨌든 내가 빅토리아의 아들이란 걸 눈치 채시다니 훌륭한 탐정이네요."

"잘못된 살인자를 잡은 후에 늘 찝찝했는데, 최소한 이 정도는 할 수 있어서 다행이에요." 내가 말했다.

"우리는 살인에 관해서는 몰랐어요. 불쌍한 빅토리아는 항상 자기가 데이큰을 죽였다고 생각했거든요." 랜디가 말했다.

"당신은 그럼 누구예요? 더글러스 가족의 친구?"

"말씀드렸듯 저는 언론인입니다. 몇 년 전에 우연히 빅토리아의 옆집에 세 들어 살게 됐어요. 우리는 친구가 됐고, 결국 자기가 누군지 내게 털어놓더군요. 빅토리아는 찰리와 내가 사귀기를 바랐던 것 같아요."

"그래서 결국 그렇게 됐고요."

두 사람이 미소를 지었다.

개가 일어나 하품을 하더니 문으로 가서 스튜디오 밖으로 나갔다.

"그리고 당신들 둘이서 빅토리아의 명예를 회복하기로 했군요." 내가 말했다.

"정답이에요." 찰리 '매드독' 더글러스가 말했다. "도와주셔서 감사합니다."

나는 일어나서 테이블에 놓인 책을 집어 들었다. "오늘밤엔 책을 한 권도 못 팔았네."

"다시 나오세요." 매드독이 제안했다.

"당신 어머니가 그날 밤의 진실을 모른 채 돌아가셔서 유감입니다. 그러나 노먼의 재판을 보지 않아도 되니 그건 좀 다행이네요."

둘이 숙연하게 고개를 끄덕였다.

나는 스튜디오에서 나와 복도를 걸어갔다. 대기실에 불이 켜져 있었다. 지나가다 보니 실비아 레드펀이 소파에 앉아 책을 읽고 있었다. 도기 독이 발치에 몸을 말고 누워 평화롭게 자고 있었다. 매드독 같이 석호처럼 푸른 눈의 그녀가 갑자기 고개를 들고 나를 보았다. 그녀가 미소 지었다.

"안녕히 가세요, 블러드워스 씨. 정말 감사했습니다."

나는 그녀에게 기쁜 크리스마스 보내라고 인사했다.

"그럴 것 같아요. 수년 만에 가장 기쁜 크리스마스가 되겠어요."

고전적인 크리스마스 미스터리

나는 별들
THE FLYING STARS

G. K. 체스터튼 G. K. Chesterton

문학계 전체에서 독보적인 셜록 홈즈 다음으로 위대한 영국 탐정은 점잖고 친절한 브라운 신부이다. 그가 범죄와 싸우는 다른 동료들과 차별되는 지점은 범법자들을 처벌의 대상이 아닌 구원이 필요한 영혼으로 보는 시각이다. 크리스마스 스토리를 이끌기에 이보다 더 적당한 탐정이 있을까? 다소 평범해 보이는 이 로마 가톨릭 신부는 인간의 본성에 대한 깊은 이해심과 동시에 날카롭고 예리한 감각을 동원해 미스터리를 해결한다. 「나는 별들」은 1911년 5월 20일 《새터데이 이브닝 포스트》에 처음 발표되었으며, 연이어 《카셀스 매거진》의 1911년 6월호에 발표되었다. (런던, 카셀, 1911)

"내가 저지른 가장 아름다운 범죄는 우연히도 마지막 범죄가 되었지." 플램보가 나이 들어 자주 하곤 했던 말이다. "크리스마스였어. 난 예술가로서 항상 그곳의 특별한 시즌이나 풍경에 맞게 범행을 하려 노력해. 조각상 놓을 곳을 정할 때처럼 이 테라스냐, 저 테라스냐, 정원이냐를 놓고 어디가 참사에 어울릴지 고르곤 했어. 지주들은 오크나무 바닥이 깔린 장방형 방에서 사기를 당해야 하고, 유대인들은 카페 리슈의 전등과 스크린 사이에서 빈털터리가 되는 거지. 내가 영국에서 주임사제의 재산을 뺏고 싶으면 (그게 생각만큼 쉽진 않지만), 성당 마을의 푸른 잔디와 회색 탑 사이에서 그에게 누명을 씌울 거야. 프랑스에 사는 부유하고 사악한 소농에게서 돈을 슬쩍하려면 (이것도 거의 불가능하지만), 그가 잘린 회색 버드나무나 밀레의 강인한 정신이 깃든 갈리아의 장엄한 평야에 머리를 대고 있을 때여야 일할 맛이 나.

내 마지막 범죄는 쾌활하고 편안한 영국 중산층 스타일의 크리스마스 범죄였어. 찰스 디킨스식이었지. 퍼트니 인근에 있는 훌륭하고 오래된 중산층 저택이었는데 마차 발자국이 연달아 있고 집 한쪽에 마구간이 있었어. 두 개의 문에는 문패가 달려 있었고 칠레삼나무가 서 있는 집. 어떤 집인지 그림이 그려지지? 디킨스 스타일을 모방하다니 참 솜씨 있고 문학적이었던 것 같아. 같은 날 참회를 했다는 게 애석할 지경이지."

그런 다음 플램보는 그 이야기의 내밀한 부분을 말하기 시작했다. 처음부터 아주 이상한 사건이었다. 겉으로 봐선 절대 이해할 수 없었고, 이야기를 듣고 나서도 찬찬히 되짚어 봐야 할 정도였다. 복싱데이 오후에 칠레삼나무와 마구간이 있는 그 집 넓은 정원에서 젊은 아가씨가 새에게 줄 빵을 가지고 밖에 나오는 것으로 이야기가 시작된다. 아가씨는 얼굴이 예쁘장했고 용감한 갈색 눈을 지녔다. 몸매는 갈색 털옷으로 꽁꽁 싸매고 있어서 가늠할 수 없었고 머리카락과 옷조차 구별하기 어려웠다.

겨울 오후는 저녁을 향해 가고 있었고, 벌써 루비색 저녁놀이 창백한 방 안으로 흘러들어 침대를 죽은 장미의 유령 같은 붉은 빛으로 물들였다. 집의 한쪽에는 마구간이, 반대쪽에는 월계수 회랑이 뒤편에 있는 더 큰 정원으로 이어졌다. 젊은 아가씨는 월계수 길을 조심스럽게 내려가 뒤편에 있는 상록수 농장으로 걸어 들어갔다. 새에게 줄 빵을 개가 번번이 먹어치우는 바람에 그날 벌써 네다섯 번째 빵을 뜯어 놓으러 가는 길이었다. 그러다 문득 높은 정원의 담 위에 걸터앉은 멋진 사람을 발견하고는 모종의 감탄사를 내뱉었다.

"아, 뛰어내리지 마세요, 크룩 씨. 너무 높아요." 아가씨가 놀라서 소리쳤다.

말을 타듯 이웃과의 경계벽에 올라 탄 사람은 키가 크고 뼈가 앙상한 젊은 사내였는데 딱 달라붙은 검은 머리에 똑똑하고 선명한 인상이었지만 얼굴색이 누래서 이국적인 느낌이었다. 거기다 유일하게 신경을 써서 챙겨 맨 듯한 밝은 빨간색 넥타이 덕분에 오히려 더 수더분해 보이는 인상이었다. 빨간 넥타이는 상징인 것 같았다. 청년은 아가씨가 놀라며 내지른 소리를 듣지 못했는지 다리가 부러지고도 남을 높이를 메뚜기처럼 풀쩍 뛰어서 아가씨 옆에 내려섰다.

"내가 강도인 줄 알았겠죠? 저 멋진 옆집이 내가 태어난 곳입니다. 안 그랬다면 나도 틀림없이 담을 타야 했을 거예요. 담을 탄다는 게 그렇게 나쁜 일인지도 모르겠지만요." 청년 크룩이 차분하게 말했다.

"어째서 그런 말을 하죠?" 아가씨가 투덜거렸다.

"음. 만약 당신도 좋은 집에서 태어나지 못했다면 담 위로 올라갈 수밖에 없을걸요."

"당신이 다음에 무슨 말을 하고 어디로 튈지 예측이 안 되네요." 아가씨가 말했다.

"나 자신도 모를 때가 있어요, 하지만 지금은 제대로 된 장소에 온 것 같군요." 크룩이 대답했다.

"제대로 된 장소는 어떻게 알죠?" 젊은 아가씨가 미소를 지으며 물었다.

"당신이 있는 곳이면 어디든." 크룩이 말했다.

두 사람이 함께 월계수 숲을 통과해 앞 정원으로 가는데 자동차가 경적을 울리며 점점 가까이 다가왔다. 옅은 초록색의 우아한 차가 엄청난 속도로, 마치 새처럼 현관까지 달려간 다음 덜컹거리며 멈춰 섰다.

"아, 안녕하세요!" 빨간 넥타이를 맨 청년 크룩이 인사했다. "여기 또 제대로 된 집에서 태어난 사람이 오셨군요. 애덤스 양, 당신의 산타클로스는 이렇게 현대적으로 등장하는군요."

"아, 저분은 제 대부이신 레오폴드 피셔 경이에요. 항상 복싱데이에 오시죠."

그 말에 큰 반향이 없자 잠시 침묵한 다음 루비 애덤스가 덧붙였다.

"아주 친절한 분이세요."

기자인 존 크룩은 저명한 재계 거물을 이미 알고 있었지만, 레오폴드가 크룩에 관해 들어 보지 못했다고 해서 크룩의 잘못은 아니었다. 《클래리온》이나 《뉴에이지》의 기사들은 레오폴드 경에 관해 잘 다루지 않았기 때문이다. 그는 아무 말 없이 사람들이 차에서 천천히 내리는 광경을 놓치지 않고 지켜보았다. 덩치가 크고 초록색 옷을 입은 말쑥한 기사가 앞에서 내렸고, 회색 옷을 입은 작고 단정한 남자 하인이 뒷좌석에서 내렸다. 두 사람이 얼른 레오폴드 경의 양 옆으로 갔고 그가 문간에 서자 마치 소중한 물건을 다루듯 옷을 벗겨 주기 시작했다. 바자회에 깔고도 남을 무릎덮개와 숲에 있는 온갖 짐승들을 벗겨 만든 털옷과 무지개 색의 스카프들이 하나씩 벗겨지더니 인간 비슷한 어떤 것이 모습을 드러냈다. 노신사는 다정하지만 이국적으로 보였고 회색 염소수염을 단 얼굴로 환하게 웃으며 두꺼운 털장갑을 마주 비볐다.

노신사의 옷이 다 벗겨지기 한참 전에 큰 현관문 두 개가 열리더니 애덤스 대령(털옷을 입은 젊은 아가씨 루비 애덤스의 아버지)이 밖으로 나와 저명한 손님을 반가이 맞았다. 대령은 키가 크고 얼굴이 햇볕에 그을렸고 매우 조용한 데다 이슬람 남자들이 쓰는 것과 흡사한 빨간색 스모킹 캡을 쓰고 있어서 마치 영국 시크교도나 이집트의 주지사 같아 보였다. 대령의 옆에는 최근에 캐나다에서 온 처남이 서 있었는데, 제임스 블런트라는 젊은 농장 경영자로, 노란색 턱수염에 덩치가 크고 활기찬 인상이었다. 또 이웃 로마가톨릭 교회에서 유명세와는 거리가 먼 신부가 한 명 와 있었다. 대령의 죽은 아내가 가톨릭 신자였고, 아이들도 엄마를 따라 어릴 때부터 성당에

다닌 덕분이었다. 신부는 모든 면에서 평범하기 그지 없었다. 심지어는 이름도 브라운이었다. 그러나 대령은 항상 신부를 친근하게 여겼고, 각종 가족 모임에 초대했다.

현관 안의 넓은 홀에는 레오폴드 경과 그가 벗은 엄청나게 많은 옷이 전부 들어갈 만한 충분한 공간이 있었다. 사실 현관과 대기실만 해도 엄청나게 넓어서 한쪽 끝에는 현관이, 반대편 끝에는 계단이 있었다. 대령의 칼이 걸린 홀의 큰 난로 앞에서 집으로 들어오기 위한 절차가 끝난 다음, 무뚝뚝한 크룩을 포함한 손님들이 레오폴드 피셔 경에게 소개되었다. 그러나 그 덕망 있는 자본가는 딱 맞게 차려입은 옷이 어딘가 불편해 보였다. 연미복의 안쪽 주머니에 든 검정색 타원형 케이스 때문이었다. 레오폴드 경은 대녀에게 줄 크리스마스 선물이라고 기쁜 얼굴로 말하며 순진하고 솔직한 태도로 상자를 사람들 앞에 내보였다. 한 번의 터치로 뚜껑이 열린 상자는 사람들의 눈을 반쯤 멀게 만들었다. 마치 크리스털 분수가 솟구치는 것 같았다. 오렌지색 벨벳 상자 안에 든 세 개의 희고 영롱한 다이아몬드가 주변을 압도했다. 레오폴드 경은 자애롭게 웃으며 대녀가 황홀해하는 모습과, 대령이 깊이 감사하는 태도, 모든 사람들이 놀라워하는 광경을 만끽했다.

"이제 도로 넣어 둬야겠구나." 레오폴드 경이 상자를 코트 주머니에 다시 집어넣었다. "가지고 오느라 고생 좀 했어. 아프리카에서 가장 큰 다이아몬드 세 개란다. 빽 하면 도둑을 맞아서 '나는 별'이라 부른다지. 내로라하는 강도들이 '나는 별'을 쫓고 있고, 길거리든 호텔이든 유능한 사람들이 감시하고 있을 때도 지켜내지 못하는 경우가 많아. 나도 여기 오는 길에 잃어버릴까 봐 노심초사했어."

"당연한 일 같네요." 빨간색 넥타이를 맨 크룩이 불쑥 말했다. "보석을 가져가더라도 그들 탓은 아닙니다. 그들이 빵을 요구할 때 부자들이 주지 않았으니 알아서 가져갈 수밖에요."

"그런 말 하지 마세요." 루비 아가씨가 얼굴이 묘하게 벌게져서 울부짖었다. "당신이 그 뭐지, 그런 사람이 되었기 때문에 그런 말을 하는 거잖아요. 무슨 말인지 알죠? 당신네들이 부르는 이름 있잖아요, 굴뚝 타고 오르려는 사람을 옹호하는 말이요."

"성자 말이죠." 브라운 신부가 말했다.

"루비는 사회주의자를 말하려는 것 같네요." 레오폴드 경이 거만한 미소를 지으며 말했다.

"급진주의자라고 음식을 급하게 먹는 사람을 의미하지는 않죠." 크룩이 다소 짜증을 내며 말했다. "그리고 보수주의자라고 가구를 수리하는 사람을 뜻하는 것도 아니구요. 마찬가지로 사회주의자가 굴뚝청소부와 사교 모임을 갖는 사람은 아니라고 확실히 말하겠습니다. 사회주의자는 모든 굴뚝이 청소되기를, 모든 굴뚝청소부에게 그에 합당한 대가가 치러지기를 원하는 사람입니다."

"하지만 아무에게도 자기 굴뚝 검댕을 주고 싶어 하지 않는 사람은요?" 신부가 낮은 목소리로 덧붙였다.

크룩이 흥미롭고 심지어 존경스럽다는 눈빛으로 그를 보았다. "굴뚝 검댕 같은 걸 가지고 싶어 하는 사람이 있을까요?"

"있을 수도 있지요." 브라운 신부가 어림짐작하듯 대답했다. "정원사들은 굴뚝에서 파낸 검댕을 쓴다고 들었어요. 그리고 나는 산타가 굴뚝으로 내려오지 않은 어느 크리스마스 날 검댕을 얼굴에 발라 아이 여섯 명을 기쁘게 만든 적이 있습니다."

"오, 멋져요. 신부님이 이분들도 기쁘게 해 주시면 좋겠어요." 루비가 소리쳤다.

거만한 캐나다인 블런트 씨가 큰 목소리로 환호했고, 놀란 재력가는 상당히 거부감을 가졌으나 그쯤에서 말기로 하고 분위기에 동참했다. 그때 이중으로 된 현관에서 노크 소리가 들렸다. 신부가 문을 열자 화려한 자줏빛 노을을 등진 상록수와 칠레삼나무가 가득한 정원이 보였다. 네모난 틀 속의 장면이 연극의 배경처럼 너무 화려하고 진기해서 사람들은 문에 누군가 서 있다는 걸 잠시 잊었다. 해진 코트에 먼지투성이인 걸 보니 분명 메시지를 전달하러 온 시종 같았다. "혹시 블런트 씨 계십니까?" 그가 미심쩍어하며 편지 한 통을 내밀었다. 앞으로 나선 블런트 씨가 놀란 얼굴로 봉투를 찢고 편지를 읽었다. 얼굴이 금세 어두워졌다가 다시 밝아지더니 자형姉兄이자 집주인인 대령을 돌아보았다.

"성가시게 해서 죄송합니다, 대령님." 블런트 씨가 애써 쾌활한 척 말했다. "오래 알고 지내던 사람 하나가 오늘 사업차 근처에 온다는데 이리로 오라고 해도 괜찮겠습니까? 실은 플로리언이라고 프랑스의 유명한 곡예사이자 코믹 배우입니다. 수년 전에 서부에서 알게 된 프랑스계 캐나다인인데, 뭔지는 모르겠지만 저한테 볼일이 있는 모양입니다."

"물론, 당연히 괜찮지." 대령이 생각도 하지 않고 대답했다. "자네 친구면 누구든 괜찮아. 그리고 틀림없이 이름값을 하겠지."

"얼굴을 검게 칠하고 나타날 겁니다. 대령님이 말씀하시는 게 그거라면 말이죠." 블런트가 웃으며 소리쳤다. "분명 모든 사람들을 가지고 놀 거라고 확신합니다. 전 상관없습니다. 별로 고상한 사람이 아니라서요. 저는 높으신 분들을 깔아뭉개는 유쾌한 팬터마임을 좋아합니다."

"나는 깔고 앉지 마시오." 레오폴드 피셔 경이 힘주어 말했다.

"자, 자. 싸우지 맙시다. 높은 사람들을 깔아뭉개는 것보다 더 급이 낮은 코미디도 많으니까요." 크룩이 대수롭지 않은 듯 의견을 내놓았다.

레오폴드 경은 붉은 넥타이를 맨 청년이 마음에 안 드는 데다, 천성적으로 약한 사람을 깔보는 경향이 있다. 하지만 예쁜 대녀를 봐서 참으며 권위적이고 비꼬는 투로 말했다. "그래, 자네라면 당연히 높은 사람들을 깔아뭉개는 것보다 훨씬 급이 낮은 코미디를 찾아 냈겠지. 뭐요, 그게?"

"높은 분들이 스스로를 깔아뭉개는 거죠, 예를 들어……." 사회주의자 청년이 말했다.

"자, 자, 자." 캐나다인 농장 경영주가 이방인답게 객관성을 발휘해 소리쳤다. "즐거운 저녁시간을 망치지 맙시다. 오늘밤 우리의 만남을 위해 재미있는 걸 하자고요. 얼굴에 검댕을 칠하거나 누굴 깔아뭉개는 게 싫으면 다른 재밌는 걸 하면 됩니다. 오래된 영국식 무언극을 제대로 해 보면 어떨까요, 광대나 콜럼바인이탈리아 가면극에 등장하는 여자 어릿광대, 할리퀸의 상대역 같은 걸 등장시켜서요. 제가 열두 살 때 영국을 떠나면서 한 편을 봤는데 그 이후로 뇌리에 아주 깊게 박혀 있어요. 그러고는 작년에야 영국으로 돌아왔는데, 그게 없어졌더라고요. 칭얼대는 요정이 나오는 연극만 많더군요. 저는 달군 부지깽이와 경찰로 만든 소시지영국 전통 인형극 '펀치와 주디'에 등장하는 소품들를 원해요. 하지만 달빛과 파랑새 같은 것들에게 훈계당하는 공주나 등장하더군요. 사실 저한테는 푸른 수염이 더 잘 맞아요. 푸른 수염이 늙은 광대로 변하는 장면을 정말 좋아한답니다."

"경찰을 소시지로 만드는 건 대찬성이에요." 존 크룩이 말했다. "어떤 정의보다 훨씬 사회주의를 잘 설명해 주네요. 하지만 무언극을 하려면 의상 챙기는 게 보통 일이 아닐 텐데요."

"전혀 아니에요." 블런트가 흥분해서 소리쳤다. "할리퀸일부 전통 연극에 나오는 남자 어릿광대. 다이아몬드 무늬의 알록달록한 옷을 입음이 등장하는 무언극은 아주 빨리 할 수 있어요. 첫째로, 누구나 자기 입을 다무는 건 쉬운 일이고, 둘째로, 어떤 소품이든 집에 있는 걸 쓰면 되니까요. 테이블이나 모종삽, 빨래 바구니 같은 것들 말이에요."

"맞아요." 크룩이 연신 고개를 끄덕이고 이리저리 서성이며 동의를 표했다. "하지만 경찰 유니폼을 구할 길이 없네요. 한동안 경찰관을 죽이지 않았거든요."

블런트가 생각하느라 잠시 얼굴을 찡그리다가 허벅지를 때리며 말했다. "아, 방법이 있습니다! 내게 플로리언의 주소가 있어요. 그 사람은 런던에 있는 연극 무대 의상업자를 싹 다 알거든요. 전화해서 오는 길에 경찰 유니폼을 가지고 오라고 할게요." 그러고는 전화기가 있는 곳으로 뛰어가 버렸다.

"아, 멋있어요, 대부님." 루비가 거의 춤을 추며 외쳤다. "전 콜럼바인 할래요, 대부님은 늙은 광대 하면 되겠어요."

백만장자는 약간 근엄하고 경직된 분위기를 풍겼다. "늙은 광대는 다른 사람에게 맡기는 게 좋겠다."

"괜찮으면 내 늙은 광대 하리다." 애덤스 대령이 입에서 시가를 떼어내면서 처음이자 마지막으로 말했다.

"그럼 대령님에게는 조각상이 필요해요." 전화를 끊고 돌아오며 블런트가 환한 표정으로 말했다. "자, 우리는 다 정했어요. 크룩 씨는 광대를 하면 되겠군요. 기자이고 오래된 농담들을 잘 아니까요. 나는 할리퀸을 할게요. 뛰어 돌아다니기만 하면 되니까 두 다리가 준비물이죠. 내 친구 플로리언이 경찰 유니폼을 가지고 오겠다고 했습니다. 오면서 갈아입겠지요. 바로 이 홀에서 연기를 하고, 청중들은 맞은편 넓은 계단에 한 줄 한 줄 앉으면 되겠군요. 이 현관문들을 배경으로 삼으면 됩니다. 닫으면 실내가 되는 거고, 열면 달빛 비치는 정원이 되는 거죠. 모든 게 마법처럼 순조롭겠네요." 그러고는 주머니에서 당구 초크를 꺼내 들고 홀 바닥을 가로질러 달려가서 앞문과 계단 사이 중간쯤 되는 곳에 무대 선을 표시했다.

어떻게 그런 말도 안 되는 연회가 순식간에 준비되었는지 여전히 수수께끼이다. 그러나 모두들 젊었을 때의 무모함과 부지런함을 동원하여 맹렬한 기세로 준비해나갔다. 그날 밤만은 그 집에 젊음이 가득했다. 항상 그렇듯 새로운 창조물은 애초의 창조 의도에 따라 점점 격화된다. 콜럼바인은 응접실의 큰 등갓을 꼭 닮은 치마를 입었지만 무척 매력적이었다. 광대와 늙은 광대는 요리사에게서 밀가루를 빌려 얼굴에 하얗게 바르고, 익명의 사람에게—진실한 크리스천이라면 이름 없이 남을 돕는 법이다—립스틱을 빌려 입술을 빨갛게 칠했다. 시가 상자에서 나온 은박종이를 두른 할리퀸은 오래된 빅토리아식 샹들리에에서 크리스털을 뽑아내 장식하지 않아도 되어 다행이었다. 마침 루비가 화려한 드레스파티에서 퀸 오브 다이아몬드로 뽑혔을 때 착용했던 옛 무언극의 보석을 찾아내지 않았더라면 할리퀸은 틀림없이 샹들리에를 부수려 했을 것이다. 루비의 삼촌인 제임스 블런트는 너무 흥분해서 통제력을 잃어가고 있었다. 마치 어린아이 같았다. 블런트는 종이로 만든 당나귀 머리를 뜻밖에도 브라운 신부에게 씌웠다. 신부는 인내심 있게 견뎠고 심지어 귀를 움직이는 개인기까지 부려 주었다. 블런트는 레오폴드 피셔 경의 코트 꼬리에 종이 당나귀 꼬리를 붙여 보기도 했다. 레오폴드 경은 인상을 찌푸렸다. "삼촌은 너무 과해요." 루비가 크룩에게 말하면서 그의 어깨에 소시지 한 줄을 걸었다. "삼촌은 왜 저렇게 난폭할까요?"

"원래 콜럼바인의 연인 할리퀸이 그런 캐릭터잖아요. 나는 오랜 농담을 하는 광대일 뿐이구요." 크룩이 말했다.

"당신이 할리퀸이라면 좋을 텐데." 루비가 소시지 줄을 흔들며 말했다.

브라운 신부는 연극의 모든 세부사항을 알고 있을 뿐 아니라 베개를 이용해 무언극에 사용할 아기 인형을 만들어 내 박수를 받았다. 그럼에도 불구하고 관객석 맨 앞자리에 가서 첫 마티네연극 · 영화 등의 낮 공연에 참석하는 아이처럼 진지하고 흥분된 얼굴로 청중 가운데 자리를 잡고 앉았다. 관객은 친척 몇 명과 동네 친구들 두어 명, 그리고 하인들뿐이었다. 레오폴드 경은 뒤에 앉은 키 작은 목사의 시야를 거의 가릴 정도로 큰 깃이 달린 털옷을 입고 앞자리에 앉았다. 그러나 목사야 앞이 보이든 말든 공연 관계자들은 아무 조치를 취하지 않았다. 무언극은 혼란스러웠지만 무시당할 정도는 아니었다. 주로 광대를 맡은 크룩의 뛰어난 즉흥 연기로 그럭저럭 극이 진행되었다. 보통 때도 크룩은 재치가 있었지만, 오늘밤에는 특히 전지전능하고 세상 사람 누구보다 더 현명한 바보로 빙의되어 순간순간 다른 모습과 특별한 표정을 선보였다. 그는 광대를 연기하기로 되어 있었지만, 실제로는 모든 역할을 해냈다. 작가(작가가 있기는 하다면), 대사 읊어 주는 사람, 무대 장치 담당자, 무엇보다 오케스트라까지. 압도적인 공연의 갑작스런 막간 휴식시간에는 광대 분장 그대로 피아노로 뛰어가 분위기에 걸맞은 대중음악을 탕탕 연주해 댔다.

무엇보다 절정은 배경으로 쓰인 두 개의 앞문이 벌컥 열리며 아름다운 달빛 정원이 나타난 순간이었다. 바로 경찰관 복장을 한 유명한 게스트, 위대한 플로리언이 등장한 것이다. 피아노에 앉은 광대는 오페라 〈펜잔스의 해적들〉에 나오는 경찰의 합창곡을 연주했지만, 귀를 먹먹하게 하는 박수 소리에 묻혀 버렸다. 위대한 코믹배우는 몸짓 하나하나로 경찰의 움직임과 태도를 절제된 동작으로 보여주고 있었다. 할리퀸이 그에게 달려들어 헬멧을 후려쳤다. 피아니스트가 '너 그 모자 어디서 났니?'를 연주하며 놀란 듯한 표정을 짓자 할리퀸이 다시 경찰관을 후려쳤다. (피아니스트는 〈그리고 우리에게는 하나가 더 있다〉의 몇 마디를 연주했다). 그러고는 환호가 울려 퍼지는 가운데 할리퀸이 경찰의 가슴팍으로 돌진해 그를 쓰러뜨렸다. 그러자 배우는 퍼트니 마을 근처에서 전설처럼 남아 있는 죽은 남자 시늉을 했다. 살아 있는 사람이 그렇게 축 늘어질 수 있다는 게 거의 믿기 어려울 지경이었다.

몸을 잘 쓰는 할리퀸이 그를 자루처럼 흔들고 비틀었고, 곤봉처럼 던져 버렸다. 계속 피아노 선율이 광포하게 울려퍼졌다. 할리퀸이 코미디언 경찰을 바닥에서 힘들게 들어 올리자, 광대가 '내 어깨 위에 짐을 지고'를 연주했다. 그리고 할리퀸이 마침내 아주 둔탁한 소리를 내며 경찰관을 떨어뜨리자 피아노 앞에 앉은 미치광이 광대는 연주에 가사를 붙여 읊조렸다. '내 사랑에게 편지를 써서 가는 길에 떨구었네.'

다들 정신이 극도로 혼란스러운 가운데 갑자기 신부의 눈앞이 어두워졌다. 앞에 앉아 있던 재계 거물이 벌떡 일어나 미친 것처럼 주머니를 샅샅이 뒤지기 시작한 것이다. 계속 더듬거리며 풀썩 주저앉았다가 다시 일어난 그가 잠시 무대로 걸어갈까 고민하는 듯하더니 피아노 치는 광대를 노려본 다음 조용히 문밖으로 나가 버렸다.

신부는 무의식중에 치솟는 적의를 누르고 아마추어 할리퀸의 터무니없지만 촌스럽지는 않은 춤을 몇 분 더 지켜보았다. 할리퀸은 사실적이지만 거친 몸동작으로 서서히 뒤쪽으로 가더니 문을 통과해 정원으로 나갔다. 그곳에는 달빛과 정적만이 가득했다. 은색 종이를 풀로 붙여 만든 드레스가 무대에서는 눈에 거슬렸지만, 영롱한 달빛 아래에서 춤을 추자 점점 더 신비로운 마법처럼 보였다. 관객들은 폭포수처럼 박수갈채를 퍼부었다. 그때 갑자기 누군가 브라운 신부의 팔을 잡으며 대령의 서재로 가자고 귓속말했다.

신부는 의아해하며 그 사람을 따라갔다. 서재에서 엄숙하지만 익살맞은 모습들을 마주했을 때도 의문은 가시지 않았다. 거기에는 애덤스 대령이 아직도 늙은 광대 의상을 입고 앉아 고래뼈 손잡이로 이마를 두드리고 있었다. 그의 가련한 늙은 눈은 농신제지금의 크리스마스 무렵에 행해지던 고대 로마의 축제를 멈추게 하고도 남을 만큼 슬퍼 보였다. 레오폴드 피셔 경은 패닉 상태로 벽난로 선반에 허물어지듯 기대 있었다.

"브라운 신부님, 너무 고통스러운 일이 생겼습니다. 사실은 오늘 오후에 우리가 봤던 다이아몬드가 이 친구의 연미복 주머니에서 사라졌습니다. 그리고 마침 신부님이……." 대령이 말했다.

"제가 바로 뒤에 앉아 있긴 했지요." 브라운 신부가 활짝 웃으며 대령이 못다한 말을 보충했다.

"그런 말을 하려던 건 절대 아니었습니다." 애덤스 대령이 그런 의심을 표해선 안 되었다는 뉘앙스로 레오폴드 경을 엄한 얼굴로 바라보고 말했다. "전 그저 그걸 가져간 신사가 누구인지 찾는 걸 신부님이 도와주셨으면 합니다."

"일단 내 주머니에 뭐가 있는지 봅시다." 신부는 주머니에서 6펜스 일곱 개와 왕복승차권, 은으로 된 작은 십자가, 작은 성무일도서와 초콜릿 바 하나를 꺼내 보였다.

대령은 신부를 한참 바라보더니 말했다. "전 신부님의 주머니보다 머릿속에 있는 걸 알고 싶습니다. 제 딸이 신부님의 어린양이니 말씀드리는데, 그러니까, 딸애가 최근에……." 거기서 대령이 말을 멈췄다.

"그애가 최근에 자기 아버지의 집을 극악무도한 사회주의자에게 열어 주었어요. 입만 열었다 하면 돈 많은 사람한테서 뭔가를 훔치겠다고 말하는 사람 말입니다. 그 결과가 이겁니다. 여기 부자가 와 있지 않습니까, 그 어떤 부자보다 더 돈이 많은." 레오폴드 경이 울부짖었다.

"제 머릿속이 궁금하시면 얼마든지 가르쳐 드리겠습니다. 쓸모가 있을지는 모르겠지만요. 맨 먼저 든 생각은 이렇습니다. 다이아몬드를 훔치려고 온 사람은 사회주의 이야기를 하지 않을 겁니다. 오히려 사회주의를 비난할 가능성이 크지요." 신부가 점잖게 덧붙였다.

두 사람이 자세를 바꿨고 신부는 계속 말을 해 나갔다.

"우리는 여기 모인 사람들을 어느 정도 압니다. 그 사회주의자 청년은 피라미드를 훔칠지언정 다이아몬드를 훔치지는 않을 겁니다. 그러니 우리가 잘 모르는 사람을 살펴봐야 합니다. 경찰 역할을 하던 플로리언. 그 사람이 지금 어디 있는지 궁금하군요."

대령이 퍼뜩 일어나 문 밖으로 뛰어갔다. 무언극의 막간이 이어졌고, 그사이 백만장자는 신부를 쳐다보았고 신부는 성무일도서를 보고 있었다. 그때 대령이 돌아와 숨을 헐떡이며 말했다. "경찰은 아직 무대에 누워 있습니다. 커튼이 여섯 번이나 올라갔다 내려왔는데 아직 거기 누워 있어요."

브라운 신부가 책을 떨어뜨리더니 정신을 잃은 듯 멍하니 서 있었다. 신부의 회색 눈에 아주 천천히 빛이 돌기 시작했지만, 확신 없는 태도로 말했다.

"대령님, 죄송하지만 아내분이 돌아가신 게 언제였죠?"

"아내요?" 대령이 놀라서 대답했다. "두 달 전에 죽었습니다. 처남인 제임스는 일주일이나 늦게 도착하는 바람에 자기 누나의 임종을 지키지 못했었죠."

작은 신부가 총에 맞은 토끼처럼 풀쩍 뛰었다. "자!" 신부가 평소와 다르게 흥분해서 소리쳤다. "갑시다, 가서 저 경찰을 확인해 봐야 합니다!"

그들은 커튼이 내려진 무대로 달려가 콜럼바인과 광대를 거칠게 밀어붙였다. 브라운 신부가 엎어져 있는 코미디언 경찰 위로 몸을 굽혔다.

"클로로포름마취제의 일종입니다. 금방 알겠네요." 신부가 몸을 일으키며 말했다.

모두들 놀라서 말을 잃었고, 드디어 대령이 천천히 입을 열었다.

"이게 다 무슨 일인지 자초지종을 말해 주세요."

브라운 신부가 갑자기 크게 웃어젖히다 멈추더니 남은 얘기를 하는 동안은 웃지 않으려고 애를 썼다. "신사분들, 이야기할 시간이 많지 않습니다. 범인을 쫓아야 하니까요. 하지만 경찰을 연기한 이 위대한 프랑스 배우, 할리퀸이 함께 왈츠를 추고 흔들고 휘두른 이 사람은……." 신부가 웃느라 말을 못 잇다가 다시 말할 준비를 했다.

"이 사람은?" 레오폴드 경이 궁금함에 못 이겨 재촉했다.

"진짜 경찰입니다." 브라운 신부가 말하더니 어둠 속으로 뛰어갔다.

잎이 무성한 정원 끝에 움푹 꺼진 곳과 나무그늘이 있었다. 그 안에 있던 월계수나무와 시들지 않은 관목들이 사파이어 빛 하늘과 은색 달빛에 환하게 드러났다. 한겨울인데도, 남쪽처럼 따뜻한 느낌이었다. 바람에 흔들리는 월계수의 싱그러움과, 보랏빛을 띤 푸른 밤의 분위기와, 커다란 수정 같은 달이 믿기 어려울 만큼 로맨틱한 그림을 그려냈다. 그리고 정원수의 꼭대기 가지들 사이로 누군가 기어가고 있었는데 그마저도 믿기 어려울 정도로 낭만적으로 보였다. 그는 천만 개의 달빛에 물든 듯 머리에서 발끝까지 빛났다. 달빛이 반사되어 마치 불에 활활 타고 있는 것 같아 보였다. 그는 재빨리 정원에 있는 작은 나무에서 큰 나무로 번갈아 가며 몸을 움직였다. 그러다 작은 나무들 아래에서 그림자 하나가 나타나 그를 부르는 바람에 움직임을 멈추었다.

"와, 플램보. 당신 진짜 나는 별 같군요. 그런데 항상 끝에 가면 별똥별이 돼서 문제예요." 목소리가 말한다.

위쪽에 있는 은색의 반짝이는 형체는 무사히 도망을 치고 있다는 자신감에 젖어 월계수 나무에서 앞으로 몸을 숙여 아래에 있는 작은 사람이 하는 말에 귀를 기울였다.

"플램보, 당신 정말 최고예요. 애덤스 부인이 죽은 지 한 주밖에 지나지 않았을 때 캐나다에서 왔던 터라 아무도 당신이 진짜 부인의 동생이 맞는지 확인할 분위기가 아니었다는 게 당신한테는 신의 한 수였네요. '나는 별'을 생각해 낸 바로 그날 레오폴드 피셔가 온 건 또 어떻고요. 당신은 영리한 정도가 아니라 그냥 천재네요, 천재. 다이아몬드를 훔치는 일이 당신한테는 식은 죽 먹기였겠군요. 당신이야 레오폴드 경의 코트에 종이 당나귀 꼬리를 붙인다는 핑계 외에도 백 가지 날랜 손재주로 그 일을 해낼 수 있었을 테니까요. 그러나 다른 방법으로 훔치려 했다면 당신의 존재를 감춰야 했겠죠."

초록 잎들 사이의 은빛 형체는 쉽게 도망칠 수 있는데도 최면에 걸린 듯 가만히 있었다. 그는 아래에 있는 남자를 빤히 내려다보았다.

"맞아요." 아래 있는 남자가 말했다. "난 다 알고 있어요. 당신은 무언극을 제안한 사람이자, 연극을 이중으로 써먹으려 했죠. 처음엔 그저 조용히 보석을 훔치려 했을 거예요. 그런데 당신이 이미 의심을 받아 쫓기고 있다는 소식이 공범자에게서 날아든 거죠. 유능한 경찰이 바로 오늘 밤 당신을 궤멸시키러 온다는 연락이요. 보통 도둑이었다면 미리 날아든 경고에 감사하며 달아났을 겁니다. 그러나 당신은 시인이었어요. 이미 눈부신 가짜 보석을 진짜와 바꾸려는 기발한 계획을 하고 있었어요. 그러다 갑자기 당신은 무언극에 할리퀸이 등장하면 경찰관의 등장도 자연스럽다는 걸 알아챘죠. 퍼트니 경찰서에서 당신을 잡으러 출발한 유능한 경찰은 이 세상에서 가장 기이한 덫에 발을 들여놓고 만 겁니다. 앞문이 열리고 크리스마스 무언극이 열리는 무대로 곧바로 올라갔어요. 거기서 경찰은 퍼트니에서 가장 존경받는 사람들이 모여서 웃고 함성을 지르는 가운데 발로 차이고, 곤봉을 맞고, 머리를 맞아 기절한 것도 모자라 춤추는 할리퀸의 손에 질질 끌려 다녔죠. 오, 이보다 어떻게 더 완벽할 수 있겠어요. 그나저나 이제 다이아몬드를 내게 돌려줘야겠군요."

반짝이는 형체가 매달려 있는 초록 가지가 놀란 듯 바스락거렸다. 그러나 목소리는 계속되었다.

"얼른 돌려줘요, 플램보. 그리고 난 당신이 이런 삶을 포기했으면 좋겠어요. 당신에겐 여전히 젊음과 명예와 유머가 있어요. 계속 그런 식으로 살면서 젊음과 명예와 유머가 유지될 거라고 착각하지 말아요. 사람이란 선의 수준은 어느 정도 유지할 수 있지만, 악의 수준을 계속 같은 단계로 유지할 수는 없는 법이에요. 그 길은 점점 내리막을 걷게 되어 있어요. 다정하던 사람이 술을 마시고 잔혹하게 변해요. 솔직하던 사람이 살인하고 나서 발뺌을 하죠. 내가 아는 많은 사람이 처음엔 당신처럼 정직한 범법자, 부자들의 재산을 훔치는 유쾌한 의적으로 시작하지만 결국은 더럽고 끈적거리는 데서 발을 떼지 못하게 됐어요. 모리스 블럼은 원칙 있는 무정부주의자이자 빈한한 자들의 아버지로 출발했어요. 그러다 양쪽에서 이용당하고 버려진 스파이이자 고자질쟁이가 되었죠. 해리 버크는 처음에는 진지하게 자유 화폐 운동을 시작했지만, 지금은 배를 곯고 있는 누나에게 빌붙어서 끝없이 브랜디와 소다수를 뜯어내고 있답니다. 앰버 경은 기사도 정신을 품고 거친 사회에 뛰어들었지만, 지금은 런던 사기꾼들 중에서도 가장 급이 낮은 협박범이 되었어요. 배릴런 선장은 당신이 등장하기 이전에 가장 신사적인 폭력배로 유명했는데, 결국 정신병원에서 끊임없이 배신자나 경찰의 끄나풀이 자기를 쫓는다는 두려움에 떨다 죽었어요. 나는 당신 뒤에 있는 숲이 아주 자유로워 보인다는 걸 안답니다. 플램보. 당신이 원숭이처럼 재빠르게 사라질 수 있다는 것도 알아요. 하지만 언젠가 당신은 늙고 병든 원숭이가 될 거예요, 플램보. 언제까지나 자유로울 줄 알았던 숲에 앉아 있다가 죽는 날을 맞았는데, 나무꼭대기는 헐벗어서 당신을 가려주지 못할 때가 온다고요."

모든 일이 차분하게 진행되어서, 마치 아래에 있는 작은 남자가 나무 위에 있는 상대를 보이지 않는 끈으로 묶어 놓은 것 같았다. 그가 계속 말을 이었다.

"당신은 이미 내리막길을 타기 시작했어요. 당신은 평소에 박한 일은 하지 않는다고 자랑했겠죠. 그런데 보세요, 오늘밤 정말 고약한 짓을 했잖아요. 정직한 청년에게 이미 상당한 혐의를 떠넘겼어요. 그 남자를 사랑하는 여자로부터 갈라놓고 있고요. 그런데 당신은 죽기 전에 그보다 더 나쁜 짓들을 하게 될 거예요."

나무에서 세 개의 빛나는 다이아몬드가 잔디로 떨어졌다. 작은 남자가 몸을 굽혀 그것을 주운 다음 다시 위를 올려다보자 은색 새는 나무로 된 초록 새장에서 날아가고 없었다.

보석의 반환은 요란한 승리의 함성 속에서 끝이 났다. (우연히도 다른 사람은 다 놔두고 브라운 신부가 그 보석을 주웠다). 그리고 기분이 아주 좋아진 레오폴드 경은, 자신이 비록 식견은 더 넓을지 모르지만, 앞으로는 세속으로부터 격리되어 신앙을 지키는 사람들을 존경하게 될 것 같다고 너스레를 떨었다.

래플스 유물

THE RAFFLES RELICS

E. W. 호넝 E. W. Hornung

모든 미스터리 소설 중에 가장 신사적인 보석털이범은 절박한 상황에 있는 사람을 돕기 위해 보석을 훔치는 겁 없는 강도 A. J. 래플스이다. 그는 대체로 충직한 조수 버니 맨더스와 함께 행동한다. 호넝이 쓴 소설들은 그의 매제인 아서 코난 도일의 셜록 홈즈 시리즈를 반대로 그린 것이다. 즉 유머가 부족한 도일을 비꼬기 위해 사기꾼과 그의 충실한 파트너를 다양한 방식으로 표현했다. 이 단편은 호넝이 쓴 끝에서 두 번째 래플스 소설이고, 그 안에 크리스마스적인 요소는 적지만 캐릭터에 상징성이 있어 이 단편집에 넣을 가치가 있다고 판단했다. 「래플스 유물」은 『밤에 나타난 도둑(A Thief in the Night)』에 처음 수록되었다. (런던, 채토 & 윈더스, 1905)

남아프리카 전쟁의 흥분 가운데서 우리에게 숨구멍을 틔워 주는 기사가 실린 것은 1899년 12월에 발행된 한 잡지였다. 당시에는 래플스가 흰머리였는데, 그와 나는 치명적인 변장을 하고 우리 도둑질 인생의 제2라운드, 그것도 끝을 향하던 중이었다. 피카딜리런던의 하이드 파크 코너와 헤이마킷 사이의 번화가와 올버니미국 뉴욕 주의 주도에서는 우리 수법이 더 이상 통하지 않았다. 그러나 우리는 영혼이 끌리는 대로 햄커먼 근방에 근거지를 두고 계속 영업해 나갔다. 가장 최근에 활동한 곳이자 가장 이상적인 곳이었다. 우리에게 간절히 필요한 것은 휴양이었다. 그리고 우리 둘 다 보잘것없는 존재로 전락했지만, 겨울 저녁에는 억지로라도 많은 책을 읽었다. 그러므로 전쟁은 우리에게 은혜로운 일이었다. 전쟁으로 인해 삶에 대한 솔직한 관심을 가지게 되었다. 그뿐 아니라, 많은 사람들이 열정적으로 정치적 의견을 개진하기 위해 가장 가까운 신문가판대가 있는 리치먼드 공원으로 줄지어 달려갔다. 내가 접하는 전쟁과 상관없는 선동적인 문제들도 바로 그런 곳에서 챙겨 들은 것이었다. 아까 말한 잡지는 수백만이 사서 읽을 만큼 인기가 있었고, 우리가 관심을 가진 기사는 매 페이지 거친 삽화를 채우고 있었다. 기사의 주제는 소위 '블랙 뮤지엄'이라고 불리는, 런던 경찰청의 범죄 박물관이었다. 팔리기만 하면 그만이라는 생각으로 생산해 낸 싸구려 기사였지만 이 섬뜩한 기획이 래플스 유물이라는 특별 전시로 인해 한층 풍성해졌다는 사실을 처음 알게 해 주었다.

"버니, 마침내 명성을 얻었어! 더는 악명이 아니야. 곧 잊히고 마는 소소한 범죄를 저지른 수많은 강도 중에서 특출난 사람을 찾아내 황금 신상의 반열에 올려 주는 거잖아. 나폴레옹 유물이 있고, 넬슨 유물이 있듯, 여기 내 유물이 있어!" 래플스가 말했다.

"우리도 볼 수 있으면 좋으련만." 내가 간절한 바람을 담아 말했다. 나는 곧바로 내가 한 말을 후회했다. 래플스가 잡지에서 고개를 들어 올려 나를 보았다. 입술에는 내가 익히 아는 미소가, 눈에는 내가 불붙인 열정이 감돌았다.

"진짜 좋은 생각이다!" 래플스가 머릿속으로 이미 결정을 내린 듯 부드러운 감탄사를 터트렸다.

"진심으로 한 말은 아니었어, 너도 그렇지?" 내가 말했다.

"난 진심인데. 살면서 이보다 더 진지했던 적은 없어."

"백주대낮에 런던 경찰국에 가겠다고?"

"나 자신을 다시 한 번 돌아보기 위해서라면 세간의 이목은 감수해야지." 래플스가 잡지를 다시 훑어보며 말했다. "이거 봐, 여기 다 있어, 버니. 삽화가 있다고 왜 말 안 했어. 저건 네가 나와 함께 은행에 들어가서 가져온 금고고, 저건 내 줄사다리가 틀림없어. 이런 싸구려 잡지에 형편없이 그려놓으면 뭐가 뭔지 알 수가 없잖아. 직접 보러 가는 수밖에 없겠군."

"그럼 너 혼자 가. 넌 확실히 좀 변했지만, 난 사람들이 금방 알아볼 거야." 내가 단호하게 말했다

"아무렴, 버니, 넌 출입 허가증만 구해 주면 돼."

"출입 허가증!" 내가 의기양양해져서 소리쳤다. "물론 하나 구해야겠지, 그렇지만 허가증을 구하다가 계획이 끝장날 것 같은데. 도대체 누가 이런 쇼의 허가증을 많고 많은 사람 중에 나 같은 늙다리 죄수에게 주겠어?"

래플스가 약간 신경질 난 듯 어깨를 으쓱하더니 다시 잡지를 읽기 시작했다.

"이 기사를 쓴 사람도 하나 구했다잖아. 편집자한테 받았다고 하니까 너도 기자인 척하면 구할 수 있을 거야. 하지만 너무 애쓰지는

마, 버니. 내 변덕 때문에 네가 당황스러운 순간을 무릅쓰는 건 너무 끔찍한 일이야. 그리고 만약 너 대신 내가 갔다가 발각되면—내 머리가 이러니까 쉽게 들키겠지—보통 내가 죽었다고 알고 있으니 너한테도 상상 이상으로 끔찍한 결과가 될 거야. 그러니 친구야, 그 생각은 하지도 마라. 난 그냥 잡지만 읽을게."

내가 충고를 무시하고 경솔하게도 시도했다는 사실을 덧붙일 필요가 있을까? 나는 최근에 이상하게 바뀌어 버린 래플스가 내뱉는 돌발 발언에 익숙해졌고, 왜 그러는지도 이해되었다. 새로운 상황 때문에 생기는 불편은 전부 그를 향해 있었다. 나는 옥살이로 죗값을 치렀지만, 래플스는 죽어 버림으로써 처벌을 피한 것으로 되어 있었다. 결과적으로, 래플스가 발 딛기를 두려워하는 곳에 나는 들어갈 수 있었고, 지금은 바깥세상과 하는 정직한 거래에서 항상 내가 그의 전권을 대신했다. 당연히 래플스는 내게 의존적일 수밖에 없었고, 나는 이 힘을 남용하지 않으려 노력하면서 굴욕을 줄이려 했다. 결국 나는 그의 변덕스러운 간청을 들어주기 위해 플리트 거리로 나섰다. 역설적이게도 실패를 간절히 원하면 오히려 성공하기 쉽듯, 나 역시 어느 날씨 좋은 저녁에 새로 이사한 런던 경찰국의 감독관실에서 보낸 카드 한 장을 들고 햄커먼으로 돌아왔다. (그 카드는 아직도 보물로 간직하고 있다.) 놀랍게도 날짜가 적혀 있지 않은 카드에 '이것을 소지한 자는 박물관 입장이 허용됩니다'라는 문구만 있었다. 이름칸에는 내가 연락을 취한 편집자의 이름과 "그의 동반객"이라는 글씨가 휘갈겨져 있었다.

"그 편집자는 별로 갈 생각이 없거든. 그러니까 우리 둘 다 그곳에 갈 수 있다는 뜻이야." 내가 래플스에게 설명했다.

래플스는 희미한 미소를 지으며 나를 보았다. 충분히 기분이 좋아져 있었다.

"좀 위험할 수 있어, 버니. 만약 그 사람들이 너를 알아보면, 나를 떠올릴지도 몰라."

"하지만 이제 그 사람들은 널 봐도 모를 거라며?"

"모를 것 같긴 해. 조금의 위험도 없을 거라고 믿어. 하지만 어떻게 될지 누가 알겠어. 버니, 난 가기로 마음먹었어. 그치만 내가 널 그리로 끌고 갈 이유는 조금도 없어."

"카드를 내밀었다가 무슨 문제가 생길 때를 대비해 내가 옆에 있어야지." 내가 지적했다.

"그러면 너도 가서 즐길 거야?"

"최악의 상황이 닥치면 별 차이도 없을 테니까 가 보지, 뭐."

"그리고 티켓에는 일행과 같이 써도 된다고 되어 있잖아, 맞지?"

"맞아."

"그걸 한 사람만 쓰는 것도 좀 이상해 보일 수 있겠다."

"그럴지도."

"그럼 우리 같이 가자, 버니! 그리고 내 장담할게. 어떤 나쁜 일도 안 생길 거야. 하지만 유물을 보여 달라고 먼저 요구하면 안 돼. 내 유물에 너무 큰 관심을 가져서도 안 돼. 궁금한 건 내게 물어봐. 런던 경찰국에서 사람의 부활 혐의도 인정하는지 확인해 볼 좋은 기회가 될 거야. 그리고 친구야, 네 고통과 두려움을 조금은 보상해 줄 만큼 분명 재미도 있을 거야."

실안개를 뚫고 태양이 겨우 비치는 것만 빼면 겨울답지 않게 온화하고 흐릿한 이른 오후였다. 래플스와 나는 웨스트민스터 다리의 암흑가에서 나와, 황금빛 안개로 어른거리는 웨스트민스터 사원과 국회의사당의 흐릿한 회색 실루엣을 잠시 감상했다. 래플스는 '휘슬러'와 '아서 세번'웨스트민스터 다리 그림을 그린 유명한 화가들의 그림을 보며 중얼거리더니, 담배연기가 그림을 감상하는 데 방해가 되는지 얼마 피우지도 않은 설리번을 꺼 버렸다. 지금 생각해 보니 그 장면이 법 없이 사는 우리의 삶을 가장 선명하게 보여주는 그림이었던 것 같다. 그러나 당시에는 래플스가 범죄 박물관에서 전적으로 무해한 즐거움을 선사하겠다는 약속을 과연 지킬지 회의적이기만 했다.

우리는 금지 구역으로 들어갔다. 우리는 추상같은 형사들을 똑바로 쳐다보았고, 그들은 회전문을 통과해 돌계단으로 우리를 안내하면서 우리 얼굴에 대고 하품까지 했다. 오히려 그들이 우리를 너무 아무렇지 않게 맞는 바람에 불길할 정도였다. 몇 분 동안 차가운 층계참에 우리끼리 있게 됐는데, 그사이 래플스는 미리 살펴야 할 것들을 본능적으로 챙겼고 나는 작고한 경찰국장의 초상화 앞에서 한참 기다렸다.

"아, 저 양반! 옛날에 저녁 먹다가 저 사람을 만나서 내 사건에 관해 얘기한 적이 있어." 래플스가 내 옆에 오며 소리쳤다. "그나저나

이 범죄 박물관에 관해서는 우리가 아는 게 거의 없네. 수 년 전 화이트홀에 있는 오래된 건물에 갔을 때는 톱클래스의 안내를 받으며 둘러봤었는데 여긴 좀 다르려나."

그러나 얼핏 봐도 형사 비슷한 사람은 없었고 마지막 계단참까지 우리와 동행한 애송이 같은 직원 하나가 전부였다. 직원은 옷깃을 위로 잔뜩 세워 입고 있었고, 얼굴빛은 창백했다. 복도를 따라 조금 걸은 후 직원이 손에 들고 있던 열쇠로 문을 열고 우리를 안으로 안내했다. 아마 세상 사람들은 이런 쪽에 관심이 없는지 방문객이 다녀간 흔적이 거의 없는 황량하고 무시무시한 창고였다. 그래서인지 불가침의 지하 납골당처럼 추웠다. 안에는 살인자들의 데드마스크가 죽 늘어서 있었는데 평온한 얼굴이었지만 마치 귀신이 환영 인사를 하는 것 같았다. 블라인드를 올리고 유리 케이스의 뚜껑을 열자 그제야 다른 물건들이 보였다.

"이 사람은 별로 걱정할 필요가 없겠어." 가리개가 올라가자 래플스가 속삭였다. "그렇지만 조심해서 나쁠 건 없지. 내 것은 저 모퉁이 후미진 곳에 있군. 차례차례 봐야지 미리 가서 보면 안 돼."

그래서 우리는 문 가까이에 있는 유리 케이스부터 보기 시작했다. 잠시 후 우리의 창백한 가이드보다 내가 전시된 물건에 관해 훨씬 많은 내용을 알고 있다는 사실을 발견했다. 직원은 열정은 있을지 몰라도 겉핥기식 지식밖에 없었다. 첫 번째 살인자와 전혀 다른 살인 사건을 혼동했고, 특정 그룹이 훔친 진주에 관해서도 명예훼손에 가까운 참을 수 없는 실수를 저질렀다.

"이 권총은 찰스 피스라는 유명한 강도가 소지했던 것입니다. 이건 그의 안경이고, 저건 쇠막대, 그리고 여기 이건 찰스가 경찰을 죽일 때 사용한 칼입니다."

나는 정확성을 좋아하고, 그것을 추구하며, 가끔 다른 사람들에게도 그것을 강요하는 무리를 범한다. 그러므로 그냥 넘어갈 수 없었다.

"그 부분은 잘못 알고 있는 것 같습니다." 내가 조심스럽게 끼어들었다. "그는 절대 칼을 사용하지 않았습니다."

젊은 직원이 빳빳하게 풀 먹인 옷깃에 파묻힌 머리를 옆으로 틀어 나를 보았다.

"찰리 피스는 경찰관 두 명을 죽였습니다." 직원이 말했다.

"아니, 아니에요. 둘 중에 한 사람만 경찰이었지요. 그리고 그는 절대 칼로 사람을 죽이지 않았습니다."

직원은 선선히 자신의 잘못을 인정했다. 나는 위기를 모면하겠다고 그런 것을 참고 있을 수 없었다. 그러나 래플스는 최대한 다른 사람이 눈치채지 못하게 타박하듯 나를 발로 가볍게 찼다.

"찰스 피스는 어떤 사람이었습니까?" 래플스가 법정에 앉은 재판관처럼 뻔뻔한 태도로 물어보았다.

그 직원의 대답은 뜻밖이었다.

"래플스가 그를 재패하기 전까지는 우리가 본 가장 위대한 강도였지요."

"래플스 이전 시대에는 최고였다." 단순 살인에 쓰인 기념물들이 있는 곳으로 걸어가며 래플스가 중얼거렸다. 거기에는 인간의 목숨을 빼앗은 탄환과 피에 물든 칼들이 있었다. 모세5경의 살아 있는 율법 이후로 유구하게 복수에 사용되어 온 유연하고 가는 줄도 있었다. 가장 긴 선반에 데드마스크가 늘어서 있었고, 아래에는 측면이 두꺼운 총이 하나 있었다. 우리 것들만큼 기발하지는 않지만 장식된 줄사다리들도 있었다. 그리고 마침내 직원이 잘 아는 물건이 등장했다. 바로 주석으로 된 작은 담배통이었는데, 야단스러운 포장지 위에 적힌 이름은 설리번이 아니었다. 사실 래플스와 나는 직원보다 이 물건에 관해 아는 게 훨씬 더 많았다.

"자, 여기 보세요." 안내 직원이 말했다. "여러분은 이 물건의 역사를 짐작도 못할 겁니다. 지금부터 스무 가지 힌트를 드릴 거지만, 다 듣고 나서도 절대 답을 모르실 걸요."

"그럴 것 같군요." 래플스가 눈을 조심스럽게 깜빡여 가며 응수했다. "뜸들이지 말고 어서 말해 보세요."

래플스가 말하면서 자기 담배통을 열었다. 그 유명한 25개들이 담배통 안에는 담배 몇 대가 아직 남아 있었지만, 담배 사이에는 탈지면과 각설탕이 꽉 차 있었다. 래플스가 미묘하게 만족스러운 얼굴로 그것의 무게를 가늠해 보고 있었다. 그러나 직원은 신화적인 이야기를 하느라 정신이 팔려 정작 눈앞에 있는 신화는 알아채지 못했다.

"깜짝 놀라게 될 겁니다. 그건 순전히 미국식 책략이었어요. 아마 선생님은 상상도 못 할 겁니다. 똑똑한 미국인 두 명이 켈너스에서 밥을 먹으며 보석 상인에게 구매를 검토할 만한 물건을 대량으로 가져오게 했습니다. 돈을 낼 때가 되자 송금에 문제가 생겼지요. 그러나 곧 문제를 해결했습니다. 돈도 내지 않고 물건을 가져갈 방법을 생각한 거예요. 일단 물건을 안전한 곳에 넣어 잠그고, 돈이 도착하면 열어서 가져가기로 했습니다. 보석 상인에게 요구한 건 물건을 통에 넣고 봉인해 달라는 게 전부였어요. 보석 상인은 일단 물건을 팔았으니 일이 주 정도는 통을 함부로 만지거나 봉인을 건드리지 않았어요. 이만하면 괜찮은 것 같지 않습니까?" 직원이 말했다.

"아주 적당한 것 같군요." 래플스가 무게를 잡아가며 말했다.

"보석 상인도 그렇게 생각했습니다. 그들은 보석 상인이 가져온 물건의 절반도 고르지 않았고, 일부러 천천히 살펴봤으며, 눈가림용으로 즉석에서 낼 수 있는 돈은 다 냈습니다. 결국 무슨 일이 일어났는지 짐작할 수 있으시겠지요? 보석 상인은 그 미국인들한테서 더는 연락을 받지 못했고 금고 안에는 보시다시피 담배 몇 대와 각설탕밖에 남아 있지 않았어요."

"똑같은 통을 준비해서 바꿔치기했군요!" 내가 너무 빠르다 싶게 소리쳤다.

"맞아, 바꿔치기 했어!" 래플스도 마찬가지로 크게 감동한 듯 중얼거렸다.

"네, 통을 바꿔치기했습니다!" 직원도 신이 나서 같은 말을 했다. "이 미국인들의 기교는 보통이 아니었어요. 그 정도의 기술은 대서양을 건너가야 배울 수 있지요!"

"내 생각에도 그럴 것 같아." 갑자기 나타난 머리가 희끗희끗한 신사 양반도 동의했다. "그 사람이 래플스가 아니라면 말이지." 별안간 생각이 난 듯 그가 덧붙였다.

"그럴 리는 없습니다. 래플스는 오래 전에 바다 귀신이 됐는걸요." 직원이 전망탑처럼 높은 옷깃에서 고개를 들어올리며 말했다.

"확실합니까? 래플스의 시체가 발견됐나요?" 래플스가 물었다.

"발견돼서 묻히기까지 했죠. 몰타였던 것 같은데. 아니 지브롤터였을지도 모르겠군. 어딘지는 잊어버렸어요." 우리의 상상력 풍부한 친구가 대답했다.

나는 제멋대로 된 정보에 약간 화가 났지만, 뒤늦게 뭐라 할 수 없어 살짝 거들기만 했다. "그리고, 래플스는 저 담배를 피우지 않았을 겁니다. 오직 한 종류밖에 안 피웠어요. 그 뭐더라……."

"설리번!" 직원이 즉시 외쳤다. "습관적으로 그 담배를 피웠죠." 직원은 25개들이 양철 통에서 조악한 포장지로 발걸음을 옮기며 말을 이었다. "저도 한때 피워 봤는데, 저한텐 안 맞더군요. 취향이 다 다르니까요. 요즘은 향도 좋고 더 싼 담배를 사분의 일 가격으로 살 수 있어요."

"방금 본 것 같은 멋진 물건을 더 보고 싶습니다." 래플스가 부드럽게 말했다.

"그럼 이리 오시죠." 직원이 한 골방으로 우리를 안내했다. 짜릿한 추억이 담긴 궤짝이 공간의 대부분을 채우고 있었다. 궤는 먼지가 수북한 뚜껑 아래 신비로운 물건을 품고 우리를 안내하는 입구에 불과했다. 직원이 자신만만하게 말했다. "이것들이 모두 래플스 유물입니다. 죽은 래플스를 매장한 뒤 알바니에 있는 그의 방에서 가져온 것들이고, 여기 전시품 중에 가장 제대로 구비된 세트라고 할 수 있습니다. 이건 래플스의 센터 드릴 비트입니다. 그리고 이건 드릴 소리를 줄이려고 기름에 담가 둘 때 쓰던 석유통이구요. 이건 호샴으로 내려가는 길목 지붕에서 신사를 쏠 때 사용한 권총입니다. 나중에 래플스가 P & O영국의 유명한 선박 화물 운송 회사 갑판에서 뛰어내리기 전에 빼앗았다고 합니다."

나는 더 이상 참지 못하고 래플스가 절대 사람을 쏜 적이 없는 것으로 안다고 말했다. 나는 모자를 눈썹까지 내려 쓰고, 외투 깃을 귀까지 올린 채 가까이에 있는 창문에 등을 대고 서 있었다.

"우리도 그때 딱 한 번이었다고 알고 있습니다. 그리고 그 권총은 영영 가지고 돌아갈 수 없게 되었죠. 그 외의 많은 물건은 아마 그의 소중한 친구가 가지고 있을 겁니다. 이 빈 카트리지는 P & O에서 래플스가 황제의 진주를 숨긴 통입니다. 이 송곳과 쐐기는 문을 고정할 때 썼던 물건이구요. 이건 줄사다리입니다. 망원경과 지팡이를 연결해서 썼죠. 래플스가 소너비 백작과 저녁을 먹은 그날, 저녁 식사 전에 가지고 가 그의 집을 털었다는 말이 있지요. 저건 래플스의 보호 장구가 확실한데, 아무도 이 작고 두꺼운 벨벳 주머니의 정체를 알아내지 못했다고 합니다. 구멍이 두 개 뚫려 있고 각각 고무로 모퉁이를 감쌌죠. 이게 뭔지 혹시 아시겠습니까?"

래플스는 그 주머니를 늘 가지고 다녔었다. 열쇠를 정리해 넣을 때 소음을 차단하기 위해 고안해 낸 주머니였다. 래플스는 주머니를 엄지와 검지로 쥐고 마치 담배 파우치처럼 다루면서 흥미로운 표정으로 퍼즐을 푸는 시늉을 했다. 그러고는 마치 내게 살펴본 결과를 말해 주듯 쇠줄 몇 개를 들어올리며 내 귀에 대고 속삭였다. "이 사람들 정말 다정한 경찰들이군!" 나는 한때 래플스가 착용하던 보호 장구를 살펴보지 않을 수 없었다. 거기에는 아직도 내가 래플스를 땅에 내리칠 때 흘린 그의 피가 묻어 있었다. 공포에 질린 내 얼굴을 보더니 직원이 그 사건의 흔히 알려진 잘못된 버전의 전말을 말하기 시작했다.

그 이야기는 중앙 형사 법원에 있는 사람들 사이에서 우연히 퍼지게 되었는데, 내 범죄에 좀 더 자비로운 판결을 내리도록 도와주었던 것 같다. 그러나 지금의 장황한 설명은 너무 과했다. 래플스는 자신의 초기 사진으로 관심을 돌리며 우아하게 주의를 분산시키려 했지만, 나는 조심스럽게 무시했다. 사진 속 래플스는 플란넬 바지를 입고 있었고, 텐트가 펼쳐진 벌판 위에서 또 한 번 대단한 실력을 입증한 후의 모습이었다. 래플스가 설리번을 물고 반쯤 닫힌 눈으로 느긋하고 무례한 표정을 짓고 있는 사진을 보니 두려웠다. 내게도 그 사진의 복사본이 있었다. 그때가 래플스의 전성기는 아니었지만, 사진 속 래플스는 말쑥하고 정상적이었다. 나는 종종 사람을 똑같이 본뜨는 조각가들에게 그 사진을 빌려주지 않은 것을 후회했다.

"전혀 래플스 같지 않죠? 당시에 왜 아무도 저걸 보고 래플스라고 생각하지 않았는지 이해가 됩니다." 직원이 말했다.

젊은이는 의심의 여지없이 순수한 눈으로 계속 래플스를 바라보았다. 나는 내 친구의 멋진 허세를 본받고 싶어 몸이 근질근질했다.

"래플스에게 친구가 있었다고 했죠?" 나는 코트 깃 안으로 목을 움츠리며 조심스럽게 말을 꺼냈다. "그 사람의 사진은 없나요?"

얼굴이 창백한 직원이 너무나 역겨운 미소를 지어서 하마터면 흠씬 두들겨 흰 얼굴을 피로 적실 뻔했다.

"버니 말입니까? 아뇨, 버니가 여기 있을 리 없죠. 이곳은 진정한 범죄자들을 위한 공간입니다. 버니는 이도저도 아니었거든요. 래플스를 따라다니기만 했을 뿐이죠. 혼자서는 별 재미가 없었어요. 심지어 자기 옛집을 터는 비열한 짓을 계획하고도 그걸 실행할 배짱이 없어서 래플스가 두 번이나 가담을 해야 했지요. 그래서 우리는 버니 사진에는 별로 관심이 없습니다. 왜 궁금하신지 모르겠지만, 우리는 버니의 소식을 들을 일이 없을 겁니다. 그는 별 해가 없는 불량배 나부랭이니까요."

나는 묻지도 않은 말을 줄줄 하는 그 사람이 너무 어이가 없어 외투 깃을 마스크처럼 세우고 그 아래에서 거품을 물었다. 래플스가 무슨 말이든 해 주기를 희망했고, 결국 한 마디 했다.

"다른 건 몰라도 이 궤에 관해서는 나도 기억합니다." 래플스가 우산으로 단단한 가슴팍을 두드리며 말했다. "아무튼 밖에 있는 공범이 안에 들어가 있는 사람만큼 꽤 많은 일을 했던 때니까요. 혹시 안에 뭘 넣어 두는지 물어봐도 되겠습니까?"

"아무것도 없습니다."

"안에 더 많은 유물이 있을 줄 알았습니다. 래플스는 뚜껑을 열지 않고도 들락거릴 수 있는 사람 아니었습니까?"

"머리를 내민 채 들어갔던 거 말씀이시지요?" 래플스와 그의 유물에 관해 전반적으로 가장 잘 알고 있는 직원이 되물었다. 그는 작은 기념물 몇 개를 치운 다음 소형 주머니칼을 이용해 뚜껑에 있는 조그마한 간이문을 들어올렸다.

"채광창밖에 없군요." 래플스가 최대한 무덤덤하게 말했다.

"그럼, 뭘 더 기대하셨습니까?" 직원이 간이문을 다시 내려 닫으며 너무 수고로운 짓까지 했다는 표정으로 물었다.

"적어도 뒷문 정도는 기대했습니다!" 래플스가 대답하면서 나를 보고 너무 음흉하게 웃는 바람에 나도 옆으로 고개를 돌려 마주 웃어 주어야 했다. 그날 내가 마지막으로 지은 웃음이었다.

내가 다시 고개를 돌리는데 문이 열리면서 어떻게 봐도 형사일 것 같은 사람이 우리 같은 방문객 두 명을 데리고 안으로 들어왔다. 남자는 딱딱한 둥근 모자를 쓰고, 검고 툭툭한 외투를 입고 있어서 한눈에 지위를 알 수 있었다. 그는 잠시 강철 같은 눈으로 뭔가를 캐묻듯 차갑게 우리를 바라보았다. 그때 래플스 유물이 있는 골방에서 직원이 나왔고, 놀란 침입자는 일행을 맞은편 창문 쪽으로 안내했다.

"드루스 경감입니다." 직원이 우리에게 귓속말로 알려주었다. "당시 초크팜 사건을 맡았던 사람이지요. 래플스가 오늘날 살아 있다면 그를 잡을 적임자죠."

"그렇겠군요." 심상찮은 반응이었다. "내가 저런 사람에게 쫓기는 처지라면 상당히 걱정될 것 같네요. 그건 그렇고 이 범죄 박물관에 무슨 큰일이라도 있습니까?"

"별일 없습니다." 직원이 속삭였다. "이곳은 방문객이 한 사람도 없이 몇 주가 그냥 지나가는 경우가 많습니다. 저분들은 경감님의 친구인데, 범인에게 교수형을 내리는 증거로 사용되었던 초크팜 사진들을 보러 온 모양입니다. 흥미로운 사진이 많은데, 보시겠습니까?"

"너무 오래 걸리지 않으면 보고 싶군요." 래플스가 손목시계를 꺼내며 그렇게 말했고, 직원이 잠시 우리 옆을 떠난 사이 내 팔을 잡았다. "이건 좀 위험하긴 한데, 그렇다고 우리가 토끼처럼 냉큼 뺑소니를 칠 수도 없잖아. 그게 오히려 더 치명적일 수도 있어. 사진에 얼굴을 묻고 모든 걸 내게 맡겨. 내가 최대한 빨리 여길 뜰 방법을 알아볼게."

나는 군소리 없이 명령에 따랐고, 조금은 덜 불안해진 마음으로 상황을 짚어 보았다. 그런데, 래플스가 이번에는 명백히 위험한 일을 하려 한다는 생각이 들었다. 우연히도 래플스와 내가 이름이나 명성을 너무나 잘 알고 있는 경감과 같은 방에 있게 된 상황은 위험했다. 래플스도 결국은 나이가 들면서 놀랄 만큼 변했다. 그러나 평소보다 훨씬 더 직접적인 위험에 맞닥뜨릴 배짱은 남아 있었다. 반면 유명한 형사라도 나 같이 지명도 없는 범죄자를 한눈에 알아볼 가능성은 거의 희박했다. 이번에 그 사실이 여실히 확인되었다. 그러나 위기는 위기여서, 직원이 꺼내 놓은 앨범을 보려고 몸을 굽히는데 도저히 미소가 나오지 않았다. 그럼에도 그럭저럭 살인 현장과 피살자의 사진에 관심은 갔다. 사진들이 내 천성에 잠재한 병적인 요소들을 자극했다. 그래서 어느 악명 높은 살육 장면을 보고 래플스의 관심을 끌려 했던 것은 의심의 여지 없이 타락한 마음에서 나온 행동이었다. 그런데 래플스는 반응이 없었다. 주변을 둘러보았더니 래플스가 없었다. 우리 셋이 창 하나를 통해 사진을 들여다보고 있었고, 새로 들어온 사람 셋도 비슷하게 다른 창을 보며 뭔가에 몰두해 있었는데, 래플스가 우리 등 뒤에서 인기척도 없이 사라지고 없었던 것이다.

다행히도 직원은 공포스러운 범죄 사진들을 흡족히 바라보느라 여념이 없었다. 그러다 그가 뒤를 돌아보자 나는 놀라움은 숨길 수 있었지만 분노까지 감출 수는 없었다. 나는 본능적으로 분노를 숨기지 못하는 경향이 있다.

"내 친구는 세상에서 가장 참을성이 없답니다! 기차를 탈 거라더니 말 한 마디 없이 가 버렸네요." 내가 외쳤다.

"저는 아무 소리도 못 들었는데." 직원이 어리둥절해하며 말했다.

"저도 그렇습니다. 하지만 친구가 내 어깨를 두드리고는 뭐라고 말하기는 했습니다. 전 사진에 너무 압도되어 신경을 쓰지 않았는데, 그때 아마 가겠다고 했나 봅니다. 갈 테면 가라죠뭐! 전 볼 걸 다 보겠습니다."

친구의 이상한 행동으로 생긴 의심을 누그러뜨리기 위해 나는 초조함을 억누른 채 저명한 형사와 그의 친구들보다 훨씬 더 오래 그

곳에 머물면서 그들이 래플스 유물들을 검토하는 장면을 지켜보았다. 심지어 그들이 내 코 앞에서 나에 관해 토론하는 소리까지 들은 후 마침내 핏기 없는 직원과 단둘이 있게 되었다. 나는 주머니에 손을 넣고 그를 곁눈질로 보았다. 팁 문화는 내 생활의 사소한 골칫거리였다. 팁을 억지로 주는 게 문제가 아니라, 많은 경우 누구에게 팁을 줄지, 무엇을 줄지 결정하는 것이 참으로 어렵기 때문이었다. 나는 찝찝한 상태로 자리를 뜨는 게 어떤 건지 알고 있었다. 보통 돈이 아까워서가 아니라 어느 시점에 주어야 하는지 결정을 못 해서라는 것도. 그러나 이번에는 실수 없이 직원에게 팁을 건넸고, 직원은 이의 없이 돈을 받았다. 그러고는 내가 잡지에 기고할 거라고 핑계 댄 기사를 나중에 꼭 보고 싶다고 말했다. 그는 여러 해 동안 그것을 기다렸고, 나는 기사가 뒤늦긴 했지만 감성이 풍부한 사람이 읽게 된다면 기분이 상하기보다는 흥미를 갖게 될 거라 자신 있게 장담했다.

거리로 나서자 황혼이 내리고 있었다. 세인트 스테판 거리 뒤로 펼쳐진 하늘이 활활 타오르더니 화난 얼굴처럼 시커메졌다. 가로등이 켜졌다. 래플스를 찾을 때가 된 것 같았다. 어처구니없게도 그가 역 근처를 배회할 것 같다는 생각이 들어 주변을 서성이다 리치몬드행 기차 한 대를 놓쳐 버렸다. 대신 워터루로 이어지는 다리에 올라가 테딩턴으로 가는 첫 기차를 타는 수밖에 없었다. 좀 덜 걷기는 했지만 강에서 햄커먼으로 가려면 자욱한 안개를 헤쳐 나가야 했다. 우리 거처에 도착했을 때는 저녁 먹을 시간이었다. 블라인드 너머로 벽난로 불빛만 깜빡거리는 걸 보니 래플스보다 내가 먼저 도착한 모양이었다. 래플스가 런던 경찰청에서 내 옆을 떠난 지 거의 네 시간째였다. 그는 어디 있을까? 우리 집주인 여자가 래플스는 어디 갔냐고 손을 꼬며 물었다. 집주인은 성심성의껏 저녁을 준비해 두었고, 나는 내 생애 가장 우울한 식사가 되기 전에 래플스가 어디 있는지 모른다고 고백했다.

자정까지 래플스의 흔적은 보이지 않았지만, 나는 한참 전부터 여주인을 안심시켰다. 하지만 내 목소리와 얼굴을 보고 거짓말인 걸 알아챘을 것이다. 나는 랄프 씨(집주인 여자는 래플스를 그렇게 부르곤 했다)가 극장에 간다고 말했었고, 극장에 가기를 단념했든지 내가 잘못 들은 게 틀림없으니 자지 않고 그를 기다리겠다고 말했다. 집주인은 친절하게도 자러 가기 전에 샌드위치를 한 쟁반 가져왔고 나는 거실 난로 옆에 놓인 의자에 앉아 샌드위치나 먹으며 밤샐 준비를 했다. 어두운 침대에 가서 눕고 싶지 않았다. 어쩌면 의리상 추운 거리로 나서야 할 것 같기도 했다. 그러나 도대체 래플스를 찾으러 어디로 가야 한단 말인가? 내가 생각할 수 있는 곳은 단 한 군데뿐이었다. 하지만 내가 거기로 찾으러 가면 그를 돕기는커녕 나 자신을 망치는 길이 될 것이었다. 래플스가 런던 경찰청을 떠날 때 누군가 그를 알아봐서 바로 잡혔거나, 아니면 쫓기다가 새로운 은신처를 찾았으리라는 확신이 점점 커졌다. 만약 그렇다면 조간신문에 날 것이고, 그건 전적으로 래플스 본인의 실수였다. 래플스는 자기 머리를 손수 사자 아가리에 들이밀었고, 사자가 입을 앙 다문 격이었다. 래플스는 과연 늦기 전에 머리를 빼냈을까?

바로 옆에 술병이 있었고, 그날 밤만큼은 그게 적이 아니라 친구였다고 애써 말하고 싶다. 술 덕분에 의자에 앉은 채 불 앞에서 잠이 들었으니까. 깨어났을 때 램프는 여전히 켜져 있었고 불도 발갛게 타고 있었다. 그러나 나는 겨울 아침의 기운에 눌린 채 뻣뻣하게 앉아 있었다. 그러다 갑자기 뭔가 느껴져 의자를 홱 돌렸다. 래플스가 문을 열어 둔 채 내 뒤에 있는 의자에 앉아 말없이 신발을 벗고 있었다.

"잠 깨워서 미안해, 버니. 쥐새끼처럼 조심한다고 했는데, 세 시간 동안 열심히 걸었더니 발이 아파서."

나는 일어나지 않고 그의 목을 내려다보았다. 의자에 기댄 채 래플스의 이기적이고 무감각함에 치를 떨며 눈만 깜박거렸다. 내가 자기 때문에 어떤 일을 겪었는지 알 리가 없었다.

"마을에서부터 걸어왔어?" 나는 래플스가 늘 그러기라도 하듯 무심하게 물었다.

"경찰청에서부터 걸었어." 래플스가 양말을 신은 채 불 앞에 앉아 몸을 펴며 대답했다.

"경찰청에서! 그럼 내 생각이 맞았군. 거기 내내 있다가 가까스로 도망친 거야!"

내가 흥분해 의자에서 일어났다.

"당연히 그랬지. 큰 어려움은 없으리라 생각했지만, 심지어 생각한 것보다 더 쉽더라. 한번은 카운터 같은 곳의 모퉁이에 숨어 있었거든. 반대편에서 직원 하나가 책상에서 졸고 있었어. 그를 깨워서 칼턴 외곽의 유령 이륜마차에 남아 있던 전설적인 지갑에 관해 물어보는 게 가장 안전한 방법 같았어. 그래서 그 작자가 나를 내쫓으면 런던 시 경찰청의 또 다른 자랑거리가 되는 거지. 미개한 나라에서라면 그 상황에서도 어떻게 안으로 침입할 수 있었는지 묻겠지만 런던 경찰청이라면 절대 그렇게까지 하지는 않았을 거야."

"그런데 도대체 어떻게, 언제, 왜 그런 일을 한 거야?"

래플스가 웃옷의 뒷자락을 꺼져가는 불에 대고 서서 눈썹을 치켜세우고 나를 바라보았다.

"어떻게, 그리고 언제 했냐고, 버니? 너도 잘 알 텐데." 래플스가 아리송하게 말했다. "너는 들을 만한 자격이 있지. 사랑하는 친구, 네게 말했던 것보다 런던 경찰청에 가야 할 이유가 더 많이 있었어."

"난 네가 왜 거기 갔는지는 신경 안 써. 네가 거기 계속 있었건, 돌아왔건, 뭘 한 거든지간에 그 이유를 알고 싶어. 난 네가 잡혔다가 겨우 그들을 따돌린 거라고 생각했어." 나는 거의 울부짖었다.

래플스가 고개를 저으며 미소 지었다.

"아냐, 아니야, 버니. 나는 내 의지에 따라 방문을 연장한 거야. 이유는, 너무 많아서 너한테 모두 말하기 어려워. 내가 거기서 밖으로 나가면 그들이 나에게 신경을 쓸 테고, 만약 네가 돌아보면 너한테 관심이 집중되게 되어 있었잖아."

나는 깜빡 잠들었던 의자에 등을 대고 서 있었다. 의자 뒤에는 둥근 하숙집 테이블이 있었고, 위스키와 샌드위치가 놓인 천 위에 런던 경찰청 범죄 박물관의 은색 궤 위에 있던 래플스 유물이 모두 놓여 있었다. 그 궤만 없었다. 한 번밖에 발사된 적 없는 총과, 피 묻은 보호 장구와 송곳과 드릴용 날과, 석유통과 벨벳 상자와, 줄사다리와, 지팡이와, 목공용 송곳과, 쐐기와 심지어 고상한 군주의 선물을 화려한 색으로 위장한 빈 탄피까지 있었다.

"이곳에 도착했을 때 난 산타할아버지 같았어. 네가 자느라 그 광경을 못 본 게 유감이야. 내가 발견한 장면보다 더 유익했을 텐데. 넌 내가 의자에 앉아서 자는 걸 본 적 없지?"

래플스는 내가 그저 의자에서 잠을 잔 거라고 생각했다. 내가 밤새 친구를 걱정하느라 자지 않고 깨어 있었다는 것을 알 도리가 없었다. 나는 평생 많은 걸 참아 왔지만 래플스가 하는 절제에 대한 훈계가 내 인내심을 한계까지 시험했다. 하지만 궁금해서 일단 화를 참기로 했다.

"그러니 도대체 어디 숨어 있었단 말이야?" 내가 험악한 분위기로 물었다.

"경찰청에."

"그러니까 경찰청 어디?"

"물어봐야 알아, 버니?"

"지금 물어보고 있잖아."

"전에 내가 한 번 숨었던 곳이야."

"설마 궤 안에 있었단 말은 아니겠지?"

"거기 있었어."

우리는 잠시 빤히 마주 보았다.

"나중에 거기 들어가긴 했겠지. 근데 맨 처음에는 어디로 갔던 거야, 그리고 언제 내 등 뒤에서 빠져나갔어? 도대체 알 수가 없다고!"

"네 등 뒤에서 빠져나간 적 없어. 오히려 빠져 들어갔지."

"궤 안으로?"

"응."

나는 래플스의 얼굴에 대고 웃음을 터트렸다.

"친구야, 네가 사라지고 난 다음에도 물건들이 계속 궤 위에 있는 걸 봤어. 하나도 옮겨지지 않고 다 있었다고. 형사가 친구들에게 그 물건들을 보여주는 모습까지 봤는걸."

"나도 그 소리를 들었어."

"설마 궤 안에서 들은 건 아니겠지!"

"궤 안에서 들었어, 버니. 그런 식으로 보지 마. 바보 같아. 옷깃을 빳빳하게 세운 바보 같은 직원과 내가 나눈 말들을 기억해 봐. 내가 궤 안에 뭐가 있냐고 물었던 거 생각나?"

"응."

"안이 비어 있는지 확인하려고 그랬어. 그러고 나서 간이문 말고 뒷문도 있는지 내가 물어봤잖아."

"기억 나."

"내가 아무 의미도 없이 그걸 물어봤을까?"

"난 의미 따윈 생각도 안 해 봤어."

"그랬겠지. 그 궤에 뒷문은 없지만, 옆문 비슷한 게 있거든. 그걸 경찰청 사람이 아는지 모르는지 시험해 본 거지만 넌 절대 생각 못 했을 거야. 거기 문이 하나 있어. 아니 있었다고 해야겠지. 내가 그 궤를 네 방에서 내 방으로 다시 가져온 직후, 그 좋았던 옛 시절에는 말이야. 손잡이 하나를 아래로 밀면 인형의 집처럼 뒤쪽 전체가 열려. 그런데 아무도 그걸 안 해 본 거지. 그래서 제일 먼저 그걸 확인해 봐야 한다고 판단했어. 위에 있는 물건을 노리는 것보다 그게 훨씬 더 간단하고, 물건도 멀쩡하게 손에 넣을 수 있으니까. 게다가 은행을 털 때도 들키지 않았던 수법이니 언젠가 또 써먹을 수 있겠다고 생각했어. 전시장 사람들은 아직 이걸 알지도 못하니까 언제든 다시 가지러 갈 수도 있겠다고 생각했지. 그러면 그사이 아무리 많은 물건이 궤 위에 놓여도 전혀 상관이 없잖아!"

나는 왜 궤짝이 처음 만들어졌을 때는 물론이고 우리 사이에 비밀이 거의 없어졌던 때조차도 친구가 궤에 관해 전혀 말해 주지 않았는지, 그리고 왜 이제 와서 얘기를 해 주는 건지 물어보았다. 홧김에 질문한 것은 아니었다. 도저히 래플스의 말을 그대로 믿기 어려웠던 것이다. 래플스가 대답은 하지 않고 내가 표정을 읽어낼 때까지 나를 가만히 바라보았다.

"알겠다. 넌 옛날에도 나한테서 숨고 싶을 때 그 안에 들어가곤 했던 거야!"

"내 친구 버니, 내가 늘 그렇게 다정한 사람은 아니잖아. 네가 네 방 열쇠를 마음대로 쓸 수 있게 하는데, 어떻게 너한테 내 방에는 들어오지 말라고 할 수 있었겠어. 비록 내가 끝내는 네 주머니를 털긴 했지만 말이야. 버니, 너마저 보기 싫어진다면 난 인간 사회 어디에도 적응할 수 없다고 생각했어. 널 내 친구라고 생각해서 한 행동이었어. 하지만 그런 일은 한두 번 정도밖에 없었어. 그리고 넌 오랜 시간이 지나도 그런 나를 용서해 줄 수 있는 아량 있는 사람이잖아!"

나는 씁쓸하게 대답했다. "그건 괜찮아, 그치만 이건 아니지, 래플스."

"왜 안 돼? 나도 궤에 숨겠다고 미리 결정하고 간 건 아니야. 아주 조금 생각만 해 봤을 뿐이었어. 재차 생각하지 않고 실행에 옮긴 건 그 영리한 형사와 같은 방에 있게 됐기 때문이야."

"아무도 네가 움직이는 소리조차 듣지 못했어!" 내가 본의 아니게 존경스러운 말투로 말해 버려서 스스로도 짜증이 났다. "그래도 그러지 말았어야지!" 내가 말투를 고쳐 재빨리 덧붙였다.

"왜, 버니?"

"우린 입장권으로 곧 추적당할 거야."

"그 사람들이 그걸 보관해 뒀을까?"

"아니, 하지만 입장권이 거의 발부되지 않는다고 했잖아."

"맞아. 방문객 하나 없이 몇 주가 지나갈 때도 있다고 했지. 그 정보를 캐낸 게 또 나였잖아, 버니, 그걸 알기 전까지는 경솔한 짓을 하지 않았어. 운 좋으면 그들이 이삼 주나 지나야 물건이 없어진 걸 발견할 거란 걸 모르겠어?"

나도 슬슬 이해되기 시작했다.

"게다가, 입장권만 보고 어떻게 집까지 찾아오겠어? 아예 의심조차 못할걸? 나는 일찍 전시장을 나왔어. 내가 한 일은 그것뿐인걸. 넌 훌륭하게도 내 부재를 잘 받아쳐줬어. 내가 미리 언질을 줬다 한들 이보다 더 잘할 순 없었을걸. 난 널 믿었어, 버니, 그리고 넌 더할 나위 없이 완벽하게 내 확신이 옳았음을 증명해 줬어. 네가 나를 믿지 못하는 게 슬플 뿐이야. 사무원이 들어오면 도둑맞은 걸 발견하게 될 상황에서 내가 널 내버려 두고 그곳을 떠날 거라고 진짜 생각한 거야?"

나는 온 힘을 다해 그 생각을 부정했다, 실은 얘기를 하는 동안 의심은 점점 사라져 갔다.

"너 물건들 위에 먼지막이 덮개가 있었다는 걸 잊었니, 버니? 다른 권총과 보호 장구들도 있었다는 걸 잊었어? 난 아주 조심스럽게 내 유물들과 똑같아 보이는 다른 물건들로 바꿔 놨어. 물론 지금 내 것 대신 놔둔 줄사다리에는 깁고 덧댄 부분이 없지만, 똑같아 보이도록 궤 위에 돌돌 말아 잘 놔뒀어. 참고로 벨벳 상자는 바꿔치기할 만한 다른 상자가 없더라. 그래도 막대기는 닮은 걸로 바꿔 놨어. 폴리네시아 진주 세트를 대신할 빈 탄약통도 찾았어. 너 직원들이 일일이 방문객들에게 물건을 보여줄 때 봤잖아. 그런 사람들이 다음번에 와서 차이를 알아채거나, 알아채더라도 범행을 우리와 연결시킬 수 있을 거라고 생각해? 원래 있던 것과 거의 똑같은 물건이 먼지막이 아래 있다가 몇 주 만에 호기심 많은 사람이 나타나면 원래 물건의 흉내를 내게 되는 거지."

나는 삼사 주 동안은 안전할 것 같다는 데 동의했다. 래플스가 손을 내밀었다.

"그러니 우리 다시 친구가 되어 설리번 담배를 평화롭게 피우자! 삼사 주 있으면 많은 일이 생길 거야. 이게 내가 저지른 모든 범죄 중에 가장 소소한 것이자 마지막 범죄라는 걸 알게 되면 넌 뭐라고 말할까? 단순히 감정적인 범죄보다는 더 특색 있는 일로 마지막을 장식할 수 있었을지도 모르지. 아니, 약속은 못해, 버니. 이제 도구들이 있으니 한 번 더 사용하고 싶어 근질근질할 수도 있어. 하지만 이 전쟁을 거치면서 사람들은 세상에 존재하는 모든 흥분을 맛봤으니 삼사 주 만에도 평소와 다른 일이 생길지도 모르는 거잖아?"

그때도 래플스는 자원입대해서 전방에 갈 생각이었을까? 그때 이미 자신의 삶을 속죄할, 아니, 제대로 죽을 수 있는 한 번의 기회를 염두에 뒀던 것일까? 나는 모르겠다. 앞으로도 알지 못할 것이다. 그러나 그의 말은 신비롭게도 예언적이었다. 삼사 주 동안 우리 왕국을 위협하는 사건들, 왕국의 자식들이 초원 위에 내걸린 깃발 아래에서 싸우기 위해 사방에서 결집하는 사건들이 일어났다. 이젠 모두 고대 역사처럼 느껴진다. 그러나 나는 래플스가 마지막 범죄에 관해 했던 말들을 너무도 생생히 기억한다. 그 말을 할 때 손에 힘이 들어가던 것이나 피곤한 두 눈이 슬픔으로 반짝였던 것까지.

1

크리스마스 기차

THE CHRISTMAS TRAIN

윌 스콧 Will Scott

오늘날에는 대체로 잊혔지만, 윌 스콧은 여러 영국 매체들에 짧은 유머를 기고하다 범죄 소설로 전향한 후 평생 이천 편 이상의 소설을 썼다. 그가 만들어 낸 가장 흥미로운 캐릭터들은 지그램프스라는 기이한 이름의 떠돌이 일꾼이자 탐정이자 사기꾼인 인물과, '물론 그것은 세상에서 가장 지겨운 일이지만, 나는 언제나 옳다'라고 말한 거구의 젠체하는 탐정 디셔와, 영국 경찰청 비첨 경위를 끊임없이 이겨 먹는 제러마이아 존스 등이다. 「크리스마스 기차」는 《패싱 쇼》의 1933년 12월 23일 호에 처음 발표되었다.

"맥스웰, 무슨 말인지 잘 알겠지?" 제러마이아 존스가 물었다.

"네. 해드로 크립이 오늘 아침에 사우샘프턴에 도착했습니다. 그는 보석을 가지고 있지요. 4천 파운드어치입니다. 문제는 아무도 눈치채지 못하게 세관을 통과시키기 어렵다는 겁니다. 그래서 제가 방법을 알아냈고요. 수고가 좀 들지만요!" 맥스웰이 진지하게 하나하나 읊었다.

"사치품들은 항상 비싸게 구는 법이지." 존스가 웃으며 말했다.

"해드로 크립 씨는 오늘밤 리버풀 스트리트를 출발해 고향인 프라이어스 토플리스에서 크리스마스를 보낼 예정입니다." 맥스웰이 계속 말을 이었다. "물론 보석들을 가지고 갑니다. 기차는 6시 14분에 출발할 예정입니다."

"네 시간 남았군." 존스가 손목시계를 들여다보며 중얼거렸다. "기차가 혼잡할 텐데. 그리 쉽지는 않겠군. 그렇지만 모험을 하지 않으면 얻는 것도 없는 법이지. 이런 일에 경험이 있으면 좋았을 텐데."

"참, 크립 씨가 사우샘프턴부터는 막스와 동행한다고 합니다." 맥스웰이 말을 재개했다.

"막스?" 제러마이아 존스가 눈을 치켜떴다. "비첨 밑에 새로 온 사람?"

"맞습니다." 맥스웰이 한숨을 쉬며 말했다.

"런던 경찰청의 보호를 받는다! 일이 쉽지 않게 돌아가는군. 돌리시에게 말 좀 전해줄 수 있나?" 존스가 전화에 손을 뻗으며 덧붙였다.

"돌리시요?"

존스가 고개를 끄덕였다.

"그러니까, 돌리시에게 귀띔하라는 말씀이신가요?"

"요령 있게, 현명하게."

"그래야겠죠." 맥스웰이 애매하게 말했다.

"확신이 안 서나?"

"아닙니다. 잘할 수 있습니다."

"좋아, 그럼 이제 가서 일해. 여기서 5시 반에 만나자고. 만반의 준비를 해. 가장 중요한 건 해드로 크립 씨가 보석을 담은 것과 최대한 비슷한 가방을 가져오는 거야."

"네, 명심하겠습니다." 맥스웰이 약속한 다음 밖으로 나갔다.

존스가 수화기를 집어들었다.

"런던 경찰청이죠? 비첨 경위 부탁합니다. 오랜 친구 존스라고 전해 주세요."

잠시 후 존스의 쾌활한 얼굴에 간교한 미소가 퍼졌다.

"비첨, 자넨가? 잘 지내? 메리크리스마스! 뭐 안 그럴 이유는 또 뭔가? 땅에는 평화, 모든 이에게는 축복을, 다 그러는 거잖나.

근데 비첨, 자네한테 줄 크리스마스 선물이 있네. 전에 약속했던 거 기억나지? 내가 그걸 구할 수 있으면, 어, 그러니까 우리끼리 하는 말로, 좀 조잡한 표현이긴 한데, 그럼, 나도 알아, 하지만 다들 그렇게 부르니 뭐 어쩌겠나. 자네도 알 것 같은데, 그래 말할게, 그래 알았어…….

저번 주에 클랩햄에서 무장강도 사건이 있었잖나, 그 여자애가 기절한 사건 말이야. 자넨 내가 잔인한 걸 얼마나 싫어하는지 알지. 그니까 내 말은 그자가 여자에게 손쉽게 약을 먹였을 수도 있단 거야, 그렇잖나……. 정말이야. 자네가 찾는 사람이랑 주소와 정보들 다 나한테 있어.

들어봐, 내가 4시면 발틱에 있을 거야……. 아니, 아니, 비첨, 난 자넬 따로 보고 싶어……. 자넬 봐야 기분이 좋아지지. 4시에 발틱.

어디 적어놔. 자넨 뭘 너무 잘 까먹더군!"

존스는 좋아서 껄껄 웃으며 전화를 끊은 다음 리버풀 스트리트에 가서 일등석 기차표를 두 장 사서 피카딜리에서 조금 떨어진 발틱 호텔의 어두운 술집 익숙한 구석에 자리를 잡았다.

정확히 네 시에 런던 경찰청의 비첨 경위가 무심한 표정으로 나타나 아무 말 없이 존스의 옆자리에 앉았다.

"해피 크리스마스!" 존스가 밝은 표정으로 인사를 건넸다.

비첨이 뭐라고 구시렁댔다.

"기운 내!" 존스가 환하게 웃었다.

"정보 준다며." 비첨이 중요한 사실을 상기시켰다.

"여기 가지고 왔지." 존스가 지갑을 꺼내 테이블 위에 올렸다.

"부디 가치 있는 거였으면 좋겠군." 비첨이 덧붙였다. "그리고 이걸로 자네가 빚을 갚는 거라고 생각하지 마. 단지 체불된 걸 내고 있을 뿐이야. 자넨 너무 자주 내 손아귀에서 빠져나가. 이번엔 내가 운 좋게 기회를 잡았군. 난 그럴 권리가 있어. 그렇다고 모든 게 탕감된 건 아니야. 만약 내가 내일이라도 자네를 잡아야 한다면, 그렇게 할 거야!"

"오늘밤도 안 될 건 없어." 존스가 미소 지었다.

"기회가 오면 반드시 잡겠어." 비첨이 으르렁거리듯 말했다.

존스가 지갑에서 종이 한 장을 꺼내 펴기 시작했다. 옆에서는 긴장해서 숨소리마저 죽였지만 존스는 아무렇지 않은 듯했다. 드디어 작은 종이가 펴졌지만, 그건 런던 경찰청 형사가 숨죽이면서까지 기대하던 것이 아니었다. 그저 기차표 두 장이었다. 일등석. 프라이어스 토플리스로 가는.

"이게 주소야." 존스가 형사에게 종이를 건넸다. "거기 가면 자네가 찾는 사람이 있을 거야. 증거도 발견할 수 있겠지. 그는 벌을 받아 마땅해. 만약 자기 정보를 어떻게 얻었는지 설명해야 하는 상황이 되면 내가 그렇게 말하더라고 얘기해도 좋아. 자넨 자네 일을 하는 거지."

"다른 건?" 비첨이 물었다.

"없어. 다시 웨이터를 불러서 크리스마스 기념 건배라도 하게 해 주면 몰라도……."

"난 가겠네." 비첨이 일어나며 퉁명스럽게 말했다.

"이 목석같은 사람 같으니. 그래도 크리스마스이브이니 양말과 굴뚝 입구는 살펴봐, 또 모르지?"

그러나 벌써 비첨 경위는 문으로 가고 있었다.

사무실에 도착한 비첨은 전화를 걸어 새 조수 막스를 불렀다.

"아, 막스. 해드로 크립에 관한 얘긴데. 오늘밤 기차에 함께 타기로 되어 있지?"

"네, 제가 갈 겁니다."

"갈 필요 없어."

"안 가도 된다구요?"

"내가 직접 갈 거야."

비첨은 큰 시가의 끝을 잘근잘근 씹으며 만족한 웃음을 웃었다.

리버풀 스트리트에서 떠나는 6시 14분 기차가 출발하기 전부터 눈이 내리기 시작했다. 큰 건물의 열린 문을 통해 눈이 안으로 불어닥쳐 엔진의 앞면과, 승객들과, 배웅하러 나온 지인들의 어깨를 덮었다. 이 계절 날씨는 당연히 혹독할 수밖에 없었고, 여정이 길고 불편해지리라는 점에 모두들 만장일치로 동의했다.

웃고, 투덜거리고, 환호하고, 염려하는 나름의 방식으로 연휴를 즐기는 사람들 사이를 키 작은 초로의 남자가 조용히 지나갔다. 기쁨에 찬 사람들은 그렇게 작고 늙은 사람에게 조금의 관심도 보일 여력이 없었고, 염려하는 축들은 너무 걱정이 많아서 그 사람을 눈여겨보지 않았다. 그는 마치 자신과, 그가 들고 있는 특징 없는 검은 가방이 정말로 세상에 존재하지 않는 양 기차를 향해 유유히 나아갔다. 그리고 아직 텅 빈 일등석 칸의 모퉁이로 숨을 헐떡이며 들어갔다.

반면 기뻐하는 사람이건 염려하는 사람이건 적어도 한 번씩은 키 크고 잘생긴 제러마이아 존스를 쳐다보았다. 존스는 신중하고 품위 있는 맥스웰을 대동하고 플랫폼을 활보했는데, 그의 위풍당당한 모습은 그가 역사를 매입할 정도는 아닐지언정 적어도 기차를 통째로 열흘 정도는 빌리고도 남을 사람 같은 분위기를 풍겼다.

그러나 아무도 앞선 초로의 남자를 눈여겨보지 않았기 때문에, 지금 존스의 뒤를 따르는 맥스웰의 가방이 방금 전 지나간 존재감 없는 남자가 들고 있던 검은 가방과 똑같다는 사실도 눈치채지 못했다.

단, 어두운 구석에서 조용히 나타나 존스와 맥스웰을 6미터 뒤에서 은밀히 뒤따르며 집요하게 감시하는 검은 콧수염의 남자를 제외하고.

존스와 맥스웰은 초로의 해드로 크립 씨가 4만 파운드어치의 보석을 들고 앉아 있는 일등석 칸을 통과한 다음 식당 칸을 거쳐 마침내 자신들의 일등석 칸에 도착했다.

집요한 감시자인 비첨 경위는 기차 맞은편 끝에 있는 승무원에게 몇 마디 조용히 건넨 다음 승무원실 내 어두운 구석으로 들어가 자리를 잡은 후 몸을 웅크렸다.

기차가 역에서 출발하자 비첨 경위도 승무원실에서 나왔다. 기차가 쌀쌀한 겨울밤을 향해 움직이기 시작했고, 비첨은 복도로 향했다. 두 번째 객차까지 간 비첨은 해드로 크립이 여전히 혼자서 허름한 가방을 옆에 놓고 있는 걸 확인하고 만족해하면서 객차의 끝에서 통로가 보이도록 자세를 취하고 서서 상황을 주시했다.

기차는 계속 전진했고, 시간은 계속 흘렀다. 비첨 경위는 따분해지기 시작했다. 복도 창문은 눈으로 덮여 있어서 볼 것도 없고, 딱히 할 일도 없었다. 기차 끝에서 크리스마스의 흥겨움에 취해 떠드는 소리가 들렸다. 비첨은 그 소리가 자신에게 어울리지 않는다고 느꼈다. 그리고 지겨워졌다. 결국 몸을 흔들어 권태를 털어내고 다시 기차 안을 걷기 시작했다.

비첨은 식당 칸을 통과했다. 자기가 지금 왔다 갔다 하는 것을 존스나 맥스웰이 모르는 데 만족하며 식당 칸 다음의 객차 두 개를 통과한 다음 멈춰 서서 다시 객차 끝 통로에 몸을 기대고 섰다.

그는 다시 기다리기 게임에 들어갈 수밖에 없었다. 또 슬슬 지겨워지기 시작했다. 그러다 마침내 리버풀 스트리트에서 한 시간 정도 갔을 때 복도로 향하는 문이 열리는 소리가 들리더니 일등석 칸에서 남자 둘이 나와 기차 뒤쪽으로 가는 게 보였다. 반갑게도 존스와 맥스웰이었다. 맥스웰은 낡은 가방을 들고 있었다.

"아!" 비첨이 나지막이 탄성을 질렀다.

비첨은 그들이 객차 끝에서 방향을 틀 때까지 기다렸다가 뒤를 따라갔다. 존스와 맥스웰을 따라 다음 객차를 통과한 다음, 1분이 조금 안 되게 기다렸다가 기차의 뒷부분에 있는 식당 칸으로 뛰어 들어갔다.

그러나 거기에서 멈췄다.

존스가 거기 서서 칠면조와 크리스마스 푸딩을 주문하다 말고 비첨 경위를 올려다보더니 소리쳤다.

"아, 이게 누구신가! 이렇게 만날 줄 생각도 못 했네! 맥스웰, 신사분께 크리스마스 인사나 하게!"

"메리크리스마스, 경위님." 맥스웰이 비첨에게 경의의 의미로 고개를 숙이며 인사했다.

"합석하세. 어쨌거나 일 년에 한 번밖에 없는 날이니 자네도 내가 사는 맥주를 마시면서 조용히 불평을 해도 되네. 아니면 포트와인이 좋겠나?" 존스가 비첨에게 권했다.

비첨은 그들의 맞은편에 있는 편안한 의자에 풀썩 주저앉았다.

"나는……." 비첨이 말하려다 말았다.

"그래, 자넨 뭐?" 존스가 바로 반응했다.

"아냐, 암것도." 경위가 중얼거렸다.

"크리스마스라 술 마시면 안 된다는 말은 하지 말게. 자네가 그런 헛소리는 안 믿는 걸 내 알지. 아니면 내가 틀렸나? 자네 딱딱한 얼굴을 보니 럼 펀치 세 잔 마시고 호랑가시나무 열매를 보며 울음이 나오려는 걸 숨기는 사람 같거든." 존스가 말했다.

"중요한 건 자네가 어딜 가는 길이냐는 거지." 비첨이 따졌다.

"그게 왜 중요하다는 건지 모르겠는데." 존스가 미소를 지으며 응답했다. "거기 웨이터, 아니 승무원이라고 불러야 하나? 내가 여행을 잘 안 다녀 봐서요, 여기 내 친구 런던 경찰청 비첨 경위에게 칠면조와 플럼 푸딩과 크리스마스 시즌에 먹고 마실 만한 것들을 모두 갖다 줘요. 비첨, 자네 저 승무원 모르지? 서로 인사하게. 승무원 양반, 이 사람은 런던 경찰청의 비첨 경위요, 아주 좋은 친구지."

승무원이 웃으며 떠났고, 그사이 비첨은 목이 벌게지도록 계속 창밖만 바라봤다.

"내가 소개해 달라고 할 때나……." 그가 열을 올리며 말했다.

"자네한테 그런 때가 올까?" 존스가 비첨에게 장담했다. "너무 유명해서 그럴 필요도 없긴 하지. 그런 싸구려 수단을 쓰기엔 대중의 애정을 너무 많이 받고 있잖나. 소개? 자네가? 세상이 망할 때나 되어야 소개가 필요할 걸. 휴일에 스케이트 전망은 어떤가? 자네 견해가 듣고 싶군."

“자네가 교활한 바보인지 그냥 바보인지 참 알 수가 없군.” 비첨이 존스를 매섭게 노려보았다.

“운 좋은 바보라고 할까?” 존스가 말했다.

“운 좋은, 그렇지!” 비첨이 바로 동의했다.

“그러니까 자네는 나를 모른다는 거야. 나를 좀 더 알아 나가야겠어. 가끔 만나. 두 번째 목요일마다, 어때? 만나서 차와 케이크나 먹자구.”

런던 경찰청의 음침한 노인을 대접하는 차원에서 존스는 칠면조와 플럼 푸딩과 뒤따라 나온 포트와인을 한껏 즐겼다.

일하던 중에 만난 게 아니었다면, 비록 동행이 있을 망정 비첨은 그 드문 기회를 온전히 즐겼을 것이다. 비첨은 말을 거의 하지 않았다. 존스의 입에서 끊임없이 쏟아져 나오는 가벼운 수다의 홍수도 대충 흘려들었다.

비첨은 마냥 기다리기를 포기하고 기차 바퀴가 철컹거리며 지나온 거리를 계산해 보았다.

존스가 시계를 보았다.

“여덟시? 눈 때문에 늦어졌군. 프라이어스 토플리스에 3분 전에 도착했어야 했는데, 맞지?”

비첨이 프라이어스 토플리스라는 말을 듣자 고개를 들었지만 역시 아무 말도 하지 않았다. 존스가 시가를 하나 권하자 비첨이 사양했고, 존스만 불을 붙였다.

10분 후 기차가 느려지기 시작했다.

“여긴 어디지?” 존스가 물었다.

식당 칸에는 창문에 김이 잔뜩 서려서 어딘지 가늠이 되지 않았다. 쟁반에 크리스마스 음식을 잔뜩 담은 승무원이 재빨리 지나갔다.

“승무원, 여기가 도대체 어딥니까?” 존스가 물었다.

“에칭 베일에 도착하고 있습니다. 프라이어스 토플리스는 이십오분 후에 도착합니다, 손님.” 승무원이 대답했다.

“감사합니다.” 존스가 말하고는 맥스웰을 돌아보았다.

“우리는 여기서 내려. 다 챙겼지, 맥스웰?”

“네.”

“가방 잊지 마.”

맥스웰이 허름한 가방을 집어들었다.

“여기 있습니다.”

존스가 일어났고 맥스웰도 일어났다. 비첨은 무슨 일인지 몰라 불만스러워하며 두 사람을 바라보았다.

맥스웰이 존스가 오버코트 입는 것을 도와준 다음 자기도 코트를 입고 기다렸다. 존스가 모자를 귀까지 끌어당겨 쓰고 코트의 깃을 세웠다.

기차가 멈췄다.

“잘 가게, 비첨.” 존스가 기운차게 인사했다. “참, 그전에 못 볼지도 모르니 새해 인사까지 해야겠지. 해피 뉴 이어.”

그러고 존스는 눈 쌓인 플랫폼으로 나갔고, 그 뒤를 허름한 작은 가방을 든 맥스웰이 따랐다.

비첨은 눈을 깜빡거렸다. 저 작은 가방…… 그게 가능했나? 해드로 크립이 기차에 도착하기도 전에? 아니면 또 무슨 장난질을 쳤나, 비첨이 승무원실에서 기회를 보던 사이에?

'솜씨가 좋은걸, 그런데도 나는 그가 진짜 바보인지 궁금해했던 거군.' 비첨이 진지하게 상황을 되짚었다.

강한 바람 때문에 존스와 충직한 맥스웰은 순식간에 눈으로 덮였다. 서둘러 에칭 베일의 황량한 플랫폼을 가로질러 역 벽에 있는 대피소로 달려갔다. 그러고는 대피소를 통과해 얼른 개찰구로 뛰어갔다. 존스가 티켓 두 장을 내밀었다.

검표원이 티켓을 희미한 불빛에 대고 자세히 들여다보았다.

"죄송합니다만, 손님. 여긴 에칭 베일입니다."

"이렇게 눈이 퍼붓는데도 구별을 잘 하는군요." 존스가 말했다.

"이 표는 프라이어스 토플리스로 가는 겁니다, 손님."

"압니다. 그런데 마음이 바뀌었습니다. 여기서 내려야겠다고 생각했어요. 꼭 그래야 할 것 같았습니다."

"도중 하차는 하실 수 없습니다, 손님. 죄송하지만 다시 돈을 내셔야겠습니다."

존스가 검표원의 손에 지폐를 찔러 넣었다.

"그것으로 퉁 칩시다. 남은 돈으로 아내한테 크리스마스 선물이나 사 주고요."

"전 아내가 없습니다, 손님." 검표원이 씩 웃었다.

“당신같이 매력적인 사람이라면 곧 생길 겁니다.”

존스는 에칭 베일의 눈 쌓인 역 광장으로 나갔다. 왼편에 맥스웰의 발소리가 들렸고, 곧 오른편에서 다른 발소리가 들렸다. 고개를 돌려 보니 비첨 경위의 무뚝뚝한 얼굴이 보였다.

“이거 뭐야! 비첨, 자넨 계속 가는 줄 알았는데.”

“난 자네도 그럴 줄 알았지.” 비첨이 말했다.

“마음이 바뀌어서.”

“나도 바뀌었어.” 비첨이 응수했다.

“수고로운 방법이야, 내가 찾아냈지.” 존스가 말했다.

“난 수고롭지 않던데!” 비첨이 말했다.

“아, 물론, 경찰들이 자네를 알고 있으니 나랑은 당연히 다르겠지!”

존스가 웃으며 기다렸지만, 비첨 역시 갈 생각을 하지 않고 기다렸다.

“이제 어디 가나?” 존스가 물었다.

“자넨 어디 갈 건가?” 비첨이 말했다.

“이번엔 자네가 술을 살 차례라는 건가, 혹시? 아무튼 비첨, 나는 너무나 감동받았어! 저기 괜찮아 보이는 고풍스러운 호스텔이 있군, 갈까?”

“어디든.”

그들은 광장을 가로질러 구식 호스텔로 갔다. 런던 경찰청 형사가 즉시 방을 예약하고는 술을 주문한 다음 위로 가져와 달라고 하는 걸 보고 존스는 놀랐다.

"자네도 같이 마실 텐가?" 비첨이 존스에게 말했다.

"기꺼이. 맥스웰은 밖에 있어야 하나?"

"위층에 셋이 함께 묵을 방이 있을 거야." 비첨이 말했다.

"어떤 게 더 나을까?" 존스가 말했다.

그래서 그들은 쟁반을 든 웨이터와 함께 위층으로 올라갔다.

"아주 안락하군." 웨이터가 문을 닫고 떠나자 존스가 말했다. "여기 오래 머물 예정인가?"

"자네가 가지고 있는 그 가방을 살펴볼 때까지는 있어야겠지." 비첨이 말했다.

"비첨! 난 자넬 이해 못하겠어." 존스가 씩씩거렸다.

"이해하게 될 거야. 난 항상 자네가 지나치게 똑똑하다고 생각했어. 자넨 오늘 오후에 내게 자네 기차표를 보여줬어. 그래서 내가 자네와 이 여행을 함께하게 됐고 말이야. 그 가방 이리 줘 봐."

"내 친구, 비첨! 자네한테 그럴 권리가 있다고 생각하나?"

"곧 생길 거야. 시간 낭비하고 싶으면 맘대로 해. 내가 있는 한 허송세월이야. 암."

존스가 한숨을 쉬었다.

"맥스웰, 아무도 우릴 믿지 않는군. 의심 많은 세상이야. 그 가방 신사분에게 건네지."

맥스웰이 작은 가방을 비첨에게 건넸고, 비첨은 인상을 쓴 채 얼른 그걸 열었다. 안에서 파자마와 빗과 칫솔이 쏟아져 나왔다. 다른 건 없었다. 비첨이 이를 부딪치며 위를 올려다보았다.

"혹시 주머니에 있나?"

다정함이라곤 하나도 없이 존스가 다시 한숨을 쉬며 비첨을 쳐다보았다. "맥스웰, 자네 주머니 뒤집어 봐."

맥스웰이 주머니를 뒤집어 보였다. 존스도 똑같이 했다. 비첨의 얼굴이 흙빛이 되었다. 비첨이 다시 한 번 작은 가방을 들고 안을 뒤집어 바닥에 쏟아 부었다. 손으로 재빨리, 그러나 확실하게 두 남자의 옷을 더듬었다. 그러고는 알아듣지 못할 감탄사를 써 가며 구석 테이블 위에 있는 전화기를 집어들었다.

"프라이어스 토플리스 경찰서, 빨리!" 비첨이 소리쳤다.

"사랑하는 내 친구 비첨, 도대체 무슨 생각을 하고 있는지 말해 줄 수 있나?" 존스가 끼어들었다.

비첨은 말해 주지 않았다. 그저 코앞에 있는 전화기가 희미하게 반짝이기를 뚫어져라 쳐다보고 있었다.

"여보세요? 런던 경찰청의 비첨 경위입니다. 리버풀 스트리트에서 출발한 6시 14분 기차……. 뭐요? 맙소사! 떠났어요? 내가 그 사람을 봤는데……. 보석은요? 없다고요! 내가 갈게요."

비첨이 수화기를 내려놓고 빙글빙글 돌았다.

"무슨 생각인지 당최 모르겠네. 내가 그것들을 가져오지 않았단 걸 자네도 알잖아. 내가 결점이 많을 수는 있지만, 그런 짓은 안 해."

"어디서 일을 해치웠는지 정확히 모르겠지만, 명심해. 내가 자넬 가만두지 않을 거야."

"글쎄." 존스가 미소를 지었다. "자네야 그러고 싶겠지만, 세상일이 어디 그리 호락호락한가."

비첨이 문을 향해 성큼성큼 다가갔다.

"맥스웰, 신사분께 작별 인사나 하지." 존스가 말했다.

맥스웰이 비첨에게 인사했다.

전문가이지만 호감형은 아닌 '깔끔이' 돌리시가 자신의 베이커 스트리트 집에 들어가 불을 켰다. 그는 세상살이에 전반적으로 만족하는 편이었다. 적어도 불을 켤 때까지는.

돌리시는 권총의 총열을 내려다보고는 세상 전반에 대한 긍정적인 견해를 즉시 버렸다.

"굿이브닝, 아니 굿모닝, 여튼 안녕! 눈보라 치는 세상을 떠돌아다녔더니 시간 개념이 없네." 존스가 말했다.

"당신 누구야?" 돌리시가 호통을 쳤다.

"그건 전혀 중요하지 않지." 존스가 말했다.

"원하는 게 뭐야?"

"네가 프라이어스 토플리스 행 기차에서 해들로 크립한테서 훔친 보석. 그거 내놔. 이 추운 곳에서 두 시간이나 기다렸어. 나 지금 몹시 우울해. 내가 우울해지면 성질이 고약해지거든. 네 오른쪽 주머니가 불룩하네. 자! 내놔. 하나, 둘……."

그곳이 바로 '깔끔이' 돌리시가 물건을 넣어 둔 장소였다.

"어떻게 알아 냈는지 진짜 모르겠군." 돌리시가 툴툴거렸다.

"당연히 내가 알지. 기차에 그 물건이 있을 거라고 오늘 오후 너에게 알려준 사람이 나거든."

"당신이었다고?"

"내가 기차에서 주의를 딴 데로 돌려주지 않았다면 네가 그런 일을 할 수나 있었을 것 같아?" 존스가 덧붙였다. "경찰들이 우리 크립 씨를 지켜보고 있었으면, 너는 근처에 가지도 못했어. 머리를 써야 최고가 돼. 나는 수사과 사람들한테 인기 절정이라 다들 나한테서 눈을 뗄 수가 없거든. 그래서 나도 가끔 다른 사람들에게 일을 맡기는 거지."

돌리시가 보석 꾸러미를 풀어 테이블 위에 쏟고는 둘로 나누어 한 무더기를 건넸다.

"너에게 일을 맡긴 보람이 있군." 존스가 웃으며 말했다. "네가 그를 때리지 않고 정당한 대가를 치렀다면 나중에 하다못해 두세 개는 얻을 수도 있었을 텐데. 그러니 사람을 때리긴 왜 때려. 난 때리는 걸 몹시 싫어해. 아니면 최소한 항상 그렇게 생각해 왔어. 어느 날 마음이 바뀔 수도 있지만 말이야. 그게 오늘일지도 몰라. 그러니 날 따라와 볼 테면 따라와 봐! 안녕, 이름이 뭐랬지, 돌리시라고 했나? 만나서 반가웠어. 그리고 즐거운 성탄절 보내!"

춥햄에서 일어난 일

THE CHOPHAM AFFAIR

에드거 월리스 Edgar Wallace

에드거 월리스는 1920년대에 최고의 인기를 구가했고 살아 있는 사람 중 가장 성공적인 스릴러 작가로 불렸다. 영국에서 팔리는 책 네 권 중 한 권이 그의 책이라는 말이 있는데 아마 사실일 것이다. 그는 1905년에 첫 미스터리인 『네 명의 의인(The Four Just Men)』을 자비로 출간했다. 그 책은 거의 망하다시피 했지만, 계속 집필한 결과 173권의 소설과 17편의 희곡, 셀 수 없이 많은 단편, 그리고 첫 킹콩 영화의 원작 시나리오를 써냈다. 「춥햄에서 일어난 일」은 작가의 단편집, 『동부에서 온 여인(The Woman from the East)』에 처음 수록되었다. (런던, 허친슨, 1934)

책을 쓰는 변호사들은 대체로 동료들 사이에서 인기가 없지만, 지방 검사들 중에 가장 똑똑한 아치볼드 렌턴은 예외에 속했다. 그는 사례집을 지속적으로 썼고 수시로 초록을 발표했다. 그는 춥햄에서 일어난 일에 관한 의견을 정립해 놓고도 발표는 하지 않았다. 그래서 내가 대신 알퐁스 또는 알퐁소 리비에라와 그 사건에 관한 진실을 밝힌다.

알퐁스 리비에라는 여자를, 특히 세속적인 경험이 많지 않은 여자들을 잘 다뤘다. 그의 여권은 분명 남아메리카 공화국에서 발행되었는데도 스스로는 스페인 사람이라고 했다. 가끔 '리비에라 후작'이라고 적힌 명함을 내놓을 때도 있었지만, 그건 매우 특별한 경우였다.

그는 황갈색 피부에 흠 잡을 데 없는 이목구비를 가진 젊은이로, 웃으면 눈부시게 흰 치아가 두 줄로 빛났다. 그는 외모를 수시로 바꾸는 것이 편리하다는 걸 알았다. 예를 들어 '이집트 호텔' 소속의 고용 댄서였을 때는 구레나룻을 길렀는데, 이상하게도 오히려 젊음이 더 과장되었다. 어쩌다 도박판의 딜러로 일하게 된 엉깅프랑스 파리 북부의 지역의 카지노에서는 작고 검은 콧수염을 길렀다. 그의 많은 모험을 지켜본 고루하고 진지하며 상상력이 부족한 사람들은 여자들이 그에게 무슨 말이든 다 한다는 사실에 불쾌해하며 놀랐다. 그러나 상상력도 없는 남자들이기에 도대체 어떤 매력이 여자들을 휘어잡는지 알지 못했다.

여자들은, 가장 예상 밖의 여자들마저 그의 매력에 사로잡혔고, 그러곤 후회했다. 그가 예전에는 아주 미천하고 신뢰받지 못하는 종업원으로 일했던 도박업체에서 이제는 우수고객이 되었고, 춤 한 곡에 넉넉한 피아스터이집트 · 시리아 · 레바논 · 리비아 · 수단 등 중동 제국의 화폐 단위를 받고 일하던 호텔에서 이제는 호화롭게 지내게 되었다. 그의 말끔한 셔츠 앞섶에 다이아몬드가 달렸고, 어여쁜 매니큐어리스트들이 그의 손톱을 다듬어 주는 대가로 그가 한때 춤 파트너를 해 줄 때 상대가 슬쩍 찔러주곤 하던 돈보다 더 많은 금액을 받았다.

센 강의 후미진 쪽에 늘어선 싸구려 카페들은 끝없이 도미노 게임을 하면서 뉴스를 양산해 내는 역겨운 남자들의 아지트였다. 그들은 별난 사람들이 어떻게 살아가는지 알았고, 특히 알퐁스에 관해 얘기할 때는 더할 수 없이 노골적이었다. 대체 어떻게 그런 정보를 입수하는지는 모를 일이지만, 어쨌든 그들은 오스만 거리에 있는 알퐁스의 거처로 얼마나 두툼한 등기우편이 도착하는지까지 훤히 알았다. 등기우편에는 돈과, 각국의 언어로 극적인 단어를 쏟아 부은 절망적인 편지가 들어 있었다. '이제 더는 돈을 보낼 수 없어요. 이게 마지막이에요' 식의 편지였지만, 그 후로도 그들은 더 많은 돈을 알퐁스에게 보냈다.

알퐁스는 사업을 체계화해서 확장해 나갔다. 침대차를 타고 목적지인 런던, 로마, 암스테르담, 빈, 아테네에 도착한 다음 차로 멋진 호텔에 가서 전화가 있는 고급스러운 스위트룸을 얻는다. 대개 울먹이고, 발작적으로 화를 내고, 씁쓸해하고, 모욕적이지만 돈은 넘쳐나는 불행한 여자들이 약속 시간에 맞춰 그를 만나러 온다.

알퐁스가 만남의 날에 여자들이 그간 보내 온 편지를 발췌해 읽으며, 남편들의 수입을 거의 1파운드, 1리라, 1프랑, 심지어는 1겔드르 신성로마제국 시대 공작령의 하나 돈까지 정확히 알아맞히면, 여자들은 남편에게 모든 것을 털어놓으려던 결심을 재고했고, 알퐁스는 용돈을 두둑이 받아 파리로 돌아갔다.

그는 종종 사려 깊은 언어를 담아 쓴 편지로 방문 일자를 알려서 여자들이 따로 약속을 잡을 필요가 없게 만들었다. 그가 더 큰 게임을 하는 방식이었다. 알퐁스는 남편이나 오빠들을 크게 두려워하지 않았다. 그는 경험을 통해 터득한 철학으로 인간의 본성을 업신여겼다. 사람들은 대개 겁쟁이이고, 스스로의 삶을 두려워하며, 규정을 너무나도 무서워한다고 믿었다. 그는 은도금을 입힌 연발식 권총 두 개를 각각 뒷주머니에 넣고 다녔다. 총열에는 예쁜 무늬가, 상아색 손잡이에는 요정들이 새겨져 있었다. 총은 카이로에 있을 때 빈에서 코카인을 밀수하는 사람한테서 샀다.

알퐁스는 장부에 '고객' 스무 명 정도를 보유하고 있었고, 틈나는 대로 목록을 추가했다. 스무 명 중에 다섯은 금광(그는 고객을 그런 식으로 분류했다)이었고, 나머지는 은광이었다.

영국에 사는 한 은광이 있었다. 그녀는 다소 슬퍼 보이는 인상이지만 아주 사랑스러운 여인이었고, 알퐁스를 떠올릴 때만 제외하면 결혼 생활도 꽤 행복했다. 그녀는 남편을 사랑했고, 스스로를 증오했으며, 알퐁스를 몹시 싫어하면서도 속수무책으로 끌려 다녔다. 알퐁스에게 돈을 낼 만한 자기 재산을 따로 가지고 있었고, 그래서 정말로 돈을 주었다.

그러다 자포자기한 반항기가 발동하여 '이게 마지막이에요' 따위의 말을 써 보냈다. 알퐁스는 즐거웠다. 다음 용돈이 들어오기로 되어 있는 9월까지 기다렸지만, 들어오지 않았다. 10월에도, 11월에도. 12월이 되어 알퐁스는 여자에게 편지를 썼다. 12월에는 영국에 가고 싶지 않다고, 영국은 안개가 자주 끼고 너무 우울해서 이집트에 있는 게 훨씬 더 낫다고. 하지만 사업은 사업이라고.

편지는 여자가 이모를 방문하려고 롱아일랜드에 가 있는 동안 여자의 주소지로 도착했다. 여자는 미국 태생이었다. 알퐁스는 지금껏 한 번도 여자에게 답장을 쓴 적이 없었기에 여자는 안심하고 뉴욕으로 떠났다.

남편은 아내와 이니셜이 같았다. 그래서 우연히 편지를 뜯게 되었고, 꼼꼼히 읽었다. 남자도 바보는 아니었다. 그는 자기가 청혼해 결혼한 아내를 그냥 내버려둘 수 없었다. 아내가 결혼 전에 뭘 했든 관여할 바가 아니지만, 지금 일어나는 일은 자신의 몫이라 여겼다.

이제 남편은 아내가 꾸는 허황된 꿈과, 한 번씩 이유 없이 펑펑 울었던 이유를 이해했고, 아내의 미래가 어떻게 돌아갈지를 알았다.

남편은 파리에 가서 탐문을 시작했다. 도미노 게임을 하는 역겨운 사내들을 찾아가 흥미로운 얘기를 많이 들었다.

알퐁스는 런던에 도착해 공중전화 박스에서 전화를 걸었다. 부인은 집에 없었다. 대신 수요일에 만나자는 내용이 타이핑된 편지가 도착했다. 평소와 같이 시간이 적혀 있었고 비밀을 유지해 달라는 부탁도 있었다. 일은 착착 진행되었다.

알퐁스는 즐겁게 시간을 보내며 만날 날을 기다렸다. 스팬자 브랜드의 자동차를 최신 모델로 한 대 뽑고, 파리로 수송할 방법을 정한 다음, 한동안 드라이빙을 즐겼다.

약속 시간이 되어 정해진 집에 도착해 문을 두드리자 문이 열리고…….

얼굴이 새파랗게 질린 알퐁스는 무릎을 떨었고 화려한 권총으로 한 번 싸워보지도 못하고 굴복했으며…….

크리스마스 아침 여덟시에 오킹턴 서장은 따뜻한 침대에서 전화로 그 소식을 들었다.

촙햄 커먼을 차로 달리던 우유 배달원이 길에서 조금 떨어진 곳에 차 한 대가 세워진 것을 보았다. 새 차였는데 밤새 그 자리에 서 있었던 것 같았다. 지붕에 눈이 8센티미터나 쌓였지만 차체 아래에 있는 고사리는 전혀 눈을 맞지 않은 상태였다.

겨울 아침 일곱 시였다. 우유 배달원은 가능한 한 빨리 물건을 배달하고 얼른 집에 돌아가 크리스마스에 걸맞는 축제 분위기로 파티를 벌일 생각뿐이었다. 그런 그의 발길을 끌 만큼 흥미로운 광경이었다.

배달원은 운전 중인 포드에서 내려 눈을 밟아 가며 가까이 다가갔다. 어떤 남자가 얼굴을 아래로 향한 채 누워 있었고 잿빛 손에 은색 권총을 들고 죽어 있었다. 그리고 곧 두 번째 시체를 발견하고 또 한 번 놀랐다. 얼굴은 보이지 않았다. 두꺼운 눈 더미에 묻혀 있어서 꼬부라져 죽은 모습이 한층 기괴하고 흉측했다.

우유 배달원은 차로 돌아가 곧장 경찰서로 향했다.

서장은 전화를 받고 한 시간 안에 현장에 도착했다. 경찰 열두어 명이 눈에 파묻힌 시체와 차 주변에 모여 있었다. 다행히 기자들은 아직 도착하지 않았다.

오후 늦은 시각에 서장은 이 당황스러운 순간에 도움을 줄 만한 사람에게 전화를 걸었다.

아치볼드 렌턴은 법정에서 수년 동안 일해 온 재무부 변호인 중에 가장 전도유망한 사람이었다. 관습법 변호직은 다른 업무는 등한시하고 형사 사건에만 관심이 있는 변호사들을 은근히 무시했다. 그러나 아치볼드 렌턴은 동료들의 조용한 반대를 견디고 법체계의 비도덕적인 면에 집중한 결과, 성공한 변호사이자 권위 있는 교과서를 쓴 특정 범죄분야의 권위자가 되었다.

한 시간 후 아치볼드는 런던 경찰청 서장의 방에 도착해서 사건의 경위를 들었다.

"두 남자의 신원을 파악했습니다. 한 사람은 여권에 나온 바로는 아르헨티나에서 온 외국인으로, 이름은 알퐁스 또는 알퐁소 리비에라입니다. 파리에 거주하고, 영국에서 지낸 지 약 일주일 됐습니다."

"잘사는 사람인가요?"

"매우 잘산다고 해야겠지요. 주머니에 200파운드가 있었어요. '네덜란드 호텔'에 머무르고 있었고, 바로 지난 금요일에 1200파운드를 현금으로 내고 차를 샀어요. 시체 근처에서 발견된 바로 저 찹니다. 파리에 연락해 보니 거기서 공갈협박범 혐의를 받고 있었어요. 경찰이 그의 집을 수색했는데 어떤 서류도 발견되지 않았답니다. 아주 은밀히 일을 처리하는 스타일 같습니다."

"총에 맞았다고 하셨죠? 몇 방이나 맞았습니까?"

"한 번인데 머리를 관통했어요. 다른 피해자도 정확히 같은 방식으로 죽었습니다. 차에 핏자국이 있긴 하지만, 다른 흔적은 아무것도 없어요."

아치볼드 렌턴이 종이에 열심히 메모를 했다.

"다른 피해자는 누구였습니까?"

"그게 가장 이상한 점이에요. 변호사님이 오래 알던 사람이거든요."

"제가 알던 사람요? 도대체 누구?"

"살인 혐의로 당신이 변호를 맡았던 조 스태킷이라고 기억합니까?"

"엑세터에서 변호했던, 맙소사, 그럼요. 그 사람이 확실합니까?"

"지문으로 확인했습니다. 사실 우리가 조를 쫓고 있었습니다. 지난주에 감옥에서 나온 차 전문 털이범이잖아요. 어제 아침에 차 한 대를 훔쳐 달아났다가 추적을 당하자 차를 버리고 특별 기동 수사대의 손아귀에서 벗어났습니다. 어젯밤 중고차 거래소에서 낡은 차를 훔쳤지만 발견돼서 또 추적당했습니다. 그 차는 투팅에 버려진 채 발견됐습니다. 그러고는 다시 보이지 않다가 촙햄 커먼에서 포착된 겁니다."

아치볼드 렌턴이 의자 뒤로 몸을 기대고 생각에 잠겨 천장을 멍하니 바라보았다.

"차 주인이 시동을 거는데 조가 스팬자 차량을 훔쳤고 싸움이 났다……." 아치볼드 렌턴이 사건의 얼개를 맞춰 보려 하자 서장이 고개를 저었다.

"총은 어디서 났을까요? 영국 범죄자들이 총을 휴대하지는 않잖습니까. 더구나 보통 권총도 아니었구요. 두 개가 똑같이 은도금된 데다 상아색 개머리판에 여자 형상이 새겨져 있었어요. 조의 주머니에 50파운드가 있었는데, 지폐의 일련번호가 알퐁스의 지갑에서 발견된 지폐와 이어지는 번호였습니다. 만약 조가 돈을 훔치려 했다면 몽땅 가져갔겠죠. 애초에 조는 살인도 서슴지 않는 놈이에요. 그렇지 않습니까, 렌턴 씨? 조는 엑세터에서 노부인을 죽였어요. 무죄를 선고받긴 했지만요. 알퐁스가 처음에 그에게 50파운드를 줬을 테고……."

전화벨이 울렸다. 서장이 수화기를 자기 쪽으로 끌어당겨 들었다. 서장의 입장에서는 그저 열두어 가지 간단한 질문과 답변만 주고받은 듯했지만, 실은 10분간의 긴 대화 후 통화가 끝났다.

"직원 하나가 그 차의 움직임을 추적했습니다. 투팅에 있는 어느 집 잔디 바깥에 서 있었답니다. 9시 45분에 거기 있는 걸 우편배달원이 봤다고 하네요. 크리스마스 밤을 수사하면서 보내도 괜찮으시다면 함께 그곳에 가 보시죠."

30분 뒤 주변 분위기가 매우 훌륭한 집에 도착했다. 형사 두 명이 열쇠를 입수하고도 안에 들어가지 않고 그들이 오기를 기다리고 있었다. 집은 팔려고 내놓은 상태여서 텅 비어 있었다. 나이든 노처녀 두 명의 소유인데 시골로 이사 가면서 에이전트에게 집을 맡긴 거였다.

빈 집 앞에 차가 있으니 우편배달원의 관심을 끌었다. 창문으로 비치는 빛이 없어서 그 차가 옆집에 온 손님의 차일 거라고 생각했다고 한다.

서장이 문을 열고 전등을 켰다. 노부인들은 인색하기로 소문난 사람들이었는데, 집을 내놓고도 전기를 끊지 않은 게 이상했다. 아치 모양의 버팀대에서 천장까지 구슬 커튼 한 쌍이 걸려 있는 것 외에는 통로가 텅 비어 있었다.

앞쪽 방에는 아무것도 없었다. 1층 뒤쪽 방에서 범죄의 흔적이 발견되었다. 바닥의 판자와 잿더미에 피가 묻어 있었다.

"누군가 종이를 태웠군요. 방에 들어올 때 냄새가 났어요." 렌턴이 말했다.

그는 무릎을 꿇고 앉아 벽난로 안에서 재를 한 줌 조심스럽게 집어 들었다.

"글자를 읽을 수 없도록 재를 섞은 것 같아요."

그가 핏자국을 조사한 다음 벽을 샅샅이 훑었다. 창문에는 셔터가 내려져 있었다.

"저것 때문에 빛이 안으로 들어오지 않는군요. 총소리도 밖으로 나가지 못했을 테고. 그 외에는 특별한 게 없네요."

다른 방들을 조사한 경사가 주방 창문이 강제로 열린 것 같다는 소식을 가지고 돌아왔다. 창문 아래 식탁에 진흙 자국이 있었고 그걸 급하게 지우려고 한 흔적도 보였다. 집 뒤에는 큰 정원이 있고, 그 뒤에는 농장이 있었다. 얼마든지 다른 사람들의 눈에 띄지 않고 집에 들어올 수 있었을 것이다.

"하지만 조 스태킷이 경찰에게 쫓기고 있었다면 왜 여기 들어와야 했을까요?" 아치볼드 렌턴이 물었다.

"그의 차가 여기서 겨우 200미터 정도 떨어진 곳에서 버려진 채 발견됐지요. 아마 값나가는 것을 찾으려고 집에 들어왔다가 알퐁스에게 들켜 놀란 것 아닐까요?" 서장이 추론해서 설명했다.

아치볼드 렌턴이 조용히 웃었다.

"그보다 나은 추론을 해 볼 수 있을 것 같습니다." 아치볼드는 그렇게 말한 다음, 거의 밤을 새다시피 해서 최대한 상세하게 범죄를 재구성해 가며 조심스럽고도 설득력 있게 추론한 바를 적었다.

그 내용은 아직 런던 경찰청에 보관되어 있고, 지금도 그 옆에서 많은 고위 경찰들이 임무에 충실할 것을 맹세하곤 한다.

그러나 실상 그해 12월 24일 밤에는 완전히 다른 일이 일어났으니…….

거리는 미끄러웠고 차선은 더 심각한 상태였다. 조 스태킷의 작은 차는 자꾸만 이리저리 미끄러졌다. 배가 고픈 상태로 길을 나섰더니 신경이 예민해졌다. 불편함을 내보일 방법은 없었고 밤이 깊어 갈수록 점점 더 신경이 예민해지고 흉포해졌다.

교외 번화가도 혼잡했다. 시내 전차들은 거북이걸음이었고, 종은 무기력하게 댕그랑거렸으며, 노점상들이 대로 양 옆으로 꼬리에 꼬리를 물고 촘촘히 서 있었다. 가판대들은 호랑가시나무 화관과 삐죽삐죽한 겨우살이 뭉치로 장식했다. 쇠고기 덩이를 매달아 두고 호객

행위를 하는 정육점과 시끌벅적한 상인들도 있었다. 야채상도 있었다. 쟁반과 컵과 잔 받침과 싸구려 그릇과 유리 제품을 높이 쌓아 둔 상점에는 아세틸렌 램프 불빛이 강하게 비치고…….

차가 미끄러졌다. 부딪치는 소리와 비명이 들렸다. 그릇이 깨지는 요란한 소리……. 상점 주인의 고함 소리. 조 스태킷은 차를 똑바로 세운 다음 전차와 손수레 사이를 쏜살같이 달려…….

"어이, 거기!"

그는 핸들을 돌려 그를 막으려는 경찰관을 거의 칠 듯 아슬아슬하게 스쳐 어두운 골목으로 접어든 뒤 엑셀러레이터를 힘껏 밟았다. 오른쪽, 왼쪽으로 돈 후 다시 오른쪽으로 돌았다. 긴 교외 도로가 나왔다. 양쪽에 늘어선 집들은 다들 비슷비슷하게 생겨 단조롭게 서 있었다. 그 안에서 남자와 여자와 아이들이 살고, 태어나고, 세를 지불하고 죽는다. 끔찍할 정도로 따분한 벽돌 덩어리 같았다. 1킬로미터쯤 더 달려 그는 생에 대한 최고의 보상으로 휴식을 선사하는 묘지 입구를 통과했다.

경찰의 호루라기 소리가 잠시 그를 따라왔다. 그는 소리를 향해 달리는 경찰관 하나를 지나쳤다. 경찰은 전혀 걱정이 되지 않았다. 오히려 그의 언짢은 기분이 달리는 경찰관을 보자 조금 누그러졌다.

시끄러운 작은 차를 길가에 세운 다음, 차에서 내려 꺼 두었던 담배에 다시 불을 붙이다가 찌그러지고 더러운 흙받이가 엔진의 진동에 맞춰 덜덜 떨리는 것을 물끄러미 바라보았다…….

바로 그 미끄러운 길로 머플러를 턱까지 감싸고 목에 고글을 매단 사내 하나가 오토바이를 타고 달려왔다. 그는 교통정리를 하고 있는 경찰관 근처에 번쩍거리는 오토바이를 세우더니 한쪽 발을 진흙길에 대고 균형을 잡으며 질문을 했다.

"네, 경사님." 경찰이 답했다. "그 사람 봤습니다. 저 아래로 갔습니다. 처음에 제가 난폭 운전으로 잡으려고 했는데 도망쳤습니다."

"그 사람이 조 스태킷이군." 런던 경찰국 수사과의 켄턴 경사가 고개를 끄덕였다. "얼굴이 좁고 코가 뾰족한 사람이었나?"

교통경찰은 앞 유리에 가려서 얼굴을 보지는 못했고, 차는 제대로 봤다며 정확히 설명해 주었다.

"엘머의 집에서 훔친 거로군. 적어도 엘머는 그렇게 말하겠지만 아마도 그냥 줬을 거야. 버리는 셈 치고. 어느 길로 갔지?"

경찰이 어느 방향을 가리켰고, 경사는 다시 시동을 걸고 모터 소리를 내 가며 어두운 거리로 내려갔다.

그는 간발의 차이로 조 스태킷을 놓친 거였다. 이건 스태킷을 포함한 모두에게 불운이었다. 이것이 놀라운 모험의 서막이었으니까.

스태킷은 더는 차를 몰면 안 될 것 같아 시동을 끄고 계속 걸었다. 50미터 정도 떨어진 곳에 지금까지 지나온 어떤 길보다 더 잘 닦인 넓은 도로의 입구가 있었다. 아무리 따분한 교외 지역에도 나름 번화한 곳은 있는 법인데, 여기에는 자기 땅에 지은 빌라들만 많았다. 현관과, 연철과 알록달록한 색깔의 유리로 된 현관 램프와, 잘 다듬어진 잔디와, 천으로 감싼 장미 정원이 있는 매우 조용한 빌라들이었는데, 하나도 닮은 집이 없었다. 저 멀리 붉은 빛이 보이자 스태킷은 기뻐서 심장이 벌렁거렸다. 크리스마스다, 좋은 음식과 많은 술과 여러 행복한 장면들과, 특히 조 스태킷에게 무엇보다 필요한 휴식이 기다리고 있을 터였다.

어두운 곳에서 봐도 훔칠 만한 가치가 있는 차 같았다. 그는 차 옆에 누군가가 있는 걸 보고 걸음을 멈췄다. 너무 어두워서 차 옆에 있는 사람이 타는 중인지 내리는 중인지도 구별이 어려웠다. 소리에 귀를 기울였다. 운전석 문이 닫히는 소리도 시동이 걸리는 소리도 들리지 않았다. 위험 요소가 없는지 쉴 새 없이 좌우를 살피며 용감하게 걸어 조금 가까이 다가갔다. 모든 집에는 사람이 있었다. 밝은 불빛이 창문을 가린 커튼으로 새어 나왔다. 홍청대는 소리가 들렸고 축음기 두 대에서 댄스 음악이 흐르고 있었다. 그러나 눈길이 계속 골목 끝 집의 문 앞에 세워진 광나는 리무진에 가 닿았다. 그 집은 불이 꺼져 있었다. 다락방에서부터 1층까지 완전히 깜깜했다.

그는 걸음을 재촉했다. 차는 스팬자였다. 알아보자마자 가슴이 쿵쾅거렸다. 스팬자라면 순식간에 팔릴 차였다. 새 차는 100파운드를 족히 줘야 살 수 있다. 유라시아인들과 부유한 힌두인들 사이에서 인기가 많았다. 런던 최고의 차 장물아비인 빙키 존스라면 현금으로 못해도 60은 줄 것이다. 일주일 만에 그 차는 인도로 실려가 아주 비싼 가격에 되팔릴 것이다.

운전석 문이 활짝 열려 있었다. 엔진이 부드럽게 돌아가는 소리가 들렸다. 스태킷은 운전석으로 들어가 문을 조심스럽게 닫았고, 스팬자는 거의 웅웅거리는 소리 하나 없이 움직였다.

새 차였다, 완전히 새 차……. 적어도 100은 받을 것이다.

속도를 높여 길 끝을 통과해 넓은 공유지로 간 다음 그곳을 빙 둘러갔다. 이제 또 다른 쇼핑 거리에 와 있었지만, 런던 쪽으로 돌아가기에는 위험 요소가 너무 많았다. 그는 넓은 시골길로 가서 에셔를 통과해 방향을 바꿔 포츠머스 길로 런던에 들어올 작정이었다. 차 절도의 기술은 차가 도난당한 후 바로 신고가 들어갈 수 있는 경찰 지구대를 벗어나 몇 시간이 지나도 도난 사실을 모르는 '낯선' 지구대로 얼마나 빨리 가느냐가 관건이었다.

차 외에도 각종 부가 수입이 있을 것 같았다. 큰 짐트렁크와 차 안에는 아마 돈 될 만한 게 있을 것이다. 적당한 때가 되면 여유롭게 살펴볼 작정이었다. 지금은 킹스턴 우회 도로를 타기 위해 돌아가서 엡섬으로 가야 했다. 눈비가 섞인 진눈깨비가 떨어졌다. 스태킷은 와이퍼를 작동시키고 콧노래를 불렀다. 킹스턴 우회 도로는 한적했다. 차가 많이 다니기에는 너무 불쾌한 밤이었다.

스태킷은 어디 가야 차를 제대로 살펴볼 수 있을지 고민하다 말고 뒤에서 뭔가 불길한 기운을 느꼈다. 운전석과 뒷좌석을 분리하는 미닫이창을 발견했는데, 아마 그게 열린 것 같았다. 그는 손을 들어 창을 바짝 밀어 올렸다.

"계속 운전해, 돌아보지 말고. 안 그러면 네 머리통을 날려 버릴 테다!"

자기도 모르게 반쯤 고개를 돌린 스태킷은 권총의 총부리를 보고 놀라서 브레이크를 밟았다. 차가 갈지자로 미끄러지면서 반쯤 돌다가 다시 바로 섰다.

"계속 운전하라고 말했을 텐데." 금속성의 목소리가 말했다. "포츠머스 로드에 도착하면 돌아서 웨이브리지를 향해 계속 가. 만약 멈추려 하면 쏴 버리겠어. 알겠나?"

조 스태킷은 이가 딱딱 맞부딪쳐서 '네'라는 말도 제대로 하지 못했다. 그저 간신히 고개만 끄덕였다. 자기가 뭘 하는지도 모른 채 1킬로미터를 가는 동안 계속 고개를 주억거렸다. 경마장을 지날 때까지 차 뒤에서 아무 말도 들려오지 않았다. 그러다 갑자기 새로운 지령이 떨어졌다.

"레더헤드 쪽으로 좌회전."

운전자는 명령에 복종했다.

그들은 넓은 공유지에 도착했다. 지리를 잘 아는 스태킷은 그 곳에 아무것도 없다는 것을 깨달았다.

"속도 줄이고 왼쪽에 대……. 거기는 불이 없으니 라이트는 계속 켜 놔."

차가 미끄러지다 고르지 않은 땅에 부딪쳤고, 바퀴가 고사리 밭을 짓이겼다…….

"멈춰."

뒤쪽의 문이 열렸다. 남자가 밖으로 나가더니 운전석의 문을 벌컥 열었다.

"나와. 먼저 라이트를 꺼. 총 있나?"

"총? 내가 총이 왜 있어요?" 차 도둑이 더듬거리며 말했다.

상대가 매우 밝은 손전등으로 스태킷만 집중적으로 비췄다.

"넌 신이 내려 준 선물이야."

스태킷에게는 말하는 사람의 얼굴이 보이지 않았다. 낯선 사람이 들고 있는 권총만 제대로 보였다.

"차 안을 봐."

스태킷은 안을 들여다보고 기절할 뻔했다. 좌석 한 구석에 뭔가가 웅크리고 있었다. 사람인 것 같았다. 다른 것도 보였다. 한쪽 바퀴는 천장에 닿고 다른 쪽은 바닥에 닿도록 욱여넣은 자전거였다. 그러고는 백짓장처럼 하얀 남자의 얼굴을 보았다……. 죽었다! 남자는 키가 작고 말랐으며 머리와 콧수염이 검었다. 외국인이었다. 관자놀이에 작고 빨갛게 구멍이 나 있었다.

"저거 끄집어내." 목소리가 날카로운 어조로 명령했다.

스태킷이 주춤하자 강한 힘이 그를 차로 밀어 넣었다.

"끄집어내라고!"

스태킷은 식은땀을 비 오듯 흘리며 명령에 복종했다. 죽은 사람의 겨드랑이 아래에 손을 넣어 밖으로 끌어내 고사리 밭에 눕혔다.

"죽었어요." 스태킷이 훌쩍이며 말했다.

"완전히 죽었지." 상대가 말했다.

갑자기 그 사람이 손전등을 껐다. 저 멀리 길에서 빛이 비치더니 그들을 향해 빠르게 다가왔다. 에셔로 가는 차였다. 그들 옆을 지나쳐 갔다.

"내가 차에 시체를 막 넣는데 당신이 오는 게 보이더군. 집으로 돌아갈 시간이 없었지. 난 당신이 그냥 지나가는 사람이기를 바랐어. 그런데 차에 들어가는 모습을 보고 당신 직업을 알 것 같았지. 이름이 뭐야?"

"조지프 스태킷."

"스태킷?"

전등이 다시 그를 비췄다. "멋지군! 당신 엑세터 재판소 기억해? 당신이 망치로 죽인 노파 말이야. 내가 당신을 변호했잖아!"

조의 눈이 휘둥그레졌다. 빛 너머 얼굴인 듯한 시커먼 것을 쳐다보았다.

"렌턴 씨?" 스태킷이 쉰 목소리로 말했다. "맙소사, 변호사님!"

"당신은 쥐꼬리만 한 돈 때문에 여자를 무참하게 살해했어. 만약 내가 증거에서 허점을 찾지 않았다면 지금쯤 당신은 죽은 목숨이야, 스태킷. 당신은 죽을 줄 알았어, 그렇지? 우리 엑세터 감옥에서 올가미에 관해 얘기했던 거 기억나? 교수형장에 갔는데 고장난 올가미가 걸리면 얼마나 기분이 나쁠까, 그런 얘길 했었잖아."

조 스태킷이 불편한 듯 웃었다.

"그때는 진심이었습니다. 그러나 저를 같은 죄목으로 두 번 재판할 수는……."

그때 발치에 있는, 관자놀이에 빨갛게 구멍이 난 검은 구레나룻의 땅딸막한 남자에게 시선이 갔다.

렌턴이 죽은 남자 위로 몸을 숙이더니 재킷 안 주머니에서 지갑과 지폐 열 장을 꺼냈다.

"이걸 당신 주머니에 넣어."

스태킷은 앞으로 무슨 일이 있을지 모르는 상태로 명령에 따랐다. 귀중한 지폐가 든 지갑을 왜 죽은 남자의 주머니에 다시 넣는지도 궁금했다.

렌턴이 고개를 돌려 길을 보았다. 이제 진눈깨비가 아닌 진짜 눈이 내리고 있었다. 가느다란 눈이 펑펑 내려서 마치 안개가 땅에 내려앉는 것처럼 보였다.

"당신은 이 일에 꼭 맞아……. 삶이 어울리지 않는 사람. 이런 운명 같은 만남이 또 있을까."

"운명이라니 무슨 말인지 모르겠습니다."

조 스태킷은 대담해졌다. 그는 변호사이자, 범죄자로서는 자기보다 한 수 아래인 사람과 거래를 해야 했다. 돈은 필시 자기 입을 닫으려고 준 것일 듯했다.

"렌턴 씨, 뭘 하시는 겁니까? 그건 나빠요. 이 사람은 죽었고 그리고……."

그가 상대방의 손에서 뿜어져 나오는 화염을 본 건 틀림없었다. 그러나 아무것도 느낄 수 없었다. 땅에 널브러진 시체 앞에 자기도 죽어서 누워 버렸던 것이다.

아치볼드 렌턴이 손전등에 대고 권총을 살핀 다음 총의 꼬리를 열어 보고는 다시 닫았다. 몸을 굽혀 권총을 검은 콧수염이 있는 작은 남자의 손 근처에 내려놓았다. 그러고는 조 스태킷의 시체를 들어 올려 차로 질질 끌고 가 떨어뜨렸다. 몸을 숙여 아직 따뜻한 손에 다른 권총의 개머리를 쥐여 주었다. 그러고는 유유히 차에서 자전거를 끄집어내 길에 올려 두었다. 벌써 희고 가는 눈이 시트에 내려앉고 있었다.

렌턴 씨는 계속 달려 두 시간 후에 집에 도착했다. 성공회 가톨릭 교회에서 종소리가 은은히 울려 퍼졌다.

아내에게서 온 전보가 그를 기다리고 있었다.

자기, 행복한 크리스마스 보내!

그는 바보처럼 아내가 잊지 않고 전보를 보내 주었다는 데 기뻐했다. 그는 아내를 너무 사랑했다.

무서운
크리스마스 미스터리

케임브릭 차

CAMBRIC TEA

마조리 보웬 Marjorie Bowen

개브리얼 마거릿 비어 롱은 적어도 여섯 개의 가명으로 150편 이상의 장편 소설과 수많은 단편을 썼다. 가장 유명한 필명은 마조리 보웬과 조지프 시어링이었다. 아버지가 가족을 버리고 떠난 후, 자매와 방탕하고 정서적으로 불안정한 어머니를 부양하기 위해 글을 쓰기 시작했던 그는 불과 열여섯 나이에 첫 소설을 출간함으로써 명실상부한 가장이 되었다. 어둡고 불행한 유년기 때문인지 그의 작품은 고딕 색채가 강하다. 돈벌이를 위해 급조한 작품이 많지만, 오늘날까지도 인기 있고 가독성 높은 수작을 종종 쓰곤 했다. 「케임브릭 차」는 유진 스윙이 편집한 『세계에서 가장 훌륭한 탐정 소설 100편』에 처음 발표되었다. (뉴욕 & 런던, 펑크 & 왜그널스, 1929)

상황이 기이했다. 정신을 빈틈없이 단련한 베비스 홀로이드조차 혼란에 빠졌다. 문이 열림과 동시에 모든 것이 비극으로 변해 버렸다.

"죄송하지만 저는 여기 있을 수 없습니다." 홀로이드가 아픈 남자의 비위를 맞춰 가며 유쾌한 투로 말했다. 그는 경력이 짧아 전문적인 태도가 완벽하지도 못했고 아직 많이 젊었다. 하지만 병상에 누운 늙은이에게 최대한 인내심을 발휘해 균형 잡힌 자세를 보이려 애

썼다.

"근무 시간 중에 진료를 요청하는 사람이 너무 많아서 불가능할 것 같습니다. 그리고 아시다시피 굳이 제가 있을 필요도 없을 겁니다. 선생님 상태가 아주 양호하거든요. 꼭 제가 옆에 있어 주길 원하신다면, 크리스마스 지나 다시 오겠습니다."

노인은 비단으로 안감을 댄 두껍고 색이 짙은 태피스트리 장식의 푹신하고 넓은 침대에 등을 대고 누워 있었다. 태피스트리와 질감이 같은 두꺼운 커튼이 창문의 절반을 가리고 있어서 창백한 겨울 햇빛이 겨우 들어올까 말까 할 정도로 실내는 어두침침했다. 홀로이드는 진찰하기 위해 침대 옆 테이블에 놓인 전등을 켰다. 건강에 안 좋을 수밖에 없는 환경이라고 생각했지만 굳이 말은 하지 않았다.

환자가 한쪽 눈을 떴다. 다른 쪽 눈은 미동도 없는 안구 위로 눈꺼풀만 힘없이 파닥거리고 있었다.

환자가 거칠고 힘없는 목소리로 말했다.

"하지만 의사 양반, 내가 중독이 돼서 말이오."

온화한 불신에 가려져 있던 전문적인 호기심과 흥미가 당장 의사의 주의를 끌었다.

"선생님, 지독한 독감에 중독된 것 같다는 말씀이죠, 제가……,"

"아냐. 내 아내가 독을 먹이고 있소." 힘 없고 지친 눈썹이 공허한 눈동자를 덮었다.

"그건 선생님의 환상일 뿐입니다." 의사가 곧바로 대답했다. "굳이 병명을 찾자면 급성 우울증쯤 될 것 같습니다."

이제 환자는 두 눈을 뜨고 있었다. 심지어 품위 있게 대답하려고 최대한 기운을 짜내 머리까지 조금 들어올렸다.

“홀로이드 선생, 객관적으로 진료해 줬으면 해서 내 특별히 런던에서 선생을 불러온 거요. 아내가 데려온 마을 의사는 희망이 안 보여. 아내 말만 믿거든.” 홀로이드는 반박하고 싶었지만 환자가 떠는 것을 보고 아무 말도 못 했다.

“얼른 내 얘기 좀 하리다. 아내가 곧 올 텐데, 그럼 말할 기회가 없거든. 난 선생을 비밀리에 불렀고, 아내는 아무것도 몰라요. 선생이 이런 일의 권위자로 정평이 나 있다 들었소. 플런터 살인 사건에서 국왕의 증인을 맡아 이름을 올렸더군요.”

“전 살인 사건은 잘 모릅니다.” 말은 그렇게 하면서도 홀로이드의 예리하고 잘생긴 얼굴이 관심으로 환해졌다. “그리고 이런 케이스를 크게 다뤄 본 적도 없습니다, 해리 경.”

“하지만 선생이 맡았던 건 사실이잖소. 그러니 나도 봐 줘야 합니다.” 아픈 남자가 중얼거렸다.

“저라면 선생님을 요양소로 보낼 겁니다. 거기서는 이런 생각을 떨칠 수 있습니다.” 의사가 기분 좋게 말했다.

“요양소에서 나오면 나는 또 아내한테 돌아올 테고, 그럼 아내가 또 독을 먹일 텐데.”

홀로이드가 갑자기 칙칙한 침대로 몸을 굽혔다. 오른손으로 재빨리 전등을 켜고 산호색 실크 가리개를 밀어젖혀 크고 툭툭한 베개를 등에 대고 누운 환자를 쨍한 불빛으로 비추었다.

"선생님 말씀이 사실이라면 아주 심각합니다." 의사가 말했다.

두 남자는 서로를 바라보았다. 의사가 환자를 신중하게 진료하는 대로 환자도 의사를 찬찬히 살폈다.

베비스 홀로이드는 남자들이 성공에 이르는 충분한 특권이라 여길 만한 어두운 느낌의 외모를 지녔고, 그래서 오히려 강조되는 범상치 않은 에너지와 지적인 분위기를 가진 미남이었다. 결단력과 위엄, 그리고 여성의 다정함과는 다른 차분하면서도 강한 남성의 친절이 몸에 밴 데다, 번뜩이는 유머와 감각적인 판단은 그의 행동거지를 한층 부드럽게 했다.

반면 환자는 중년을 훌쩍 넘긴 나이에, 병색이 완연한 큰 얼굴은 탄력을 잃어 힘없이 축축 처졌다. 전체적으로 뚱뚱하고 무기력해 보였으며, 듬성듬성한 머리 사이에 난 얼룩덜룩한 반점 때문에 창백하고 시퍼런 느낌이 한층 더해 보였다.

전반적으로 유쾌하지 않은 인상이었지만, 한창 주가가 상승하는 젊은 의사를 즉시 스트레인지웨이스 저택으로 소환할 수 있을 만큼 명성과 지위가 있는 사람이었다. 훌륭하고 저명한 가문의 자손이자 학자였으며, 한때는 정치를 넘어서는 정치를 했던 에세이스트였다. 홀로이드는 명성으로만 대충 알고 있었지만, 온갖 침착하고 진중한 것의 상징과도 같은 사람이었다.

그런 남자가 지금 홀로이드에게 눈을 깜빡이며 칭얼대고 있는 것이다.

"아내가 나를 독살하려 하고 있소."

홀로이드는 뒤로 물러나 앉으며 전등을 껐다.

"왜 그렇게 생각하십니까?" 홀로이드가 날카롭게 물었다.

"그 얘길 하자면, 구구절절한 사연을 다 말해야 하오." 환자가 힘겨운 목소리로 말했다.

"음, 제가 사건을 맡기를 원하시면……,"

"의사 선생, 그걸 맡아 달라고 당신을 부른 거요."

"그럼, 무엇으로 독살을 당하고 있다고 생각하십니까?"

"당연히 비소지."

"그래요? 어떻게 주입한다는 겁니까?"

환자는 두 쪽 눈을 다 뜨기는 힘겹다는 듯, 이번에도 한쪽 눈으로 홀로이드를 올려다보았다.

"케임브릭 차우유 · 설탕을 탄 홍차로." 노인이 대답했다.

홀로이드가 단어를 되받았다.

"케임브릭 차!" 약간 놀라우면서도 흥미가 일었다.

케임브릭 차는 플런터 사건에서 비소를 넣는 수단으로 사용되면서 유명해졌다. 그때 차에 녹아든 비소를 발견하고, 옅은 음료에 불과한 케임브릭 차를 살인 수단으로 지목한 사람이 바로 베비스 홀로이드였다.

"아마 아내가 플런터 사건을 보고 그 방법을 생각해 낸 것 같소." 해리 경이 말했다.

"맙소사, 설마요." 홀로이드가 말했다. 그 끔찍한 사건도 범인이 여자였다. 여자가 목숨을 건 재판 끝에 사형을 선고받는 과정을 또 다시 지켜보고 싶지는 않았다.

"내 아내 스트레인지웨이스 부인은 나보다 훨씬 젊어요. 내가 결혼해 달라고 매달렸지. 당시 아내는 또래 남자에게 푹 빠져 있었는데, 그 남자는 가난했고 아내는 야망이 컸어."

해리 경이 실크 손수건으로 떨리는 입술을 닦은 후 희미한 목소리로 계속 말을 이었다.

"최근에 우리 결혼 생활은 엉망진창이었소. 아내가 좋아했던 남자는 이제 성공해서 잘나가는데다 미혼이니, 아내가 그 사람과 결혼하기 위해 나를 없애 버리고 싶은 거요."

"증거라도 있습니까?"

"그럼. 아내가 비소를 사들였소. 독에 관한 책도 읽고, 다른 남자 때문에 속을 끓이고 있다는 것도 내가 다 알지."

"해리 경, 죄송합니다만, 선생님이 의심을 털어놓을 만한 친구나 친척은 혹시 없습니까?" 홀로이드가 물었다.

"아무도. 나는 최근에 동부에서 이사 왔고 사람들과 교류도 없소. 그리고 내가 상담하고 싶은 건 의사요. 이런 일에 지식이 있는 사람으로 말이오. 처음부터 플런터 사건과 의사 선생을 떠올렸지."

베비스 홀로이드는 조용히 뒤로 물러나 앉았다. 상황이 좀 기이하다는 생각이 들었다. 한 번 새겨지면 움직이지 않는 일그러진 보석 무늬처럼 모든 일의 이상한 점이 생생하게 드러났다.

"혹시 결혼하셨소, 의사 선생?" 해리 경이 뜬금없는 질문을 했다.

"안 했습니다." 홀로이드가 살짝 미소를 지었다. 다른 각도에서 보면 자신의 사연도 해리 경이 한 이야기와 비슷했기 때문이다. 홀로이드는 가난하고 무명이었을 때 한 여자를 사랑했다. 그러나 그 여자는 돈 많은 남자를 만나 10년 전에 인도로 떠나 버렸고 다시는 볼 수 없었다. 아직도 그때의 기억이 생생하고, 아직도 그 여자를 사랑한다. 결국 그저 그런 흔한 이야기였다.

이제 홀로이드는 이 상황을 전문적인 관점으로 다시 짚어 보았다. 몸이 약한 환자가 독감에 걸려 고생하다 전반적으로 기력이 떨어지고 우울증에도 시달린다. 중독의 가능성은 없다고 봐서, 독을 찾거나 검사해 볼 생각은 전혀 하지 않았다.

환자가 미쳤을 수도, 속은 것일 수도, 진실을 말하는 것일 수도 있다. 고약하고 불쾌한 사람이라는 사실은 여기선 중요하지 않다. 홀로이드는 고대하던 크리스마스 연휴를 포기하고 이제 여기 머물며 사건을 조사해야 한다는 생각이 들었다. 이런 일에는 마을 의사가 쓸모없다는 게 한눈에 보였다.

"간호사는 있겠죠?" 홀로이드가 자리에서 일어나며 말했다.

환자가 고개를 저었다.

"난 아내를 필요 이상으로 노출시키고 싶지 않소. 선생이 직접 이 일을 맡아 주면 안 되겠소?" 해리 경이 애원하듯 말했다.

처음으로 예의바른 시늉이나마 보이기 시작하자 베비스 홀로이드는 해리 경의 불퉁한 무례함을 용서했다.

"그럼, 적어도 오늘밤에는 있어 보겠습니다." 홀로이드가 마지못해 수락했다.

그런데 그때 문이 열리면서 상황이 바뀌어 버렸다, 기이함에서 비극으로.

방 끝에 있는 문이 열리면서 복도 높은 창에서 창백한 겨울 빛이 쏟아져 들어왔다. 마치 보이지 않는 눈이 어두운 회갈색 폐쇄 공간으로 들어온 듯 오싹한 느낌이 들었다.

머리를 올려 핀을 찌르고 어깨까지 레이스를 늘어뜨린 채 회색 드레스를 입은 여인이 모습을 드러냈다. 차가운 빛이 투과되는 유리병과 크리스털 잔이 담긴 작은 쟁반을 들고 있었다.

홀로이드가 몸에 밴 공손한 태도로 자리에서 일어나려는데 환자가 두툼한 베개 위에 놓인 비대한 머리를 천천히 옆으로 돌리며 말했다.

"의사 선생, 내 아내입니다." 홀로이드는 즉시 알아보았다. 스트레인지웨이스 부인은 그가 한때 결혼을 약속했던 소녀이자, 아직도 사랑하는 여인이었다.

"이분은 의사 선생 홀로이드요." 해리 경이 덧붙였다. "케임브릭 차를 가져왔소?"

부인은 생전 처음 보는 사람인 듯 침대 옆에 있는 손님에게 고개를 기울였고, 홀로이드도 해리 경의 지시 때문인지 다른 말은 하지 않았다.

"네, 케임브릭 차예요. 지금 드실 거죠? 홀로이드 선생님, 남편의 상태는 어떤가요?"

쟁반 위에는 유리병이 두 개 있었다. 차가운 우유가 반쯤 찬 크리스털 병과 뜨거운 물이 가득 든 흰 자기 병이었다. 스트레인지웨이스 부인이 두 액체를 똑같은 비율로 잘 섞은 다음 남편을 침대에서 일으켜 앉혔다.

"해리 경은 심한 유행성 독감에 걸리신 것 같습니다." 의사가 기계적으로 대답했다. "저한테 좀 있어 달라고 하셔서, 어쨌든 아침까지는 있기로 약속드렸습니다."

"정말 다행이에요. 남편이 아픈 지 꽤 됐는데 독감이라기엔 상태가 훨씬 안 좋은 것 같거든요." 스트레인지웨이스 부인이 심각한 어조로 말했다.

환자가 힘없이 케임브릭 차를 홀짝이며 홀로이드를 보고 기이하게 웃어 보였다.

"훨씬 안 좋다잖소, 의사 선생!" 해리 경이 중얼거렸다.

"선생님이 계신다니 안심이에요." 부인이 똑같은 어조로 말을 이었다. "최대한 편하게 계실 수 있게 방을 준비해 드릴게요."

부인이 나타날 때처럼 홀연히 차가운 빛 속으로 사라졌다.

해리 경이 건배하듯 잔을 들어올렸다.

"자, 보시오! 케임브릭 차요!"

베비스 홀로이드는 생각에 잠겼다. 부인은 나를 몰라본 것일까? 해리 경은 한때 우리가 어떤 사이였는지 알까? 그녀는 남편 이름이 커스티스라고 했는데, 어째서 이 남자와 결혼하게 됐을까? 차분한 천성에 더해 침착한 태도가 단련된 홀로이드지만 이 무시무시한 상황에서는 평정심을 유지할 수 없었다. 그는 창가로 가서 새하얀 공원을 내다보았다. 가는 눈발이 슬피 춤추듯 얼어붙은 잔디 위로 떨어졌고, 멀리서는 회색 주검들이 천천히 색깔 없는 안개 속으로 부서졌다.

해리 스트레인지웨이스가 그를 다시 침대맡으로 불렀다.

"의사 선생, 이걸 봐 주시겠소?" 해리 경이 반쯤 마신 잔을 내밀었다.

"여기서는 테스트할 방법이 없습니다. 챙겨 온 도구 중에 검사 장비는 없어서요." 홀로이드가 난감해했다.

"할리 스트리트에서 그리 멀지 않으니, 내 차로 가져오면 오후까지는 닿을 거요. 아니면 선생이 직접 가겠소?"

"네. 제가 직접 가는 게 나을 듯합니다." 베비스 홀로이드가 단호하게 대답했다.

홀로이드는 예의 침착함을 발휘해 문제를 재빨리 덮어 버렸고, 곧 자신이 사건을 맡는 게 스트레인지웨이스 부인에게 더 나으리라는 결론을 내렸다. 해리 경이 흉측하고 말도 안 되는 환각에 시달리는 거라고 확신했지만, 그래도 부인에게 우호적인 사람이 일을 맡아야 더 좋을 듯했다. 그는 병실 용품 더미에서 약병을 꺼내 씻은 다음, 케임브릭 차를 가득 채우고 나머지는 버렸다.

"독이 든 걸 알면서 왜 마셨습니까?" 홀로이드가 날카롭게 물었다.

"내가 눈치챘다는 걸 아내에게 들키고 싶지 않소." 해리 경이 말소리를 낮추었다. "의사 선생, 내가 아내의 연애편지를 여러 통 가지고 있거든. 그걸 누가 썼나 하면……."

홀로이드가 중간에 말을 잘랐다.

“전 부인의 추문 따위는 듣지 않겠습니다. 그건 선생님과 부인 사이의 일이죠. 제 일은 선생님을 낫게 하는 겁니다. 거기에 최선을 다하겠습니다.”

홀로이드는 턱살과 볼이 흘러내리고, 병색이 완연한 피부는 푸석푸석하며, 살에 파묻힌 눈은 흐리멍덩하고, 머리는 붉고 삐죽삐죽한 이 역겨운 남자에게 넌더리가 났다.

아마 이 남자에게 발목이 잡혀 이러지도 저러지도 못하고 함께 사는 여자가 어쩔 수 없이…….

홀로이드는 화들짝 놀라며 생각을 떨쳐 버렸다.

이미 오래 전 램프가 꺼져 차갑고 음울한 집을 나서던 홀로이드는 스트레인지웨이스 부인을 만났다.

부인은 넓은 입구의 장작불 옆에 서 있었다. 하지만 난로의 온기는 겨울 아침의 우울을 조금도 흩어 놓지 못했고, 열린 지붕의 그늘진 서까래에는 가 닿지도 않았다.

이제 부인이 원하든 원치 않든, 홀로이드는 스트레인지웨이스 부인을 모른 척하지 않을 것이다. 그는 빛을 가리며 부인 앞에 멈춰 섰다.

“몰리. 난 도무지 이해가 안 돼요. 당신은 인도에서 커스티스란 사람과 결혼했잖아요.”

“맞아요. 그런데 해리가 여기를 상속하려면 성을 바꿔야 했어요. 우리가 인도에서 돌아온 지는 3년 됐지만 소리 소문 없이 살아서 아무도 우리 소식은 몰랐을 거예요."

부인은 난로 불빛과 홀로이드 사이에 생긴 그림자들 가운데 서 있었다. 그녀는 많이 변했다. 마르고 창백했으며, 떨리는 눈빛과 불안한 입매에서는 인생의 불만과 불행이 읽혔다.

"당신 소식은 전혀 듣지 못했어요. 듣고 싶지도 않았고. 그저 내 꿈에 충실하고 싶었어요." 홀로이드가 솔직하게 말했다.

그녀의 머리는 여전히 은색 섞인 사랑스러운 삼나무 색이었고 부드럽고 우아했다. 몸매 역시 어디서도 보지 못한 우아하고 완벽한 모습 그대로였다.

"말해줘요." 부인이 다짜고짜 물었다. "남편은 어디가 안 좋은 거죠? 근 1년 사이에 이렇게 쇠약해졌거든요."

보통은 너무나 차분한 그의 심장이 요동치기 시작했다. 주머니에 넣어 둔 우유와 물이 담긴 병이 떠올랐던 것이다.

"해리 경에게 왜 케임브릭 차를 주는 겁니까?" 홀로이드가 반문했다.

"자꾸 차를 달라고 해서요."

"몰리. 10년 전에 내게 등을 돌리긴 했지만, 그렇다고 지금 친구가 되지 말란 법은 없어요. 그러니 솔직히 말해 봐요, 남편과 사는 게 행복한가요?" 홀로이드가 재빨리 말했다.

"당신도 봤잖아요." 부인은 천천히 대답했다. "10년 전만 해도 달랐어요. 나는 진정 그이의 학문적 소양과 지성에 끌렸거든요."

베비스 홀로이드는 더 이상 물어볼 필요를 느끼지 못했다. 부인은 호박 속에 빠진 파리처럼 자신이 저지른 실수에 갇혀 있다. 게다가 그 연애편지는 뭐지? 다른 남자가 있었나?

홀로이드가 부인의 지치고 음울한 얼굴을 찬찬히 살피며 서 있자니 부인이 다시 물었다.

"여기 있을 거예요?"

"그래요." 홀로이드는 그 외엔 달리 할 수 있는 게 없었다.

"크리스마스 주간이잖아요." 부인이 홀로이드를 걱정하듯 말했다. "아주 지겹고 고통스러울 거예요."

"그래도 있어야 할 것 같아요."

해리 경의 차가 도착을 알렸다. 런던까지 꽁꽁 언 길을 달려가는 동안, 베비스 홀로이드는 평지에서 산이 솟듯 갑자기 등장해 평범한 일상을 가로막은 문제에 관해 곰곰이 생각해 보았다.

몰리(환자의 성을 딴 스트레인지웨이스 부인으로 부르고 싶지는 않았다)의 등장으로 말랑말랑한 추억과 사무치는 감정이 되살아났다. 홀로이드는 해리 경의 자리에 자기 자신을 대입해 보고 부주의한 여행자가 발 아래 지뢰를 터뜨린 것처럼 엄청난 충격을 느꼈다.

런던은 눈보라 속에 갇혀 있었고, 그의 진료실과 실험실을 잇는 회색 지붕 꼭대기에 오싹하고 으스스한 빛이 비쳤다.

베비스 홀로이드는 우유 병을 대리석 판에 올려놓은 다음, 안락의자에 앉아 판유리 너머로 눈발이 나부끼는 음울한 런던 거리를 바라보았다.

그는 지난 봄들과, 죽은 지 오래된 바이올렛들과, 먼지가 덮인 장미꽃들과, 금빛 비단이 위로 말려 올라가듯 사라져 버린 시간과, 그가 몰리를 사랑했고 몰리도 그를 사랑한 듯 보였던 오래 전 날들을 생각했다. 그러고 나서 큰 침대에 누워 "아내가 나를 독살하려 하고 있소"라 말하는 한 남자를 떠올렸다.

그날 오후 늦게 홀로이드는 여행 가방과 왕진 가방을 챙겨 해리 경의 차를 타고 스트레인지웨이스 저택으로 돌아왔다. 케임브릭 차가 담긴 병은 저명한 분석가인 친구에게 맡겼다. 왠지 자기 힘으로는 할 수 없을 것 같았다. 크리스마스 전에 테스트 결과가 나온다고 해리 경을 안심시킬 수 있어 매우 다행이라고 생각했다.

스트레인지웨이스 저택은 켄트의 외로운 삼림지대와 서섹스 습지를 잇는 공공고속도로에서 훌쩍 떨어진 한적한 곳에 있었다. 홀로이드가 도착했을 때는 눈보라가 불어닥쳐 주변 경관이 제대로 보이지 않았다. 집의 윤곽만 탁하고 희미하게 보여 비현실적인 느낌이었다. 이런 분위기는 얘기로 전해 듣거나 소설에서 읽었을 뿐 직접 경험하기는 처음이었다.

아주 나쁜 꿈을 꾸고 있는 것 같았다. 눈이 풍경을 바꾸고 거리와 형태를 변하게 만든 것처럼, 몰리와의 만남도 베비스 홀로이드의 삶을 완전히 뒤집어 버렸다.

그간 홀로이드는 그 여인을 단호하게 인생에서 몰아냈고, 그녀에 관한 궁금증을 애써 외면했으며, 인도에서 날아온 결혼 소식을 받음과 동시에 그녀를 안다는 사실까지도 모두 지워 버렸었다.

그런데 10년이 지난 지금, 섬뜩하게도 그 여인이 남편 살인자로 지목되며 다시 그의 앞길을 막아서고 있다.

해리 경이 말한 몰리의 전애인도 홀로이드의 신경을 어지럽혔다. 혹시 그 전애인이 자신을 가리키는 걸까? 그러나 몰리가 결혼한 후로 10년 동안 전혀 서신 왕래가 없었으니 그 연애편지의 주인공은 분명 다른 남자일 것이다.

홀로이드는 가난하고 힘들게 살던 시절 자신을 버린 몰리에게 어떤 섭섭함도 없었고, 몰리가 소심해서 인습을 존중할 뿐 그 아래에는 고결함이 있는 사람이라고 철석같이 믿어왔다. 그러나 몰리가 자신을 기만했다는 사실은 변함이 없었다. 지금까지 쌓인 '균열의 징조'가 이제 정말로 파열을 일으키는 게 아닐까!

그는 씁쓸해져서 음울하고 낡은 저택에 들어갔다. 맛좋은 음식과 춤과 친구들이 함께하는 유쾌하고 편안한 보통 크리스마스를 기대했건만 이곳은 달라도 너무 달랐다.

홀로이드가 친구들에게 크리스마스를 함께 보내지 못한다고 전화했을 때 후회하는 마음만큼은 진심이었다. 장난처럼 말한 '운이 없었지!'는 가슴 때리는 아픈 메아리로 울렸다. 정말로 운이 없다, 불운했다—.

몰리는 홀에서 홀로이드를 기다리고 있었다. 옆에는 얼굴이 창백한 젊은이가 어둡고 무거운 분위기를 조금이라도 쇄신하려는 듯 꺼끌꺼끌하고 빳빳한 호랑가시나무로 집을 장식하고 있었다.

젊은 남자는 자신을 비서라고 소개하고 우울한 목소리로 말했다.

"해리 경께서 몹시 편찮으셔서 걱정되는데, 그래도 늘 하던 대로 장식을 하라시네요."

해리 경은 홀로이드가 없는 동안 또 한 번 심하게 아팠다. 즉시 비서가 위층으로 올라가 깊은 잠에 빠진 해리 경과 겁먹은 마을 의사를 마주했다.

마을 의사와 해리 경의 병세에 관해 얘기를 나눠도 아무런 희망이 보이지 않았다. 홀로이드는 해리 경의 입주 간호사이자 사리에 밝아 보이는 가정부에게 잠시 환자를 맡기고 걱정스럽고 초조한 심정으로 스트레인지웨이스 부인을 찾아갔다. 그녀는 홀에서 큰 불 앞에 혼자 앉아 있었다.

부인이 홀로이드에게 차 한 잔을 권했다.

"왜 여기 왔어요?" 몰리가 깊은 몽상에서 깬 듯 물었다.

"왜냐고? 당신 남편이 불렀잖아요."

"남편 말로는 당신이 먼저 오겠다고 했다던데요. 집에 있는 사람들에게 전부 그렇게 말했어요."

"난 어제까지 당신 남편에 관해 들어본 적도 없어요."

"내 소식은 들었겠죠. 남편은 당신이 나를 도우려고 여기 왔다고 생각하는 것 같아요."

"그럴 리가." 홀로이드가 단호하게 대답하고는 혹시 몰리가 거짓말을 하고 있지는 않은지, 홀로이드를 집 밖으로 몰아내기 위해 만들어 낸 말은 아닌지 몹시 의심스러웠다.

"내가 여기 있었으면 좋겠어요?" 홀로이드가 물었다.

"글쎄요." 몰리의 애매한 대답으로 그의 의심이 확인되었다. 몰리에게는 또 다른 남자가 있어서 홀로이드가 떠나 주기를 바라는 것일지도 모른다. 하지만 몰리를 향한 연민 때문에 도저히 떠날 수가 없었다.

"우리가 예전에 알고 지냈단 걸 남편이 압니까?"

"아뇨." 몰리가 기어들어가는 목소리로 대답했다. "그러니 세상 하고많은 사람 중에 당신을 데려온 게 너무 이상해요."

"당신이 아픈 남편과 살고 있다는 소문을 듣고, 내 발로 당신 남편을 치료하러 왔으면 그게 더 이상한 거 아닙니까! 해리 경이 그런 이야기를 퍼트린 걸 보면 미친 게 틀림없고, 우리가 오랜 친구란 걸 모른다면 설명이 안 돼요!"

"종종 해리는 미친 것 같아요." 스트레인지웨이스 부인이 진저리를 치며 말했다. 부인은 장미색 실크로 안을 덧대어 아기자기한 잡동사니를 가득 넣은 반짇고리를 무릎에 올려놓더니 장밋빛의 견사 타래를 감기 시작했다. 몰리가 너무 약하고, 슬프고, 무기력해 보여서 베비스 홀로이드의 가슴은 연민으로 갈기갈기 찢어졌다.

"지금은 당신을 돕고 싶어서 돌아왔어요. 당신을 도우려고, 여기 있기로 했……." 홀로이드가 진지하게 말했다.

몰리가 예쁜 얼굴로 애석한 표정을 지으며 홀로이드를 올려다보았다.

"소중히 아끼는 편지가 몇 통 없어졌는데, 누가 훔쳐간 거 같아 걱정이에요." 몰리가 홀로이드의 말을 자르고 재빨리 말했다.

홀로이드가 움찔했다. 연애편지라. 남편이 발견했다는, 그의 모든 지저분한 의심의 원인이 되는 편지.

"나의 가련한 몰리!" 홀로이드가 충동적으로 소리쳤다. "당신 도대체 어떤 일에 휘말린 거요?"

이런 동정은 도저히 못 견디겠다는 듯 몰리가 갑자기 일어나는 바람에 반짇고리가 떨어져 내용물이 흩어졌고 견사 타래가 어두운 통로로 굴러 내려갔다.

베비스 홀로이드가 떨어진 물건을 잡으려고 얼른 몸을 굽히다가, 한쪽 끝이 열린 작고 흰 꾸러미를 발견했다. 황금색 비단으로 만든 바늘집에서 빠져나온 것 같았다.

홀로이드가 주워들어 주머니에 쑤셔 넣는데, 마침 얼굴이 창백한 비서가 앙상한 두 팔로 크리스마스 장식 덩굴을 한아름 안고 들어왔다.

"홀로이드 선생님께는 이번 크리스마스가 퍽 따분하겠습니다." 비서가 억지로라도 대화를 잇고 싶은 듯 말했다. "분명 재밌는 계획이 있었을 텐데 말이죠. 우리로서는 스트레인지웨이스 부인의 친구분께서 크리스마스 연휴 동안 해리 경을 돌봐 주시게 되어 무척 기쁩니다만."

"내가 친구라고 누가 그래요?" 홀로이드가 퉁명스럽게 물어보았다. "난 부인이 결혼하기 전에 알던 사람이지만……."

얼굴이 하얀 비서가 서둘러 끼어들었다.

"아, 부인이 직접 말씀하셨습니다."

홀로이드는 당황스러웠다. 왜 몰리는 자기 남편에게도 말하지 않은 사실을 비서에게 말했을까? 뭘 모르고 한 얘기든 신중하게 한 얘기든, 둘 다 바보 같은 짓이었다.

작은 가지와 겨우살이 뭉치를 여기저기 매달던 창백한 젊은이는 가스 딘이라는 이름이었다. 그가 누구에게랄 것도 없이 계속 말을 이었다.

"홀로이드 선생님, 이 집은 그다지 활기가 넘치는 곳이 아닙니다. 제가 해리 경의 동양학 연구에 관심만 없었어도 여기 있지 않았을 겁니다. 이렇게 불행한 결혼이 또 어딨겠어요!" 젊은이가 베비스 홀로이드의 언짢은 기색에도 아랑곳하지 않고 계속 떠들었다. "가끔 해리 경에게 무슨 일이 생기면 부인은 정말 난처해질 거란 생각이 들어요."

"도대체 무슨 뜻입니까?" 의사가 화가 나서 물었다.

비서는 전혀 침착함을 잃지 않았다.

"음, 별로 할 일도 없이 한 집에 살다 보면 다 눈치를 채게 되지요."

해리 경이 직접 사내에게 얘기했을 수도 있고, 사내가 스스로 눈치챘을 수도 있다.

"저는 환자한테 가 보겠습니다." 베비스 홀로이드는 지금 닥친 미스터리의 중요한 목격자일지도 모를 사람에게 차마 화도 내지 못하고 서둘러 말했다.

비서는 손에 든 사랑스러운 연두색 잎과 열매들을 내려다보며 역겨운 미소를 지었다.

"의사 선생님, 해리 경의 상태는 매우 심각합니다."

베비스 홀로이드가 스트레인지웨이스 부인의 옆을 지나갔다. 부인은 번져 버린 파스텔 그림처럼 흐리멍덩한 얼굴로, 두 손을 가슴께에 모으고 있었다. 어깨 위에 걸친 은색 털이 금발에 진주와 호박색이 어우러진 우아한 그녀를 한층 돋보이게 했다.

"반짇고리를 가지러 왔어요. 남편한테 좀 가 봐 주시겠어요? 또 상태가……."

"남편한테 뭘 드렸습니까?" 홀로이드가 최대한 조용히 물었다.

"케임브릭 차밖에 안 드렸어요. 자꾸 그것만 달라고 해서요."

"아무것도 주지 마세요, 그냥 내버려 둬요. 이제 남편은 내 환자입니다, 알겠소?"

부인이 눈물을 머금은 놀란 눈으로 그를 올려다보았다.

"왜 나한테 이렇게 야박하게 굴죠?" 부인이 몸을 떨었다.

부인이 금방이라도 쓰러질 것 같아서 홀로이드는 손을 뻗어 팔을 잡아 주고 싶은 강한 유혹을 느꼈다. 대신 부인이 계단으로 이어지는 낮은 출입구에 불안하게 서 있는 동안 슬쩍 몸을 지탱해 주었다.

"몰리, 내가 당신을 도우려고 여기 있는 거라고 말했잖아요."

비서가 아직도 팔에 겨울 상록수를 가득 들고서 뒤편에 있는 가리개에서 나타났다.

"잎이 너무 많아서 다 걸지는 못하겠어요." 비서가 다 듣고 보았다는 암시를 하며 웃었다.

베비스 홀로이드는 화가 나서 위층으로 올라갔다. 마치 거미줄에서 나온 선이 보이지 않는 그물처럼 그를 꽉 옭아매는 것 같았다. 이

대저택의 불가사의하고 으스스한 분위기와, 교활한 비서와, 뭔가를 살피는 듯한 하인들과, 아무거나 믿으려는 겁 많은 마을 의사와, 오랫동안 늘 가슴속에 그리며 사랑했던 대상이자 지금은 불안에 떠는 아름다운 여인, 처음 보는 순간부터 마음에 들지 않더니 끔찍한 혐의까지 제기한 사악한 환자! 이 모든 사람들의 어두운 기운 때문에 홀로이드는 우려와 불안과 두려움에 떨었다.

시간이 지날수록 홀로이드는 점점 더 정신이 아득해졌다. 필시 악몽에 갇힌 가련한 여인 몰리 때문이리라.

밖에서는 크리스마스를 알리는 종소리가 울려 퍼졌다. 홀로이드의 귀에는 그 소리가 잠자는 사람의 깊은 꿈에 침입한 현실 세계의 소리 같았다.

환자가 침대에서 일어나 앉아 혐오스러운 케임브릭 차가 담긴 유리잔을 어루만졌다.

"왜 그걸 마십니까?" 홀로이드가 화가 나서 물었다.

"아내는 나를 놓아주지 않을 거요. 다만 이걸 건넬 뿐." 해리 경이 낮게 속삭였다.

베비스 홀로이드가 사랑하는 여자를 가둔 어두운 집에 발을 들인 이후 줄곧 남편과 아내가 서로 다른 얘기를 하고 있다고 느꼈다. 분명 한쪽은 정교하게 거짓말을 하고 있었다.

"아내가 잃어버린 편지 얘기를 하던가요?" 아픈 남자가 말했다.

젊은 의사가 해리 경을 매서운 눈으로 바라보았다.

"부인이 저와 친하게 지내야 할 이유라도 있습니까?" 홀로이드가 물었다. "선생님은 아내가 10년 전 미혼일 때 나와 친구 사이로 지냈다는 걸 아십니까?"

"그래요? 신기하군요! 그런데 처음 본 사람처럼 굴었잖소."

"방이 너무 어두워서……."

"허, 신경 쓰지 말아요. 당신과 아내가 아는 사이였든 아니든." 그러더니 갑자기 해리 경이 으르렁대기 시작했다. "그 여자는 살인자야. 당신은 이제 그걸 직접 목격하게 될 거야. 내 베개 밑에 아내의 편지가 있어. 가스 딘이 아내를 감시하는 중이고……."

"아, 비서가 첩자였군! 저는 여기서 손 떼겠습니다. 다른 의사를 불러서……."

"안 돼. 난 당신 환자야. 당신이 가장 잘 해낼 수 있어. 맙소사, 난 이제 곧 죽을 거야."

해리 경이 경기를 일으키며 뒤로 넘어가는 바람에, 베비스 홀로이드는 하려던 말을 하지 못했다. 그날 밤새도록 홀로이드는 아무 말 없이 비서와 가정부의 도움을 받아 환자를 돌봤다.

홀로이드는 크리스마스이브 아침의 흐릿한 빛을 받으며 스트레인지웨이스 부인을 찾기 위해 아래층으로 내려왔다. 그는 해리 경이 비소 중독인 것도 알았고, 몰리의 반짇고리에서 나온 꾸러미에 비소가 들어 있다는 것도 알았다. 친구에게 맡긴 케임브릭 차에서 발견된 것이 치사량의 독이라는 것을 전화로 통보받자 공포는 커졌다.

그는 해리 경을 살려야 몰리 또한 구할 수 있다고 믿었지만, 해리 경의 입까지 막을 수는 없을 것 같았다. 극심한 증오에 사로잡힌 해리 경은 결국 아내의 살인 시도를 까발릴 것이고, 딘이 그걸 증명해 줄 게 뻔했다.

홀로이드는 밤새도록 남편 근처에 오지 않은 몰리를 부르러 사람을 보냈다. 몰리는 어깨에서 흘러내린 흰 털에 발이 걸려가며 창백하고 황망한 표정으로 방으로 들어섰다. 홀로이드가 단호하게 말했다.

"이봐요 몰리, 나는 진심으로 당신을 돕겠다고 약속했어요. 생각만큼 쉽진 않지만, 적어도 당신은 내게 솔직해야 해요."

"나는 숨기는 게 아무것도……,"

"다른 남자의 이름을 말……,"

"다른 남자?"

"당신 남편이 베개 밑에 숨긴 편지를 쓴 남자 말이에요."

"아, 그게 해리에게 있었구나!" 몰리가 고통스러운 듯 소리쳤다. "딘이 훔친 모양이군요! 홀로이드, 그건 지난 날 당신이 내게 쓴 아껴마지않던 편지예요."

"내 편지요?"

"그래요. 다른 남자가 있을 거라고 생각했어요?"

"하지만 해리 경 말로는……. 몰리, 함정이 있는 것 같아요. 심각한 거짓말을 하는 사람이 있어요. 당신 남편은 중독됐습니다."

"중독이 돼요?"

"케임브릭 차에 든 비소에 중독됐어요. 해리 경은 그걸 알고 있고 당신 짓이라고 생각해요."

몰리가 도무지 믿을 수 없다는 표정으로 홀로이드를 바라보았고, 힘이 빠져 의자에 미끄러지다 간신히 팔걸이를 잡았다.

"아, 세상에." 몰리가 공포에 휩싸여 중얼거렸다. "남편은 항상 내게 복수할 거라고 했어요. 내가 그를 사랑하지 않는다는 걸 알았거든요."

그러나 베비스 홀로이드는 흠칫 놀라기만 할 뿐, 들으려고도 믿으려고도 하지 않았다.

"내가 경고했잖소. 우리의 지난날들을 생각해서라도 제발 몰리……."

뒤에서 가벼운 발소리가 들리더니 비서가 어두운 그늘에서 기어나왔다.

"추운 크리스마스군요." 비서가 손을 마주 비비며 말했다. "정말이지 크리스마스에 딱 알맞은 날씨 아닙니까. 폭설에 갇히겠어요. 홀로이드 선생님, 해리 경이 선생님을 보자고 하십니다."

"좀 전에 뵙고 왔는데……."

베비스 홀로이드는 의자를 잡고 겨우 서 있는 몰리를 보고 심란해서 제정신이 아니었다.

"해리 경이 선생님만 찾으십니다." 비서가 민망한 듯 몸을 움츠렸다.

몰리가 홀로이드를 돌아보았다. 입을 두어 번 달싹대더니 겨우 말했다. "가 보세요."

홀로이드는 비서를 따라 천천히 위층으로 올라갔다.

해리 경은 이제 등을 대고 똑바로 누워서 침대의 어두운 장막을 바라보고 있었다.

"나는 곧 죽을 거요." 홀로이드가 몸을 굽히자 해리 경이 말했다.

"말도 안 됩니다. 죽게 내버려 두지 않을 겁니다."

"선생도 어쩔 수 없을 거요. 내가 죽는 걸 지켜보라고 저택에 부른 거니까."

"무슨 말씀이십니까?"

"깜짝 선물도 준비했소, 크리스마스 선물이지. 이 편지들, 내 아내의 연애편지들. 거기에 누구 이름이 있을 것 같소?"

"마음이 약해지고 있군요, 해리 경."

"전혀요, 딘 이리 가까이 와보게, 편지에 적힌 이름은 바로 베비스 홀로이드요."

"그럼 그건 10년 전 편지입니다. 경의 아내가 경을 만나기 전에 쓰인 편지겠지요."

아픈 남자가 사악하게 웃었다.

"그럴지도 모르지. 하지만 편지에는 날짜가 없고 봉투도 다 없애 버렸어. 나는 죽기 전에 편지에 최근 날짜가 적혀 있었다고 말할 거야, 아주 끔찍히 살해당하는 내가 말이야."

"지금 정신이 오락가락하고 있습니다. 저는 경의 말씀을 더 이상 듣지 않겠습니다." 베비스 홀로이드가 조용히 말했다.

"들어야지. 그러려고 이리 불렀으니까. 유서도 있어. 딘이 가지고 있지. 거기에 당신과 아내를 고발해 놓았어. 당신 편지도 있으니 무두 아내가 당신을 사주해서 살인을 저질렀다고 생각할 거야. 당신은 플런터 사건으로 케임브릭 차에 비소를 넣는 방법을 알게 됐고, 나는 비소 중독으로 죽었으니까."

홀로이드는 해리 경이 계속 말을 하게 내버려 두었다. 사실 이렇게 직접 듣지 않았으면 해리 경이 이토록 악의적이고 잔인한 일을 꾸몄다고 도저히 생각하지 못했을 테니까.

기발한 계획이었다. 아내를 미워하고, 아내가 진정 사랑한 남자를 증오하는 미친 은둔자가 질투에 불타서 꾸민 작품이었다. 베비스 홀로이드는 그물이 다시 자신을 촘촘히 둘러싸는 것 같았다. 그러나 수수께끼의 핵심은 아직 풀리지 않았다. 누가 비소를 집어넣은 것일까?

홀로이드가 칙칙한 침대 너머 비서의 어두운 형체를 흘깃 보았다.

"이 난장판에서 당신의 역할은 뭡니까, 딘 씨?" 홀로이드가 엄하게 물었다.

"전 해리 경의 친구입니다. 그리고 부인에게 불리한 증언을 할 목격자입니다. 전 부인을 위기에 빠트려서……." 비서가 꿋꿋하게 대답했다.

"그만해요." 홀로이드가 소리쳤다. "스트레인지웨이스 부인이 남편을 독살했고, 내가 공범이라 생각합니까?"

악의적인 표정으로 이 사람 저 사람 쳐다보던 해리 경이 거친 목소리로 나직이 말했다.

"자네가 생각하는 게 바로 그거지, 딘?"

"때가 되면 말씀드리겠습니다." 비서가 막무가내로 고집을 부렸다.

"그러고서 꽤 많은 돈을 받는 모양이군요."

"내 유서에 저 친구의 공을 다 적어 놨지." 해리 경이 으스스하게 웃었다. "홀로이드 선생, 내가 중독으로 죽고 난 다음에나 의견 차이를 바로잡으면 돼. 멋진 이야기, 훌륭한 스캔들이 될 거야. 당신과 내 아내가 한 집에 있고, 편지가 발각되고, 케임브릭 차까지!"

해리 경의 얼굴이 금세 흉포해지더니 곧 평소처럼 부자연스러울 정도로 격식을 차리려고 노력하며 말을 이었다.

"의사 선생, 우리 모두 매우 행복한 크리스마스를 보내게 될 거요."

베비스 홀로이드는 침대 반대편에서 움츠렸지만 금방이라도 튀어오를 듯 엉거주춤 서 있는 비서를 바라보았다. 혹시 이 사람이 살인자가 아닐까?

홀로이드가 시간을 벌기 위해 조용히 말했다. "왜 한 번도 만난 적 없는 사람을 망가뜨리려고 이런 계획까지 만들었습니까?"

"난 늘 당신이 싫었어." 해리 경이 힘없이 대답했다. "몰리는 당신을 잊은 적이 없거든. 그러니 나 또한 잊어버릴 수 없었지. 그러다 아내가 소중히 여기는 편지들을 찾아냈어."

"당신은 참으로 사악한 사람이군요." 의사가 냉정하게 말했다. "그러나 다 수포로 돌아갈 겁니다. 내가 당신을 죽게 내버려 두지 않을 거니까요."

"선생도 어쩔 수 없을 거라니까. 나는 죽어가고 있어, 내 말했잖아. 난 크리스마스에 죽을 거라고."

해리 경이 비서 쪽으로 고개를 돌려 말했다.

"아내를 데려와."

"안 됩니다." 홀로이드가 강하게 제지했다. "몰리는 이제 당신 가까이 오지 않을 겁니다."

해리 경은 이 말을 무시했다.

"올려 보내주게."

"네, 모셔오겠습니다."

비서가 날듯이 방을 나갔고, 꼿꼿이 선 베비스 홀로이드는 눈을 감은 채 죽은 것처럼 누워 있는 못생긴 사내를 내려다보며 생각에 잠겼다. 그는 확실히 상태가 심각했고, 진짜 죽어가고 있는지도 몰랐다. 틀림없이 케임브릭 차에 담긴 비소에 중독됐을 것이고, 죽은 뒤에는 끔찍한 추문과 위험이 따를 것이다. 편지에는 날짜가 없고, 그들의 결혼 생활은 악명 높을 정도로 불행했으며, 베비스 홀로이드는 독약의 형태와 독약의 사용법을 보면 누구나 자연스럽게 떠올릴 사람이었다.

홀로이드의 이마에서 식은땀이 솟았다. 자신은 혐의를 벗을 수 있을지언정 몰리는 힘들 것이다. 심지어 자신도 몰리의 결백을 뼛속까지 믿을 수 없었다!

내키는 대로 하자면 당장 몰리를 데리고 이 집을 나가서 다른 마을 의사와 간호사들을 데려다 놓아야 했다. 단, 늦기 전에. 만약 해리 경이 너무 일찍 죽으면 자기 손으로 목격자를 데려오는 꼴이 된다. 그렇다고 지금 같은 크리스마스 연휴에 믿을 만한 친구들을 구하기는 어려웠다.

홀로이드는 몰리를 찾으러 가고 싶었다. 최소한 그녀가 여기에서 도망가게는 해야 한다. 그러나 추문이나 의심을 피하지 않고 가능한 일인가?

홀로이드는 그 문제의 편지를 이 혐오스러운 비서의 손에서 빼내오고 싶었지만, 그는 환자의 곁을 떠날 리 없었다.

가스 딘과 함께 들어온 스트레인지웨이스 부인은 겁에 질린 표정으로 칙칙한 침대 맞은편에 잠자코 자리를 잡고 앉았다.

홀로이드가 자신의 의식 없는 남편을 보살피고 있는 것을 보고 부인이 작은 목소리로 물었다. "살 수 있을까요?"

"살려야죠." 홀로이드가 단호하게 대답했다.

크리스마스이브와 쓰라린 밤이 지나는 동안, 그리고 교회 종이 힘없이 쨍그렁거리는 황량한 새벽이 올 때까지 사악하게 웃는 해리 경을 돌보았다.

한번은 베비스 홀로이드가 창백한 몰리에게 물었다.

"당신 반진고리 속에 흰 꾸러미는 뭔가요?"

"꾸러미 같은 건 없는데요."

"당신 말을 믿을게요."

그러나 홀로이드는 다른 의사와 간호사를 불러오지 않았다, 감히 그럴 수가 없었다.

크리스마스를 알리는 종소리가 해리 경을 데려가려고 죽음의 길목에서 와 있는 것 같았다.

"당신은 나를 살리지 못해. 나는 죽어서 너희 둘을 피고석에 앉히고……." 해리 경이 뭐라 설명할 수 없을 정도로 악의에 찬 얼굴로 말했다.

몰리 스트레인지웨이스가 침대 맡에 쓰러져 울기 시작했고, 주인의 소망을 들어주느라 밤새 방 안팎을 왔다 갔다 하던 가스 딘은 걸음을 멈추고 특유의 표정으로 그녀를 바라보았다. 해리 경 역시 몰리를 멍하니 바라보았다.

"울지 마오, 오늘은 크리스마스잖소. 우리 모두 행복해야 할 날이오. 케임브릭 차를 가져다주오, 들었소?" 해리 경이 숨을 헐떡이며 말했다.

몰리가 기계적으로 일어나서 문 밖 테이블에 가정부가 올려놓은 우유와 물이 담긴 쟁반을 가지러 나갔다. 끔찍한 철야 간호 내내 해리 경은 목 놓아 '케임브릭 차'만 찾았다.

해리 경이 침대에서 겨우 몸을 일으켜 그 끔찍하고 이상한 음료를 홀짝이자 극심한 고통에 시달리던 몰리는 정신이 나가 버렸다.

"난 저 종소리를 못 견디겠어요. 그만 울렸으면 좋겠어요." 몰리는 울면서 그 방에서 뛰어나갔다.

홀로이드는 바로 몰리를 따라 나갔다. 이 모든 일이 그에게 갑자기 들이닥쳤듯, 그를 괴롭히던 비소라는 독의 구름이 그의 인생에서 빠져나가며 그 악랄한 드라마가 사라져 버렸다.

몰리가 머리를 문설주에 기댄 채 닫힌 창문에 몸을 의지하고 있었다. 놀랍게도 여닫이창 너머 마른 나무들 뒤로 흰 눈과 푸른 하늘이 동시에 모습을 드러냈다.

"몰리, 들어 봐요." 홀로이드가 단호하게 말했다. "당신이 신중하면 해리 경은 살 거라고 확신해요. 낙담하지 말……."

해리 경의 방 문이 열리더니 비서가 밖으로 나왔다.

그가 초조한 표정으로 창가에 있는 두 사람에게 다가왔다.

"전 이 상황을 더는 못 참겠습니다." 비서가 마른 입술로 말을 이었다. "해리 경이 이렇게 선을 넘을 줄은 몰랐습니다. 침대에 숨겨 놓고 직접 케임브릭 차에 그걸 넣고 있었어요. 당신들을 괴롭히기 위해 스스로 죽어가는 걸 더는 못 보고 있겠습니다."

"당신이 도와주고 있었군요!" 홀로이드가 소리쳤다.

"돕지는 않았습니다." 비서가 힘없이 웃었다. "그저 가만히 있었을 뿐이죠. 우연히 알게 됐는데, 해리 경이 한사코 모른 척하라고 해서……. 제가 해리 경의 유서를 가지고 있잖습니까. 그건 파기했습니다."

말을 마치자 비서는 아래층으로 내려갔다.

홀로이드가 즉시 해리 경의 방으로 뛰어 들어갔다. 해리 경은 칙칙한 침대에 등을 기대고 앉아 마지막 힘을 짜내 케임브릭 차에 비소 가루를 넣고 있었다.

해리 경이 소름끼치도록 무시무시한 표정으로 베비스 홀로이드를 보면서 음료를 삼켰다. 해리 경이 뒤로 털썩 쓰러지더니 팔로 얼굴을 가리고 악독한 복수극의 마지막을 맞이했다.

베비스 홀로이드는 죽은 남자의 방을 떠나 아직 창가에 기대어 있는 몰리를 발견했다. 이제 몰리는 자유의 몸이었고 태양은 빛났다. 크리스마스였다.

순진하지 않은 사람들

THE UNINNOCENT

브래드포드 모로 Bradford Morrow

문학소설계의 주요 인물인 브래드포드 모로는 미국 예술 · 문학 아카데미에서 아카데미상을, 구겐하임 재단에서 보조금을, 그리고 여러 훈장을 받았다. 그는 저명한 문학잡지 《컨정션(Conjunctions)》의 창립 편집자이며 『지오바니의 선물(Giovanni's Gift)』과 『트리티니 필즈(Trinity Fields)』를 포함해 수많은 소설로 호평 받은 작가이다. 「순진하지 않은 사람들」은 '《더 빌리지 보이스 리터러리 서플리먼트》에 처음 발표되었고 『순진하지 못한 사람들』에 실렸다. (뉴욕, 페가수스, 2011)

우리는 천진난만하게 촛불을 밝혔다. 초는 근처 교회에서 가져왔다. 언니는 우리가 하는 일이 성스럽기 때문에 초를 가져와도 괜찮다고 말했다. 교회는 아이들한테 돈을 받으면 안 되니까. "가난한 자들에게 자비를. 힘들여 내 앞에 오는 어린 자들아, 내 너희들에게 많은 선물을 내리리라." 언니는 경전을 꾸며내 읊기를 좋아했다. 언니는 감명 깊은 찬송가 모음집을 가지고 있었다. 그러나 우린 둘 다 노래를 잘 못 불렀다. 그리고 앞서 말했듯 우리에겐 많은 초가 있었다.

나는 가끔 언니의 사고방식과 도난 행위가 걱정됐지만, 감히 언니의 뜻을 거스를 수 없었다. 언니는 나보다 나이가 많았고, 어째 됐든 종이와 잉크 없는 찬송가나 밀랍과 실 없는 양초는 소용이 없었으니까!

호수에서 바람이 불어오자 촛불이 노란 혀처럼 펄럭거렸고, 우리는 눈을 동그랗게 뜨고 입을 벌린 채 서로를 마주 본 다음 보트 창고로 내려갔다. 그렇다. 카누가 선반에 놓여 있고 노들이 권총집의 권총처럼 줄 맞춰 세워진 낡은 나무 벽에 불꽃이 그림자를 만들어내면, 우리는 그가 왔다는 것을 알게 된다.

우리는 이런 의식들, 이런 교령회영매자를 개입시키거나 하나의 테이블을 둘러싸는 것으로 사망자와의 커뮤니케이션을 도모하는 회합에 조금도 냉정해질 수 없다. 우리의 기대에 찬 숨결이 촛불을 흔들리게 만든 건 아니다. 바람이 분 것도 아니다. 촛불을 떨리게 만든 것은 바로 오빠였다. 오빠가 돌아온 것이다. 오빠는 절대 우리를 배신하지 않았다. 그는 영원한 우리의 산타 오빠이다.

오빠는 절대 말을 하지 않았다. 우리는 그가 보내는 신호의 의미를 알아내야 했다. 모든 것에 깊은 뜻이 있었다. 촛불의 그을음이 특정한 방향으로 날아가면 그게 무엇의 징후인지 추론해 내야 했다. 박쥐가 보트 창고 밖으로 날아가거나, 함께 날던 새 떼가 머리 위 나무에서 가던 길을 바꾸거나, 쥐가 벽을 따라 아래위로 누비면 우리가 예상했던 의미 있는 일들이 생겼다. 우리는 스스로 그 징후가 뭔지 결정하고 해석하는 역할을 떠맡았다. 물론 이게 말이 안 되고 유치하게 들리리란 걸 나도 안다.

예를 들어 보자. 호수 옆에서, 눈먼 노견 밥 코코넛이 길게 자란 풀밭에 누워 다리를 쭉 뻗는다. 하늘은 파랗고, 가을이다. 물은 차갑다. 빨간색과 갈색의 잎들이 호숫가의 표면에 유막처럼 엉겨 있다. 그날 안젤라 언니와 나는 조짐을 느꼈다. 우리는 주방 창문으로 돌진해 죽은 휘파람새를 보았고, 그게 무슨 의미인지 알았다. 그래서 우리는 친구 버터를 보트에 태워 안심시킨 다음, 보통 때처럼 그를 묶고 간질였다. 만약 웃으면 물속으로 던져 버린다고 경고했다. 파란 하늘이 보랏빛으로 바뀌고 있었고 태양이 숲 속으로 꺼져 갔다. 저녁이 다가오고 있었다. 우리는 게임에 너무 열중한 나머지 시간이 그렇게 빨리 지나가는 줄 몰랐다.

버터에게는 그리 즐거운 시간이 아니었다. 얼굴이 둥글고 커다란 연회색 눈의 착한 아이이다. 버터는 불평을 할 수 없었다. 그게 규칙이기도 했고 언니가 버터의 입을 묶기도 했으니까. "걱정 마, 우리가 이제 집에 보내 줄게." 안젤라 언니가 말했다. 그러면 버터는 조금 꼼지락대다가 배 밑바닥에 기대 한숨을 쉬었다. "울지 마, 안 그럼 다쳐." 언니가 쐐기를 박았다.

나는 천천히 노를 저었다. 곧 버터의 부모님은 걱정할 것이다. 은박 같은 작은 저녁별이 반짝거렸다. 그리고 그때 나는 보았다, 우리 오빠를. 오빠가 호수 위에 서 있었다. 그는 희뿌연 소용돌이였다. 따뜻했던 물이 차가운 공기와 만나 생긴 안개에 오빠의 발이 잠겨 있었다. 언니는 버터가 보지 못하도록 손바닥으로 버터의 눈을 가렸다. 버터가 이미 겪은 일만 해도 많은데 더 무섭게 만들면 우리와 놀지 않을 것 같아서였다. 게다가 언니는 우리 외에는 아무도 오빠를 볼 자격이 없다고 생각했다. 버터가 배 바닥에서 흐느껴 울었다. 안젤라 언니와 나도 울었다. 그사이 저녁별이 점점 더 밝아졌다.

우리가 휘파람새의 영혼을 위해 기도하는 동안 버터가 보트 창고에 들어왔다. 바로 그때 촛불 하나가 꺼졌기 때문에 버터가 휘말린 것이다. 언니는 나중에 "가여운 버터" 하고 말했다. 너무 안됐다. 그 순간부터 버터가 겪은 일은 모두 운명이 되어 버렸다. 언니 말로 우리가 하고 싶어서 한 일은 아무것도 없었다. 대신 운명의 신인 산타 오빠가 우리에게 명령을 내렸고, 우리는 시키는 대로 했다.

어릴 때 우리는 부모님의 존재를 제대로 느끼지 못했다. 아버지는 항상 부재중이었고, 그 이유를 알고 나선 부끄러워 말로 내뱉기가 어려웠다. 아버지는 우리를 부양하려고 열심히 일했다. 매일 시골집에서 도시까지 먼 거리를 통근했다. 아버지는 키가 크고 온순했고 각진 얼굴의 예의바른 남자였다. 그리고 확신하건대 아버지는 엄청난 바람둥이였다. 증거도 없고, 직접 물어 본 적도 없다. 그러나 아버지의 끊임없는 방랑과 불안정한 눈빛에 대한 기억과, 수많은 낮과 밤 동안 아버지의 부재로 도달한 구역질나는 확신이었다.

그런가 하면 엄마는 산타 오빠의 죽음으로 불안정하고 무기력한 인간이 되어 버렸다. 아버지 말로는 엄마도 한때 행복한 소녀였다는데 우리는 그런 모습의 엄마를 본 적이 없다. 엄마는 모든 것을 엄마 탓으로 돌렸다. 얼음에 미끄러진 게 엄마였으니까. 누가 민 것도 아니다. 사고로 유산이 되자, 그 시커메진 크리스마스 태아와 함께 엄마의 인생도 끝이 난 거나 다름없었다. 그 후로 예상치도 못했던 안젤라 언니와 내가 세상에 나왔지만, 달라진 건 없었다. 엄마는 우리를 가졌고 낳았지만, 우리가 오빠일 수는 없었다. 아무것도 오빠를 대신하지 못했다. 오빠를 사랑하긴 하지만, 가끔 오빠는 나쁜 짓을 시킨다.

우리는 너무 순진해서 가끔 오빠를 불러내려고 갈 데까지 가 버리곤 했다. 오빠를 집으로 데려오려고 자랑스럽지 않은 일을 억지로 했다. 하지만 상하지 말아야 할 것들을 상처입힐 때도 오빠에 대한 믿음은 잃은 적이 없었다.

우리는 늘 크리스마스가 두려웠다. 우리는 이 세상과 떨어져 있는 저세상을 이해할 수 없었기 때문에, 왜 크리스마스만 되면 오빠가 방문을 주저하는지 알 수 없었다. 크리스마스는 가족들이 함께 모여 즐기며 축하해야 하는 연중행사라서 그런가 보다고 생각했다.

밥 코코넛을 공격하자고 생각한 건 안젤라 언니였다. 나는 애완견 코코넛과 오빠가 무슨 관련이 있는지 몰랐지만, 안젤라 언니가 자기를 믿으라고 해서 믿기로 했다. 물론 이것도 크리스마스에 있었던 일이다. 아버지와 나는 나무 농장에서 베어 온 트리를 집 안으로 가지고 들어갔다. 꺼끌꺼끌하고 제멋대로 생긴 푸른 가문비 나무였다. 벽난로 위를 가로질러 줄을 매달고 장식품과 조명과 쿠키와 기차 세트와 카드도 걸었다. 밥 코코넛은 난로 앞 깔개에 누워서 꿈을 꾸는지 한 번씩 기분 좋게 몸을 뒤척였다

“오빠가 나타난 때를 코코가 기억하는 것 같지 않니?” 언니가 내게 물었다.

나는 잘 모르겠지만 그런 것 같았다.

“코코? 코코야.” 언니가 밥 코코넛의 귀에 대고 속삭였다.

“자게 놔둬.” 내가 말했다.

“코코는 분명 아무 때나 오빠를 볼 수 있어. 개들한테는 그런 능력이 있거든. 우리가 못 듣는 걸 들을 수 있고 냄새도 더 잘 맡잖아. 분명 다른 세계를 볼 수 있을 거야, 안 그래, 우리 코코?”

“아닐걸.” 내가 말했다.

“좋은 생각이 났어.” 언니가 말했다. 언니가 한 짓을 여기에 쓰고 싶지 않다. 어쨌든 코코에게 한 일은 당연히 실패했다. 그 후로 오빠는 훨씬 멀어져 버렸다. 그때부터 나는 언니를 믿지 않기로 했다. 대신, 언니를 관찰하기 시작했다.

언니에 관한 두 가지 일화.

첫 번째. 오빠가 나타나지 않게 되자, 언니는 자기가 오빠라고 생각한 적이 있다. “이제 오빠는 내 안에 있어.” 어느 날 밤에 언니가 느닷없이 그런 소리를 했다. 언니는 오빠가 빙의되는 걸, 오빠에게 사로잡히는 걸 좋아했다. 가끔 내게 질문을 던지라고 했다. “죽는다는 건 어떤 거야?” 내가 물었다. “너도 곧 알게 될 거다.” 오빠가 영매를 통해 대답한다. “오빤 날 사랑해?” 내가 또 물었다. “그럼 사랑하지. 하지만 안젤라를 더 사랑한다.” 언니가 눈을 가늘게 뜨고 입꼬리를 위로 들어 올리며 만족스러운 미소를 지었다.

그러다 언니는 어느 날 자기가 더이상 오빠가 아니라는 걸 깨달았다. 언니에게 뭔가 신비한 일이 생겼고, 엄마 말로는 언니가 드디어 여자가 되었단다. 언니는 드레스를 입기 시작했다. 나는 언니의 다리털을 밀어 주었다. 언니는 그 광경을 사진으로 찍기까지 했다. 그런데 겨드랑이털은 못 밀게 했다. 겨드랑이 밀 때는 너무 가까워서 사진을 못 찍기 때문이라고 했다. 하지만 진짜 이유는 언니가 아직도 자기를 오빠라고 믿고 있기 때문인 것 같다. 언니는 하늘하늘한 치마 주름 아래로 부드럽게 빛나는 흰 다리를 내놓고 걸어다닐 수 있었고, 우리는 강한 종아리와 탄탄한 허벅지를 가진 젊은 언니의 멋진 여성성에 감탄했다. 그래도 언니에게서 남성적인 소유욕을 없애지는 못했다.

두 번째 일화. 한번은 우리가 사는 작은 시골 마을에 퍼레이드가 있었다. 어떤 행사였는지는 기억나지 않는다. 임시로 만든 행진 차량이 두어 대 돌아다녔다. 공립 학교에서 취주악단이 와서 연주도 했다. 생생하게 기억난다. 그날 열여덟 살 언니가 실종되었다. 엄마 말로, 언니는 그날 '유령처럼' 사라졌고, 몇 년 동안 소식이 없었다. 언니가 실종되어 버린 것이다. 죽었다고 생각하는 사람도 있었지만 내가 더 잘 안다. 언니는 정말로 사라져 버린 거다.

순진한 우리는 무럭무럭 자랐다. 오늘은 오빠의 생일, 태어났더라면 생일이었을 날이다. 내가 아무리 나이를 많이 먹어도 오빠는 항상 나이가 더 많은 것 같다. 안젤라 언니는 결혼해서 이제 뉴햄프셔에 산다. 언니의 차가운 성격이 혹독한 겨울과 완벽하게 어울린다.

언니는 두 번 결혼했다. 음담패설만 많이 하는 게 아니라 경험도 많다. 아이를 셋이나 낳았지만, 최근에 보낸 편지를 보니 아이를 더 낳고 싶다고 한다.

나는 '결혼'이라는 걸 도통 이해할 수 없고, 아이를 기르는 건 더더욱 상상이 안 된다. 지금 데리고 있는 개를 보면 애완견 코코넛이 생각난다. 도시의 아파트에 살기에는 너무 크고 활발하지만, 나와는 마음이 잘 맞는 반려견이다. 개가 벽난로 옆에서 몸을 웅크리고 있으면(집주인이 불을 피우지 못하게 해서 나는 판지에 불투명 페인트로 불꽃 모양을 그려 넣었다) 복잡하고 이상했던 어린 시절이 떠오른다. 우리는 외로웠고 스스로 무엇을 하는지 몰랐다. 우리가 마음만 먹으면 하고 싶은 일을 얼마나 훌륭하게 해낼 수 있는지 깨닫지 못했다. 이제는 다 옛일이다. 내가 그때 떠나보낸 것들을 후회하고 더 소중히 대해 주지 못한 걸 후회하고 있다고 말하면 정신분열 환자 같을까?

다시 크리스마스 밤이 돌아왔다. 이브에는 친구들과 차이나타운에서 저녁을 먹었다. 시끌벅적했고 거리는 취객들로 북적거렸다. 하지만 오늘밤은 조용하다. 엄마한테 전화를 걸까 생각해 보았다. 심지어 언니에게도 연락해 볼까 잠시 고민했다. 엄마의 새 남편은 별로 마음에 들지 않고, 언니는 번거로운 사람이다. 연락하지 않기로 했다. 애완견 코코넛이 여기 있다면 옛 시절을 생각하며 촛불을 켰을 텐데. 길모퉁이에 성당이 있으니 거기에서 초를 하나 가져올 수 있다. 내 유령이 그립다. 엄마는 오빠를 넘치는 사랑으로 질식시키고 뱀파이어처럼 오빠의 사랑을 마시며 키우려 했지만, 그럼에도 멋진 오빠가 되어 주었을 것이다. 그렇다, 나는 산타 오빠가 그립다. 늙어 가는 나의 삶에 더할 나위 없는 행복이 될 수 있었을 텐데. 내가 왜 철저히 혼자인지 말해 줄 수 있었을 텐데.

창밖에 눈이 조금씩 내리기 시작했다. 잠깐씩 반사되며 빛무리를 만드는 가로등 불빛이 활기차다. 온 세상이 예수 탄생의 위엄과 기쁨을 마음껏 발산하고 있다. 나는 세상에 행복이, 모든 사람에게 평화가 깃들기를 기원한다. 버터에게 일어난 일을 언제까지고 후회할 것이다. 우리는 순진하지 않았지만, 저주와 같은 끔찍한 고립이 우리의 은인이자 보호자가 되어 주기도 했다. 아무도 이 일이 어떻게 일어났는지 몰랐고, 앞으로도 모를 거라는 사실에 나는 영원히 감사해야 할 것 같다.

블루 크리스마스
BLUE CHRISTMAS

피터 로빈슨 Peter Robinson

뱅크스 경감은 피터 로빈슨이 태어나서 1974년에 캐나다로 이사 갈 때까지 살았던 요크셔를 배경으로 만든 가상의 마을에서 일한다. 실제로 작가의 모든 책에 등장하는 뱅크스 경감은 일을 할 때 아주 거친 스타일이지만, 요즘 나오는 소설에서는 마음 씀씀이가 꽤 너그러워졌다. 덕분에 그의 소설들은 오늘날 가장 유명한 범죄 소설로 당당히 자리매김했고, 캐나다와 미국 그리고 영국에서 베스트셀러 목록에 정기적으로 이름을 올리며, 대서양의 양쪽에서 수많은 상을 수상하고 여러 출판계에서 올해 주목할 책으로 자주 언급된다. 「블루 크리스마스」는 355권 한정판 소책자로 처음 출간되었다. (노퍽, 버지니아, 크리픈 & 란드루, 2005)

사흘간의 휴일. 뱅크스는 아침 식사용 식탁에 앉아 유선 노트에 메모를 했다. 올해 크리스마스는 혼자여도 멋지게 보낼 예정이었다. 크리스마스이브에는 알라스테어 심 주연의 〈스크루지〉를 흑백 버전으로 볼 것이다. 크리스마스 당일에는 〈러브 액추얼리〉. 헛소리 일색이지만, 빌 나이가 연기하는 빌리 맥의 멍청함과 키이라 나이틀리의 연기는 볼 만한 가치가 있었다. 복싱데이에는 〈해리 포터〉 배우가 나오는 〈데이비드 코퍼필드〉를 볼 것이다. 몇 년 전 복싱데이에 뱅크스가 지독한 숙취를 이 영화와 함께 이겨낸 뒤로 매년 전통이 되었다.

음악은 조금 문제가 있었다. 당연히 바흐의 〈크리스마스 오라토리오〉와 헨델의 〈메시아〉, 이 두 곡은 그의 아이팟에 있어서 메인 사운드시스템으로 재생할 수 있었다. 몇 년 전 그는 좋아하는 노래를 모두 담아 크리스마스 컴필레이션을 만들었다. 빙 크로스비의 〈화이트크리스마스〉부터 엘비스 프레슬리의 〈산타할아버지 우리 마을에 오시네〉와 〈블루 크리스마스〉, 프리텐더스의 〈2000마일〉 그리고 롤랜드 커크의 〈위 프리 킹스〉까지. 불행하게도 그 컴필레이션은 그의 소장 앨범들이 불타면서 함께 사라져 버렸다. 그래서 뱅크스는 다시 재생 목록을 만들기 위해 오후에 이스트베일에 있는 HMV대형 음반 유통사에 가서 크리스마스 CD를 몇 개 사 올 생각이었다. 어차피 칠면조를 사러 마크스 앤드 스펜서에 가야 했으므로, 스웨인스데일 센터에 가면서 HMV에 들르면 될 듯했다. 와인은 아마로네와 끼안티 클라시코, 클라레, 버건디를 비롯해 동생네 지하실에서 골라 온 썩 괜찮은 것도 있어서 앞으로 사흘은 충분히 버틸 수 있었다. 크리스마스 선물도 미리 사서 다 나눠주었다. 몇 개 되지는 않지만, 트레이시에게는 현금을, 브라이언에게는 페어포트 컨벤션 음반 세트를, 부모님에게는 초콜릿과 잡지구독권을 그리고 애니 캐봇에게는 은과 흑옥으로 된 팔찌를 주었다.

뱅크스는 노트를 옆으로 밀치고 커피 머그잔에 손을 뻗었다. 그 옆에는 새로 구입한 케이트 앳킨슨의 『박물관의 뒤 풍경』이 놓여 있었다. 휴일 동안 제대로 읽을 계획이었다. 평화와 고요가 넘칠 것이다. 아들 브라이언은 유럽에서 밴드 멤버들과 함께 있다가 복싱데이 늦게나 돼야 그래들리에 돌아올 예정이었다. 딸 트레이시는 자기 엄마 산드라와 새아빠 션, 아기 시니드와 크리스마스를 보낼 것이다. 동료 애니는 세인트 이브스에 있는 예술인촌에서 영화 〈정키 크리스마스〉를 보고 실컷 울 게 틀림없었다. 애니 말로는 그 영화를 보는 것이 아버지의 지인들 사이에서 크리스마스 연례행사란다. 뱅크스도 본 적 있는 영화인데, 나쁘지 않았지만 매년 볼 정도까지는 아니었다.

이 정도면 대체로 이번 크리스마스에 와인과 음악을 자유롭게 마시고 즐길 수 있을 것 같았다. 날씨는 영 도움을 주지 않을 모양이었다. 11월 말에 눈발이 조금 흩날렸을 뿐, 모두가 기대해 마지않는 화이트크리스마스는 요원한 듯 보였다. 여전히 기상청에서는 가능성을 열어 놓고 있긴 하지만, 요크셔는 흐리고 습도만 높았다. 그나마 날씨가 크게 춥지 않다는 건 좋았다. 남쪽 사람들은 소호 카페 밖에 앉아 있을 수 있었고, 교외 지역에서는 골프도 가능할 것 같았다. 뱅크스도 휴가를 내고 멀리 갔어야 했다. 파리, 로마, 마드리드 등 낯선 도시에서 이방인으로 살아 보는 거다. 런던에 갔다 한들 여기보다는 훨씬 좋을 것이다. 지금이라도 마음만 먹으면 마지막 남은 비행기 잔여석을 예약할 수 있을지 모른다.

그러나 뱅크스는 어디에도 가지 않으리란 걸 알았다. 그는 진한 커피를 홀짝이며 너무 감상적이지 말자고 혼잣말했다. 크리스마스는 위험한 시기로 악명이 높다. 사람들이 우울해지기 쉽고, 깊은 공포에 굴복하는 때이며, 모든 실패와 후회와 실망이 되살아나 괴로워지는 시기이다. 뱅크스 또한 그런 것들에 무너져 통계자료에 실리고 싶지는 않았다.

뱅크스는 이제 시내로 가서 너무 혼잡해지기 전에 막바지 쇼핑을 하기로 했다. 막 집을 나서려는데 전화가 울렸다. 뱅크스가 수화기를 집어 들었다.

"경감님? 저 잭먼입니다."

"그래, 윈섬. 무슨 일이야?"

"쉬시는 데 방해해서 정말 죄송합니다. 좀 문제가 생겨서요."

"뭔데?" 뱅크스가 물었다. 혼자 크리스마스를 보내는 처지이긴 해도, 서부지역본부에서 며칠이라도 떠나 있기를 기대했다. 특히 힘든 한 해를 보낸 다음이라 푹 좀 쉬면서 긴장을 풀고 싶었다. 그러나 그렇게 호락호락하지 않을 모양이었다.

"실종 사건입니다."

"사건 담당할 다른 사람 없어?"

"경험 있는 사람이 필요합니다, 경감님. 그리고 캐봇 경위는 벌써 콘월에 가는 길입니다."

"실종된 사람은 누구야?"

"브렌다 머서라고, 42세 여성입니다."

"실종된 지는 얼마나 됐어?"

"하룻밤 지났습니다."

"살해됐을 가능성은?"

"크게 없습니다."

"실종 신고는 누가 했지?"

"남편이요."

"왜 아침까지 기다렸을까?"

"기다리지 않았습니다. 어제 저녁 여섯 시에 이미 신고를 했어요. 그래서 우리도 조사를 했고요. 아동 실종이 아닌 이상에야 경감님도 어떻게 돌아가는지 아시잖아요. 보통 실종 초기에 제 발로 나타나거나, 실종 이유가 금방 밝혀지죠."

"그런데 이번 경우는 그렇지 않다?"

"네, 경감님. 아무 조짐이 없습니다. 그리고 남편이 너무 걱정해서 힘들어요. 높은 사람을 데려오라고 난립니다. 딸이랑 사위도 와 있는데, 성가시게 하고 있습니다. 높은 사람 데려와 얘기하게 해 주겠다고 약속하고는 겨우 따돌려 놓고 왔습니다."

"알았어. 조금 더 수고해. 내가 곧 갈게." 뱅크스가 한숨을 쉬며 말했다.

그해 서부지역본부의 '주요범죄와 경찰청범죄 수사과' 요원 수는 절대적으로 부족해서 누가 크리스마스이브에 근무자가 될지 눈치를 보는 중에 재수 없게 걸린 사람이 윈섬 잭먼 경감이었다. 정작 윈섬은 별로 개의치 않았다. 어차피 자메이카에 있는 부모님을 방문할 수도 없고, 한동안 그녀에게 관심을 보였던 동굴 탐험 클럽의 동료가 초대한 크리스마스 저녁 식사도 정중하게 거절했기에 딱히 휴일 계획이 없었다. 심각한 사건으로 바빠질 줄은 결코 몰랐다. 대개 크리스마스에 일어나는 사건들은 순경이 처리할 수 있을 정도로 사소했다. 범죄자들도 칠면조와 크리스마스 푸딩은 먹고 싶은 모양이라고들 생각했다. 그러나 실종 사건은 달랐다. 상황이 급속도로 나빠질 수 있었다. 피해자가 여성이라면 더 심각했다.

윈섬은 뱅크스를 기다리는 동안 다시 서류를 살폈다. 남편의 신고와 진술 외에는 별다른 내용이 없었지만 기본적인 내용은 파악할 수 있었다.

데이비드 머서가 12월 23일 오후 6시경에 퇴근해서 집에 와 보니 아내가 없었다. 아내는 항상 집에서 저녁을 준비하고 남편이 오기를 기다렸으므로 놀랐다고 한다. 남편은 스웨인스데일 쇼핑센터 총무부에서 일하며 출퇴근이 규칙적이다. 이웃사람 하나가 그날 오후 4시 15분경에 머서 부인이 리뷰 에스테이트 집에서 거리를 걸어 내려가는 것을 목격했다. 동행은 없었고 베이지색 코트를 입고 낡은 갈색 가죽가방을 어깨에 메고 있었다. 간선 도로로 가는 방향이기에 이웃은 머서 부인이 버스를 타러 간다고 생각했다. 이웃은 머서가 운전을 안 한다는 것을 알고 있었다. 이웃이 인사했지만 머서 부인은 못 들은 것 같았고 어쩐지 '다른 데 정신을 팔고' 있는 것 같았다고 한다.

경찰이 그 노선을 운행하는 버스 기사들을 탐문했지만 아무도 그런 인상착의를 가진 사람을 본 기억이 없다고 했다. 제복 경찰들 역시 택시 기사들을 조사했지만 같은 반응이었다. 머서 부인의 친척들에게 연락을 취했으나 행방을 아는 사람이 없었다. 윈섬은 미리 약속한 사람이 간선 도로에서 부인을 차에 태우고, 다른 사람의 눈에 띄지 않기를 바랄 가능성도 있다는 생각이 들었다. 다른 경우의 수를 다 조사할 때까지 납치 가능성은 함부로 추정하지 않기로 했다.

윈섬은 데이비드 머서가 별로 마음에 들지 않았다. 그는 윈섬이 지난 몇 년간 지겹도록 봐 온 고압적이고 과격하고 우쭐거리기 좋아하는 남자였다. 다른 사람은 자기를 받들어 모시는 한낱 시종에 불과하다는 듯 행동하고, 특히 상대가 자기 같은 흑인 여성이면 그런 경향이 더 심해지는 백인 엘리트주의자 남성이었다. 그러나 윈섬은 자신의 추론에 개인적인 인상을 개입시키지 않으려 노력했다. 그럼에도 머서의 말투에는 진심으로 들리지 않게 만드는 뭔가가 있었다. 그녀는 나중에 뱅크스에게 그 얘기를 하려고 잘 메모해 두었다.

머서의 집은 내닫이창과 돌벽, 깔끔하게 정돈된 정원을 갖춘 현대적인 조지아 스타일의 연립 주택이었다. 윈섬과 뱅크스가 집 앞에 도착해 초인종을 누르자 데이비드 머서가 기다렸다는 듯 바로 문을 열어주었다. 그는 뱅크스와 윈섬을 깨끗하지만 정리는 안 된 거실로 안내했다. 젊은 여자가 불안한 듯 손을 만지작거리며 소파에 앉아 있었고, 비싸지만 유행이 지난 양복을 입은 늘씬한 남자가 거실을 서성이고 있었다. 한쪽 귀퉁이에 소품들과 조명으로 장식된 큰 크리스마스트리가 서 있었다. 바닥에는 밝은 색으로 포장된 선물상자 여러 개와 트리에서 떨어졌는지 작은 아이스스케이트 장식물이 나뒹굴었다. 라디오에서는 크리스마스 음악이 흘러나왔다. 랄라랄라랄라-랄랄라.

"혹시 신고 들어온 거 있습니까?" 데이비드 머서가 물었다.

"아직 없습니다. 혹시 괜찮으시면 질문을 몇 가지 하고 싶습니다." 뱅크스가 말했다.

"저 사람한테 이미 다 얘기했습니다." 데이비드가 윈섬을 가리켰다.

"네, 알고 있습니다. 잭먼 경위한테 내용을 다 들었습니다만, 몇 가지 더 여쭤볼 게 있어서요."

"직접 발로 뛰면서 찾고 있어야 되는 거 아닙니까?" 벌써 머리가 벗겨지기 시작한 늘씬한 남자가 말했다. 뱅크스가 천천히 고개를 돌려 그를 보았다. "누구시죠?"

남자가 좁은 가슴을 펴며 말했다. "클로드 메인워링, 변호사입니다." 그는 〈노인부대BBC에서 방영된 시트콤〉에서 아서 로우가 연기한 캐릭터처럼 자기 이름을 '매너링'으로 들리게 발음했다. "머서 씨의 사위입니다."

"아, 메인워링 씨. 보통 경감은 밖에 나가 사람을 직접 찾지 않습니다. 집을 방문해 조사하는 것도 실은 경감이 할 일이 아니지만, 크리스마스가 다가오고, 머서 씨가 아내를 걱정하고 계셔서 도움을 드리고 있다고 보시면 될 겁니다. 그리고 이미 충분한 인원이 밖에서 머서 부인을 찾고 있다는 말씀도 드려야겠군요."

메인워링은 대답이 만족스럽지 못한 듯 툴툴대다가 아내 옆에 앉았다. 뱅크스가 데이비드 머서를 돌아보았다. 그제야 그가 두 형사에게 앉기를 권했다. "머서 씨." 뱅크스는 윈섬이 이미 다 물어보았을 의문점을 다시 질문하기 시작했다. "아내분이 갔을 만한 곳은 없습니까?"

"없습니다. 그래서 당신들을 부른 거 아닙니까." 머서가 말했다.

"아내분이 사라질 이유는 없고요?"

"전혀요." 반 박자 빠른 대답이었다.

"불만 사항은 없었습니까?"

"제가 알기로는 없습니다. 네, 없어요."

"두 분 사이는 괜찮습니까?"

"이보세요!" 메인워링이 벌떡 일어섰다.

"조용히 하고 앉으세요, 메인워링 씨." 뱅크스가 최대한 온화한 투로 말했다. "지금 법정에 있는 게 아니잖습니까. 그러시는 건 도움이 되지 않습니다. 당신한테는 나중에 질문할 테니 기다리세요." 뱅크스가 다시 머서에게 고개를 돌리며 무시당한 변호사를 외면했다. "아내분의 행동에 별다른 점은 없었습니까, 분위기가 달라졌다거나 뭐 그런 거 말입니다."

"없었습니다. 말했다시피 모든 게 정상적이었습니다. 뭘 의심하시는지 여쭤봐도 되겠습니까?"

"의심하는 거 없습니다. 이런 사건이 생기면 일반적으로 물어봐야 하는 질문입니다."

"이런 사건?"

"실종 사건이요."

"맙소사. 믿을 수가 없어. 엄마가 실종자래." 딸이 울부짖었다.

'노숙자'에나 쓸 법한 말투였다. 뱅크스는 딸이 엄마가 사라진 걸 부끄러워하는 것 같다고 생각했다. 그러다 어쩐지 자신이 이 사람들에게 너무 야박하다고 스스로를 꾸짖었다. 크리스마스여서 그러려니, 비록 이 사람들이 아무리 자신만만하고 자기 집착이 강해 보여도 브렌다 머서가 걱정이 돼서 저런 거려니 여기기로 했다. 뱅크스는 그들을 돕기 위해 최선을 다하기만 하면 된다. 부디 그러는 데 그들이 방해가 되지 않기를 바랐다.

"혹시 전에도 이런 일이 있었습니까?" 뱅크스가 물었다.

"전혀 없었습니다. 브렌다는 누구든 만나고 싶어 할 만큼 안정적이고 믿음직한 사람입니다." 데이비드 머서가 말했다.

"가까이 지내는 친구가 있습니까?"

"아내에게는 가족이 전부입니다."

"누군가 만나는 사람은 있었을 것 아닙니까? 속 얘기를 털어놓는다든가 하는."

머서가 몹시 당황스러운 표정을 지었다. "도대체 무슨 말씀이신지 모르겠군요. 만나다니요? 털어놓다니요? 브렌다가 뭘 털어놔야 합니까? 설사 그런 게 있다 쳐도 왜 나 말고 다른 사람이 필요하죠? 그럴 리 없어요. 말이 안 됩니다."

"사람들이 가끔 그럴 때가 있잖아요. 마음이 통하는 동성 친구 같은……."

"브렌다는 아닙니다."

윈섬이 보고한 내용만 확인했을 뿐 아무 성과가 없었다. "아내분이 어디 갔을지 전혀 감도 못 잡으시겠습니까?"

"무슨 일이 생긴 겁니다. 분명 누군가 납치를 했을 거예요. 다른 거로는 설명이 안 돼요."

"왜 그렇게 생각하십니까?"

"당연하잖아요, 안 그렇습니까? 아내는 크리스마스 계획을 엉망으로 만들고 우리를 당황시킬 만큼 무책임하고 이기적인 사람이 아닙니다."

"그러나 납치는 선생이 생각하는 것보다 훨씬 드문 일입니다. 대부분의 경우에 실종된 사람들은 건강하고 안전한 상태로 발견됩니다."

메인워링이 뒤에서 콧방귀를 꼈다. "당신들이 찾는 데 시간이 오래 걸릴수록 어머니가 건강하고 안전하기는 더 어려운 거 아닙니까."

뱅크스는 그의 말을 무시하고 데이비드 머서에게 계속 질문했다. "혹시 최근에 아내분과 말다툼하신 적 있습니까?"

"말다툼요? 아뇨, 딱히 그런 적 없습니다."

"딱히 그런 적이 없어요?"

"내 말은 크게 다툰 적은 없었다는 거죠. 이런 일을 할 만한 건 없었다고요. 물론 여느 부부들처럼 아옹다옹 다투기야 하죠."

"그러나 아내분이 화나서 사라지고 싶을 만큼 크게 싸운 적은 없다?"

"네, 없습니다."

"혹시 아내분한테 이성 친구가 있었다거나 그러진 않았습니까?" 뱅크스는 위험한 상황에 발을 들이민다는 것을 알았지만 물을 수밖에 없었다.

"만약 남자와 도망갔을지도 모른다고 의심하신다면 헛다리 짚는 겁니다. 브렌다는 나나 재닛에게 그런 일을 할 사람이 아닙니다." 데이비드가 딸을 쳐다보며 말했다. "게다가 아내는……."

"아내분이 뭐요?"

"내 말을 이해할지 모르겠지만, 브렌다는 《플레이보이》지에 나올 만한 인물이 아닙니다. 그러니까 남자들이 쫓아다니거나 환상을 품을 스타일이 아니라는 말이지요."

멋지군, 하고 뱅크스는 생각했다. 그 역시 자기 아내 산드라가 다른 남자와 눈이 맞아 도망갈 줄은 몰랐다. 물론 아내가 남자들에게 매력을 어필하지 않을 거라고 생각했기 때문은 아니지만, 어쨌든 아내는 그렇게 가 버렸다. 그러나 굳이 이 사내에게 그 점을 짚어 주고 싶지는 않았다. 만약 그런 일이 있어도, 쓸데없이 자신만만한 머서 가족은 아니라고 우길 사람들이었다. 어쨌든 만약 브렌다에게 실제로 가까운 친구나 친척이 없다면, 그녀에 관해 더 많은 얘기를 해 줄 사람이 없다는 뜻이었다. 사건이 생각보다 더 어려울 수도 있었다.

"들어오는 소식이 있으면 즉시 연락해 드리겠습니다." 뱅크스는 그렇게 말하고 윈섬과 함께 경찰서로 돌아갔다.

불행하게도 사람들은 식사나 가족 방문, 마지막 쇼핑, 교회행사 같은 크리스마스 계획에 몰두한 나머지, 다른 때처럼 주변에서 일어나는 일에 신경 쓸 여유가 없었다. 뱅크스와 윈섬이 서부지역본부에서 오후를 보내는 동안 제복 경찰관들은 단서를 찾아 집집마다 돌아다녔고, 반경을 점점 확대해 가며 데일스 주변을 샅샅이 살폈지만, 아무것도 밝혀지지 않았다.

뱅크스는 상점들이 문을 닫기 직전에 사야 할 것들이 생각나 바로 스웨인스데일 센터로 달려갔다. 크리스마스이브 폐점 시간이 다가올 무렵이라 난리법석이었고 모두 참을성이 없어져 신경질을 부리기 일쑤였다. 힘들어도 지금 사지 않으면 달리 먹을 음식이 없을 것 같아서 15분이나 걸려 칠면조를 샀다. 나오면서 HMV에 모여든 사람들을 보고 올해는 특별한 크리스마스 음악은 포기하고, 이미 가지고 있는 것들과 라디오에서 나오는 음악에 의지하기로 했다.

뱅크스는 여섯 시경에 집에 돌아왔다. 경찰서에서 당직 서는 사람들에게 브렌다 머서에 관한 정보가 들어오면 바로 전화해 달라고 단단히 알려두었다.

그러나 아무 일도 없었다.

뱅크스는 남은 양고기 카레를 데워 음료수와 함께 먹어치웠다. 그러고는 『박물관의 뒤 풍경』을 읽기 시작했고, 맛있는 클라레 적포도

주를 따서 들고는 TV방으로 가지고 갔다. 거기에서 스크루지 DVD를 꺼내 플레이어에 넣고 포도주를 잔에 가득 따른 다음 의자에 편히 기댔다. 그는 영화에서 스크루지가 크리스마스 아침에 자기 성찰을 할 때 거울에 카메라맨이 살짝 비치는 걸 발견하고 새삼 기뻤고, 알라스테어 심이 세상을 다시 보게 되는 과정에서 보이는 전염성 강하고 기분 좋은 흥분을 확인하는 게 좋았다. 그런데도 왠지 자정이 다 되어 자리에 누우려는데 브렌다 머서 생각이 나면서 쉽게 잠이 오지 않았다.

뱅크스가 크리스마스 아침으로 반숙 달걀을 먹으며 라디오에서 흘러나오는 킹스칼리지 합창단의 노래를 듣고 있을 때 해결의 실마리가 될지도 모를 첫 번째 단서가 도착했다. 윈섬이 전화로 보고한 내용에 따르면, 해 뜬 직후에 머서 부인을 닮은 여인이 다소 멍한 얼굴로 스웨인스헤드 마을을 헤매는 것을 봤다는 신고가 들어왔다. 코트에서 숄더백까지 인상착의가 일치해서 뱅크스는 얼른 아침 식사를 끝내고 집을 나섰다.

하늘은 여전히 먹빛이었지만, 밤새 기온이 떨어져 대기에는 눈이 올 것 같은 기미가 느껴졌다. 계곡을 따라 차를 몰고 가면서 낮게 깔린 구름 때문에 꼭대기가 가려진 산비탈을 힐끗 내다보았다. 여기저기에 은빛 개울물이 옅은 햇빛을 받아 반짝이며 경사면을 흘러내려가고 있었다. 브렌다 머서에게 무슨 일이 있었는지 모르지만, 이틀 밤이나 제대로 못 잤다면 추워서 꽁꽁 얼어 있을 거라고 뱅크스는 생각했다.

스웨인스헤드에 도착하기 전에 휴대폰이 울렸다. 또 윈섬이었다. 이번에는 스웨인스헤드 구름다리 위를 어떤 여자가 정처 없이 헤매고 있다는 지역 기관사의 신고였다. 뱅크스가 거기 도착했을 때, 윈섬은 이미 와서 차를 따뜻하게 하려고 엔진을 켜 둔 채 제복 경찰 두어 명과 기다리고 있었다. 거대한 구름다리는 넓은 계곡을 가로질러 400미터 정도 뻗어 있고, 본선은 칼리슬을 거쳐 그 너머 스코틀랜드까지 이어지며, 중간중간 스무 개 정도의 큰 아치형 프레임 덕에 뒤에 있는 언덕들은 그림엽서 속 풍경처럼 보였다.

"브렌다가 저 위에 있습니다, 경감님." 뱅크스가 차에서 내리자 윈섬이 위쪽을 가리키며 말했다. 30미터도 더 위에 갈색 옷을 입은 아주 작은 형체가 구름다리 벽 가장자리에 걸터앉아 있는 게 보였다.

"맙소사. 기차를 못 오게 해야 할 텐데. 뭐든 우르릉거리며 지나가면 움찔거리다 바로 아래로 떨어질 것 같아."

"네, 기차가 오지 못하게 조치해 놨습니다." 윈섬이 말했다.

"좋아. 굳이 말할 필요도 없지만, 이런 상황을 잘 대처할 수 있는 사람을 위로 보내 브렌다와 얘기를 하게 하는 게 좋겠어."

"크리스마스라 전문가를 수배하기가 어려울 겁니다."

"음, 그럼 자네는……? 안 되겠군. 자네 표정을 보니. 날 그런 눈으로 보지 마. 나더러 어쩌라고. 난 훈련받은 심리학자나 상담사가 아니야. 제니 풀러 같은 사람이 필요해."

"휴가 가고 없잖아요. 지금은 경감님이 이런 일을 가장 잘할 사람이란 걸 경감님도 아시죠? 사람들 마음을 잘 이해하고, 말도 잘 들어줘서 사람들이 경감님을 신뢰하잖아요."

"근데 난 어디서부터 어떻게 시작해야 할지 몰라."

"정해진 규칙은 없을 거예요."

"난 인생이 늘 봄날 같다고 생각하는 사람을 납득시킬 재주가 없어."

"브렌다가 그런 사람은 아닐 거예요."

"저 여자가 뛰어내려 버리면 어떡해?"

윈섬이 어깨를 으쓱했다. "당장 누군가 저 위로 올라가지 않으면 오히려 저 여자가 뛰어내리거나 떨어질 확률이 더 크지 않을까요."

뱅크스가 다시 위를 올려다보고는 침을 꿀꺽 삼켰다. 눈꺼풀에 부드럽고 차가운 눈송이가 떨어져 녹는 게 느껴졌다. 윈섬이 옳았다. 제복 경찰을 위로 올려 보낼 수는 없었다. 이런 일을 하기엔 경험이 너무 부족하니까. 그리고…… 무엇보다 시간이 관건이었다.

뱅크스가 윈섬을 돌아보며 말했다. "위에 올려 보낼 상담가나 협상가를 수배해 줘. 그사이에 내가 올라가서 시간을 벌어 볼게. 얼른 사람을 찾아봐, 알았지?"

"네, 알겠습니다." 윈섬이 미소를 지었다. 뱅크스가 차로 돌아갔다. 차를 몰고 스웨인스헤드 역의 구름다리 바로 앞까지 가서 걸어가는 게 여자에게 가까이 갈 수 있는 가장 빠른 방법이었다. 최소한 그 길로 가면 언덕을 오르지 않아도 됐다. 그렇다고 위안이 되진 않았다. 다시 위를 올려다보니 여자가 벽 위에서 다리를 흔들거리는 게 보였기 때문이다.

"거기 멈춰요, 당신 누구예요?" 여자가 말했다.

뱅크스가 걸음을 멈췄다. 여자는 3, 4미터 떨어진 곳에 있었다. 예상보다 훨씬 강한 바람이 귓전을 때려 말도 제대로 알아듣기 어려웠고, 몹시 추웠다. 뱅크스는 가죽재킷 말고 더 따뜻한 걸 입고 올 걸 그랬다며 후회했다. 서쪽으로 길게 뻗은 언덕에는 11월에 내린 눈이 여기저기 남아 있었다. 멀리 레이크 디스트릭트의 거대하고 둥그스름한 산맥이 보였다.

"뱅크스라고 합니다. 경찰이죠."

"결국 찾아냈군요. 하지만 너무 늦었어요." 브렌다가 말했다.

뱅크스가 서 있는 곳에서는 여자의 상체만 겨우 보였다. 땅은 한참 아래에 있었다. 뱅크스는 고소공포증이 없지만, 벽 위에 앉은 여자의 위태로운 자세 때문에 몹시 불안했다. "이리 와서 얘기 좀 하지 않을래요?"

"싫어요. 제가 여기까지 쉽게 왔을 것 같나요?"

"이스트베일에서 한참 걸었겠죠."

여자가 뱅크스를 곁눈질했다. "그런 뜻이 아니잖아요."

"미안해요. 거기 좀 위험해 보여요. 언제든 미끄러져 떨어질 수 있어요."

"그럼 오히려 축복일 테죠."

"어찌됐든, 이런 일은 하면 안 됩니다. 보세요, 브렌다, 당신에게는 당신을 사랑하는 남편과 딸이……."

"남편은 나를 사랑하지 않아요, 그리고 딸에게도 내가 필요 없어요. 내가 몰랐을 것 같아요? 데이비드는 2년 동안 비서와 놀아났어요. 그런 뻔한 스토리 상상할 수 있죠? 남편은 내가 모른다고 생각해요. 그리고 딸? 딸애와 잘난 사위는 날 창피해해요. 난 결혼만 했을 뿐 점원인 건 변함없고, 지금은 가족들에게 하녀일 뿐이에요. 오랫동안 그래 왔어요."

"상황은 달라질 수 있어요."

여자가 측은한 표정으로 뱅크스를 바라보더니 고개를 저었다. "아뇨, 그럴 리 없어요." 그렇게 말하고는 먼 곳을 바라보았다. "내가 왜 여기 왔는지 아세요? 뭐가 나를 내몰았는지 아시냐고요. 난 그동안 남편이 나를 쌀쌀맞게 대하든 바람을 피우든 다 참았어요. 그저 말썽 부리지 않으려고, 평지풍파를 일으키지 않으려고, 더러운 꼴 안 보려고요. 그런데 마지막 결정타가 뭐였는 줄 알아요?"

"그게 뭐였나요? 얘기해 봐요." 여자가 계속 말을 하게 하려고 뱅크스가 조심스럽게 다그쳤다. 뱅크스가 여자의 목소리를 들을 수 있도록 조금 다가갔다. 여자는 멈추라고 말하지 않았다. 눈발이 그들의 주위를 휘감았다.

"사람들은 말하죠, 추억을 가장 강하게 되살리는 건 냄새라고요, 아니에요, 이번에는 아니었어요. 내겐 크리스마스 장식이었어요. 자넷과 클로드가 도착하기 전에 트리를 마지막으로 손보고 있었어요. 그러다 문득 몇 년이나 보지 못했던 작고 완벽한 아이스 스케이트

모양 장식이 내 손에 들려 있는 게 보였어요. 그걸 보니 어렸을 때의 어떤 날이 떠올랐어요. 그냥 단순히 추억이 되살아난 게 아니라 실제로 그때 그곳으로 다시 돌아간 것 같은 느낌이었다면 이해하시겠어요? 우리 아버지가 스케이트를 타러 가자며 나를 시골에 있는 호수로 데려가셨어요. 어딘지 정확히는 잘 모르겠네요. 막 어두워진 참이었고, 주변에는 온통 빨간색과 초록색, 흰색의 크리스마스 조명이 반짝였고 '고요한 밤'과 '그 어린 주 예수' 같은 캐럴이 울려 퍼졌고, 누군가 화로에 밤을 굽고 있었어요. 공기 중에 밤 굽는 냄새가 가득했어요. 그 냄새는 평생 잊지 못할 거예요. 나는…… 아버지가 작년에 돌아가셨거든요." 여자가 말을 멈추더니 손등으로 눈물과 녹아내린 눈 조각을 닦아냈다. "난 계속 넘어졌어요. 얼음에서 스케이트를 탄 게 그때가 처음이었던가 봐요. 아버지가 내 손을 잡아 일으켜 세워 주면서 잘하고 있다고 말하고는 몇 번이나 다시 태워 줬어요. 언제였는지 모르겠지만, 그때 난 너무 즐거웠어요. 내 기억 속에서 가장 행복했던 순간이었어요. 모든 게 완벽해 보였고, 뭐든 할 수 있을 것 같았어요. 그 순간이 영원하기를 바랐어요. 심지어 추위도 느껴지지 않았어요. 가슴속이 훈훈하고 사랑으로 충만했죠. 그런 기분 느껴 본 적 있나요?"

기억은 나지 않지만, 뱅크스에게도 분명 그런 날이 있었을 것이다. 어쨌든 부인이 생각하는 방식을 이해하려면 동의하는 편이 좋다. "네, 무슨 말인지 압니다." 사실 완전히 거짓말도 아니었다.

"그 기억을 떠올리자니 내가 지금 너무 가치 없다 싶었어요. 내 인생 전부가 가짜이고, 시간 낭비고, 한때 내가 가졌던 가능성이 이제는 전혀 남아 있지 않은 것 같았어요. 그러면서 계속 살아가는 게 무슨 의미가 있나 싶더군요." 여자가 벽 위에서 몸을 움직였다.

"안 돼요!" 뱅크스가 앞으로 다가가며 소리쳤다.

여자가 그를 보았다. 뱅크스는 자기도 모르게 희미한 미소를 지었다. 여자는 피곤하고 핼쑥해 보였지만, 썩 예쁜 얼굴이었다. 약간 뾰족한 턱에 작은 입, 아름다운 적갈색 눈동자. 분명 여자의 남편은 모르는 매력이 있었다. "괜찮아요. 그냥 자세를 바꿨을 뿐이에요. 엉덩이에 감각이 없어서요. 벽이 딱딱하고 차갑네요. 좀 더 편하게 앉아 있고 싶었어요."

여자가 편한 자세에 신경 쓰고 있었다. 뱅크스는 그걸 좋은 징조로 받아들였다. 이제 거리는 2미터 정도로 가까워졌지만 아직도 팔을 잡을 만큼 가깝지는 않았다. 적어도 여자가 뱅크스에게 뒤로 물러나라고 말하지는 않았다.

"조심해요. 위험하잖아요. 미끄러질지도 몰라요."

"내가 뭐하러 여기 왔는지 잊으신 것 같네요."

"추억. 호수에서의 그날이 당신이 살아가는 의미인가요?"

"아뇨. 그 기억 때문에 갑자기 내 인생이 완전히 망가졌다는 생각이 들었어요. 가치 없고. 여러 해 동안, 내가 나라는 느낌이 없었어요. 아무것도 느끼지 못해요. 무슨 말인지 아시겠어요?"

"알아요. 그렇다고 이게 답은 아니에요."

"모르겠어요." 브렌다가 고개를 젓더니 아래 협곡으로 소용돌이

치는 눈을 내려다보았다. "난 너무 슬프고 길을 잃은 것 같아요."

"나도 가끔 그렇답니다." 뱅크스가 약간 더 가까이 다가가며 말했다. "아내가 다른 남자한테 가 버리고 아이들이 다 커서 집을 떠난 후로는 매년 크리스마스가 그래요. 그러나 당신처럼 아무것도 느끼지 못하는 정도는 아닌 것 같아요. 좀 전에 아무것도 느끼지 못한다고 말했죠? 하지만 뭔가 분명 느끼고 있어요. 그게 슬픔이란 게 문제지만."

"그럼 당신은 어떻게 해결하시나요?"

"나요? 뭘?"

"혼자인 것을요. 버려지고 배신당한 듯한 기분을 말이에요."

"모르겠어요." 뱅크스는 오래 전에 끊은 담배 생각이 간절했다. 그는 손을 주머니에 집어넣었다. 이제 눈이 세차게 내려 주변이 하나도 보이지 않았다. 땅도 보이지 않았다.

"아내를 사랑했나요?" 브렌다가 물었다.

뱅크스는 놀랐다. 그가 계속 여자에게 질문을 하고 있었는데 갑자기 여자가 그에게 뭔가를 묻고 있었다. 이 또한 좋은 징조라고 여겼다. "네."

"무슨 일이 있었나요?"

"내가 아내를 무시했던 것 같아요. 늘 일하느라…… 퇴근도 없이…… 모르겠어요. 아내는 아주 독립적인 사람이었거든요. 그래서 다 괜찮을 줄 알았는데 아니었어요. 그래서 많이 놀랐죠."

"데이비드는 누가 작고 편안한 자기만의 세계를 건드리지 않으면 모든 게 괜찮다고 생각하는 사람이에요. 그리고 남편은 내가 매력적이지 않다고 생각해요. 혹시 바람 피우셨나요?"

"아뇨. 아내가 피웠어요. 이젠 아내를 탓할 마음이 없습니다. 그땐 비난했지요. 아내가 다른 남자의 아이를 가졌을 때 몹시 힘들었거든요. 그건 마치…… 모르겠어요…… 완전한 배신이자 마지막 한 방 같았어요."

"아내가 다른 남자의 아이를 가졌다고요?"

"네, 그러니까 우리가 이혼을 하고 아내가 재혼한 다음에요. 내 딸도 아내의 가족과 크리스마스를 보내고 있어요."

"당신은요?"

브렌다가 뱅크스를 가여워하기 시작한 것일까? 그렇다면 고통을 겪는 사람이 혼자가 아니며, 고통은 삶의 일부라는 것, 어떻게든 견뎌 내자고 생각하는 데 도움이 될지도 모른다. "항상 나 혼자죠. 아들은 해외에 나가 있어요. 록 그룹 멤버거든요. 블루 램프스라고. 잘 나가는 그룹이에요. 어쩌면 들어 봤을지도 모르겠네요."

"데이비드는 팝 음악을 좋아하지 않아서요."

"아……. 음악을 참 잘하는 친구들이에요."

"아빠로서 자부심이 대단하시군요. 내 딸은 건방지고 신분 상승에만 열을 올리고, 엄마를 부끄러워하죠."

뱅크스는 자기 엄마를 실종자라고 부를 때 자넷 메인워링이 보였던 반응이 떠올랐다. "사람들은 잔인해지곤 하지요. 그래도 사람들이 하는 말이 항상 진심은 아니에요."

"그럼 당신은 어떻게 해결하나요?"

뱅크스는 이제 1미터도 안 되는 꽤 가까운 거리에 와 있었다. 손을 뻗으면 거의 닿을 만한 거리였다. 그러나 그건 마지막 수단이었다. 만약 한 번에 잡아채지 않으면 여자가 움찔하면서 떨어질 수도 있었다. 그냥 손에서 미끄러져 나갈지도 모른다. "모르겠어요. 크리스마스는 모든 사람에게 다 어려운 시기인 것 같아요. 겉으로는 평화와 행복이 가득해 보이고, 가족들과 연인들에게 사랑을 나누는 것 같지만, 속으로는…… 경찰 일을 하다 보면 흔히 보게 되죠. 사람들은 한계점에 도달해요. 스트레스가 많으니까요."

"그러니 당신은 그런 걸 어떻게 혼자 감당하시느냐고요? 분명 그 모든 것 때문에 몹시 괴로울 거잖아요."

"그럴 때도 있죠. 난 관심을 쏟을 수 있는 다른 걸 찾는 것 같아요. 음악, 〈스크루지〉, 빌 나이와 키이라 나이틀리가 나오는 〈러브 액추얼리〉, 〈해리포터〉 배우가 나오는 〈데이비드 코퍼필드〉나…… 그리고 술도 많이 마셔요."

"다니엘 래드클리프예요. 이름이요. 〈해리 포터〉 배우."

"그렇군요."

"난 콜린 퍼스가 나오는 〈러브 액추얼리〉 에피소드를 좋아해요. 그런데 그걸 본다고 기분이 나아질지는 모르겠네요." 브렌다가 고개를 저었다.

"다 무의미한 습관일 뿐이겠죠, 하지만 그래도 난 추천하고 싶어요. 크리스마스를 혼자 보내기에 완벽한 해결책이니까요."

"그런데 나는 혼자 괴로워할 자유도 없어요. 그게 문제죠. 난 가족과 있어야 하고, 함께 있으면서 마음은 더 비참해질 거예요."

"굳이 그럴 필요 없어요."

"어떻게 하라는 거죠?"

"말씀드렸잖아요. 모든 건 변하게 마련이에요. 당신도 상황을 바꿀 수 있어요." 뱅크스는 벽에 엉덩이를 기댔다. 이제 여자와 아주 가까워져서 팔로 브렌다를 안아 뒤로 당길 수 있을 정도였지만, 그럴 필요가 없을 것 같았다. "당신 자신을 위해 변하는 거예요, 그들을 위해서가 아니라. 남편이 당신을 사랑하지 않는다고 생각하면, 남편을 떠나 혼자 살아요."

"데이비드를 떠나요? 그럼 나는 어디로 가죠? 어떻게 내가 그런 일을 할 수 있을까요? 데이비드는 내 삶이었어요. 데이비드와 자넷이."

"항상 선택을 해야 하죠. 당신을 도와줄 사람이 있어요. 이런 일을 잘 아는 사람들 말이에요. 상담 전문가도 있고 사회 복지 사업을 담당하는 곳도 있어요. 지금 당신 같은 입장이었던 사람들도요. 당신도 직업과 집과 새 삶을 가질 수 있어요. 난 그랬어요."

"하지만 난 어디로 가야 할지 모르겠어요."

"어딘가에서 찾게 될 거예요. 우선 이스트베일에는 쓸 만한 아파트가 많아요."

"내가 해낼 수 있을지 모르겠어요. 난 당신처럼 강하지 못해요." 브렌다가 억지웃음을 웃었다. "혹시나 그렇게 하려면 아마 멀리 가야 할 거예요."

"그것도 괜찮죠." 뱅크스가 손을 내밀었다. "소리 높여 울고 싶으면, 우리 집에 가서 같이 크리스마스 저녁을 먹어요. 원한다면요. 내가 당신을 도와줄게요." 이제 눈은 엄청나게 내리고 있었고, 일대는 아주 미끄러워졌다. 브렌다는 뱅크스의 손을 내려다보더니 고개를 저으며 입술을 깨물었다.

"〈스크루지〉?" 브렌다가 말했다.

"네. 알라스테어 심이 나오는."

"난 〈멋진 인생〉에 나오는 제임스 스튜어트가 더 좋아요."

뱅크스가 웃었다. "그것도 괜찮네요. 그 DVD 있어요."

"난 잘…… 그러니까…… 만약 내가 그렇게…… 집에 돌아가 현실을 받아들여야 할 것 같아요."

"네, 알겠어요. 나중에라도, 도움받을 수 있어요. 선택할 수도 있구요."

브렌다가 잠시 망설이더니 뱅크스의 손을 잡았다. 벽에서 내려와 서는데 브렌다의 손에 힘이 들어가는 게 느껴졌다. "조심해요. 땅이 꽤 약하니까요."

"꼭 그렇진 않은걸요." 브렌다가 말하며 뱅크스 쪽으로 걸어갔다.

놀라운 크리스마스 미스터리

크리스마스이브의 죽음

DEATH ON CHRISTMAS EVE

스탠리 엘린 Stanley Ellin

스탠리 엘린은 세 번이나 에드거 상을 수상했고, 1981년에 미국 그랜드마스터 미스터리 작가상 수상자로 선정되었으며, 20세기 미국의 가장 위대한 단편소설 작가로 꼽힌다. 그의 첫 소설 「특별요리(The Specialty of the House)」는 범죄 소설의 고전으로 일컬어지고 있으며 TV시리즈 앨프레드 히치콕 제공 에피소드로 각색되었다. 외에도 그의 많은 소설이 히치콕과 여러 시리즈로 각색되었고, 소설 여섯 권이 에드거 상 후보에 올라 그중 두 권이 수상했으며, 그의 최고의 소설 『제8 지옥(The Eighth Circle)』 역시 에드거 상을 받았다. 이런 걸작들을 읽으면 알 수 있다시피 그의 소설은 각각이 모두 완벽하게 다듬어진 보석이다. 「크리스마스이브의 죽음」은 《엘러리 퀸 미스터리 매거진》 1950년 1월 판에 처음 발표되었고, 『미스터리 이야기들』에 처음 묶여 나왔다. (뉴욕, 사이먼 & 슈스터, 1956)

어린 시절 나는 보럼 저택을 참 좋아했다. 당시에는 새로 지어 반짝거리는 화려한 건물이었다. 빅토리아식 지그재그 장식과 돋을새김과 스테인드글라스가 어지럽게 섞여 있어 한눈에 다 보기도 어려울 정도였다. 그러나 이렇게 이른 시각 크리스마스이브의 저택 앞에서 있자니 어릴 적의 감흥은 전혀 되살아나지 않았다. 빛은 잃은 지 오래고, 목재와 유리와 금속은 모두 음울한 회색빛이었다. 창문 뒤 가리개는 완전히 내려가 지나가는 사람들이 멍하니 들여다보는 눈빛만 반사할 뿐이었다.

문에 대고 지팡이를 두드리자 실리아가 문을 열었다.

"초인종이 바로 여기 있는데 왜……." 실리아는 엄마 트렁크에서 꺼낸 게 분명한 자글자글 주름진 구닥다리 검정 드레스를 입고 있어서, 말년의 캐트린이 환생이라도 한 것 같았다. 거죽만 남은 몸과 꽉 다문 입술, 이마 주름이 다 당겨질 만큼 꽉 잡아당겨 묶은 흰머리까지 영락없는 캐트린이었다. 실리아는 강철로 된 올가미를 연상시켰다, 무심코 살짝 건드리기만 해도 탁 붙잡을 준비가 된.

"초인종 고장 났잖아요, 실리아." 그녀를 지나쳐 통로로 들어섰다. 고개를 돌려 확인하지 않아도 실리아가 나를 보며 건조한 코를 훌쩍인 다음 문을 거칠게 닫는 게 느껴졌다. 실내는 순식간에 어두컴컴해졌고 썩은 나무 냄새가 목구멍을 찔렀다. 내가 스위치를 찾아 손으로 벽을 더듬자 실리아가 날카롭게 쏘아붙였다. "안 돼! 아직 불을 켤 시기가 아니야."

고개를 돌려 어렴풋한 실리아의 흰 얼굴을 보았다. 보이는 거라곤 그것밖에 없었다. "실리아, 흥분하지 좀 말아요."

"이 집에서 사람이 죽었어. 알잖아."

"잘 알지요. 하지만 당신 행동은 이해 못 하겠어요."

"내 남동생의 아내였어. 나한테도 각별한 사람이었다고."

나는 어둠 속에서 한 걸음 다가가 지팡이를 실리아의 어깨에 걸었다. "실리아, 가족 변호사로서 충고 한마디 할게요. 조사는 다 끝났고, 당신은 무혐의 맞아요. 하지만 아무도 당신에게 소중한 마음이 있다는 말 따윈 믿지 않았고, 앞으로도 그럴 거예요. 명심해요, 실리아."

실리아가 갑자기 몸을 빼는 바람에 지팡이가 내 손에서 떨어질 뻔했다. "그 얘기 하러 왔어?"

"오늘 당신 동생이 나를 찾을 것 같아서 왔어요. 그리고 미안하지만 부디 동생과 얘기할 때는 나서지 말아 주세요. 무슨 일 나는 거 보고 싶지 않거든요."

"그럼 너도 내 동생한테서 떨어져! 갠 아직도 의심 중이야. 내가 무혐의 받는 걸 봤으니까 조금만 있으면 걔도 내 잘못은 잊어버리겠지. 제발 그애가 잊을 수 있게 혼자 내버려 둬."

나는 극도로 화가 난 실리아를 무시하고 난간에 의지해 어두운 계단을 오르기 시작했다. 뒤에서 열심히 따라오는 소리가 들렸는데, 으스스하게도 실리아가 나를 향해 말하는 게 아니라 마치 발 아래 계단에서 울리는 탄식에 반응하고 있는 것 같았다.

"걔가 손만 내밀면 난 용서해 줄 거야. 처음에는 긴가민가했지만 이젠 알아. 신께 인도해 주시길 기도하고, 미워만 하기에 우리 인생은 너무 짧다는 응답을 받았어. 그러니 난 언제든 용서할 준비가 되어 있어."

나는 계단 끄트머리에서 고꾸라질 뻔했다. 몸을 일으키는데 짜증이 나서 욕이 튀어나왔다. "실리아, 불을 켜지 않을 거면 길이라도 틔워 놔야지. 도대체 왜 여기 물건들을 쌓아 놓는 겁니까?"

"아, 전부 우리 불쌍한 제시 거야. 찰리가 보면 마음이 아플 테니다 버리려고."

그러더니 갑자기 놀란 듯 말했다. "그래도 찰리한테는 말하면 안 돼. 말하지 않을 거지, 그치?" 내가 위로 올라가면서 멀어지는데도 실리아는 점점 더 목소리를 높여 그 얘기를 하고 또 했다. 찰리의 방에 들어가 문을 닫을 때까지도 등 뒤로 박쥐가 찍찍거리듯 계속 떠들어댔다.

찰리의 방도 가리개로 완전히 가려져 있었다.

그러나 머리 위 샹들리에의 전구 하나 때문에 잠시 어지러웠다. 눈을 두어 번 깜빡이고 나서야 찰리가 팔로 눈을 가리고 침대 위에 널브러져 있는 게 보였다. 찰리가 천천히 일어서서 나를 보았다.

"올라올 때 누나가 불도 안 켜줬지?" 찰리가 문을 향해 고개를 까딱이며 말했다.

"응, 그래도 내가 길을 아니까 괜찮아." 내가 말했다.

"두더지 같은 여자야. 내가 밝은 데 있을 때보다 더 잘 돌아다닌다니까. 그러니 어둡게 해 놓지. 안 그럼 거울에 비치는 모습에 놀랄 테니까."

"맞아, 실리아는 힘들어하는 것 같아."

찰리가 바다사자처럼 짧고 날카롭게 웃었다. "아직도 공포에 사로잡혀 있어서 그럴 거야. 지금 물어봤자 자기가 얼마나 제시를 사랑했고 얼마나 슬픈지, 울면서 그 얘기밖에 안 할걸. 반복해서 말하면 사람들이 믿어 줄 거라 생각하나 봐. 그러다 조금만 더 있어 봐, 금방 옛 모습으로 돌아갈 거야."

나는 침대에 모자와 지팡이를 내려놓고 그 옆에 코트를 두었다. 그러고는 시가를 꺼내 찰리가 성냥을 찾아 불을 붙여 줄 때까지 기다렸다. 찰리가 손을 부들부들 떨며 겨우 불을 붙이더니 스스로 화를 내며 투덜거렸다. 나는 천장을 향해 천천히 연기를 내뿜었다.

찰리는 실리아의 다섯 살 아래 동생이지만, 외모로 보면 10년은 더 늙어 보였다. 머리도 누나와 같은 옅은 금발이어서 흰머리가 늘었는지 구별이 어려웠다. 그러나 얼굴에는 희고 가는 턱수염이 났고, 눈 밑에는 크고 시커먼 그늘이 져 있었다. 실리아는 허리가 꼿꼿한 반면, 찰리는 금방이라도 앞으로 쓰러질 듯 자세가 위태로웠다. 찰리가 나를 바라보며 초조한 표정으로 입 주위에 난 수염을 잡아당겼다.

"뭘 부탁하려는지 알지?" 찰리가 물었다.

"짐작은 가지만 정확히 말해 봐."

"단도직입적으로 말할게. 누나 말이야. 난 누나가 응당한 벌을 받았으면 좋겠어. 감옥 말고, 법의 심판을 받아 사형당했으면 좋겠어. 그리고 내 눈으로 그 광경을 지켜보고 싶어."

담뱃재 덩어리가 바닥으로 떨어져서 깔개 위를 발로 문질렀다. "찰리, 너도 조사 과정을 지켜봤잖아. 무슨 일이 있는지도 봤고. 실리아는 혐의를 벗었어. 다른 증거가 나오지 않는 한 죄를 물을 수 없어."

"증거라니! 맙소사, 무슨 증거가 더 필요해! 둘이 계단 위에서 죽일 듯 싸우다가 실리아가 바닥으로 밀어뜨려서 제시가 죽었어. 그게 살인이 아니고 뭐야. 총이나 독약 대신 계단을 사용했다는 점만 빼면 똑같은 거 아냐?"

나는 진이 빠져 가죽으로 된 낡은 안락의자에 앉아 시가 끝을 파고드는 재를 물끄러미 들여다보았다. "법률적으로 설명해 볼게." 수학 공식을 암기하는 것처럼 건조한 목소리로 말했다. "먼저, 목격자가 아무도 없어."

"제시가 비명을 지르고 떨어지는 소리를 내가 들었잖아." 찰리가 고집을 부리며 말했다. "그리고 내가 달려나가 제시를 발견한 바로 그 순간 실리아가 방문을 쾅 닫는 소리가 들렸다고. 누나가 제시를 민 다음 쥐새끼처럼 그곳을 빠져나간 거야."

"하지만 네가 실제로 보진 않았잖아. 그리고 실리아는 자기가 현장에 없었다고 주장하고, 목격자도 없으니까 실리아의 증언과 네 증언이 상충돼. 직접 목격하지도 않은 사고를 살인이라고 우길 순 없어."

찰리가 천천히 고개를 저었다.

"너도 그게 진실이라고 믿지는 않잖아. 만약 그랬으면 지금 당장 나가서 다시는 나하고 만나지도 않았을걸."

"내가 믿고 안 믿고는 상관 없어. 난 그저 사건의 법률적인 면을 말해 주고 있는 것뿐이야. 동기는 또 어때? 제시가 죽어서 실리아가 얻는 게 뭔데? 돈이나 재산이 연루된 것도 아니잖아. 실리아도 경제력이 있어."

찰리가 침대 끄트머리에 앉아 무릎에 손을 대고 내 쪽으로 몸을 기울이며 속삭였다. "맞아. 돈이나 재산이 개입되지는 않았지."

내가 어이없어서 양팔을 벌렸다. "그러니까."

"하지만 너도 알잖아. 나라고, 바로 나 때문이야! 내가 자기한테 좌지우지당하지 않으면 슬퍼하는 할망구인 줄만 알았는데, 이제는 누나가 죽어야 내가 자유로워질 것 같아. 아침에 눈을 떠 밤에 잠자리에 들 때까지 매 순간 누나가 있어. 누나한텐 남편도 아이도 없고 오로지 나뿐이지!" 나는 조용히 말했다. "네 누나야, 찰리. 실리아는 널 사랑해." 그랬더니 찰리가 또 짧게 불쾌한 웃음을 지었다.

"담쟁이 덩굴이 나무를 사랑하듯 말이지. 지금 와서 돌이켜 생각해 봐도 왜 누나를 내버려 뒀는지 이해가 안 돼. 누나가 나를 쳐다보기만 해도 힘이 모두 빠져나가는 기분이 되곤 해. 내가 제시를 만날 때까지도 줄곧 그런 식이었어. 제시를 집에 데려와서 결혼할 거라고 말했던 때가 생각나. 누나는 아무 말도 하지 않았지만 제시를 계단 아래로 밀어뜨렸을 때와 똑같은 눈빛이었어."

내가 말했다. "그렇지만 넌 실리아가 제시를 위협하거나 해치려 하는 걸 본 적이 없다고 조사에서 인정했잖아."

"물론 내가 본 적은 없어! 하지만 제시가 매일 가슴이 아프다고 하면서도 아무 말 못 하고, 매일 밤 침대에서 울면서 이유는 안 알려 줬을 때, 분명 무슨 일이 일어나고 있다는 걸 알았어. 제시가 어떤 사람인지 알잖아. 영리하거나 예쁘진 않지만 마음씨 착하고 나를 엄청 좋아했어. 고작 한 달 뒤 제시가 생기를 잃었을 때 이유를 짐작했지. 제시와 누나를 중재하려 했지만 둘 다 고개만 젓더라. 그저 주위를 맴돌면서 지켜볼 수밖에 없었어. 그러다 그 사건이 벌어져서 바닥에 누워 있는 제시를 보는데 전혀 놀랍지가 않았어. 이상하게 들리겠지만, 전혀 놀랍지 않더라고."

"실리아를 아는 사람이라면 아무도 놀라지 않을걸. 그렇다고 사고를 사건으로 만들 수는 없어."

찰리가 주먹으로 무릎을 때리더니 몸을 좌우로 흔들었다. "그럼 난 어떡해? 도대체 내가 어떡해야 할지 말 좀 해줘. 난 평생 누나 때문에 옴짝달싹할 수가 없어. 지금도 누나가 막고 있잖아. 난 아무 일도 못 할 거고, 누난 만족하겠지. 아무리 반항을 해도 시간이 조금 지나면 아무 일도 없던 것처럼 처음으로 다시 돌아가게 돼."

"찰리, 이대로는 죽도 밥도 안 돼."

찰리가 자리에서 일어나 문 쪽을 흘깃 바라보더니 다시 나를 보며 속삭였다. "그래도 내가 할 수 있는 일이 있어. 뭔지 알아?"

찰리가 누구나 쩔쩔매게 만들 기발한 수수께끼를 낸 사람처럼 기대 섞인 얼굴로 대답을 기다렸다. 나는 일어서서 찰리를 마주 보며 천천히 고개를 저었다. "몰라, 뭐든 있으면 말해 봐."

"날 무시하지 마. 실리아만큼 똑똑하면 살인죄에서 벗어날 수 있지. 하지만 나라고 그만큼 똑똑하지 않겠어?"

나는 찰리의 어깨를 꽉 잡았다. "맙소사, 찰리. 그런 식으로 말하지 마."

찰리가 내 손에서 빠져나가더니 비틀거리며 벽에 가서 등을 대고 섰다. 눈이 빛났고 얇게 다문 입술 사이로 이가 드러나 보였다. "내가 뭘 해야 하지?" 찰리가 울부짖었다. "제시가 죽어 땅에 묻혔으니 다 잊어버려야 하나? 누나가 나를 겁내다 못해 결국 나도 죽일 때까지 여기 가만히 있어야 해?"

나도 나이를 먹었는지 찰리와의 실랑이가 피곤했고, 숨이 막혀 듣고 싶지도 않았다. "하나만 얘기할게. 수사가 끝난 후로 넌 이 집에서 한 발짝도 나간 적이 없어. 이제 나가서 주변을 돌아볼 때도 됐잖아."

"내가 지나가면 다들 비웃을 거야."

"시도나 해 보고 말해. 앨 샤프가 그러는데, 오늘 밤에 네 친구들이 자기 바에서 논다고 너도 오면 좋겠다더라. 너만 좋으면 거기 가보라고 권하고 싶어."

"좋을 리가 없지, 당연히." 실리아가 말했다. 문이 열려 있었고, 실리아가 불빛 때문에 미간을 찌푸린 채 문간에 꼿꼿이 서 있었다. 찰리가 실리아 쪽으로 몸을 돌리더니 얼굴이 딱딱하게 굳었다.

"누나, 방에 들어오지 말라고 했지!"

실리아의 얼굴에는 여전히 아무 표정이 없었다. "안에 들어간 건 아니잖아. 저녁 준비됐다고 말하려고 왔어."

찰리가 실리아에게 위협적으로 다가섰다. "문에 귀를 대고 내가 한 말을 다 들었겠지? 아님 다시 말해 줄까?"

"사악하고 추잡한 얘기가 들리더군. 상을 당해 애도하는 중인데 술 마시며 놀자고 초대를 해? 나한테도 반대할 권리가 충분한 것 같은데."

찰리가 어이없는 표정으로 실리아를 보며 겨우 몇 마디 했다. "누나, 그거 진심이야? 지독한 위선자나 미친 사람들 입에서나 나올 말인걸?"

그 말에 실리아가 발끈했다. "미쳤다고! 어떻게 그런 말을 해! 방에 처박혀서 곰곰이 생각 좀 해 봐! 하늘도 알고 땅도 알아!" 실리아가 갑자기 나를 돌아보았다. "네가 권유한 거지? 상을 당한 와중에……."

"찰리도 당신만큼 제정신입니다, 실리아." 내가 강조해 가며 말했다.

"그럼 걔도 이런 때 나가서 술이나 마셔선 안 된다는 걸 알겠지. 그런데 어떻게 그런 걸 권할 수 있어?"

실리아가 악의적인 승리감에 도취되어 질문을 퍼붓는 바람에 나도 주제를 넘고 말았다. "당신이 제시의 유품을 버릴 생각을 하지 않았다면 나도 그 말까진 하지 않았을 겁니다."

부주의하게 말이 나오는 바람에 당장 후회했다. 내가 움직이기도 전에 찰리가 옆을 지나가더니 실리아의 팔을 힘껏 쥐었다.

"누나가 감히 제시 방에 들어가?" 화가 난 찰리가 실리아를 거칠게 흔들어 댔다. "말해 봐!" 그러더니 실리아의 얼굴에 드러난 공포를 보고, 불에 덴 듯 팔을 놓더니 머리를 떨어뜨리고 우두커니 서 있었다.

실리아가 찰리를 향해 달래듯 손을 내밀었다. "찰리, 모르겠니? 제시의 유품이 있으면 너한테 안 좋아. 널 돕고 싶었을 뿐이야." 실리아가 훌쩍이며 말했다.

"유품들 어디 있어?"

"계단 옆에 있어, 찰리. 다 거기 있어."

찰리가 통로를 내려다보더니 쿵쿵거리며 걸어갔고, 그제야 내 심박수가 보통으로 내려가고 있음을 느꼈다. 실리아가 고개를 돌려 나를 보는 얼굴에서 당장 집을 나가야 할 것 같은 극심한 증오를 느꼈다. 침대에서 짐을 챙겨 나가려는데 실리아가 문을 막아섰다.

"네가 무슨 짓을 했는지 알겠어?" 실리아가 쉰 목소리로 나직이 말했다. "이제 저 짐을 다시 싸야 해. 너 때문에 이 지겨운 짓을 또 해야 한다고."

"실리아, 그건 순전히 당신 탓이죠." 내가 냉정하게 말했다.

"이 늙어빠진 멍청이. 제시와 함께 너도 처리했어야……."

내가 실리아의 어깨를 지팡이로 툭 쳤고, 실리아가 움찔하는 게 느껴졌다. "당신의 변호사로서 충고하는데, 당신 혓바닥은 잠꼬대할 때나 놀리는 게 좋을 거야."

실리아는 더 이상 말을 하지 않았고, 나는 그녀가 더는 도발하지 않게 쐐기를 박은 다음 다시 거리로 나섰다.

보럼 저택과 앨 샤프의 가게 '바 앤드 그릴'까지는 걸어서 몇 분 거리여서 맑은 공기를 얼굴에 맞으며 걸었다. 앨은 바 뒤에서 혼자 유리잔을 닦느라 바빴다. 내가 안으로 들어가자 활기찬 목소리로 나를 맞았다. "메리크리스마스, 변호사 양반."

"메리크리스마스." 내가 인사하자 앨이 바에 술병과 잔 두 개를 가져다 두었다.

"자넨 달력만큼 규칙적이군." 앨이 술 두 잔을 따르며 말했다. "이맘때면 항상 자네가 오는 걸 기다려."

우리는 서로를 위해 건배했고, 앨이 바 위로 은밀하게 몸을 기울였다. "거기서 오는 거야?"

"응."

"찰리 봤어?"

"응, 실리아도."

"그렇겠지. 실리아가 장 보려고 지나가는 걸 봤거든. 뭔가에 쫓기는 것처럼 검은 숄을 두르고 고개를 푹 숙인 채 뛰어가더라고. 그래서 저택에 있을 줄 알았지."

"그렇겠지."

"그런데 찰리는 전혀 볼 수가 없어. 내가 보고 싶어 한다는 얘기했어?"

"응, 했어."

"뭐래?"

"아무 말도. 실리아가 사람이 죽었는데 찰리가 밖에 나다니는 건 나쁜 짓이라고 하더군."

앨이 부드럽게 휘파람을 불면서 검지를 이마에 대고 빙빙 돌렸다. "그 두 사람만 집 안에 있어도 괜찮은 거야? 내 말은, 찰리 상태에 문제가 생길 소지는 없냐고?"

"오늘밤에는 그럴 낌새가 보이다가 금세 괜찮아졌어."

"다음에 또 그러겠지."

"그럼 내가 또 갈 거야."

앨이 나를 보더니 고개를 저었다. "그 집에서는 아무것도 변하지 않네. 그래서 자네가 미리 해결책을 생각해 낼 수 있는 거지. 나도 자네가 여기 올 줄 미리 알고."

아직도 그 집에서 맡은 나무 썩는 냄새가 나는 듯했고, 내 옷에서 그 냄새가 빠지려면 며칠 걸릴 터였다.

"오늘을 달력에서 영원히 잘라내고 싶다." 내가 말했다.

"그리고 둘이서 문제를 해결하라고 놔두면 좋겠지."

"둘뿐이 아니야. 제시도 함께 있어. 그 집에 있는 모든 게 사라지기 전까진 제시 역시 항상 함께 있을 거야."

앨이 인상을 썼다. "이 마을에서 일어난 일 중에 가장 기이한 일이야. 집은 온통 암흑천지에, 실리아는 쫓기듯 거리를 뛰어다니고, 찰리는 벽만 바라보고 방에 누워 있은 지가 그러니까…… 제시가 떨어진 게 언제였지?"

눈을 들어 앨 뒤에 있는 거울을 보았다. 거기에 내 얼굴이 비쳤다. 불그레하고, 턱살이 축 늘어지고, 약간 못 미더운 내 모습이.

"20년 전이었어. 딱 20년 전 오늘밤이었지."

차이니즈 애플

THE CHINESE APPLE

조지프 시어링 Joseph Shearing

개브리얼 마거릿 비어 롱이 조지프 시어링이라는 필명으로 쓴 책은 대개 실제 범죄 사건에 기초를 둔 역사소설이다. 이 다작 작가의 다른 많은 필명들은 거의 잊혔지만 마조리 보웬과 조지프 시어링이라는 이름은 남았다. 시어링의 가장 유명한 범죄 소설로는 1947년 동명 타이틀 영화의 기본이 된 『모스로즈(Moss Rose)』, 1948년 영화로 개봉한 『블랑쉬의 분노(Blanche Fury)』, 1876년 영국을 배경으로 해서 앤 토드와 레이 밀런드 그리고 제랄딘 피츠제럴드가 주연을 맡은 영화의 기본이 된 심리 스릴러 『너무나 사악한 내 사랑(So Evil My Love)』(영국에서는 동명 타이틀로, 미국에서는 〈중독된 사람들〉로 영화가 개봉되었다) 등이 있다. 「차이니즈 애플」은 《엘러리 퀸 미스터리 매거진》 1949년 4월호에 처음 발표되었다.

항구에서 승객을 실어 나르는 연락 열차가 드넓은 런던역에 들어서자 이사벨 크로스랜드는 매우 우울했다. 플랫폼의 가스등이 비춘 풍경은 오물과 안개, 온몸을 둘둘 만 사람들의 모습뿐이었다. 기차를 놓치는 바람에 여행을 갈지 망설이다가 하필 크리스마스이브에 런던에 도착한 것은 실수였다. 사실 이사벨은 런던에 오고 싶은 마음이 전혀 없었다. 이미 이탈리아에 너무 오래 살아서 영국이 불편했다. 플로렌스에는 친구도, 추종자들도, 소위 '사유 재산'도 있었다. 음악계에서는 전문가로 평가받았다. 하프시코드현을 뜯어 소리를 내는 피아노 비슷한 중세 악기를 연주했고, 고대 악기와 음악에 관한 글도 상당히 많이 썼다. 결혼을 했었지만 아이가 생기기 전에 남편이 죽었고, 그런 것 치고는 썩 잘 지내고 있었다. 그러나 그건 플로렌스에서의 삶이지, 런던에서는 전혀 그렇지 않았다. 이사벨은 화가 났다. 그녀는 뭐든 가볍게 여기는 걸 좋아했다. 심지어 적의를 품거나 비정한 것조차 가볍게 받아들이려 한다. 하지만 지금은 단지 의무 때문에 유쾌한 남부를 떠나 이 칙칙하고 추운 역에 서 있는 거였다.

짐꾼이 짐을 찾아 주는 모습을 지켜보면서 이사벨은 생각했다. '양심적인 일을 하는 건 너무 싫어. 나한테는 절대로 안 맞아.'

거의 기억도 나지 않는 언니가 죽었다는 연락을 받았다. 남편은 이미 여의었고 아이가 달랑 혼자 남았다. 조카 루시 베이워드와 그 아이의 변호사가 이사벨에게 편지를 보내 왔다. 이사벨이 유일한 친척이었던 것이다. 필요한 건 돈이 아니라 사람이라고 했다. 결국 아이가 윌트셔에서 런던으로 오면, 이사벨이 런던에서 만나 플로렌스로 데려가기로 정리가 됐다.

참으로 김빠지는 크리스마스가 될 것 같다고 생각했다. 이사벨은 책무에서 얼른 벗어나고 싶었고, 사륜마차를 타고 거무칙칙한 거리를 달려가면서는 혹시 루시를 이탈리아로 데려가지 않을 방법은 없을까 머리를 굴렸다.

런던은 숨이 막혔다. 배수로에는 더러운 눈이 가득했고, 대기에는 누런 안개가 자욱했다.

'플로렌스에서 나올 생각을 하다니 내가 바보다. 편지로도 다 해결할 수 있는 문제거늘.'

이사벨은 자신과 언니가 나고 자랐던 이슬링턴의 낡은 주택에서 아이와 만나기로 한 것도 마음에 들지 않았다. 그 집은 이사벨 소유의 재산인데 최근에 세입자가 나가 버려서 지금은 비어 있었다. 편하고 적당한 장소긴 했다. 다만 그 침울한 곳으로 돌아가고 싶지 않았다. 이사벨은 어린 시절의 자신을 좋아하지 않았다. 마사 언니는 가난한 남자와 결혼해서 일찍 집에서 나갔다. 이사벨은 그곳에서 꽤 오래 지내다 필사적으로 결혼해서 이탈리아와 음악으로 도피했다. 멍청한 휴직 장교였던 남편이 말라리아로 죽었으니 이탈리아는 그런 점에서도 이사벨을 구해 준 셈이다.

이제 이사벨이 그곳으로 돌아가고 있다. 크리스마스이브에. 크게 바뀐 것은 없으리라. 이사벨은 항상 집에 가구를 비치해 두었다. 왜 무거운 자메이카 마호가니 가구들을 오래 전에 팔아치우지 않았을까? 아마 겁이 났던 것 같다. 가구를 처분하려면 또 편지를 주고받거나 소식을 전해야 했으니까. 다시 돌아온 집은 기억과 한 치의 어긋남도 없었다. 중앙에 교회와 묘지가 있는 로스코 광장에, 하나같이 닮은 집들은 문 두드리는 무거운 고리쇠가 달렸고 반원형의 채광창이 나 있었으며 깔끔한 발코니와 난간이 있었다.

가로등이 켜졌다. 꽤 밤이 깊었다. '피곤할 만도 하네.' 광장을 보자 전율이 느껴졌다. 마치 어떤 악한 힘이 유인해서 온 것 같았다. 이사벨의 집인 12호 바로 맞은편 모퉁이에 사람들이 모여 있었다. 처음에는 캐럴을 부르는 무리이거나 큰 파티가 있는 모양이라고 생각했다. 그러나 그러기엔 아이들도 없고, 사람들도 너무 조용했다.

집에 불이 켜져 있었다. 밝은 건물을 보자 마음이 놓였다. 응접실과 위층 침실들에도 불이 밝혀져 있었다. 그러면 루시가 도착해 있다는 말이었다. 미리 약속한 내용을 잘 실행한 모양이었다. 이사벨이 지시한 대로 변호사들이 아이에게 열쇠를 보냈을 것이고, 아이는 이사벨이 연락열차로 도착하기 전에 미리 런던에 와 있을 정도의 눈치가 있는 모양이었다.

그럼에도 이사벨은 이해할 수 없을 정도로 우울했다. 이 혐오스러운 집에서 몇 시간은 혼자 있고 싶었다.

열쇠는 지갑에 잘 들어 있었다. 현관을 연 이사벨은 몸을 떨었다. 마치 다시 아이가 되어 부모님께 꾸중을 들을까 봐 위축되는 기분이었다.

도우미가 집에 있을 텐데. 이사벨은 최대한 편하게 지내고 싶어서 오래 신세를 진 도우미에게 때맞춰 와 달라고 편지를 보냈었다. 부인은 미리 와 있겠다고 답장을 보내왔다. 그러나 지금 불이 켜진 집 안에 대고 아무리 조슬린 부인을 크게 불러도 대답이 없었다.

마차 기사는 말에서 내릴 생각을 하지 않았다. 다행히 길에는 예전보다 한가한 놈팡이가 많았다. 한 명이 와서 이사벨의 트렁크와 가방을 홀에 놓았고 이사벨은 도버에서 바꿔 둔 영국 돈으로 감사를 표했다.

마차는 곧 안개 속으로 사라졌다. 그러나 빼빼마른 젊은이는 가지 않고 있었다. 그러고는 광장 반대편에 있는 군중을 손으로 가리켰다. 주변이 어두운데도 확연히 구분될 정도로 사람이 많았다.

"부인, 저기 무슨 일이 생겼습니다." 젊은이가 작은 목소리로 말했다.

"안 좋은 일이라도 생겼나요?" 이사벨은 지레 이런 말을 하는 자신에게 화가 났다. "아니, 물론 아니겠죠. 그냥 크리스마스를 축하하려는 사람들이겠죠?" 이 말을 하고는 어두운 현관을 닫고 램프가 켜진 통로에 들어가 섰다.

거실로 들어갔다. 익히 잘 알고 있는 곳이라 더 싫었다.

이사벨이 신중히 골랐던 마지막 세입자가 모든 것을 제대로 보존해 두었다. 사진을 다느라 벽에 약간 흔적이 생긴 것만 빼면 모든 게 예전 그대로였다.

주위를 둘러보며, 여기서 그렇게 오래 살았다니 자기가 참 바보 같다고 생각했다.

난로에 불이 타오르고 있었고 케이크 한 접시와 와인이 검붉은 마호가니 테이블 위에 놓여 있었다.

이사벨은 허세를 부리며 통로로 돌아와 최대한 다정한 목소리로 소리쳤다. "루시, 루시 있니? 나야, 이사벨 이모."

이사벨은 더 상냥하게 말하지 못하는 스스로에게 화가 났다. '가족 관계가 날 망쳐 놨어.'

키 큰 여자애가 계단 층계참에 나타났다.

"얼마나 오래 기다렸는지 몰라요." 여자애가 말했다.

이사벨은 상황이 따분하지 않아 안도하면서도, 동시에 상대가 자기 입장만 생각해 말하는 것 같아 화가 났다.

"흠." 이사벨은 미소로 생각을 떨치며 말했다. "다행히 내 도움이 필요하지는 않았던 것 같구나."

루시 베이워드가 계단을 내려왔다.

"맞아요. 이모를 만나게 되어 정말 기뻐요." 루시가 힘주어 말했다.

두 여인은 거실에 앉았다. 이사벨의 눈에 루시는 열여덟 나이에 비해 훨씬 성숙해 보였고, 표정이 좀 어둡지만 눈에 띄게 아름다웠다. 사람들이 마사의 딸에게 기대하던 모습인가? 뭐, 아닐 이유가 없었다.

"조슬린 부인인 줄 알았단다, 루시."

"아, 좀 전까지 여기 있었어요. 보시다시피 부인이 다 준비를 해줬어요. 제가 집에 가시라고 했어요. 크리스마스이브잖아요."

이사벨은 좀 유감스러운 기분이 들었다. 늘 완벽한 서비스에 익숙했으니. "우린 크리스마스가 끝나야 출발할 수 있을 텐데." 이사벨이 불평했다.

"우리 둘이 여기서 아주 편하게 지낼 수 있어요." 루시가 미소 지으며 말했다.

"아니야." 이사벨의 입에서 이 말이 자동으로 튀어나왔다. "여기서 편히 있을 것 같진 않구나. 차라리 호텔에 가자."

"하지만 이모가 여기서 만나자고 했잖아요."

"내가 잘못 생각했어. 넌 모를 거야. 여행 많이 다니니?"

"아뇨."

"그럼 넌 플로렌스가 어떤 곳인지 모르겠구나. 해가 뜨고 친구와 함께 있으면……."

"우리도 친구가 됐으면 좋겠어요."

"오, 나도 그러길 바란단다. 내 말은 플로렌스의 광장이나 집 이야기 같은 게 아니라, 내가 여기서 어린 시절을 보냈잖니."

루시가 슬쩍 어깨를 으쓱하더니 와인 한 잔을 따랐다. 루시가 보낸 여학생 느낌의 편지와는 완전히 느낌이 달랐다. 이사벨은 스스로에게 짜증이 났다.

"말이 나와서 말인데, 너도 친구가 있지?"

루시가 고개를 숙였다.

"그렇구나. 내가 너무 호들갑을 떤 것 같구나. 하필 크리스마스에 피곤하게 여행을 할 필요는 없었는데 말이야."

"저 때문에 이모가 그런 일을 하시게 해서 죄송해요. 그런데 이모가 제게 너무나 큰 도움이 되고 있다는 건 알아주셨음 해요."

이사벨이 얼른 사과를 했다.

"나도 이런 말 해서 미안하다. 너무 피곤했나 봐. 와인 한잔 해야겠다. 우리 서로를 알아가 보도록 하자꾸나."

그들은 서로를 조심스럽게 살피며 와인을 마셨다.

루시는 놀라운 아이였다. 슬픔에 빠져 있는 느낌은 없었고, 약간 몸에 안 맞는 짙은 회색 새틴을 입었으며 최근에 곱슬곱슬하게 파마한 윤기 나는 머리에 심지어 립스틱까지 옅게 바르고 있었다.

"이탈리아에 오고 싶니? 가서 뭘 할지 계획은 있어?"

"네, 외국에 여행갈 계획도 있으니까 이모한테 짐이 되지는 않을 거예요. 걱정하지 마세요."

"편지로는 이렇게 독립적인 아이인 줄 몰랐구나." 이사벨이 미소 지었다. "난 나만의 관심사가 있는데, 네 엄마가 죽어서 방해……."

"죽음은 항상 예기치 못하게 문제를 일으키죠. 그렇지 않나요?"

"맞아. 그것도 심하게. 내가 하려는 말은 넌 촌스럽게 동정이나 바라는 것 같진 않아 보인다는 거야."

"플로렌스 참 좋을 것 같아요. 전 런던이 너무 싫거든요."

"여기 몇 시간밖에 안 있어 봤잖니."

"그 정도면 싫어하기에 충분하죠."

"네 집도 싫었니?"

"이모도 어린 시절이 싫었죠?" 루시가 빤히 쳐다보며 물었다.

"맞아, 그래서 이해해. 네 아버지가 오래 전 죽은 날부터 네 엄만 생기가 하나도 없었을 거야. 생활 반경이 좁았다고나 할까."

"맞아요. 전 모든 걸 거부당했죠. 자유도 없었고, 하녀한테 주는 용돈만큼만 겨우 받았어요."

"나도 그랬단다." 이사벨은 루시에게 이렇게 서슴없이 말하는 데 스스로 놀랐다.

"혼자 남아 어두운 것들과 싸운달까. 제가 싫어한 건 장소가 아니라 상황이었어요. 어리고 약하고 힘없는." 루시가 옅게 미소를 지었다.

"나도 그랬어. 나는 도망쳤고 이제 내겐 음악이 있어."

"저에게도 그런 게 생기겠죠?" 루시가 와인을 홀짝였다.

"음, 이 말은 해 줘야겠구나. 넌 내가 생각했던 것과 다르단다. 내가 집을 나갔을 때보다 어리거든."

"그래도 계속 참기만 하지 않을 만큼의 나이는 됐죠."

이사벨이 몸을 떨었다. "예상하지 못한 말이네. 네가 약한 어린아이일 거라고 생각했거든."

"그럼 아닌가요?"

"응, 절대 아니지. 넌 각오가 단단해 보여."

"제가 이모 가방을 위층에 가져다 놓을게요. 조슬린 부인은 아침에 올 거예요."

"그래, 고맙구나." 이사벨은 최대한 다정하게 말했다. 더 잘 대처해야 한다. 이사벨은 상황을 통제하고 있다고 믿었는데 지금 보니 일이 멋대로 돌아가고 있었다.

"제일 작은 붉은 가죽상자는 조심해서 다루렴. 그 안에 영국 금과 로마산 진주 목걸이가 있거든. 크리스마스 선물로 주려고 가져온 거야. 아주 예쁜 진주 목걸이란다." 이사벨은 루시가 마지막 말에도 별로 기뻐하거나 고마워하지 않는다고 느꼈다.

"이것도 예뻐요." 루시가 몸에 맞지 않는 옷깃에 손을 대고 진주 목걸이를 끌렀다.

"진품이구나." 이사벨이 진지하게 말했다. "난 몰랐어, 네 엄마가……."

루시가 목걸이의 걸쇠를 벗겨 테이블 위에 올려놓았다. 이 장신구를 보자 참았던 것들이 봇물처럼 터져 나왔다. 이사벨은 모래 속으로 물이 스며들듯 사라져 버린 자신의 아름다움과 눈물과 젊음이 생각났다.

"난 이 집에 절대 다시 돌아오고 싶지 않았어." 이사벨의 목소리가 격정적이었다.

루시는 위층으로 올라갔다. 이사벨은 루시가 위층에서 움직이는 소리를 들었다. 이사벨은 그 방을 너무 잘 알았다. 부모님이 기거했던 제일 좋은 방, 거대한 옷장, 큰 화장대, 판화 액자들, 지루하고 근엄한 분위기, 끝이 없을 것 같던 시간들. 도대체 무엇이 문제였을까? 이사벨은 집에 공포를 느끼며 지독하고 끈질기게 묻고 또 물었다.

장작불이 다 타 들어가서 이사벨은 차가운 손으로 나무를 더 집어넣었다.

바보같이 다시 돌아오다니. 당연히 해야 할 짓이긴 했지만, 사람은 당연한 일을 조심해야 한다. 차라리 비이성적이고 무모한 짓을 하는 게 나았다. 이슬링턴에 있는 낡은 집은 무시하고 루시를 활기 넘치는 호텔로 데려갔어야 했다.

방을 이리저리 돌아다니는 발소리가 머리 위에서 들려왔다. 이사벨은 귀신들린 저택에 얽힌 전설들을 떠올렸다. 위층에서 발소리가 들려서 조심스럽게 가 보면 방에는 아무도 없는.

지금도 위층에 올라가 보면 큰 침실은 텅 비어 있고 루시는 사라지고 없는 것이 아닐까! 그때 루시가 거실로 돌아왔다.

"두 시간 넘게 침대 화로를 작동시켜 뒀어요. 침대도 뜨끈뜨끈해졌고, 이모 물건들도 잘 정리했고……."

이사벨은 약간 심드렁하게 고맙다고 말했다.

그간 공들여 지켜 온 평정심과 고요가 이번 여행으로 깨져 버렸다. 이사벨은 너무 피곤했고, 배가 요동치고 기차가 덜컹거리는 느낌이 고스란히 남아 머리가 어지러웠다.

"고맙다, 루시." 겨우 대꾸한 후 테이블에 팔꿈치를 대고 손에 머리를 묻고는 울기 시작했다.

루시가 이사벨을 가만히 쳐다보더니 와인을 한 잔 더 마셨다.

"집 때문이야…… 집에…… 돌아왔더니…… 진주 목걸이가…… 난 한 번도 그런 목걸이를……." 이사벨이 훌쩍거리며 말했다.

이사벨은 소위 잘나간다는 친구들을 떠올렸고, 자기가 가진 게 얼마나 적었는지 생각했다.

지긋지긋한 상황을 제때 탈출한 루시가 부러웠다.

"너도 공범이 있겠지?" 이사벨이 교묘하게 물었다.

"그럼요. 없었다면 아무것도 못 했을 걸요."

이사벨은 와인에 취한 데다 피로하기도 했지만 흥미가 생겼다. 아마 루시는 자기 엄마가 허락해 주지 않은 젊은 남자와 약혼한 것을 공범이라고 부르는 듯했다. 그러나 이사벨은 무슨 의미로 '공범'이란 단어를 사용했을까?

"내 경우에는 남편 되는 찰스 크로스랜드가 도와줘서 가능했던 것 같아. 우린 결혼하고 이탈리아로 갔어. 혼자서는 어림도 없었을 일이지. 남편이 죽고는 음악을 찾았고, 음악으로 돈도 벌게 됐어." 이사벨은 속으로 생각했다. '어쩌면 루시는 이탈리아로 같이 가고 싶지 않을지도 몰라. 루시가 결혼이라도 하면 다행인데. 쟤가 망나니를 반난다 해도 난 신경 안 쓸 거야. 난 쟤가 싫거든. 그래, 의무도 아니고 부담 가질 필요도 없어.'

이사벨은 자꾸 이런 생각이 드는 게 집 때문이라고 확신했다. 이 집에서는 그런 일들이 비일비재했으니까. 형편없는 음식과 비참한 침묵과 폭력적인 언어들. 사람이 좋아하고 원하는 것을 모두 짓누르는 폭압. 루시가 말했다.

"이모가 참 힘들었을 것 같아요. 물론 우리가 처음 만난 사이라 불편하실 수 있단 것도 이해해요. 내일 아침 제 계획을 말씀드릴 테니……."

"네 계획을 듣겠다고 굳이 크리스마스 시즌에 이탈리아에서 온 게 아니야." 이사벨 크로스랜드 부인은 부끄러운 행동을 한 것 같아 갑자기 짜증이 났다. "난 네가 자립할 수 없어서 내 보살핌이 필요하다고 생각했어."

"말씀드렸잖아요, 이모는 제게 정말 큰 도움이 되고 있어요." 루시가 이사벨에게 힘주어 말하며 동시에 진주 목걸이를 집어 들어 가슴팍에 숨겼다. "외국에 가면 상복을 입겠지만, 여기서는 그렇게 하는 게 웃긴 것 같아서요." 루시가 덧붙였다.

"난 부모님이 돌아가셨을 때도 검은 옷을 입지 않았어. 두 분이 연달아 돌아가셨지. 괴로울 틈도 없었다. 정말 견딜 수 없는 사람들이었거든."

루시가 옆얼굴을 벽난로로 향한 채 앉았다. 마르고 눈썹이 비스듬했으며 목 아래가 움푹 꺼져 있었다.

"너 그 드레스 너한테 맞게 수선을 좀 했으면 좋겠다. 회색 새틴을 입고 여행 갈 수는 없잖니……."

"아, 아녜요. 털옷도 몇 벌 있고 짙은 장미색 외투도 있어요."

"넌 확실히 나처럼 억눌리기만 했던 건 아닌 것 같구나……."

"나중엔 제가 알아서 했어요, 그게 현명한 행동 아니겠어요?"

"그러니까 엄마가 죽은 다음에 이 옷들을 샀다는 거니? 어떻게 그럴 시간이나 돈이 있었는지 모르겠구나." 이사벨은 루시 문제를 어떻게 해야 할지 변호사들에게 문의해야겠다고 잘 기억해 두었다.

"어쩌면 넌 내가 생각한 것보다 재산이 많은 것 같구나. 네 엄마한테는 그게 부족했거든." 이사벨이 말했다.

"그렇게 많지는 않아요. 다만 어떻게 써야 할지를 아는 편이죠. 그리고 어떻게 버는지는 더 잘 알구요."

이사벨이 일어났다. 거대한 가구들이 이사벨에게 존재할 권리마저 빼앗으려 옥죄는 것 같았다.

사실 이 집에서 이사벨은 존재하지 않았다. 그녀는 단지 이 집과 교회 광장과 중앙 묘지에서 크게 고통받다가 때맞춰 탈출한 어린 소녀의 유령일 뿐이다. 루시도 따라 일어났다.

"사는 게 그렇게 무료했다니 놀랍네요. 아무리 제가 지루한 크리스마스를 떠올려 봐도……." 루시가 한숨을 쉬었다.

"게다가 다른 사람들이 기뻐할수록 항상 기분이 나빠졌어. 친절한 척이나 기쁜 척하는 것들만 생각하면……." 이사벨은 거의 공포에 질렸다. 불안한 마음으로 주변을 두리번거렸다.

"그런 생각은 이제 하지 마세요." 루시가 재촉했다. "위층으로 올라가요, 제가 이모를 위해 전부 준비해 뒀어요."

"난 그 방이 무서워."

그때 아래 빈 주방에서 쇠종이 울렸다.

"웨이츠 악단일 거야. 악단이 캐럴을 부르면 6펜스를 줬던 기억이 나. 그런데 노랫소리가 들리지 않네." 이사벨이 말했다.

"노래하는 거 아니에요. 아무래도 길모퉁이에 있던 사람들이 돌아오는 것 같아요."

이사벨은 집에 오는 길에 봤던 어둠 속에서 무리지은 군중이 기억났다. "돌아오다니? 이 집에 누가 있었다는 말이니? 무슨 일로?"

"사고가 있었던 것 같아요. 누가 다쳐서……."

"그게 우리랑 무슨 상관이야?"

"물론 아무 상관 없어요. 그런데 그 사람들이 돌아올 거라고 했었……."

"'그 사람들'이라니?"

이사벨이 어리둥절해하는데 종이 다시 울렸다.

"오, 일단 가 보렴. 착하게 굴고." 이사벨은 관심을 딴 데로 돌릴 수 있어 조금 기뻤다. 맞은편 모퉁이 집에 살던 사람들의 이름을 떠올려 보았다. 잉글리스……. 아니었나? 가족 중 한 명이 수녀였고, 아주 활발했지, 늘 생글생글 웃는 수녀였는데…… 아닌가, 완전히 잘못 기억하고 있나?

이사벨은 불을 쬐면서도 덜덜 떨며 케케묵은 지난 크리스마스들을 생각해 보았다. 그 시절의 아름다움과 계절의 마법은 작은 벽돌로 된 빽빽한 담 뒤로 사라지고 없는 것 같았다. 크리스마스는 항상 최악이었지만, 어딘가 손닿을 듯 가까운 곳에서는 사람들이 정말 즐거운 시간을 보내고 있었다.

루시가 통로에서 누군가와 이야기하는 소리가 들렸다. 공범이라는 남자인가? 공연히 질투가 나고 기분이 안 좋아졌다.

그러나 루시를 따라 거실에 들어온 진지해 보이는 중년 남자는 로맨스와는 거리가 멀어 보였다.

남자는 희끗희끗한 무늬의 양복을 입고 중산모자를 손에 들고 있었다. 그는 자신감이 넘쳐 보였지만, 다정함은 기대하기 어려운 스타일이었다.

"또 성가시게 해서 미안합니다." 남자가 말했다.

"당연히 그러셔야죠. 하지만 이 집에 얽힌 추억은 한 번도 즐거웠던 적이 없으니 상관은 없습니다." 이사벨이 답했다.

"저는 틸입니다, 헨리 틸." 이방인이 말했다.

"앉으시죠."

틸 씨라는 사람은 몹시 주눅 든 것처럼 의자 끄트머리에 걸터앉았다. 이사벨은 그 남자가 무슨 말을 할지 흥미진진하게 기다렸다.

그는 사복 경찰이었다. 이사벨은 '사생활', '사유 재산' 등과 공통되는 의미를 포함한 '사복'이란 단어를 곱씹어 보았다. 틸 씨는 모퉁이 집에서 일어난 잉글리스 사건 때문에 왔다고 했다.

"아, 네. 이름은 기억나요. 하지만 지금 사는 사람은 물론이고 옛날에 살던 잉글리스 가족도 모릅니다."

"아까 베이워드 양에게는 얘기했는데, 노부인이었습니다. 몇 해 동안, 가사도우미와 살던 노부인."

"그런데 죽은 채 발견됐대요." 루시가 끼어들었다.

"살해됐습니다. 외과의사 소견도 그렇고, 정황상으로도 처음부터 살인을 의심했습니다."

"아, 아까 듣고도 잊어버렸네요. 그 나이에는 별 차이 없는 것 같아서…… 여든이 넘었다고 하셨죠, 그 부인 말이에요." 루시가 형사에게 와인을 따라 주며 물었다.

"매우 나이가 많아요. 거의 아흔인가? 그래도 살인은 살인이죠."

이사벨은 이 사건 때문에 피로감이 더 커졌다. 크리스마스이브에 로스코 광장에서 살인이라. 이사벨은 루시에게 사과를 해야 할 것 같았다. "그래서 사람들이 그렇게 많이 모여 있었던 거군요."

"네. 그런 소식은 금세 퍼지는 법이니까요. 조카가 차를 마시러 들렀다가 발견했답니다."

틸 씨가 의무라도 되는 양 범죄 상황을 계속 읊었다. 집을 샅샅이 뒤진 결과 사라진 가사도우미에게 혐의가 돌아갔다. 잉글리스 부인은 은둔자 같은 삶을 살았기 때문에 아무도 부인의 재산 내역을 몰랐다. 조카인 클린턴 씨는 집에 푼돈이 꽤 쌓여 있을 거라고 생각했다. 부인의 은행 계좌에서 매달 엄청난 현금이 인출됐지만 소비는 거의 없었다. 가사도우미는 이슬링턴 사람들이 모르는 사람이었다. 지난 몇 주 동안 도우미는 눈에 띄지 않는 수수한 차림으로 괴짜 노인의 수발에 필요한 물건을 사러 조심조심 돌아다녔다.

그 전에 있던 여자는 몇 달 전에 눈물을 흘리며 급하게 떠나 버렸다. 아무도 다음 도우미가 어디에서 나타났는지 몰랐다. 아마 고아원 출신이지 않을까. 그런 일을 맡은 걸 보면 친구도, 의지할 곳도 없었던 게 분명했다.

"아까 똑같은 얘기를 다 하셨잖아요." 루시가 의의를 제기했다.

"그렇습니다만, 크로스랜드 부인이 오시면 봬야 한다고도 말씀드렸지요."

"아, 일부러 저를 보러 오셨군요. 그런데 죄송하지만, 저는 전혀 도움이 안 되겠네요. 세상일에 관심이 없는 사람이거든요. 저는 여기 있을 때도 세상과 격리된 삶을 살아서 광장에서 무슨 일이 일어나는지조차 전혀 몰랐습니다."

"베이워드 양한테서 그렇게 들었습니다만, 누군가를 보셨을 수도 있을 것 같아서요. 과거가 아니라 지금 말입니다."

"여기서 누굴 본다고요? 크리스마스이브에?"

틸 씨는 너무 많은 것을 기대했다는 듯 한숨을 쉬었다. "우리가 주변을 샅샅이 훑었는데 그 여자의 흔적을 찾을 수 없어서……."

"왜 주변만 찾죠? 당연히 멀리 도망쳤을 텐데요……."

"기차역과 항구에 다 사람을 깔아 놨기 때문에 빠져나가기는 어렵습니다."

"원하시면 지하실을 다시 보셔도 됩니다. 이모도 반대하시지는 않으실 걸요……."

이사벨은 형사의 방식에는 거부감이 없었지만, 전반적인 상황이 기이하다고 느꼈다.

"도우미가 도망쳤으면 좋겠네요. 가엾은 사람, 감옥에 갇혀서……." 이사벨이 빈 속에 와인만 마신 탓인지 점점 피곤하고 정신이 혼미해져서 자기도 모르게 이상한 말을 내뱉었다.

"노부인이 잔인하게 살해당한 사건입니다." 틸 씨가 냉정하게 말했다.

"그래요? 수면제 과다복용이라도 했나요?"

"아뇨, 부인. 의사 말로는 다윗과 골리앗의 싸움이었다 하더군요. 드문 살해 방식입니다. 아마 여성용 스카프였지 않을까 싶은 천에 크고 둥근 돌을 담아 휘둘렀다고 합니다. 해질 무렵에 강가로 숨어들기는 쉬웠겠죠."

이사벨이 웃었다. 울적한 하루의 끝에 천과 돌을 들고 표적을 찾아 부둣가를 서성이는 불안하고 비참한 도우미의 형편을 떠올리니 어이가 없었다.

"뭣 때문에 웃으시는지 압니다." 틸 씨가 감정 없이 말했다. "하지만 도우미는 표적을 정확히 찾아냈습니다. 의자에 앉아 끄떡거리고 있는 잉글리스 부인의 빛나는 흰머리였죠…….”

“그런 유혹이야 이해 못 할 바 아니지만, 성공하기는 어려울 텐데요.” 이사벨이 공감하며 말했다.

“그 집에는 아름다운 울타리 정원이 있습니다. 말씀드린 대로 작은 샛길이 있었고요. 어쨌든 노부인의 머리는 박살이 났습니다. 다행히 고통은 없었을 것 같습니다.” 형사가 설명했다.

“그런 일이 가능하다는 게 크나큰 고통이죠. 살인한 여자의 입장에서 봐도…….” 이사벨이 불쑥 끼어들었다.

“저도 그렇게 생각해요.” 루시가 진지하게 말했다.

“제 말은 그게 아닙니다. 그 여자를 꼭 찾아야 하는데, 안개에, 거리는 크리스마스이브 파티로 북새통이지, 웨이츠 악단에, 교회에서는 전부 심야 예배를 드리고, 문제가 첩첩산중입니다.”

이사벨이 갑자기 일어나 커튼을 걷었다. 맞아. 자신이 기억하는 것과 똑같은 풍경이었다. 교회에 불이 켜져 있었고, 창문을 통해 불빛이 새어나와 묘지와 제단과 묘비를 비쳤다.

“그런 여자라면 어디로 갈까요?” 루시가 이사벨 크로스랜드 부인의 어깨 너머로 교회 묘지를 바라보며 물었다.

“그건 우리가 찾아내야죠.” 틸 씨가 신중하게 말했다. “저는 다시 제 갈 길을 가겠습니다. 어떤 이유든 낯선 사람이 오면 조심하세요. 무슨 일이 일어날지 어떻게 알겠어요.”

“흉기로 쓴 돌이 뭐라고 했었죠? 윤기 나는 자갈돌?” 이사벨이 교회와 가스등이 켜진 광장의 뿌연 안개를 커튼으로 다시 가렸다.

"의사 말로는 무거운 돌이 명중한 거라고 했는데 증거물은 없어졌어요. 그 집을 찾는 유일한 방문객인 조카 클린턴 씨는 방문할 때마다 노부인의 테이블에 흉기 비슷한 물건이 항상 있었다고 말했습니다."

"그게 무슨 소리죠?" 이사벨이 물었다.

틸 씨는 그 물건 이름이 차이니즈 애플비취색의 옥, 사과와 같은 녹색이기 때문에 차이니즈 애플이라는 별명이 붙었다이라고 했다. 잎이 붙은 과일 모양을 백옥에 새긴 다음 유약을 발라 잘 광택을 낸 작품이었다. 노부인이 매우 아꼈던 보석이자, 흉기가 되기에 가장 적당했다.

"하지만 잔인한 도우미가 그거, 그러니까 흉기라고 하신 물건을 가지고 연습해 볼 시간도 없었을 것 같군요. 잉글리스 부인을 모신 지 오래되지 않았다면서요." 이사벨은 왠지 반발했다.

"아. 우리도 전에 그 여자가 어디에 있었는지 모릅니다. 어디 외진 곳에서 연습을 많이 했을지도 모르지요. 새나 토끼를 상대로 말이에요. 소년들처럼 숲속에서 주변을 살피면서요."

이사벨은 여자가 흉기를 들고 은신처에 숨어 있는 장면을 떠올려 보았지만, 영 마음에 들지 않았다. 이사벨이 형사에게 작별 인사를 했고 루시가 그를 문까지 배웅했다. 잠시 혼자 있는 동안 이사벨은 와인을 한 잔 더 따랐다. 루시가 돌아오자 이사벨이 충동적으로 말했다.

"루시, 사람들이 너무 충동적이면 그런 결과가 생기는 거야. 살인을 하고 욕심에 차서 약탈품을 가지고 도망을 가지. 이런 일이 일어나지 않으면 좋았을 텐데. 대체 어떤 사람이 이런 일을 할 것 같니? 당연히 거칠고 나이도 적당히 있겠지……."

"틸 씨가 아까 왔을 때 아마 여자는 변장을 했을 거라고 말했어요."

"변장을 했다……." 이사벨은 밝고 푸른 이탈리아에서 새로운 자신을 발견하기 전까지 했던 수많은 변장을 생각했다. 지금 모습도 변장이긴 했지만 꽤 유쾌하다. 쓰고 있는 가면이 부디 뜯겨나가지 않기를 희망했다. 이 낡은 집이 다시 사람을 숨 막히게 했다. 돌아오는 게 아니었는데. 다행히 루시는 자기만의 계획이 있어 보였다. 문제는 집이었다. 여기 돌아와 모든 것이 그대로임을 확인하고, 끔찍한 어린 시절의 추억을 되새기는 게 영 내키지 않았다.

루시도 고생을 한 것 같았다. 그런데도 루시가 마음에 안 드는 게 이상했다. 루시의 계획에 아무런 공감도 생기지 않았다.

결국 이사벨은 위층으로 올라가 너무나 익숙한 침실을 마주했다. 이사벨의 침실은 집 뒤에 있었다. 그랬다. 이런 건 생각하지 말자. 오직 이탈리아 피에졸레 빌라의 매력적인 집만 이사벨의 것이다. 이 집은 나와 전혀 관계가 없다.

그러나 상관이 없지 않았다. 생각들이 몸을 감싼 망토처럼 그녀를 덮쳤다. 결국 이사벨은 루시가 아니라 자신의 어린 시절을 만나러 돌아온 것이다.

늙은 잉글리스 부인, 그 여자는 어떻게 견뎠을까? 그냥 그곳에 늘 있었을 것이다. 지금의 이사벨 크로스랜드가 아이였을 때도. 항상 거기에서 모호하고 기이하게, 도우미들이 줄줄이 나가떨어지다가 결국 백옥으로 만든 차이니즈 애플을 숙녀용 스카프에 넣어 머리를 내리쳐 죽일 때까지.

"오, 맙소사. 그 늙어빠진 여자가 도대체 나와 무슨 상관이람?" 이사벨 크로스랜드가 중얼거렸다.

가방은 침대 맡에 있었다. 너무 피곤해서 열어 보기도 싫었다. 루시가 꼼꼼하게 화장도구를 다 꺼내 놓았다. 이사벨은 옷을 벗기 시작했다. 쉬는 것 외에는 할 일이 없었다. 살인자가 이슬링턴을 헤매 다닌들 그게 무슨 상관이람. 틸 씨가 뭐라고 했더라? 역과 부두가…… 이사벨이 옷을 반쯤 벗고 가운을 꺼내는데 현관에서 초인종이 울렸다.

서둘러 다시 옷을 입고 층계참에 나왔다. 틸 씨가 울린 게 아니어도 좋다. 최소한 부모님이 죽은 침대에 있지 않을 핑계는 될 테니까. 루시가 벌써 통로로 나와 누군가와 얘기를 하고 있었다. 통로에 켜진 가스등이 회색빛 새틴 옷을 입은 여자애와 문지방에서 얘기를 나누는 사내를 비췄다.

틸 씨가 아니었다.

이사벨 크로스랜드가 계단을 반쯤 내려가자 이제 현관에 와 있는 사람의 뾰족한 얼굴이 불빛에 비쳐 훤히 보였다. 옷깃을 세우고 눈이 기대로 반짝이는 젊은 남자였다. 남자가 뭐라고 말했지만 이사벨에게는 들리지 않았다. 곧 루시가 무거운 현관문을 닫았다.

고개를 들어 이모를 올려다보며 루시가 말했다.

"이제 누가 와도 문 열어 주지 말기로 해요."

"누구였어?" 이사벨은 자기가 뒤에 있다는 걸 알면서도 누군지 말해 주지 않는 루시에게 화가 났다.

"그냥 이웃이에요. 궁금해서 여기저기 쑤셔 보는 사람 같았어요."

루시가 걱정하지 말라는 투로 말하고는, 이모에게 자러 가라고 했다.

"시간이 많이 늦었어요. 교회도 불이 꺼졌네요. 모두 집으로 돌아갔어요."

"루시, 넌 어느 방을 쓰니?"

"이모 방이었던 곳이요. 집 뒤에 있는 큰 방."

"아, 그래. 그거……."

"음, 아무 걱정 마세요. 좀 기분 나쁜 밤이었지만, 다 끝났어요."

얼굴이 어둡고 창백해진 루시가 문간에 서서 잠시 주저했다. 이사벨도 이유는 모르겠지만 루시에게 감히 굿나잇 키스를 하지 못하고 억지로 쾌활한 척 그저 서둘러 잘 자라는 인사만 했다.

홀로 남아 가스 램프의 줄을 당기자 금세 사방이 깜깜해졌다. 밖에서 지나가는 이륜마차의 불빛만이 희미하게 천장을 비췄다.

아마 틸 씨가 집에 가는 모양이었다. 잉글리스 부인의 시체도 지금쯤 어디론가 갔을 것이다. 맞은편 모퉁이 집도 텅 비었을 테고.

이사벨 크로스랜드는 침대 위에서 도저히 잠을 청할 수 없었다. 어둠 속을 더듬거려 무릎담요를 찾아 몸을 돌돌 말고 소파에 웅송그리고 앉았다. 겨우 잠들었지만 당연히 좋은 꿈은 꾸지 못했다. 몇 번이나 가위에 심하게 눌려 소리를 지르며 깨어났다.

그럴 때마다 이곳이 플로렌스가 아니라는 실망스럽고 우울한 자각이 달려들었다.

새벽이 되어 아래층으로 내려왔다. 너무나 어이없게도 크리스마스 아침을 맞았다!

루시의 흔적은 어디에도 보이지 않았고 춥고 칙칙한 집이 덫이나 감옥으로 느껴졌다.

이사벨은 초조함과 두려움을 억누르며 한때 자기 방이었던 공간을 들여다보았다. 침대에는 아무도 없었다. 흰 누빔이불 위에 꾸러미와 편지가 놓여 있었다.

접힌 편지 한 장에 메모 한 장이 끼워져 있었다. 이사벨은 먼저 '루시 베이워드'라고 서명된 편지를 노려보았다. 아이처럼 날려 쓴 편지에는 휴일이 끝날 때까지 런던에 도착하지 못한다는 사과의 내용이 담겨 있었다.

다음으로 메모를 보았다. 편지와는 완전히 다른 필체였다.

제 계획을 말씀드리기로 했었죠. 저는 제 공범과 함께 강을 따라 내려갑니다. 당신의 빈 집에 몸을 피했다가 이 편지를 발견했어요. 루시와 당신의 약속이 아주 유용했습니다. 루시에게 줄 로마식 진주 목걸이는 남겨놨어요. 제겐 죽은 주인의 목걸이가 있어서요. 하지만 금은 제가 챙겼어요. 아무도 우리를 발견하지 못할 거예요.

당신께 크리스마스 선물을 남깁니다.

이사벨이 꽁꽁 언 손가락으로 꾸러미를 풀었다. 섬뜩하고 희미한 불빛을 받으며 드러난 물건은 차이니즈 애플이었다.

역자 후기

몇 달 동안 기꺼웠던 저녁 나들이를 그만하려니 이만저만 서운한 게 아니지만 이런 찜찜한 기분으로 더는 안 될 것 같았다. 그 물건을 받고 바로 반응하면 이상할 텐데, 어떤 핑계가 좋을까. 하루는 시간이 있으니 더 생각해 보기로 했다. 벽장 선반에 놓인 액자를 물끄러미 들여다봤다.

'요즘 팔십도 안 돼 저세상 가는 사람이 어딨누!' 강 노인은 공연히 일찍 간 마누라를 타박했다.

어디 안 아픈 데 없어 '종합병원'이란 소리를 들으면서도, 오랜 입원으로 자식들 크게 애먹인 적 없던 마누라였는데, 그날 아침밥까지 살뜰히 챙겨주고는 자리에서 일어나다 쓰러져 '영영 이별 먼 이별'이 되어 버렸다.

장례식 내내 강 노인은 희고 납작한 머플러를 두르고 있었다. 늙은 아내가 쓰러질 때 목에서 빠져나가 바닥에 나뒹굴던 것을 누가 볼세라 얼른 주워 목에 건 후 줄곧 그 자리다. 마지막 말 대신 이걸 남겼구나, 서럽고 원망스러운 마음을 달랬다.

챙겨주는 손길도 많았고, 생전의 아내가 해 줬던 것처럼 매일 삶은 달걀과 해독주스도 챙겨 먹었건만 얼마 지나지 않아 강 노인은 피를 쏟으며 응급실로 실려 갔다. 아내 먼저 보내려고 눌러왔던 몸속 독기들이 그제야 터져 나왔는지 큰 수술을 세 차례나 받았다. 아내 만나러 갈 날이 머지않은 듯했다. 두고 가기에 차마 발걸음이 안 떨어지게 하는 자식도 있지만, 안 그런 사람이 어디 있을까. 주변 정리를 하며 잔잔한 나날을 보내고 있는데 몸이 바닥에서 한 뼘씩 일으켜졌다.

반년 만에 대문을 나섰다. 죄지은 사람처럼 훤한 대낮에는 고개가 들리지 않았지만 어둠이 용기를 주었다. 40년 드나들던 골목을 쭈뼛쭈뼛 걸어 한 바퀴 도는데 수십 수백만 가지 생각이 들었다.

그러기를 사흘째부터였던 것 같다. 얼굴만 알고 지낸 박 할머니와 저녁나절 동네 한 바퀴를 함께했다. 두 사람 다 말수가 적었다. 만났다고 화들짝 반색하지 않았고, 어제 왜 안 나왔나 서로 묻지 않았다. 그래서 편했다.

젊은 사람들이 좋아하는 날이라 준비했다며 박 할머니가 뭔가를 건넸다. 마다할 수 없어 받아오긴 했으나 그걸 보는 순간 강 노인은 무섭고 노여웠다.

모른 척 지나갈 수 없어 다음 날 저녁에 집을 나섰다. 다시 돌려주고 이제 밤 산책도 하지 않을 요량이었다.

"알고 계셨군요. 죄송합니다. 그런 줄 알았으면 처음부터 얘기할 걸 그랬네요. 영감님은 몇 번 못 뵀지만, 그이와는 노인회관에서 자주 만났습니다. 매일 오기만 하면 뭘 열심히 뜨길래 물었더니 영감님한테 선물할 거라더군요. 사람들이 평생 같이 산 쉰내 나는 영감 뭐 예쁘다고 그런 것까지 떠 주냐 놀려도 그냥 웃기만 했어요. 그런데 어느 날부터 안 하더라고요. 제가 왜 조끼 안 뜨냐고 물었더니 갑자기 하기 싫어졌다며 버릴 거라잖아요. 아깝다고, 버릴 거면 달라고 했더니 가방째 절 줬어요. 그러고 얼마 안 돼 그이가 멀리 갔다는 소리를 들었죠. 영감님과 산책을 다니다 보니 그런 생각이 들지 뭐예요. 그이가 그걸 완성하지 못할 걸 알고 저한테 맡긴 것 같다고요……."

†

이 책은 2016년에 출간된『미스터리 서점의 크리스마스 이야기』, 작년에 나온『화이트 크리스마스 미스터리』의 후속작이다. 처음부터 계획하지는 않았지만 이제 이 책『우아한 크리스마스의 죽이는 미스터리』로 명실공히 크리스마스 미스터리 단편집 트릴로지가 완성되는 것이다.

이 트릴로지를 엮은 오토 펜즐러는 맨해튼의 '미스터리 서점 (The Mysterious Bookshop)'의 주인이자 미스터리계의 독보적인 에디터로 수많은 단편집을 탄생시킨 전설적인 인물이다. 작년과 올해, 2년에 걸쳐 분권해 펴낸 책의 원서는『The Big Book of Christmas Mysteries』인데, 제목에서 이미 엮은이의 연륜과 내공이 엿보인다.

세 권 통틀어 수십 편에 달하는 엄청난 수의 단편을 번역하다 보니 내가 어떤 스타일의 이야기를 좋아하는지 알게 된 것도 큰 수확이다. 모두 소중했지만 특히 기억에 남는 작품은 (각 권별로) 토머스 쿡의「크리스마스가 남긴 교훈」, 피터 러브시의「먹어봐야 맛을 알지」, 메리 히긴스 클라크의「그게 그 표라니깐요」이다. 독자들은 어떤 스타일을 좋아하는지 이참에 확인해 봐도 좋을 것 같다.

작년에『화이트 크리스마스 미스터리』를 중간쯤 번역했을 때 청천 벽력 같은 소식이 날아들었다. 엄마가 갑자기 쓰려져 그날을 넘기기 어렵다는 거였다. 세상 가장 소중한 이와의 이별이 그렇게 어이없을 줄 몰랐다. 여러 일로 엄마의 애간장을 태웠던 나는 오열하고 통곡했다. 햇볕 따스한 곳에 묻어드리고 돌아왔지만, 마음은 어딘지 모를 곳을 헤매다녔다. 그래도 맡은 일이 있어 다시 책상 앞에 앉았고, 지금 생각해 보면 오히려 번역을 하면서 그 시간들을 견뎌냈던 것 같다. 감사하게도 정신없는 나를 조미희 편집자가 많이 도와주셨다.

작년에는 차마 역자 후기를 쓰지 못했다. 엄마 얘기를 쓸 수도 안 쓸 수도 없어 사양했다.

올해『우아한 크리스마스의 죽이는 미스터리』를 번역하던 중에 엄마의 1주기를 맞았다. 어느새 봉분에는 파릇파릇 잔디가 돋아나 있었다. 한 해가 참 길고도 짧았다.

이제 작년과 올해로 이어진 이 책 두 권을 들고 다시 엄마를 찾아갈까 한다. 부디 멀리서 딸이 내딛는 발걸음을 보면서 아픔 없이 자유롭고 즐거웠으면 좋겠다.

'독자님들, 크리스마스 책에 어울리지 않는 후기 죄송합니다. 세상 모든 일을 아우르는 게 또 크리스마스 정신 아니겠나 우기며 양해를 바랍니다.

모두들 메리크리스마스!'

개별 저작권

우아한 크리스마스의 죽이는 미스터리

The Big Book of Christmas Mysteries

초판 1쇄 발행 2019년 12월 25일

지은이 G. K. 체스터튼 · 에드 맥베인 외
엮은이 오토 펜즐러
옮긴이 이리나

발행편집인 김홍민 · 최내현
편집 조미희
표지디자인 씨오디
용지 한승
출력(CTP) 블루엔
인쇄 제본 현문

펴낸곳 도서출판 북스피어
출판등록 2005년 6월 18일 제105-90-91700호
주소 (121-826) 서울특별시 마포구 망원동 513 상암마젤란21 101-902
전화 02) 518-0427
팩스 02) 701-0428
홈페이지 www.booksfear.com
전자우편 editor@booksfear.com

ISBN 978-89-98791-95-7 (03840)

책값은 뒤표지에 있습니다.
파본은 구입하신 곳에서 교환해 드립니다